Jutta Ahrens

Das flammende Schwert

Roman

Leuschnerdamm 31, D-10999 Berlin

Lektorat und Herstellung: Marcelo Strumpf
Umschlaggestaltung: Stefan Adler
Foto: Giovanni Rufo
Druck: NØRHAVEN, Viborg, Dänemark

ISBN 3-86187-085-1

Bitte fordern Sie unseren Gesamtkatalog an!

Jutta Ahrens

Das flammende Schwert

Roman

BRUNO GMÜNDER

Die Hauptpersonen

Semron: Anführer der Schwarzen Wölfe
Midian: Von Semron als Kind geraubt, aufgewachsen bei den Schwarzen Wölfen
Atargatis: Anath-Priesterin und Midians Mutter
Habazzinja: Baals-Priester und Vater der Atargatis
Zamoran: Fürst der Midianiter, Midians Vater
Joram: Freund und Geliebter Midians
Zorach, Elrek, Tyrsus, Mesrim: Bandenmitglieder der Schwarzen Wölfe
Gislan: Taschendieb und später Mitglied der Schwarzen Wölfe
Amynander: Grieche, unehelicher Sohn einer Hetäre, Bordellbesitzer in Milet
Achylides: Bildhauer in Milet und Freund von Amynander
Troyan: Ein Freier Amynanders
Zalmunna: Statthalter von Tadmor, Amynanders Vater
Xandrames: Ein Priester des Mondgottes Sin
Naharsin: Babylonischer Beamter
Scheschbassar: Babylonischer Wächter im Tal des Todes bei Babylon

Geschichtliche Personen, die in die fiktive Handlung einbezogen wurden:

Nabupolassar: König von Babylon
Nebukadnezar: Sohn Nabupolassars und sein Nachfolger auf dem Thron
Nebusaradan: Hauptmann der Leibwache bei Nebukadnezar
Joschija: König von Juda
Hilkija: Hoherpriester unter König Joschija von Juda
Schafan: Sekretär und Schreiber des Königs Joschija
Eleasa: der Sohn Schafans
Necho: Pharao von Ägypten
Assur-u-Ballit: der letzte Assyrerkönig
Kyaxares: König von Medien
Gemarja: Sohn des Hilkija
Eljakim (Thronname: Jojakim) und **Joahas:** Söhne König Joschijas

Erklärung einiger Ausdrücke

Abarim Gebirge bei ¤ *Moab*
Achill Kurzname von Achilleus, griechischer Held vor Troja
Achis Fürst der ¤ *Philister*
Adrammelech altassyrische Gottheit, der man Kinder opferte
Ahab König von Israel, der tat, „was dem Herrn mißfiel", d.h. er opferte fremden Göttern
Ahriman Persischer Gott der Finsternis, Widersacher von ¤ *Ahura Mazda*
Ahura Mazda Persischer Gott des Lichtes
Alaschija Assyrischer Name für die Insel Zypern
Alu Babylonischer Dämon
Amalekiter Alter Nomadenstamm aus der Wüste Sinai
Ammoniter Kanaanäisches Volk
Amoriter Kanaanäisches Volk
Amurru Babylonisch: Westen
Anath Kanaanäische Kriegsgöttin
Anatoth Levitenstadt östlich von Jerusalem
Anschan Landschaft in Westpersien
Aramäisch Semitische Sprache; Umgangssprache im ganzen Gebiet vom Euphrat bis zum Mittelmeer
Ares Griechischer Kriegsgott
Asak Babylonischer Dämon
Aschera Kanaanäische Göttin, auch Bezeichnung für den nach ihr benannten Kultpfahl
Ascherim Mehrzahl von Aschera
Aschkalon Hafenstadt der ¤ *Philister*
Aschmodai Dämon der Sinnlichkeit
Assur Hauptgott der Assyrer
Astarte Kanaanäische/phönizische Liebes- und Fruchtbarkeitsgöttin
Baal Kanaanäischer Gottesname, bedeutet so viel wie „Herr" oder auch allgemein „Gott"
Baal-Ammon Gott der Stadt Ammon; viele Städte fügten ihrem Namen den Namen Baal hinzu
Babylon Aus dem Akkadischen: bab ili = Tor der Götter
Behemot Name eines Ungeheuers (Nilpferd)
Belial Der Widersacher Gottes
Borsippa Stadt südwestlich von Babylon

Bundeslade Heiliger Schrein aus Akazienholz der Israeliten, in dem die Gesetzestafeln aufbewahrt wurden
Chabur Nebenfluß des Euphrat
Cherub Einzahl von ➛ *Cherubim*
Cherubim Die Engel, welche die Bundeslade bewachten, auch die Wächter des Lebensbaumes im Paradies
Chiton Griechisches gegürtetes Untergewand
Choaspes Fluß in ➛ *Elam*
David Zweiter König Israels, Nachfolger des Königs Saul
Dumuzi Babylonischer Name des Tammuz, Fruchtbarkeitsgott, Geliebter der ➛ *Ischtar*
Ebal Berg bei ➛ *Samaria*
Edom Semitisches Volk aus der Hochebene von ➛ *Moab*
Ekbatana Hauptstadt von ➛ *Medien*
Ekim Babylonischer Dämon
Elam Landschaft östlich von Babylonien
Ensi Alter sumerischer Titel für Statthalter
Enuma Elisch Babylonisches Schöpfungsepos
Ereschkigal Babylonische Göttin der Unterwelt, Schwester der ➛ *Ischtar*
Erinyen Griechische Göttinnen der Rache
Erymandros Fluß in Persien
Esangila Tempelkomplex des ➛ *Marduk* in Babylon
Etemenanki Stufenturm (Hochtempel) im ➛ *Esangila*
Gallu Babylonischer Dämon
Ge-Hinnom Tal im Süden Jerusalems, wo Kinder geopfert wurden
Gideon Volksheld und Richter Israels, befreite Israel von den Einfällen der Midianiter
Gilgal Ort östlich von Jericho mit großem Baals-Heiligtum
Gutäer Uralter babylonischer Volksstamm
Gutium Landschaft in Westpersien, Herkunftsgebiet der ➛ *Gutäer*
Gymnaseion Griechische Sport- und Bildungsstätte
Harran Stadt in Nordsyrien
Haus Sodoms Bezeichnung für ein schwules Bordell
Hebron Stadt südlich von Jerusalem
Helios Griechischer Sonnengott
Hephaistos Griechischer Gott der Schmiede, gilt als häßlich
Horeb Anderer Name für den Berg Sinai
Horus Ägyptischer Falkengott
Hyppolyt Schöner griechischer Jüngling

Ionien Landschaft an der Westküste Kleinasiens
Ischtar Babylonischer Name der Liebes- und Fruchtbarkeitsgöttin ➛ *Astarte*
Jamal Erfundenes Gebirge in Arabien am Roten Meer
Jazygen Steppenvolk
Jebusiter Altes kanaanäisches Volk, wohnte einst in der Gegend von Jerusalem
Jesreel Ebene südöstlich von ➛ *Megiddo*
Juda Das verbliebene Südreich nach der Spaltung des Reiches im Jahre 931 v. Chr., mit der Hauptstadt Jerusalem
Ka Ägyptischer Name für die Seele
Kadesche Tempeldirne in Israel
Kamos Kanaanäischer Gott
Kanaan „Land des Purpurs", Küstengebiet westlich des Jordans
Karkemisch Stadt in Nord-Syrien
Karun Fluß in ➛ *Elam*
Kedarim Arabische, räuberische Nomaden
Kroisos Lydischer König, berühmt für seinen Reichtum
Lethe Fluß des Vergessens in der griechischen Unterwelt
Leviten Die Nachkommen des Levi; einer der zwölf Stämme Israels, waren traditionell zum Priesterdienst bestimmt
Lilith Blutsaugende Dämonin, in der jüdischen Sage die erste Frau Adams
Lolgalgirra Babylonischer Dämon
Magan und Meluchcha Synonym für: „wo sich die Füchse gute Nacht sagen"
Manasse König von Juda, opferte fremden Göttern
Marduk Babylonischer Reichsgott
Medien Land südlich des Kaspischen Meeres mit der Hauptstadt ➛ *Ekbatana*
Megiddo Ort mehrerer bedeutender Schlachten, gelegen in der Ebene von ➛ *Jesreel*
Melchisedek König der ➛ *Jebusiter*
Melkart Kanaanäischer Gott, der Name bedeutet "König"
Midianiter Arabischer Nomadenstamm aus dem Gebiet westlich des Golf von Akaba
Milet Hauptstadt Ioniens; eine der wichtigsten griechischen Handelsniederlassungen
Milkom Hauptgott der ➛ *Ammoniter*, gleichbedeutend mit ➛ *Melkart*, d.h. König

Moab Hochebene östlich des Toten Meeres
Moiren Griechische Schicksalsgöttinnen
Muchannath altpersische Bezeichnung für Homosexuelle
Mot Kanaanäischer Gott, Widersacher ➛ *Baals*
Namtar Babylonischer Pestdämon
Naukratis Handelskolonie von ➛ *Milet* im Nildelta
Ninurta Assyrisch/babylonischer Gott des Krieges und der Jagd
Obolen Mehrzahl von Obolus, die kleinste griechische Münze
Osiris Ägyptischer Totengott
Parijawatri Frei erfundene Gottheit
Patroklos Waffengefährte und Freund des ➛ *Achill*
Philister Volk unbekannter Herkunft (wahrscheinlich aus Kreta), das am südlichen Küstenstreifen Palästinas siedelte
Phönizien Küstenstreifen im nördlichen Palästina, teilweise identisch mit ➛ *Kanaan*, beide Namen bedeuten „Land des Purpurs“
Plejaden Griechische Meeresgöttinnen
Priapos Griechischer Fruchtbarkeitsgott, symbolisiert durch sein riesiges Glied
Prytaneion Das Gemeindehaus
Rabkissir Militärischer Rang am babylonischen Hof (Befehlshaber über hundert Krieger)
Rabreschi Militärischer Rang am babylonischen Hof (Befehlshaber über sechshundert Krieger)
Rabschake „Mundschenk“, höchster Rang am assyrischen/babylonischen Hof
Re Ägyptischer Sonnengott
Sagartien Landschaft in Persien
Salomo König von Israel, Sohn ➛ *Davids*
Samaria Hauptstadt des Nordreiches Israel
Schamasch Assyrisch/babylonischer Gott der Gerechtigkeit
Schiloach Platz im Osten von Jerusalem
Seilenos Griechisches Fabelwesen, halb Mensch, halb Huftier
Seraph Einzahl von ➛ *Seraphim*
Seraphim „Die Brennenden“; Engel, welche die Heiligkeit Gottes verkünden
Sin Uralter Mondgott
Sirrusch Der heilige Drache des ➛ *Marduk*
Sivan Monat im jüdischen Kalender

stymphalische Vögel Vögel der griechischen Sage, die ihre Federn wie Pfeile abschießen konnten
Styx Fluß in der griechischen Unterwelt
Sukkoth Jüdisches Fest, mit dem der Auszug aus Ägypten gefeiert wird
Susa Hauptstadt von ➛ *Elam*
Tammuz Phönizischer Fruchtbarkeitsgott, auch Monatsname
Tarschisch alte Handelsniederlassung in Südspanien
Thessalien Landschaft im Nordosten Griechenlands
Thora Die fünf Bücher Mose
Thrasybulos Tyrann von Milet
Tilmun Im Gilgamesch-Epos die Insel der Seligen, wo das einzige unsterbliche Menschenpaar wohnte
Tissaran Frei erfundene Ortschaft
Uräus-Schlange Kleine ägyptische Kobra, schmückt die Doppelkrone des Pharao
Utu Alter assyrisch/babylonischer Sonnengott
Utuk Babylonischer Dämon
Zikkurat Mesopotamischer Stufenturm
Zion Tempelberg in Jerusalem

Sag mir, Geliebter, ist es wahr,
daß deine Liebe einsam durch Zeitalter und Welten wanderte
auf der Suche nach mir?

(Tagore)

Inhalt

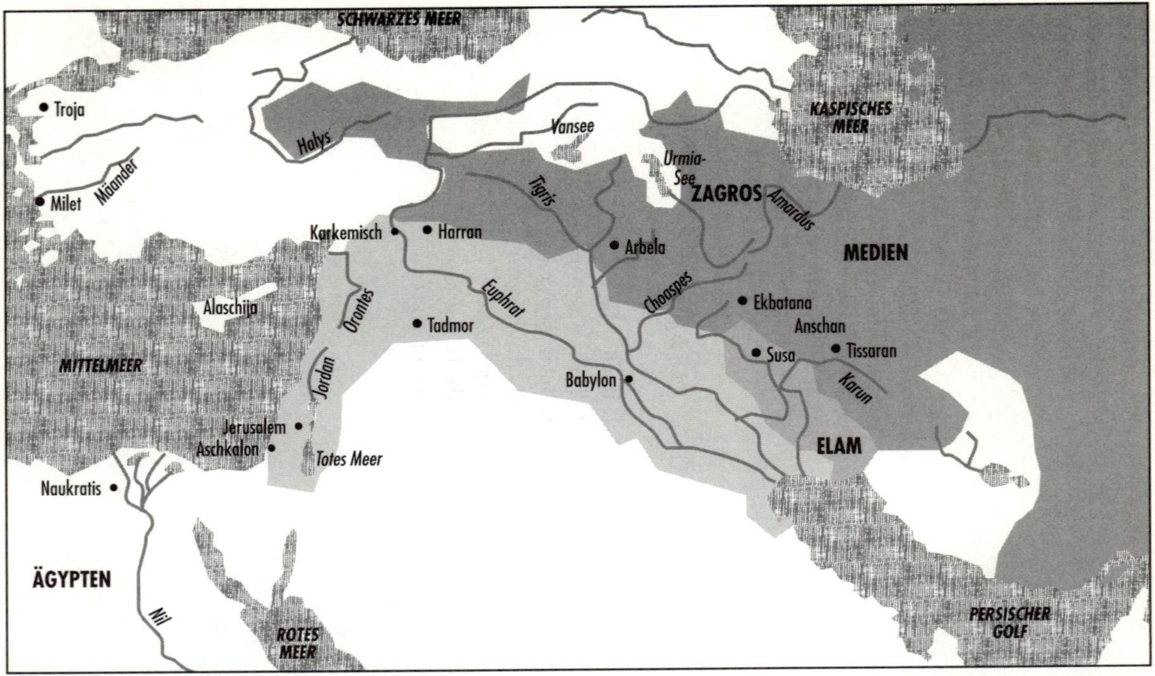
SCHWARZES MEER
KASPISCHES MEER
Troja
Halys
Vansee
Urmia-See
ZAGROS
Amardus
Milet
Mäander
Karkemisch
Harran
Tigris
Arbela
MEDIEN
Alaschija
Orontes
Tadmor
Euphrat
Choaspes
Ekbatana
Anschan
Susa
Tissaran
MITTELMEER
Jordan
Babylon
Karun
Jerusalem
Aschkalon
Totes Meer
ELAM
Naukratis
ÄGYPTEN
Nil
ROTES MEER
PERSISCHER GOLF

1. Buch

Midian

1

Aparschad, Kämmerer des Königs Kyaxares von Medien, ließ seinen schwergewichtigen Körper aufstöhnend in die Diwankissen sinken und spreizte seine gepflegten Hände mit den lackierten Nägeln. „Sarmad“, sagte er zu seinem Gast, einem hageren Mann mit wettergegerbtem Gesicht, „ich bin in Verlegenheit, in großer Verlegenheit und in Sorge, o ja, in großer Sorge.“

„Was beunruhigt dich denn, Aparschad?“ fragte Sarmad unmutig, „daß Kyaxares Tochter keine Gnade finden könnte vor den Augen des babylonischen Herrschers?“ Sarmad, der erfahrene Karawanenführer, hatte für die Sorgenfalten des Höflings kein Verständnis.

„Hast du noch nichts von den Schwarzen Wölfen gehört?“ fragte Aparschad und tätschelte die große, dicke Katze, die an seinem Bein entlangstrich.

„Nein. Wie du weißt, bin ich erst seit vier Tagen wieder im Land. Wer sind die Schwarzen Wölfe?“

„Eine Bande von Verbrechern, die man versäumt hat zu pfählen; Gesetzlose, die sich zusammengetan haben, um zu rauben und zu töten.“

Sarmad zuckte gleichmütig die Achseln. „Solche Männer sind mordlustig und feige. Sie töten nur, wo sie leichte Beute finden, den starken Gegner meiden sie. Margiane wird von meinen Männern bewacht, zwanzig unerschrockenen Burschen, die ausgezeichnet mit Schwert und Bogen umgehen können. Verlaß dich auf mich wie stets, Aparschad.“

„Ich wünschte, ich könnte es, aber daß du die Schwarzen Wölfe unterschätzt, ist ein Fehler. Das Volk beginnt bereits, ihnen dämonische Kräfte zuzuschreiben, weil niemand lebt, der sie gesehen hat. Natürlich ist das Unsinn, aber die einfachen Leute sind leicht zu beeindrucken.“

„Ich glaube, du hast dich von der abergläubischen Furcht der Bauern anstecken lassen, Aparschad. Die Schwarzen Wölfe mögen grausam sein und die unruhigen Zeiten nach den großen Kriegen für ihre Zwecke nutzen, aber Marduks geflügelten Drachen werden sie nicht wagen anzugreifen.“

„Bist du sicher, daß sie vor dem königlichen Wappen zurückschrecken? Elende Schurken, denen nichts heilig ist?"

„Ganz sicher. Sie würden doppelten Zorn auf sich laden: den unseres Herrschers Kyaxares und den Nabupolassars. Glaubst du, sie wagen es, sich mit den beiden größten Männern dieser Welt anzulegen?"

„Ja, ja, das ist wahr, das wäre sehr unklug von ihnen", murmelte Aparschad und hob die schnurrende Katze auf seinen Schoß. „Zerstreue meine Bedenken, Sarmad, zerstreue sie, damit ich schlafen kann. Außerdem werde ich eine Ziege und einen Hahn im Tempel opfern und die Priester befragen, ob die Götter uns gewogen sind."

Sarmad verneigte sich lächelnd. „Das kann nicht falsch sein." Und er dachte bei sich, daß die Priester es nicht wagen würden, ein schlechtes Gelingen vorauszusagen. Den Göttern selbst aber, davon war Sarmad überzeugt, war es völlig gleichgültig, ob diese oder jene Karawane ihr Ziel erreichte. Die Götter spielten gern, und vielleicht würfelten sie auf der Seite der Schwarzen Wölfe.

Der bewaffnete Geleitzug der medischen Prinzessin Margiane war ohne Zwischenfälle über die steilen Pässe und durch die engen Schluchten des Hochlandes zwischen Ekbatana und Babylon in das grüne Flußtal des Euphrat gelangt. Dort wurden Sarmads Männer sorgloser, und dort schlug der Tod zu. Er hatte im Schilf gewartet und den Schrei der Ibisse nachgeahmt. Er hatte hinter friedlich dümpelnden Fischerbooten gesessen oder auf dem starken Ast einer Sykomore.

Der Überfall kam jäh wie ein Sturzregen und ließ keinem Zeit zur Gegenwehr, das Ende aber kam langsam zu den Männern wie ein gemächlich trottender Gaul. Die Fische und die Raben feierten mit den Schwarzen Wölfen und diese mit der Tochter des Kyaxares und ihren Hofdamen.

Sarmad, der Hauptmann, wohnte dem Fest bei, gepfählt auf dem Feldzeichen des babylonischen Königs. Der goldene Drache Marduks ragte aus seinem Bauch und funkelte in der Sonne, als verhöhne er die ferne Macht seines Besitzers.

2

Der Schlachtenlärm war verstummt. Eine trübe Nachmittagssonne hing über der Ebene von Anschan und beschien die hingestreckten Leiber der Gefallenen. Raben schwebten in der dunstigen Stille, stießen heisere Schreie aus. Plötzlich flatterte der dunkle Schwarm erschreckt auf. Schattengleich huschten Gestalten hinter den Bäumen und Felsen hervor, verteilten sich in der Ebene, liefen zwischen den Gefallenen hin und her, beugten sich zu ihnen hinab; Messer blitzten, gierige Hände rafften Beute an sich, Schmerzensschreie ertönten, gefolgt von rauhem Lachen und kehligen Lauten.

Zengid, der Sohn des persischen Stammesfürsten Ardaschir, kam zu sich und blinzelte verwirrt in die Sonne. Von fern drangen Schreie und fremde Laute an sein Ohr. Er versuchte, sich aufzurichten, dabei durchzuckte ein stechender Schmerz seinen linken Arm. Zengid sah verkrustetes Blut, sein Kettenhemd war aufgerissen, das Fleisch bis auf den Knochen durchtrennt. Er biß die Zähne zusammen, hob mühsam den Kopf.

Was er sah, flößte ihm Entsetzen ein: Er war allein in einem Tal angefüllt mit Leichnamen. Verzweifelt ließ er sich wieder fallen. Da hörte er ein Stöhnen neben sich. Als er sich umsah, blickte er in das vor Schmerz verzerrte Gesicht eines Feindes. Das lange Haar hing ihm in Zöpfen herab, fremdartige Gehänge schmückten seine Ohren. Die rechte Hand umklammerte den abgebrochenen Schaft einer Lanze, deren Spitze in seinem Leib steckte.

„Wasser!“ flüsterte der Krieger, „bei den barmherzigen Geistern der Steppe, gib mir Wasser!“ Sein Atem ging rasselnd.

Da fiel plötzlich ein Schatten auf ihn, eine Hand griff nach den goldenen Ohrgehängen des jungen Nomaden und riß sie herunter. Zengid stieß einen erstickten Schrei aus, tastete nach seiner Waffe. Ein Stiefel trat seine Hand in den Boden.

Über ihm stand breitbeinig ein hochgewachsener, schlanker Mann mit langem, schwarzem Haar, das er zu einem Schweif hochgebunden hatte. Die nackte Brust war behängt mit Goldketten, Tierzähnen und vielfältigen Amuletten. Er trug eine Hose aus Ziegenfell und lederne, geschnürte Stiefel.

Der Verwundete stieß ein entsetztes Gurgeln aus. „Großer Geist der Steppe, erbarme dich meiner! Laß mich sterben, bevor –" ein furchtbarer Schrei beendete sein Jammern. Der unheimliche Fremde hatte ihm die Augen ausgestochen.

Zengid war stumm vor Grauen. Jetzt beugte sich der Langhaarige zu Zengid hinab, packte ihn und riß ihn hoch. Schwarze Augen glühten in wilder Freude, und eine kehlige Stimme sagte: „Belial sei gepriesen, du lebst noch!"

Zengid erschauerte unter dieser Bemerkung. Er wäre vor Schwäche wieder zu Boden gesunken, hätte der Fremde ihn nicht gehalten. Er bog ihm die Arme auf den Rücken, um ihn zu fesseln. Rasender Schmerz durchfuhr Zengid.

„Wer bist du?" stammelte Zengid. „Du bist noch grausamer als die Raben."

„Stimmt!" grinste der Fremde. „Die Schwarzgefiederten hacken nur den Toten die Augen aus, ich bin anspruchsvoller."

Ein Knie wurde ihm ins Kreuz gerammt, und er wurde zwischen den ausgeraubten Leichen hindurch zum Waldrand gestoßen, wo die Lasttiere der Räuber standen.

Dahindämmernd zwischen Bewußtlosigkeit und Stunden voller Angst und Schmerzen, hing Zengid auf dem Rücken seines Tieres. Manchmal ritt der Mann, der ihn gefangengenommen hatte, an ihm vorüber; Zengid zuckte jedesmal zusammen, wenn er ihm in die dunklen, hungrigen Augen sah.

Endlich legten sie eine Rast ein. Zu Tode erschöpft ließ sich Zengid auf den harten Erdboden fallen. Der Fremde hockte sich ihm gegenüber auf eine Pferdedecke und schob ihm einen Krug mit Wasser und ein Stück Brot mit Ziegenkäse hin. „Hier, iß und trink, damit du dich nicht vorzeitig davonmachst. Wie heißt du?"

Zengid hob den Kopf. Fast freundlich hatten die Worte geklungen. Aber als er dem Fremden ins Gesicht sah, erblickte er die ungezähmte Gier hinter dem Lächeln. „Ich bin Zengid, der Sohn des Fürsten Ardaschir", murmelte er.

„Ein Fürstensohn?" Der Fremde schnalzte mit der Zunge und wischte sich über die Lippen, als habe er soeben einen Leckerbissen verspeist. „Vortrefflich. Ich bin Midian, der Sohn Belials. Hast du je von mir gehört?"

„Nein", erwiderte Zengid leise.

Midian spielte gedankenverloren mit einem Amulett auf seiner

Brust. Mit halb geschlossenen Lidern musterte er den Gefangenen. Sein Lächeln flößte Zengid Furcht ein. Er versuchte, Midians Blicken auszuweichen. Obwohl ihn vor Hunger schwindelte, konnte er die Bissen nur mit Anstrengung hinunterschlucken.

„Wir werden Lösegeld für dich verlangen“, sagte Midian mit teilnahmsloser Stimme. „Meine Gefährten lieben das Gold.“ Er befeuchtete sich die Lippen und hörte nicht auf, spielerisch die Lederschnüre seines Halsschmucks um die Finger zu wickeln. Plötzlich griff er Zengid unter das Kinn und hob ihm das Gesicht. „Ich liebe den Schmerz.“

Zengid starrte seinen Peiniger hilflos an. Schlagartig durchfuhr es ihn: Er war diesem Mann schon einmal begegnet!

Als Knabe hatte sein Vater ihn mit nach Susa genommen. Unterwegs hatten sie sich in sumpfigem Gelände verirrt und dabei eine uralte, halb versunkene Stadt entdeckt. Die einst mächtigen Paläste und Tempelbauten waren verfallen, doch an einigen Stellen fanden sich Reste von herrlichen Wandmalereien, Treppenaufgängen, gesäumt von steinernen Fabelwesen und Säulen mit eingelegten Mosaiken. Es gab dort auch ein kleines Dorf, es hieß Tissaran und wurde von alten Männern bewohnt. Auf dem Dorfplatz erblickten sie ein Kleinod: Dort erhob sich eine Statue, lebensgroß und ganz aus Alabaster geschnitten, die großen Augen mit Malachit eingelegt. Sie funkelten, als seien sie lebendig, und der herrische Mund schien sprechen zu wollen. Niemand kannte ihren Schöpfer, und ihren Namen hatte der Wind verweht.

Am nächsten Tag, als sie weiterzogen, war die Statue verschwunden. Sie sei wieder im Moor versunken, aus dem sie heraufgestiegen sei, hieß es.

Betäubend traf Zengid die Erkenntnis: Dieser Anführer einer Rotte von Mördern und Leichenschändern ähnelte jener Statue wie ein Zwillingsbruder! Konnte das möglich sein? Ein Gott, herausgetreten aus seinem steinernen Gefängnis, jetzt als menschliches Ungeheuer auf der Erde weilend? Und glänzten die Augen seines Peinigers nicht wie Malachit?

Zengid senkte den Blick und drehte unwillig den Kopf weg. Midian lachte leise.

„Weißt du, weshalb man den Kriegern die Augen ausstechen muß, solange noch Leben in ihnen ist?“ fragte er unvermittelt.

Zengid verschüttete beinah sein Wasser. „Nein!“

„Auf diese Weise gelangen sie niemals ins Totenreich. Blind stolpern sie durch eine kalte Finsternis und heulen vergebens nach ihren verstorbenen Angehörigen. Auf diesen Irrwegen wird ihre Seele von Dämonen gemartert und findet niemals Ruhe."

Zengid würgte an seinem Brot. Erstickt fragte er: „Und daran glaubst du?"

Midian lachte kehlig. „Ich glaube es nicht, aber die Steppenvölker glauben es, und darauf kommt es an, oder nicht?" Midians Atem ging schneller, und seine Stimme war heiser wie ein hungriger Schakal.

Zengid starrte ihn ungläubig an. „Und der Gedanke freut dich?"

„Ja. Ich schlürfe die Qual ihrer verlorenen Seelen wie süßen Wein und sättige mein Herz an dem ewigen Grauen, das sie erwartet. Belial selbst mästet sich mit ihnen wie dem fetten Fleisch eines starken Widders."

„Wer ist Belial?" fragte Zengid leise.

„Belial ist einer der mächtigsten Dämonen, der die Menschen schon seit Jahrtausenden mit Plagen heimsucht."

Zengid fröstelte. Eine uralte Stadt und die verblüffende Ähnlichkeit einer Statue mit einem Mann, der Freude daran hatte, grausamen Dämonen zu dienen. Waren das Zufälle, oder hatten hier übersinnliche Kräfte ihre Hand im Spiel?

Midian sprang auf. „Sieh zu, daß du auf dein Maultier kommst, Sohn des Ardaschir. Wir haben noch bis zum Abend zu reiten."

3

Ein schwindelnd steiler Pfad führte hinauf zu einer düsteren Bergfestung, deren äußere Mauern halb zerfallen waren. Einst hatte sie als Vorposten gedient gegen den Einfall der Steppenvölker in die fruchtbaren Täler von Euphrat und Tigris. Ihre gewaltige Palastanlage lag längst begraben unter dem Wüstensand, die mächtigen Quader des Hauptgebäudes der alten Festung aber hatten den Zeitläuften widerstanden.

Die Schwarzen Wölfe hatten sich dort niedergelassen, eine Horde Gesetzloser, ausgestoßen aus der menschlichen Gemeinschaft. Sie lebten hier nach ihren eigenen grausamen Gesetzen und bildeten eine Schreckensgemeinschaft der Entrechteten. Jedermann im Umkreis wußte, daß Bestien auf Dur-el-Scharan hausten, und niemand wagte sich in die Nähe der hochaufragenden schwarzen Felswände.

Ein schneidender Wind wirbelte die ersten Schneeflocken heran. Einige Gestalten verließen in Pelze gehüllt und mit geschultertem Bogen die Burg, um auf die Jagd zu gehen. Im großen Saal saßen die Schwarzen Wölfe hustend um ein qualmendes Feuer.

Mesrim, der hagere Amoriter, schob brummend ein paar Scheite nach, aber das Holz war noch feucht und wollte nicht brennen. Der Wind trieb den Qualm durch den hohen Kamin in den Raum hinein. Die Männer fluchten mit tränenden Augen und hüllten sich enger in ihre pelzgefütterten Mäntel. Starker, mit Zimt gewürzter Wein wärmte ihre Mägen.

„Bei Beelschemin, dem Gehörnten, deine Knochen würden besser brennen als das nasse Zeug, das du aufs Feuer legst, Klinge!" rief Joram, der dunkellockige Hebräer.

„Meine Knochen brauche ich noch, Kadesche", gab der Amoriter grinsend zurück, „aber wie wäre es, wenn du unsere Gemüter mit einem feurigen Tanz erwärmtest?"

„Ja, mit einem Schleiertanz", flötete Zorach, der beleibte Syrer, der stets ein gutmütiges Lächeln zur Schau trug und der es liebte, seine Opfer lebend am Spieß zu braten.

„Beim Schwanz eines Hengstes! Kadesche ist ein hübscher Bengel, aber was gäbe ich jetzt für eine richtige Frau!" seufzte Tyrsus, der kleine, krummbeinige Jazyge, ein ausgezeichneter Reiter und Bogenschütze.

„Eine richtige Frau will einen richtigen Mann", spottete Joram, „und keinen, der sich auf einen Hengst berufen muß."

„Hast du mehr als ich aufzuweisen? Dann zeig her, Kadesche!"

Der Herrscher auf Dur-el-Scharan war Semron, der Einäugige. Midian, von Semron als zweijähriger Knabe geraubt, war von ihm wie ein Sohn aufgezogen worden. Er besaß den Blutdurst eines ausgehungerten Schakals und einen schneidenden Verstand.

Jetzt war sein schwarzbärtiges Gesicht stark vom Wein gerötet. Er schlug mit der Faust auf den Tisch. „Bei Harkon, dem Affengesichtigen, wißt ihr von nichts anderem zu schwatzen als von jungen Weibern und der Länge eurer Ruten? Dabei wächst meine, und mir bleibt nichts als die hölzerne Bank, auf der ich herumrutsche."

„Recht hast du, Semron!“ ließ sich ein hochgewachsener, rothaariger Mann vernehmen. Es war Elrek, ein entsprungener Sklave. „Wenn wir auf Frauen verzichten müssen, sollten wir uns die Köpfe über sie nicht heißreden. Aber Männer wie wir wissen auch mit anderen Dingen das Verlangen zu stillen.“ Dabei warf er einen schnellen Blick auf Midian, der gelangweilt mit seinem Messer Kerben in die Tischplatte schnitt. „Und die sind nicht so unerreichbar wie Jorams Lager.“ Elrek warf Joram einen herausfordernden Blick zu. „Ich spreche von deinem Zögling, den du im Turmzimmer untergebracht hast, diesem Perser. Wie lange gewähren wir ihm nun schon Gastfreundschaft?“

„Drei Monate!“ rief Zorach dazwischen. „Drei Monate wird er schon von uns gemästet, und wir Tölpel warten auf das Lösegeld.“

„Das ist richtig“, fuhr Elrek fort, „Aber wo ist es? Hat einer von euch es schon gesehen?“

„Vielleicht weiß die Kadesche mehr, sie ist doch Tag und Nacht nicht von der Seite des Persers gewichen!“

„Sie wird schon ihre Gründe gehabt haben“, grinste Zorach. „Vielleicht hat der Perser einen hübschen Hintern.“

„Ja, den möchten wir alle einmal sehen!“ fiel Semron ein und warf einen raschen Blick auf Midian. „Bei Belial, ich hätte dieses Bürschchen längst bestiegen, aber mein Sohn gibt ihn nicht heraus, als sei er ein kostbarer Edelstein.“

Elrek nickte. „Her mit ihm, Midian! Unsere Gemüter sind erhitzt, und ich denke, es ist der rechte Zeitpunkt, daß uns dieser Bastard zeigt, wie man langsam stirbt.“

„Ihr tragt Flöhe zum Hund!“ spottete er, „auch ich möchte gern wissen, wie persische Ochsen brüllen, wenn sie zur Schlachtbank geführt werden. Aber Joram fand ständig neue Ausflüchte – he, wie war das mit seinem Arm, Joram?“

Joram sah finster in die Runde und schwieg verdrossen.

„Ja, erzähl es uns, Kadesche!“ forderte Mesrim, während seine Finger die Schneide seines Messers prüften, das schon lange kein Blut mehr geschmeckt hatte.

Joram sah sich gereizt um. „Midian selbst wollte, daß ich mich um ihn kümmere!“ rief er. „Als ich den Perser aufsuchte, hatte sich sein Arm vereitert, und er hatte hohes Fieber.“

„Welch eine traurige Geschichte“, seufzte Mesrim, „hoffentlich geht sie gut aus.“

„Ihr könnt aufatmen, meine Freunde", warf Midian ein, „es nahm ein gutes Ende. Joram wollte dem armen Kerl den Arm nicht abhacken – so war es doch, oder?"

„Ganz recht", erwiderte Joram finster, „Es stellte sich heraus, daß es nicht notwendig war."

„Da bin ich aber erleichtert." Midian grinste. „Hoffentlich ist er jetzt wieder ganz genesen?"

Joram spuckte verächtlich auf den Boden. „Ja, er ist in guter körperlicher Verfassung, aber ich gebe ihn nicht heraus."

Midian hob erstaunt die Brauen. „Wie? Ich kann mich nicht erinnern, dir meine Geisel geschenkt zu haben."

Da zog Joram sein Messer und rief: „Ich fordere das Gastrecht für den gefangenen Perser, und ich verteidige meine Forderung mit der Waffe!"

„Hört, hört!" ließ sich Mesrim vernehmen, während er an einem abgenagten Knochen schmatzte, „der Perser muß ja ein mächtig guter Bettgenosse sein!"

„Versuch es doch einmal mit mir, Kadesche", gurrte Zorach, „dann kämpfe ich auch für deinen Perser."

„Du lüsterner Bock!" schrie Joram, „kannst du denn nur *daran* denken?"

„Zorach hat recht", warf Semron ein, „wir sind Männer und keine Bäume, denen im Winter die Blätter abfallen und der Saft eintrocknet."

Midian erhob sich. „Was lärmt ihr wie Sperlinge auf einem abgeernteten Weizenfeld um einen Gefangenen, der mir gehört?" Er wandte sich an Joram: „Und du ziehst hitzig den Dolch für den Perser? Bringe einige gute Gründe vor, weshalb er vor uns Gnade finden soll."

Joram steckte das Messer weg. „Ich hätte den Perser verfaulen lassen können, aber wir wollten Lösegeld. Also brachte ich ihn hinauf in die Dachkammer und pflegte ihn."

Die Männer schwiegen. Midian räusperte sich. „Ja und? Ich habe noch keine Gründe gehört, die für Gnade sprechen."

Joram biß sich auf die Lippen, und Midian musterte ihn geringschätzig. „Weder deine rührende Pflege noch dein Mitleid retten den Perser, Joram. Laß dir etwas Besseres einfallen."

Da erhob sich Semron und machte eine großzügige Armbewegung. „Mag der Perser sein jämmerliches Leben noch eine Zeitlang behalten, aber nur, wenn er uns allen noch heute abend zu Willen ist. Das ist mein Vorschlag, Männer, wer stimmt zu?"

Da lachte Midian dröhnend. „Vortrefflich! Wenn ich recht unterrichtet bin, ist das für einen Perser schlimmer als der Tod."

4

Zengid saß fröstelnd im Turmzimmer, in eine dünne Decke gehüllt. Hätte der freundliche Hebräer ihn nicht manchmal aufgemuntert, wäre er längst von der Verzweiflung besiegt worden. „Laß ihn uns ganz, laß ihn uns ganz, und wenn wir ihn hatten, dann laß ihn den Ratten!" Zengid vermeinte immer noch, das Singen der alten Weiber zu hören, aber es war nur der Wind, der um den Turm strich.

Plötzlich stand Joram in der Tür, ein feingeschnittenes Gesicht, dunkle Augen, in denen Mitgefühl schimmerte. Zengid hatte ihn nicht gehört und lächelte zaghaft.

Jorams Miene war hart. „Die Wölfe wollen dich sehen."

„Was – heißt das?" stammelte Zengid.

„Kannst du es dir nicht denken?" Joram schloß die Tür und lehnte sich mit verschränkten Armen dagegen. „Du wirst sicherlich bemerkt haben, daß es hier nur alte, häßliche Weiber gibt. Die Männer um Semron sitzen am Feuer, trinken und erhitzen ihre Gemüter mit lüsternen Reden. Sie wollen dich..."

„Nein", gurgelte Zengid, „das können sie doch nicht tun! Ich bin Perser. Nach meinem Glauben wäre ich auf ewig verdammt!"

Joram schnippte mit den Fingern. „Reiß dich zusammen und sei froh, daß sie dich heute noch nicht umbringen."

Zengid war völlig in sich zusammengesunken. „Nein", wimmerte er. „Entehrt will ich nicht sterben."

„Entehrt will ich nicht sterben!" wiederholte Joram ärgerlich, „welch hehres Wort! Welch lächerliches Wort! Man wirft nicht sein Leben weg wegen ein paar Schwänzen im Hintern."

„Ich schon", flüsterte Zengid. „Wenn ich das dulde, verwirft mich der Herr des reinen Feuers am Tage des Gerichtes."

Joram bekam schmale Augen. „Du Narr! Dein Ahura wird dich nicht verurteilen, aber die Schwarzen Wölfe sind erbarmungslos." Er ging zu Zengid, der ins Leere starrte, und half ihm aufstehen. „Komm, ich stütze dich. Zeig dich kaltblütig, das nimmt ihnen gleich die halbe Freude."

Eine höhnische Stimme durchschnitt jäh Zengids Empfindungen: „Wie rührend! Wahrlich, es lohnte die Mühe der vielen Stufen, dich heulend in Jorams Armen zu sehen." Midian stand in der Tür und warf Joram funkelnde Blicke zu. „Alle warten auf euch. Es ist nicht notwendig, daß du Zengid vorwärmst, mein Freund."

„Der schwarze Teufel!" entfuhr es Zengid.

Midian trat näher und betrachtete den gebrochenen jungen Perser eingehend. „Nein, nein, du irrst dich", sagte er freundlich, „wir nennen uns Schwarze Wölfe, nicht Schwarze Teufel, obwohl eine solche Änderung unseres Namens eine Überlegung wert wäre. Aber vielleicht sind wir teuflische Wölfe?" Er lächelte boshaft.

„Du bist der leibhaftige Böse Geist!" stammelte Zengid.

„Ich wollte, ich wäre es", sagte Midian sanft, „denn dann wäre meine Macht unvorstellbar, und ich geböte nicht nur über diese alten, elenden Gemäuer."

Da hörten sie Elreks Stimme auf den Stufen: „Und ich sage dir, Tyrsus, die beiden vergnügen sich da oben allein mit dem Perser, und uns schimpfen sie dann Knabenschänder."

Als Elrek in der Tür erschien und hinter seinem breiten Rücken das Bocksgesicht des Jazygen, gab Midian dem Perser einen Stoß, so daß er Elrek in die Arme taumelte.

Zengid wehrte sich verzweifelt gegen den festen Griff des Rothaarigen, der ihm die Arme auf den Rücken bog und ihn die Treppe hinuntertrieb. Joram hörte einen erstickten Schrei, dann höhnisches Gelächter. Er sah Midian abwartend an. „Und du?"

Midian zuckte mit den Schultern. „Ich töte Männer, ich umarme sie nicht."

Joram lachte verhalten. „Das gilt vielleicht für den Perser, gilt das auch für mich?"

Midian stieg eine flüchtige Röte in die Stirn. „Du bist anmaßend, Joram. Die Männer würden dich gar nicht bemerken, wenn sie genug Frauen hätten. Und auch ich suche mein Vergnügen woanders."

„Ach! Wo denn?" Joram blieb vor Midian stehen. „Spiele doch nicht den Kühlen! Na gut, manche glauben, du seist ein Dämon.

Aber Dämonen sind bekanntlich lüstern wie die Ziegenböcke. Gib es zu, du brennst wie die anderen."

„Und wenn! Ich würde lieber verbrennen, als dich anzurühren!"

Joram setzte sich grinsend auf Zengids Bett. „Was du nicht sagst. Sind die Huren in Arbela hübscher als ich?"

„Wenigstens sind es Frauen und haben keine haarigen Hintern", gab Midian barsch zur Antwort und ging zur Tür.

„Du willst schon gehen?" Jorams Stimme gurrte. „Du weißt genau, daß mein Hinterteil glatt ist wie ein Kiesel. Wenn nicht, will ich es dir gern einmal zeigen."

Midian fuhr herum, dunkelrot im Gesicht. „Verführe andere mit deinem Weiberlächeln, aber laß mich zufrieden!"

Joram spielte an seinem Gürtel und senkte den Blick. „Hast du Angst vor mir? Angst, dich einmal nicht in der Gewalt zu haben?"

Midian zischte verächtlich, aber Joram lachte meckernd. „Wenn dir das Blut so in die Lenden schießt wie in den Kopf, mußt du einen gewaltigen Spieß haben." Er löste seinen Gürtel.

Midians Hand legte sich an den Dolch. „Reize mich nicht, Hebräer! Du spielst mit deinem Leben."

Joram nestelte weiterhin an seiner Hose. „Reize ich dich? Habe ich den stolzen Jünger Belials heiß gemacht? Seine Unnahbarkeit erschüttert?" Jäh erhob sich Joram und zog den Gürtel wieder fest. „Du glaubst doch nicht wirklich, ich hätte mich mit dir eingelassen? Weder mit dir noch mit anderen."

Haarscharf fuhr das Messer an Jorams Hals vorbei, der nur mit Mühe ausgewichen war. Es prallte von der Wand ab und fiel auf den Boden. Joram wollte es aufheben, doch mit einem Sprung war Midian bei ihm, schlug ihn mit der linken Faust nieder, während seine Rechte nach dem Messer griff. Joram schüttelte sich. Wie eine Katze war er wieder auf den Beinen, doch Midian warf ihn auf das Bett und richtete das Messer auf seinen Unterleib. „Du hebräischer Kläffer glaubst es mit Midian aufnehmen zu können, weil ich dich einmal verschont habe? Niemand macht mich heiß und hält mich dann ungestraft zum Narren!"

Er zögerte kurz, dann stieß er Joram das Messer tief in den linken Oberschenkel und machte einen langen Schnitt. Das Blut spritzte aus der klaffenden Wunde, und Joram brüllte wie ein Stier. Midian warf den Kopf in den Nacken und stieß einen wilden Schrei aus. Joram winkelte vorsichtig das unverletzte Bein an und rammte es Midian mit voller Wucht vor die Brust, so daß er zurücktaumelte. Dann versuchte Joram, die Wunde zusammenzupressen, und schrie: „Ich verblute, du Ungeheuer, mein Gott, ich verblute!"

Midian hielt sich die schmerzenden Rippen und keuchte: „Jetzt rufst du deinen Gott an, statt allein mich zu fürchten. Bei Belial! Ich hätte dir den Bauch aufschlitzen sollen." Er wickelte sich sein Tuch von den Hüften und warf es Joram zu.

Schnell und geschickt band sich Joram das Tuch fest um den blutenden Schenkel, während er Midian giftige Blicke zuwarf. „Bis zur Schneeschmelze ist dein Bein wieder verheilt", meinte Midian und sah ihm gleichmütig zu.

Der Hebräer erhob sich, unterdrückte ein Stöhnen und humpelte zur Tür. Midian wischte das blutige Messer herausfordernd an seinen Beinkleidern ab und folgte ihm. Auf der Treppe strauchelte Joram. Midian hielt ihn fest. „Nimm deine blutbefleckten Hände von mir, du Heuchler!" zischte Joram. „Lieber breche ich mir alle Knochen!"

Midian lachte verhalten, und Joram spürte Midians starken Arm. Das Verlangen stieg in ihm auf, das er gestorben wähnte seit jenen Tagen in Aschkalon, die ihn zu einem Gesetzlosen, die ihn zu einem Wolf gemacht hatten. „Laß mich! Du fürchtest dich vor Gefühlen. Du wolltest mich, aber deine Antwort war Gewalt, du kennst nichts anderes."

Midian drängte Joram an die Wand und sah ihn durchbohrend an. „Hebräer! Von allen Männern auf Dur-el-Scharan schätze ich dich. Weshalb mußtest du mich zur Wollust verführen? Kennst du mich, wenn der Taumel der Begierden mich fortreißt und mir die Besinnung raubt? Ich zerreiße meine Opfer! Hätte ich meiner Lust nachgegeben, wärst du jetzt nicht verwundet, sondern tot!"

Joram starrte in die flackernden Lichter des schönen, starken Tieres, das ihn festhielt. „Laß mich bitte los", murmelte er.

Midian gab ihn frei, und Joram wandte sich wortlos ab. Er konnte jetzt nicht darauf antworten, aber Midians Worte vergaß er nicht.

5

Auf Dur-el-Scharan lag der Schnee meterhoch im Burghof. Die Stimmung der Männer war gereizt. Den größten Teil des Tages verbrachten sie dösend vor ihrem Weinkrug, und wenn sie die Köpfe hoben, redeten sie vom Frühling und neuen, unerhörten Taten. Ihre persische Geisel, die ihnen die Langeweile vertrieben hätte, ruhte unter Jorams Fittichen, und Midian wollte keinen Streit mit Joram.

Und dann geschah, womit niemand mehr gerechnet hatte. Aus dem fernen Sagartien kamen drei Männer nach Dur-el-Scharan, in dicke Pelze gehüllt und über den tief verschneiten Pfad. Bald saßen sie am Kaminfeuer des großen Saales, ließen den Reif auf ihren Gesichtern schmelzen, tranken heißen Wein und sprachen von Lösegeld, während die Schwarzen Wölfe sich erwartungsvoll um sie geschart hatten.

Was sie hörten, klang lieblich in ihren Ohren. Zwei Maultierlasten Gold warteten in Arbela in einem Versteck auf sie, wenn man Zengid lebend hinunterbrächte. Semron rieb seine behaarten Pratzen und sah sich triumphierend um, als sei das Ganze sein Verdienst, doch die Männer betrachteten verlegen ihre Fußspitzen. Mitten im Winter war es ein gefahrvoller und beschwerlicher Weg, wer sollte den auf sich nehmen und dabei gleichzeitig auf vier Perser acht geben?

Semron beendete das Hüsteln und Füßescharren mit donnernden Faustschlägen auf die Tischplatte und bellte eine Reihe von Namen. Acht Männer!

Midian lachte leise und schlich um die drei Perser herum wie ein hungriger Schakal. „Acht Wölfe für vier Ziegenhirten? Wie jämmerlich wäre das! Ich werde mit dem Fürstensöhnchen hinuntergehen.“

„Du allein?“ fuhr Semron dazwischen.

„Ich brauche keine Eskorte. Die Perser bleiben hier als Geisel. Wenn das Gold da ist und ich sicher zurückgekehrt bin, können sie gehen.“

6

Midian hatte sich ein Wolfsfell über die Schultern geworfen und trug ein wollenes Gewand, das ihm bis zu den Knien reichte. Darunter schauten seine Beinkleider aus Ziegenfell hervor, die er sommers wie winters trug. Seine Füße steckten in pelzgefütterten Stiefeln mit bis zum Knie hochgeschnürten Riemen. Die Zähne des wilden Ebers schmückten sein langes, hochgebundenes Haar, und um seinen Hals hingen die Amulette, die er seinen getöteten Feinden abgenommen hatte. In der um die Hüfte gewundenen Schärpe steckte ein Dolch. Midian schulterte den ledernen Proviantsack, dazu ein prächtiges, mit Riemen zusammengeschnürtes Bärenfell, und war reisefertig.

Er stapfte hinaus in den Schnee und hielt die Nase witternd in die eiskalte Morgenluft. „Es wird nicht schneien, der Himmel ist klar, und wir haben Westwind."

Im Schatten des Eingangs stand Joram und sah ihn stumm an. Hinter ihm trat Zengid aus der Tür, vermummt in Felle. Er schulterte wie Midian einen Ledersack und für die Nacht ein Ziegenfell. Tief sog er die frostklare Luft in seine Lungen und schickte seinen Blick über die verschneiten Gipfel, die ihm Freiheit verhießen. Joram nickte ihm aufmunternd zu, und Zengid fragte sich erneut, was den hübschen Hebräer zu den Schwarzen Wölfen getrieben hatte.

„Bist du bereit, Sohn des Ardaschir?"

Zengid zuckte zusammen, dann nickte er stumm und versuchte, seine Angst hinunterzuschlucken vor dem, was ihn an der Seite des schwarzen Dämons erwarten mochte.

Midian drehte sich wortlos um, und Zengid folgte seinen Fußstapfen. Sie überquerten den Hof und verließen Dur-el-Scharan durch das hohe Tor, hinter dem der schmale, zugeschneite Pfad hinunter ins Tal begann.

Joram sah ihnen nach, bis sie verschwunden waren, dann ging er in die Halle zurück. Sie war groß und kalt, denn das Feuer wärmte sie nur mäßig. Doch heute erschien sie ihm kälter als sonst. Midian war fort, und Dur-el-Scharan wurde zum Gefängnis inmitten des eisgepanzerten Zagros.

Jorams Blick streifte abwesend seine Gefährten.

Zengid, Zengid! Meine Gedanken begleiten dich, denn du wirst mit Midian allein sein im Berg und in den eisigen, sternklaren Nächten neben ihm liegen und seinen Atem hören. Könnte ich dich doch hassen, Midian! Aber ich konnte es nicht einmal, als du mich verwundetest. Hätte dich danach verlangt, ich hätte dich an meiner Wunde trinken lassen. Wahnwitzige Gedanken, die aus den Abgründen meiner Seele aufsteigen!

7

Midian und Zengid stapften schweigend durch den Schnee. „Bleibe in meiner Spur!" das war alles, was Midian zu Zengid gesagt hatte, und nun waren sie schon fünf Stunden ohne Rast unterwegs.

Zengid war schnell erschöpft, aber er sagte nichts. Er fürchtete sich, in die hungrigen Augen Midians schauen zu müssen, die sich aus seiner Schwäche die Kraft zum Leben zu saugen schienen. Unermüdlich schritt Midians hohe Gestalt vor ihm her, als sei er kein Mensch, den Müdigkeit und Hunger überwältigen. Zengid tränten die Augen vom scharfen Wind, und seine Beine zitterten vor Anstrengung. Trotz der Kälte schwitzte er, und der Schweiß gefror auf seinem Gesicht.

Zu Tal donnernde Felsbrocken erschreckten ihn, das Knirschen des Eises, Schneespalten, die sich plötzlich vor seinen Füßen öffneten. Immer öfter blieb er zurück; einmal lähmte ihn die Angst so sehr, daß er keinen Schritt mehr tun konnte. Midian stemmte die Fäuste in die Hüften und lachte ihn aus. „Willst du dort festfrieren?" Dann reichte er ihm die Hand. „Fürchte dich nicht, die Stiefel sind aus Eselshaut und rutschen nicht."

Zengid fühlte sich von starker Hand sicher über die Spalte geführt, die senkrecht abglitt in bodenlose Schwärze. Ihn schauderte bei dem Gedanken, daß Midian ihn gern hinuntergestoßen hätte.

Am späten Nachmittag, als man den Pfad kaum noch erkennen konnte, suchte Midian nach einer trockenen und windgeschützten Stelle. „Hier bleiben wir", sagte er und rollte sein Bärenfell aus.

Dann zog er den Proviantsack zu sich heran und holte Brot, Käse und etwas getrocknetes Fleisch heraus. „Willst du nichts essen?“

„Ich habe keinen Hunger“, flüsterte Zengid mit den Zähnen klappernd.

Midian beobachtete ihn lauernd. „Wenn du nichts ißt, wirst du erfrieren.“

Mit klammen Fingern nestelte Zengid an seinem Proviantbeutel. Sie aßen schweigend. Danach rollte sich Midian in sein Fell und drehte sich auf die Seite.

Wie ein Kind im Mutterleib krümmte Zengid sich unter dem Ziegenfell zusammen und lauschte dem Heulen des Windes. *Ich werde diese Nacht ganz sicher nicht überleben,* dachte er, *aber er wird mich nicht jammern hören, lieber will ich sterben.*

Midian hörte Zengids rasselnden Atem. *Der wird mir wegsterben,* dachte er. *Überzüchtete Brut! In Samtkissen großgeworden.* Midian tastete nach dem leise stöhnenden Zengid und schüttelte ihn.

„Zengid? Sind dir die Finger und Zehen schon abgefroren? Steh auf, Muttersöhnchen, wir tauschen die Decken.“

Halb steif und benommen kroch Zengid in das Bärenfell, während Midian sich schweigend in das Ziegenfell wickelte. Zengid war zu erschöpft, um über diesen Tausch nachzudenken. Ihn umfing sofort wohlige Wärme, und er streckte sich behaglich wie ein Hund am Feuer. Seine froststarren Wangen drückte er in das dichte Fell, das den Schweißgeruch seines grausamen Feindes ausströmte, und so schlief er dem nächsten Morgen entgegen.

Zengid erwachte, weil er unter nassem Schnee fast erstickte. Er prustete und spuckte und blinzelte in die grelle Morgensonne. Midian stand breitbeinig über ihm, das Ziegenfell aufgerollt, und sagte spöttisch: „Wie lange willst du hier noch liegen? Bis die Dohlen Nester auf dir bauen?“

Zengid rappelte sich auf. Er legte sich hastig seinen Wolfspelz um und zog es vor, zu schweigen. Was hätte er schon sagen sollen, da ihm der Atem vor dem Mund gefror?

Sie genossen ein karges Frühstück. Danach hatten sie ein vereistes Geröllfeld zu überqueren; der Abstieg dauerte acht harte Stunden, die Midian erbarmungslos ohne Pause durchhielt und Zengid die letzten Kräfte raubten. Ihm knickten die Beine weg, der Sturm zerrte an seinem Körper, riß ihn fast um, und er wäre bös gefallen, hätte Midian ihn nicht gepackt und hochgerissen. Vor Zengid stand das erbarmungslose Lächeln; er spürte den warmen Atem, der ihm über die Wange strich, und den brennenden Blick. Midians starke Hand hielt ihn, als sei er ein Freund, doch seine Nähe war wie ein Glutofen, dessen Wände bersten wollten.

Zengid durchjagte ein Schauer, und seine Knie drohten nachzugeben. Schwankend und nach Atem ringend, hing er in Midians Armen. „Ein Schwächeanfall, Zengid?" spottete Midian. „Mach den Mund zu, sonst fliegen dir Eisvögel in den Magen."

„Jetzt möchtest du mich töten, Midian", flüsterte Zengid. „Ich spüre es."

Midian schnaubte verächtlich und ließ Zengid los. „Ich kenne Besseres, als dir deinen erbärmlichen Hals abzuschneiden. Ich habe Freuden gekostet, die du dir nicht vorstellen kannst."

Zengid fröstelte. „Entsetzliche Freuden müssen das gewesen sein, wie man sie in der tiefsten der sieben Höllen genießt."

„Unsinn!" Midian baute sich breitbeinig vor Zengid auf, schlug sich auf die Brust und lachte dröhnend. „Die Hölle ist hier auf Erden! Lerne, sie zu beherrschen, und du brauchst sie nicht zu fürchten. Sieh mich an! Ich tue, was mir gefällt, ich lasse mich nicht von Göttern knechten, die unfrei machen. Ich lerne von den Bergen, den Wäldern, den Flüssen, von Sonne und Wind. Ich höre den Schnee schmelzen und die Steine singen. Ich ringe mit den Sturmgespenstern, die dir die Seele aus dem Leib blasen, ich lache über Abgründe und kämpfe mit Steinschlag und brechendem Eis."

Zengid hatte sich etwas beruhigt und wieder sicheren Tritt gefaßt. „Du glaubst wohl, allein in dir wohne die Weisheit der Welt, Midian?"

Midian machte eine verächtliche Handbewegung und marschierte weiter. „Die Weisheit der Welt ist nichts als Hundepisse! Das Überleben zählt, der Rausch der Macht, die Lust der Sinne!"

„Denkt Joram auch so?" Zengid wußte selbst nicht, weshalb ihm gerade jetzt der hübsche Hebräer einfiel.

Midian drehte sich um und spuckte aus. „Joram ist der Sohn eines Priesters, er wird nie ganz zu uns gehören. Er kennt die Schriften. Das setzt ihm Flausen in den Kopf, und er tötet nicht mit der gleichen Leidenschaft wie ein Schwarzer Wolf." Vor sich hinmurmelnd fügte er hinzu: „Ich habe nie einsehen können, wozu diese Krähenfüße gut sein sollen, die sie in Stein meißeln, nichts als Worte von irgendwelchen Dummköpfen!"

„Weil du nicht lesen kannst?“ Zengid hatte es gehört.

„Ja, ich kann nicht lesen. Dafür lese ich die Spuren im Eis, höre auf das Raunen des Windes, verstehe das Wispern der Bäume und das Stöhnen der Felsen. Ich lese in den Augen meiner Feinde die Angst, in ihren Gesichtern das Entsetzen, in ihren Wunden das Verrinnen ihres Lebens. Ich bin frei wie der Adler, der seinen Horst im unzugänglichen Fels baut, und nicht einmal der König im fernen Babylon in seinem goldenen Palast kann mir gebieten.“

Als sie das schreckliche Geröllfeld endlich überquert hatten, war selbst Midian erschöpft. Der Weg führte jetzt über eine kahle, windige Hochebene. Es war nicht daran zu denken, sie noch vor dem Dunkelwerden zu überqueren. Einen Platz für die Nacht, der Schutz bot, gab es nicht, also rollte Midian das Bärenfell aus, setzte sich darauf und holte Brot und Käse aus seinem Beutel. Dann griff er noch ein wenig tiefer hinein und holte grinsend einen Wasserschlauch hervor und zeigte ihn Zengid. „Dattelwein!“

Beide nahmen einen kräftigen Schluck, und er glitt wie flüssiges Silber durch ihre eisigen Kehlen. „Beim Gehörnten, das ist fürstlich!“ rief Midian und trank erneut. Er reichte den Schlauch Zengid. „Nun, geht es dir schon besser?“

Zengid ergriff ihn mit beiden Händen und trank, als wolle er ihn in einem Zug leeren. Dann reichte er ihn zurück und lächelte. „Das ist der beste Wein, den ich je im Leben getrunken habe.“

Midian lachte und setzte den Schlauch an die Lippen. „Er war schon für den Steuereintreiber bestimmt und lagerte in fünfzig Schläuchen im Keller eines feisten Bauern, da nahmen wir ihm den beschwerlichen Weg in die nächste Stadt ab. Statt dessen gaben wir ihm heißes Öl zu trinken, und er zeigte uns aus Dankbarkeit einen lustigen Tanz, bis ihm seine –“ Zengid hielt sich die Ohren zu, und Midian reichte den Schlauch wieder zurück. „Was hast du gegen ein kurzweiliges Gespräch? Hier, nimm und trink, du Langweiler!“

Der Wein belebte Zengids geschwächten Körper, und er fühlte sich leicht wie ein Vogel. „Ist gar nicht mehr so kalt“, stammelte er.

„Das macht der Wein, deshalb ist dir warm. Diese Nacht werden wir uns beide zusammenrollen wie die Bären im Winterschlaf, sonst sind wir morgen tot.“

Midian breitete das Ziegenfell auf dem Boden aus, darüber legte er seinen Wolfspelz. Ihre Proviantsäcke beschwerte er mit Steinen. Dann schlüpfte er unter den dichten Bärenpelz und winkte Zengid.

„Komm her! Worauf wartest du? Daß ich dich in den Schlaf singe?"

Zengid wollte sich keine Blöße geben, legte sich an Midians Seite und versuchte, sich sehr klein zu machen. Midian zog Zengid wie eine Puppe an seinen Körper. „Es wird ziemlich eng werden, was?"

„Ja", flüsterte Zengid. Er wagte kaum zu atmen. Midians Körperwärme und der genossene Wein betäubten seine Sinne. Langsam fiel die Angst von ihm ab und wich einem Gefühl der Geborgenheit. Wie eine Python ihren muskulösen Leib um einen dicken Ast windet, drängte sich Midians starker Körper an Zengid, der das Herz seines Feindes schlagen hörte. Er spürte den heißen Atem über seinem Gesicht, der nach Dattelwein und Ziegenkäse roch. *Was mag er jetzt fühlen?* überlegte Zengid. *Ist er erschöpft wie ich und will nur schlafen, oder überlegt er, wie er seinem Opfer in tödlicher Umschlingung das Leben herauspressen kann?*

Einige Minuten lagen sie schweigend beieinander. Jedesmal, wenn Midian sich regte, klopfte Zengid das Herz bis zum Hals, und er fand keinen Schlaf.

„Ist dir der Wein bekommen?" fragte Midian plötzlich.

Zengid zuckte zusammen. Offensichtlich konnte Midian auch nicht schlafen. „Mir ist etwas schwindelig, aber sonst geht's mir gut."

„Ha! Mir ist er gewaltig in den Kopf gegangen. So muß ein junger Baum sich im Frühling fühlen, wenn die Säfte ihm wieder ins Holz steigen. – Aber du zitterst. Wovor fürchtest du dich? Daß ich dir im Schlaf die Kehle durchschneide?"

„Ich fühle mich wie ein Lamm in den Fängen des Löwen", flüsterte Zengid.

Das bist du auch, dachte Midian, und spürte, wie seine Begierden sich auftaten wie ein dolchzahniger Rachen. *Wenn ich den Perser jetzt töte, habe ich keine Verpflichtungen mehr. Den Männern auf Dur-el-Scharan kann ich sagen, er sei erfroren, abgestürzt, irgendwie umgekommen. Wiegt nicht die Befriedigung einer überschäumenden Lust alles Gold der Welt auf?*

Midians Dämon wütete in seinem Hirn und stürmte brüllend gegen seine Lenden, strömte Hitze aus.

„Ja, ich fürchte mich vor dir", sagte Zengid heiser. Der heiße, fordernde Körper neben ihm wollte mehr als Sinnenlust, er wollte töten.

Midians Augen glänzten, weil allein die Macht seiner Gedanken genügt hatte, Zengid Furcht einzujagen. Ihn durchflutete unbezähmbare Gier, den zitternden Körper in seinen Armen zu zerreißen. Er tat einige tiefe Atemzüge, um sein Blut zu beruhigen. „Dummkopf!" sagte er leichthin, „wovor hast du Angst? Es sind nur die Geister, die im Wein wohnen, sie haben mein Blut zum Kochen gebracht. Komm, Zengid, kühle mir die Hitze."

Zengid spürte plötzlich an seinem Hals eine feuchte Zungenspitze, die ihm rasch und heiß über die Kehle fuhr und sich in seine Halsgrube bohrte. Er wurde starr vor Entsetzen. Sofort standen die Schreckensbilder vor ihm, die ihn in seinen Träumen verfolgten: lachende, schwitzende Männer, die ihm die Kleider vom Leib rissen. Nie würde er ihre Hände vergessen, die überall waren, ihr widerliches Lachen, das ihn verhöhnte, bis er blutig und bewußtlos liegenblieb. Er hatte sterben wollen in jener Nacht, und doch war er irgendwann in seiner Dachkammer wieder erwacht zu einem Leben, das ihn anklagte, weil er noch zu atmen wagte.

„Bitte nicht", flüsterte er sinnlos.

Midians Atem ging jetzt keuchend, und ungeduldig zerrte seine Hand an dem Gurt, der seine Beinkleider aus Ziegenfell zusammenhielt. „Zieh dich aus! Mach schon, beeil dich!"

Zengid zog schützend die Knie an und versuchte verzweifelt, sich aus Midians Umarmung zu winden, doch der hatte sich in ein hitziges Tier verwandelt und hielt ihn mit stählernem Griff. „Keinen Widerstand, sonst lasse ich dich erfrieren!"

„Bitte, Midian", wimmerte Zengid, „ich ertrage es nicht noch einmal!"

Midians Zunge fuhr ihm in den Mund, glitt tief hinein und bewegte sich schlängelnd hin und her, daß sie Zengid fast erstickte. Als Midian seinen Mund wieder freigab, stieß Zengid einen gellenden Schrei aus, den Midian mit einem heiseren Lachen beantwortete. „Du bist verloren, Sohn des Ardaschir, denn du gehörst Midian, dem Wolf!" Er führte Zengids widerstrebende Hand an seine Lenden. „Fühle, wie das Feuer meine Männlichkeit gehärtet hat. Bringe sie zum Glühen, Zengid! Schmiede sie zu einem ehernen Speer!"

Zengid hatte das Gefühl, der Schädel müsse ihm zerspringen. Midians jähe Leidenschaft erdrückte ihn, raubte ihm jeden klaren Gedanken. Und doch war es anders als in jener schrecklichen Nacht. Die Männer hatten ihn roh genommen wie ein Fuder Heu, das den Ochsen vorgeworfen wird. Midians Sinnlichkeit aber überströmte ihn, machte ihn willenlos und weckte verbotene Lüste.

Es wäre besser gewesen, zu erfrieren oder in die Schlucht zu stürzen, dachte er, doch seine Hände glitten Midian zwischen die Schenkel. Bis in seine Fingerspitzen fühlte er die Hitze, seine Wangen glühten, und in seine Lenden schoß das Blut. Da wußte Zengid, daß er das wilde Spiel genoß und begierig war, Midian in sich eindringen zu fühlen. Und als es geschah, stöhnte er laut, und sein Körper dampfte unter Midians Stößen wie ein Acker im sommerlichen Gewitterregen.

Doch jäh hörten die Liebkosungen auf, Midian stieß einen durchdringenden Schrei aus, der Zengid erschauern ließ. Er nahm eine schnelle Handbewegung wahr, dann durchzuckte ihn ein scharfer Schmerz. Und schon holte Midian erneut aus. Zengid trafen zwei, drei hitzige Messerstiche in den Arm und die Schulter. Dann legten sich ihm Hände um den Hals, würgten ihn, ein stoßweises Hecheln, ein gieriges Wimmern nach mehr Erfüllung, die Hände lösten sich von seiner Kehle, tasteten über sein Gesicht, suchten seine Augen.

Zengid besann sich in seiner Todesangst darauf, daß er selbst ein Krieger war. Er stieß Midian den Ellbogen in die Gurgel, daß dieser mühsam nach Luft rang. Der Liebesakt schwächte ihn, plötzlich erschlafften seine Hände. Midian stieß einen langen, klagenden Laut aus, der zitternd verklang. Dann hörte Zengid ihn tief atmen.

Zengid wußte nicht, welcher Dämon über seinen Leib gerast war, aber er wußte, es war vorbei.

Midians warme Lippen legten sich auf Zengids. „Lebst du noch?"

Ein Kuß, der Zengid noch mehr verwirrte. „Ich habe Schmerzen", flüsterte er.

„Leidenschaft und Tod sind Brüder, und du hast den Totentanz gewonnen, Zengid. Ihn und das Spiel mit der Lust."

„Du wolltest mich zerreißen, beim gerechten Gott, du wurdest zum wilden Tier", erwiderte Zengid, während er versuchte, mit seinem Gürtel die Wunden zu bedecken, um wenigstens das Blut zu stillen.

„Ja, die Wollust ging mit mir durch wie ein wilder Hengst." Midian lachte verhalten. „Das ist meine Art zu lieben. Du hattest Glück. Andere bezahlten mit ihrem Leben." Midian streckte sich unbekümmert. „Dennoch hast du es genossen", grinste er. „Ich liege nicht zum erstenmal bei einem Mann, um das nicht zu merken."

Zengid antwortete nicht. Und Midian verschwieg ihm, daß ihn seine Manneskraft kurz vor dem Höhepunkt verließ. Als wolle Belial ihn durch diese Schwäche noch enger dem Bösen verpflichten, mußte Midian töten, wenn er lieben wollte.

Erschöpft vom Wein und vom Liebesspiel schliefen beide, bis die Sonne schon hoch am Himmel stand. Zengid erwachte in Midians Armen, aber er fürchtete sich nicht mehr. Midians Gesicht lag im Halbschatten, in den Wolfspelz vergraben, schön wie ein schlafender Gott, und jäh kam Zengid das geheimnisvolle Antlitz aus Alabaster in den Sinn.

Midian erwachte etwas später. „Wir haben lange geschlafen", sagte er mit rauher Stimme, die nur schlecht verbarg, daß der junge Perser in seinen Armen ihn wieder erregte.

„Ja", murmelte Zengid und wand sich vorsichtig aus Midians Umarmung. Midians Augen flackerten, aber er ließ ihn los. Zengid band den Gürtel fester um Arm und Schulter und biß vor Schmerz die Zähne zusammen. Midian machte keine Anstalten, ihm zu helfen, hockte mit untergeschlagenen Beinen vor ihm und lächelte freundlich. „Noch Schmerzen?"

Zengid warf ihm einen finsteren Blick zu und holte Fleisch und Brot aus seinem Beutel.

„Na ja, was sind ein paar Schrammen gegen die Lust, die du dabei empfinden durftest", meinte Midian.

„Es ist gegen den Willen Gottes, daß zwei Männer miteinander Unzucht treiben."

Midian kaute und schmatzte unbekümmert. „Gegen den Willen der Priester, willst du sagen. Die Priester verdammen alles, was Freude macht, nähren sich vom Unglück wie Maden vom Unrat und werden darin fett." Midian schlug Zengid grob auf die Schulter. „Glaube mir! Nur der Rausch des Augenblicks zählt, und vor der Wollust flieht die Tugend."

Zengid fühlte sich nach dieser Nacht näher zu Midian hingezogen, seine Reden erschreckten ihn nicht mehr, er betrachtete ihn mit anderen Augen. Es gelang ihm, seine Schönheit zu sehen, und er konnte sich ein Gefühl der Bewunderung nicht versagen, wie er dort saß, als sei er mit dem Fels verwachsen, als sei er der Gebieter dieser Gipfel. Wäre Midian aus Granit gemeißelt, er hätte jener Statue nicht ähnlicher sein können.

„Was starrst du mich so an?" Jäh riß Midian den mystischen Schleier von Zengids Gedanken.

Zengid zuckte zusammen. „Ich hatte eine Vision. Du warst erstarrt zu Alabaster, und ein Feuerschein ging von deinem Haupt aus und wollte die Welt zerstören."

Midian sah ihn aus schmalen Augen an. „Alabaster? Hast du häufiger diese Hirngespinste?"

„Kein Hirngespinst." Zengid schüttelte heftig den Kopf. „Ich habe sie selbst gesehen, die Statue aus Alabaster, der du gleichst, als habest du ihrem Schöpfer Modell gestanden."

Midian kniff die Augen zusammen. „So? Wo denn?"

„In Tissaran, einer verfallenen Stadt in einem Sumpfgebiet östlich von Susa."

„Da hast du eine Statue gesehen, die aussieht wie ich? Erzähle mir mehr davon."

„Ich war damals noch ein Knabe und weiß nur, was die Menschen sich erzählten. Sie hielten die Statue für einen König oder für einen Gott, bis sie auf geheimnisvolle Weise wieder verschwand."

„Sie ist fort?" Midian lachte spöttisch. „Ich verstehe. Mein geheimnisvolles Spiegelbild ist im Moor versunken. Deine Visionen taugen nichts, Zengid."

„Ich glaube, daß sie sich immer noch in Tissaran befindet. Ihr angebliches Verschwinden soll habgierige Leute nur abhalten, nach ihr zu suchen."

„So?" Midian lächelte und sah Zengid von der Seite an. „Manchmal geschehen unerklärliche Dinge. Vielleicht sollte ich mir meinen steinernen Zwillingsbruder wirklich einmal ansehen. Finde ich das Ding allerdings nicht, ersticke ich dich im Sumpf, mein Freund."

8

Midian und Zengid erreichten Arbela um die Mittagszeit. Niemand achtete auf sie, als sie sich dem Strom der Händler und Bauern mit ihren Eselskarren anschlossen. Am Tor saß die Stadtwache mit verbeulten Helmen und zerrissenen Sandalen beim Würfelspiel, umringt von einem Haufen Gassenjungen.

Die schmale Straße öffnete sich auf einen Platz, der von Händlern wimmelte. Midian verneigte sich leutselig nach rechts und links, und die Gegrüßten verneigten sich noch tiefer vor ihm.

Aus einem Verschlag humpelte ein dunkelhäutiges Männlein in

einer schmutzigen Tunika. „He, Midian, König der Betrüger und Halsabschneider! Bist du es wirklich, oder sitzen Fliegen auf meinen Augen? Wahrhaftig, wie könnte man dich verwechseln!"

„Sachlemeth, du vertrockneter Mistkäfer, wie geht es dir und deiner verwanzten Kinderschar?" begrüßte Midian den Kaufmann herzlich.

„Sind alle wohlauf, den Göttern sei Dank." Dabei warf er einen Blick auf Zengid. „Was führt dich so früh im Jahr her?"

„Geschäfte, Sachlemeth, die keinen Aufschub dulden."

Midian und Zengid durchquerten ein paar schmutzige Gassen, bis sie an ein zweistöckiges, aus Lehmziegeln errichtetes Haus kamen, von dem der ockerfarbene Anstrich abblätterte. Über der Tür hing eine Holztafel, auf der in grellen Farben von linkischer Hand ein Weinkrug und eine nackte Frau gemalt waren, umgeben von einem Laubkranz, und zu lesen stand da: *Urduwans Gasthaus. Der Wein ist billig, die Mädchen sind willig.*

Die Schenke war voller Menschen, die tranken, lachten und würfelten. Schwitzende Jungen mit blassen Gesichtern schleppten schwere Krüge und bemühten sich, den Betrunkenen auszuweichen, die ihnen zwischen die Beine griffen. Dirnen in schmutzigen Kleidern und fettigen Haaren standen bei den Spielern und feuerten sie an.

Zengid schlug der Dunst von Wein, Bier, Schweiß und Erbrochenem entgegen; angeekelt wich er zurück; er hätte das Gasthaus gern wieder verlassen, doch Midian schob ihn vorwärts. „Da, setz dich hin, wo die beiden Meder sitzen." Er deutete auf zwei Krieger, die am Ende eines langen Tisches vor ihren Weinkrügen saßen und mit glasigem Blick den Tanz einer Frau verfolgten, die von zwei Flötenbläsern und einem Trommler begleitet wurde.

„He!" dröhnte eine Stimme aus dem Hintergrund. „Wer kommt denn da zur Tür herein? Midian, alter Freund, welche Freude, dich hier zu sehen!"

Urduwans zweieinhalb Zentner Leibesgewicht schwabbelten behende durch das Gedränge; sein feistes Gesicht glänzte vor Freude. „So früh in diesem Jahr? Was hat das zu bedeuten?" Sein Blick fiel auf Zengid. „Wer ist das? Doch nicht ein Neuzugang auf eurem Adlernest?" Er musterte Zengid mit flinken Augen. „Hübsch, jung und aus einem vornehmen Stall. Aber sehr blaß. Was trinkt er? Ziegenmilch?"

„Bring uns Wein, vom besten, aber schenke bis zum Rand voll, hörst du, Urduwan?“

„Für dich stets das Beste, Midian. Und für deinen – äh – Freund natürlich auch. Wollt ihr etwas essen? Lammbraten?“

Midian nickte. „Ja, aber ich will auch eine Nachspeise. Hast du etwas da?“

„Nein“, sagte Urduwan belegt, „da mußt du Ramazur fragen.“

„Ist die Ratte hier?“

Urduwan nickte. „Er hockt dort drüben bei den Spielern.“

„So, und weshalb kommt er nicht herüber? Er muß mich doch gesehen haben? Schick ihn zu mir!“

Urduwan nickte, und seine umfangreichen Massen setzten sich wieder in Bewegung. Kurz darauf erschien Ramazur am Tisch, der sich selbst als den erfolgreichsten Sklavenhändler Babyloniens bezeichnete, und verzog das Gesicht zu einem geheuchelten Lächeln. „Midian, mein Freund, es ist schön dich zu sehen! Ich war so von dem Falschspiel eines Elamiters hingerissen, daß ich dich nicht bemerkt habe. Verzeih mir, aber ich habe dich nicht um diese Zeit erwartet. Weshalb bist du im Winter heruntergekommen?“

„Ich habe gute Gründe.“ Midian lächelte den schlanken Mann mit dem scharfnasigen Gesicht und den Augen eines Wiesels freundlich an. „Setz dich doch zu uns.“

„Es ist mir eine Ehre“, murmelte Ramazur und warf Zengid einen raschen, abschätzenden Blick zu.

„Ich will Sklaven kaufen, Ramazur!“ sagte Midian scharf. „Also sprich, was hast du anzubieten?“

„Nichts, gar nichts diesmal“, erwiderte Ramazur und hob beschwichtigend die Hände. „Nichts für deine Ansprüche, Midian.“

„Was willst du damit sagen? Daß gute Ware für mich zu schade ist, he? Es ist ein langer, harter Winter, und es war ein gefährlicher Abstieg. Ich habe Hunger, Ramazur, und ich zahle jeden Preis, verstehst du? Oder willst du kein Geld mehr verdienen?“

„Midian“, rief Ramazur beschwörend, „die Bauern sind feist und frech geworden, sie verkaufen ihre Kinder nicht mehr, es geht ihnen gut – zu gut, wenn du mich fragst. Schlechte Zeiten für Sklavenhändler.“

„Und das Geschmeiß, das sich in diesem Gasthaus herumtreibt? Hat Urduwan es nicht von dir gekauft? Die häßlichen Vetteln und die verhungerten Welpen?“

„Du bist nie um diese Zeit in Arbela", jammerte Ramazur und rang die Hände. „Hätte ich geahnt, daß du kommst, wäre mir kein Weg zu weit gewesen, um etwas für dich aufzutreiben. Das Mißgeschick will es, daß du zwei Wochen zu spät gekommen bist. Ich hatte eine wahre Perle, und du kannst dir denken, wer sie gekauft hat."

„Urduwan."

„Du sagst es. Sechzehn Jahre, für ein Bauernmädchen fast hübsch, gehorsam, flink, nicht einmal dumm. Na ja –" Ramazur räusperte sich, „das ist nicht wichtig in deinem Fall, aber sie ist bestimmt gut im Bett. Nicht unberührt natürlich, schließlich lebt Urduwan nicht enthaltsam, aber vielleicht ist das sogar ein Vorteil. Sie ist dann nicht so zimperlich und macht dich schön heiß, bevor du sie – ich meine, bevor du zum Höhepunkt kommst."

Midians Augen funkelten. „Schildere mir nicht ihre Vorzüge, wenn sie doch nicht mehr dir gehört, sondern dem Fettwanst, du Auswurf deines Standes. Willst du mich verrückt machen mit einer Sache, die ich vor zwei Wochen hätte haben können?"

Zengid betrank sich an diesem Abend derart, daß er auf seine Kammer getragen werden mußte. Midian hielt sich etwas länger auf den Beinen, wankte nach oben und warf sich neben Zengid auf den Strohsack.

Sie erwachten, als die Sonne schon hoch stand. Midian strich sich über die Stirn und starrte Zengid an, als habe er ihn noch nie gesehen. Zengid räusperte sich. „Hast du schlecht geträumt?"

Midian sah ihn überrascht an. „Ich hatte einen merkwürdigen Traum, woher weißt du das?"

„Du hast im Schlaf gestöhnt und gesprochen." Den Faustschlag, den Midian ihm im Schlaf verpaßt hatte, erwähnte Zengid nicht.

„So?" Midian stand auf, schob einen Balken zur Seite und blinzelte in die Sonne. „Ja, ich habe von dieser merkwürdigen Statue geträumt, von der du mir erzählt hast."

„Oh! Dann haben meine Worte Eindruck auf dich gemacht?"

Midian schnaubte verächtlich. „Ich fand die alte Stadt, von der du gefaselt hast, die Ruinen, und dann stand ich der Statue gegenüber." Midian zögerte und drehte sich um. „Sie gab mir die Hand." Midian lachte. „Ein Traum eben."

Zengid hörte gespannt zu. „Und weiter?"

Midian überlegte, ob er dem Perser seinen Traum erzählen sollte.

„Lächerliche Sachen", wehrte er ab. „Das kommt vom fetten Lammbraten gestern abend."

„Wenn du meinst." Zengid erhob sich und schüttelte sich das Stroh aus den Kleidern.

Midian faßte sich an den Schädel. „Und vom Wein." Er reckte sich und gähnte herzhaft. „Dann eben später. Jetzt wollen wir erstmal etwas essen, wie?"

Zengid nickte.

„Weißt du", sagte Midian plötzlich und legte Zengid die Hand auf die Schulter, „als wir uns berührten, wurden wir eins – ich und der Stein. Ich hatte das Gefühl, seit ewigen Zeiten diese Stadt zu beherrschen. Und dann erblickte ich einen Hügel. Gab es einen Hügel dort, Zengid?"

„Ich – glaube schon", stotterte er.

„Ich blieb vor einem hohen, verschlossenen Tor stehen, das mit seltsamen Zeichen bedeckt war. Es sah aus wie der Eingang zu einem unterirdischen Tempel. Ich wollte das Tor öffnen, aber dann –" Midian lächelte gedankenverloren. „Ein Mann war da, ein babylonischer Krieger. Sein Schild zeigte den goldenen Drachen Marduks, und von seinem Schwert gingen Flammen aus. Ich zog mein Schwert, aber es schmolz in seinem Feuer."

Zengid erschauerte. „Du glaubst nicht daran, nicht wahr?" flüsterte er.

„Nein!" Midian grinste. „Schade! Er war ein schöner Mann! Sein Haar hatte die Farbe wilden Honigs, und seine Augen schimmerten wie Bergkristalle."

„Aber er hat dich besiegt."

„Ja." Midian blieb am Geländer stehen und schaute hinunter in den Schankraum. „Schon deshalb kann es nur ein Traum gewesen sein. Zengid, ich glaube, deine persischen Freunde sind gekommen."

Im Hintergrund des Schankraums, der um diese Zeit leer war, saßen zwei Männer, die sich leise unterhielten. „Bleib hinter mir!" zischte Midian, dann ging er auf die Fremden zu. Sie waren wie persische Kaufleute gekleidet, doch ihre hochgewachsenen, sehnigen Körper verrieten Midians scharfem Blick die kampferprobten Krieger. Sie wandten ihm die Köpfe zu und musterten ihn abschätzend.

Jetzt trat Midian zur Seite und ließ Zengid vorbei, der zögernd auf sie zuging und dann einen hellen Freudenschrei ausstieß. „Arghun und Gharzan!" rief er und lief auf die beiden Männer zu.

Jetzt lächelten die beiden Männer. Sie erhoben sich und umarmten Zengid. „Endlich!“ flüsterten sie. „Wie geht es Andragoras und den anderen?“

„Als ich die Burg verließ, ging es ihnen gut“, gab Zengid leise zurück, und fast hätte er vor Freude geweint. „Ihr könnt euch nicht vorstellen, wie froh ich bin, euch nach all diesen entsetzlichen Monaten zu sehen.“

Midian stemmte die Hände in die Hüften und beobachtete das herzbewegende Wiedersehen. „Auch ich bin froh, euch zu sehen“, mischte er sich ein, „ihr habt es doch mitgebracht, das Geschenk, von dem euer Hauptmann sprach?“

Arghun, dem ein ansehnlicher Bart stand, erhob sich. „Das, wovon du sprichst, ist da. Zengid lebt, also wirst du es bekommen. Bist du ein Unterhändler Semrons, den man den Einäugigen nennt?“

„Ich bin Midian, sein Sohn, den man den Falkenäugigen nennt!“

Arghun und Gharzan tauschten einen kurzen Blick aus. „Bist du allein gekommen, oder sind noch andere Männer bei dir?“

„Der Wolf braucht keine Eskorte, wenn er zum Lamm geht.“

Arghun räusperte sich. „Das Gold ist am Fluß versteckt. Warten wir, bis es dunkel wird.“

Midian setzte sich zu ihnen. „Und womit schlagen wir die Zeit bis zum Abend tot? Mit Würfeln oder mit Weibern?“

Da kam Ramazur die Treppe herunter, und Midian deutete ihm, sich zu ihnen zu setzen. Ramazur beugte sich zu Midian hinunter und flüsterte: „Ich muß dich allein sprechen. Es ist wichtig.“

„Wichtig?“ Midian lächelte und betrachtete Arghuns Wurf. „Zuerst muß ich hier ein paar Kehlen durchschneiden, das heißt, wenn ich gewinne. Bringe mir Glück, Scharfnase!“

„Nein!“ Ramazur zerrte Midian am Arm. „Ich sagte doch, es ist wichtig!“

Midian erhob sich träge, während er den drei Männern drohende Blicke zuwarf.

„Mach dir keine Sorgen“ flüsterte Ramazur auf der Treppe, „die Vöglein können nicht wegfliegen. Ich habe Urduwan Bescheid gesagt.“ Dann drängte er Midian in dessen Schlafkammer. Dort zog er erst einmal umständlich ein Tuch und schneuzte sich die Nase. „Diese fremden Männer, mit denen du dich triffst, sei vorsichtig.“

Midian lehnte sich an die Wand und trommelte ungeduldig dagegen. „Laß deine Andeutungen! Rede! Was weißt du?“

„Ilumalik, der Kommandant von Arbela hat hohen Besuch", sagte Ramazur und ließ sich auf den Strohsack fallen. „Den Rabkissir aus Babylon."

Midian trommelte weiter. „Na und?"

„Es ist kein Höflichkeitsbesuch." Ramazur machte eine Pause und seufzte. „Der Rabkissir läßt seine Männer ausschwärmen. Sie sollen sich umhören. Es geht nämlich das Gerücht, daß sich Gesetzlose im Zagros aufhalten und sogar manchmal Arbela aufsuchen." Ramazur übte einen unschuldigen Augenaufschlag. „Schwarze Wölfe – das sollen ganz gefährliche Burschen sein."

Midian lachte heiser. „Nabupolassar erweist uns die Ehre und schickt seinen Rabkissir?" Er ballte die Faust. „So muß es sein." Er holte zwei Silberstücke aus seinem Gürtel, Ramazur ließ sie still verschwinden. „Waren seine Männer auch schon bei Urduwan? Was meinst du, Ramazur?"

„Mir ist nichts aufgefallen, aber hierher kommen viele Soldaten. Es wäre leicht, jemand einzuschleusen."

Midian überlegte kurz. Dann legte er Ramazur die Hand auf die Schulter. „Sieh dich um in Arbela und halte Augen und Ohren offen. Versäume dabei auch nicht, daran zu erinnern, daß die Schwarzen Wölfe Verräter grausam bestrafen. Es wird dein Schaden nicht sein. Der Bursche, den ich mitgebracht habe, wird mir ein hohes Lösegeld bringen."

9

Auf dem schmalen Pfad am Fluß gingen vier Männer mit ihren Tieren. Die Luft war kühl, ein leichter Wind trug den harzigen Duft von Fichten herüber.

An einer steilen, überwucherten Uferböschung führte ein schmaler Pfad ans Wasser. Während Midian mit Zengid oben zurückblieb, verschwanden die beiden Perser in der Dunkelheit und im raschelnden Schilf.

Obwohl er in diesen Minuten um ein beträchtliches Vermögen reicher wurde, drehten sich Midians Gedanken nicht um seine goldträchtige Geisel. Er dachte an diesen babylonischen Häscher, der auf die Schwarzen Wölfe angesetzt war. Viel konnte er nicht herausgefunden haben. Die Furcht verschloß den Leuten den Mund. Aber es reizte Midian herauszufinden, ob der Rabkissir überhaupt etwas wußte. Außerdem war es gut, den Mann und die Lage einzuschätzen. War er ein Draufgänger oder ein träger Beamter? War ihm die Aufgabe lästig, oder wollte er seine Laufbahn dadurch festigen? Midian lächelte verstohlen und beschloß, ihn aufzusuchen.

Erst, als er die Perser die Böschung heraufkeuchen hörte, wandte er ihnen wieder seine Aufmerksamkeit zu. Sie schleppten sechs schlammnasse Säcke nach oben und leerten sie vor Midian auf dem Boden aus. Zwischen Mehlklumpen schimmerte Gold – der Preis für Zengids Leben. Zwei Säcke enthielten Goldmünzen, die anderen Schmuck und Zierwaffen. Es war der größte Goldschatz, den Midian je auf einem Haufen gesehen hatte. Dennoch bewahrte er einen kühlen Kopf. Gold war eine nützliche Sache, um Menschen zu kaufen, aber sonst bedeutete es ihm wenig.

Zengid sah zu, wie seine Gefährten die Säcke auf die Maultiere luden. Midians Züge waren entspannt. Er strich Zengid über die Wange. „Vergiß mich nicht und denke manchmal an unser nettes Erlebnis oben im Berg." Bevor Zengid sich räuspern konnte, war Midian bereits in der Dunkelheit verschwunden. Plötzlich hörte er Midian rufen: „Tissaran? Hieß das Dorf Tissaran?"

„Ja!" schrie Zengid.

Ein entferntes leises Lachen erklang.

9

[illegible]

[illegible]

2. Buch

Amynander

1

Ranissa, die schöne Thessalierin, die in ihrer Jugend als schönste Hetäre Milets berühmt gewesen war, hatte nach ihrem Tod ihrem einzigen Sohn, dem siebzehnjährigen Amynander, die Schenke Zur Silberquelle hinterlassen. Sie befand sich in der Weinrankengasse, oberhalb der Löwenbucht, und wenn man zur Dachterrasse hinaufstieg, schweifte der Blick über einen dunkelgrünen Pinienwald, der das sichelförmige Vorgebirge bedeckte, bis hin zum stolzen Athene-Tempel an seiner Spitze.

In der Weinrankengasse reihte sich eine Schenke neben die andere, denn Milet war die Perle Ioniens – ein wahrer Schatz, an dem viele Menschen teilhaben wollten. Unzählige Fremde strömten in diese Stadt, deren Handelsbeziehungen von Tarschisch im Westen bis zum fernen Ekbatana im Osten reichten und die über achtzig Tochterstädte herrschte.

Amynanders Vater, der Neffe eines reichen Handelsherrn aus Naukratis, hatte Frau und Sohn verlassen, als er noch klein war, so daß Amynander keine Erinnerung an ihn hatte. Solange seine Mutter lebte, hatte er rauschende Feste und fröhliche Menschen kennengelernt. Der bildschöne Knabe mit dem honigfarbenen Haar und den goldbraunen Augen wurde von den schönheitstrunkenen Griechen vergöttert. Die Schankgäste riefen ihn Honigbub und Erosbäckchen.

Mit Ranissas Tod war Amynanders Wandeln auf Rosen schlagartig vorbei. Es stellte sich heraus, daß seine Mutter die Einnahmen so leichtherzig und großzügig verschwendet hatte, wie sie hereingekommen waren. Plötzlich blieb der Hauslehrer weg, der Amynander unterrichtet hatte, das Gymnaseion schloß seine Pforten vor ihm, die Freunde zogen sich zurück, und nicht einmal der Bäcker wollte ihm etwas verkaufen. „Zahl erst einmal die Schulden deiner Mutter zurück“, hörte Amynander sagen.

Aber er hatte die Schenke, und er sagte sich, er werde die Schulden im Laufe der Zeit schon begleichen. Die zahlungskräftigen Kunden jedoch, die wegen Ranissa gekommen waren, blieben jetzt aus, und die übrigen zahlten schäbiges Kupfer für ein Bier, bei dem sie den ganzen Abend saßen. Wenn Amynander gegen Morgen seine

Einnahmen zählte, war es gerade so viel, daß er davon leben, aber unmöglich Schulden zurückzahlen konnte.

Der letzte Gast war gegangen. Amynander begann den Schankraum aufzuräumen, als jemand die Schenke betrat. Er sah von seiner Arbeit hoch und erkannte Theagenes, der zu Ranissas Lebzeiten hier Stammgast gewesen war und dem viele Schenken und Häuser in Milet gehörten.

Amynander bat ihn höflich, Platz zu nehmen, und fragte nach seinen Wünschen.

Der beleibte Milesier setzte sich und wischte sich den Schweiß aus dem Nacken. „Bring mir Wein, und dann setz dich zu mir, Amynander."

Theagenes war nicht nur ein Freund des Hauses, sondern auch ein Freund wohlgeformter Schenkel, denn er starrte fortwährend auf die Beine, die unter der goldumsäumten, einst blütenweißen kurzen Tunika Amynanders hervorschauten. Er beugte sich vor und rieb den Stoff zwischen zwei Fingern. „Ein feines Gewand, bringt sicher fünf Drachmen, doch leider beschmutzt. Ein Mann wie du sollte keine Sklavenarbeit verrichten."

Amynander schob die Hand weg. „Was willst du?"

Theagenes lächelte und betrachtete seine ringgeschmückten Finger. „Ich bin gekommen, um dir zu helfen. Du hast Schulden, und die Schenke wirft nicht viel ab, nicht wahr?"

„Genug, um leben zu können", erwiderte Amynander kühl. Ihm war die Lüsternheit in Theagenes' Blick nicht verborgen geblieben. „Und wenn die Gläubiger mir etwas Zeit lassen, werde ich alle Schulden bezahlen."

Theagenes schlug die Augen nieder. „Welche Gläubiger?" fragte er sanft.

„Nun –" Amynander räusperte sich, „bis jetzt hat noch niemand Ansprüche angemeldet."

„Gewiß. Ich wollte die Trauerzeit abwarten. Aber jetzt sind acht Wochen vergangen, und ich denke, es ist an der Zeit, etwas zu tun – für dich und für mich." Theagenes nippte an seinem Becher und fügte milde hinzu: „Ich habe alle Schuldscheine aufgekauft."

„Wieviel schulde ich dir?" fragte Amynander betroffen.

Theagenes machte eine vage Handbewegung. „Ich habe deine Mutter oft gewarnt, aber sie hat nicht auf mich hören wollen." Er seufzte. „Dreißigtausend Drachmen."

Amynander stieß einen Laut der Verblüffung aus. „Das kann ich niemals aufbringen."

„Nun, deshalb bin ich hier, nicht wahr?" Theagenes legte Amynander die Hand auf den Oberschenkel. „Ich will dir helfen. Und wenn du auf mich hörst, wirst du die Schulden in zwei oder drei Jahren beglichen haben."

„Ich höre", sagte Amynander und zog sein Bein weg.

„Deine Mutter war eine wohlhabende Frau – sicher nicht, weil sie so viel Bier verkauft hat."

Amynander zuckte die Achseln. „Sie war ein Hetäre, das wußte jedermann. Und zuletzt beschäftigte sie acht Mädchen als Liebesdienerinnen. Ich mußte alle entlassen, um wenigstens die Händler zu entlohnen."

Theagenes nickte. „Weshalb verdienst du dein Geld nicht auf die gleiche Weise wie deine Mutter?"

Amynander lachte trocken. „Ich habe noch nichts von männlichen Hetären gehört. Oder soll ich in den Türen stehen wie die Lustknaben, die den vorübereilenden Passanten dreist zwischen die Beine greifen?"

„Ja, ja, außerordentlich plump, diese Bengel." Theagenes verzog das Gesicht, als schmerze es ihn, an diese Art Liebesdienst erinnert zu werden. „Wenn du für mich arbeitest, bekommst du ein schönes Zimmer in einem meiner besten Häuser. Ich habe Kunden, die für eine Nacht mit dir ein Vermögen hinlegen würden, mein Goldfasan."

Amynander machte schmale Augen. „So fette, schmierige Männer wie du, Theagenes?"

Theagenes lächelte ungerührt. „Bin ich das? Vielleicht. Aber niemand merkt es, denn Gold macht blind, und ich besitze viel davon. Auch du wirst blind werden, wenn man es dir zu Füßen legt."

„Meine Antwort lautet nein."

„Wie voreilig, junger Freund. Natürlich mußt du dich nicht sofort entscheiden, ich lasse dir, sagen wir, fünf Tage Bedenkzeit."

„Du brauchst nicht wiederzukommen." Amynander erhob sich und machte eine ungeduldige Handbewegung. „Ich habe noch zu tun, also trinke deinen Wein und geh!"

Theagenes blieb sitzen. „Wirfst du mich aus meiner eigenen Schenke hinaus?"

Amynander fuhr herum. „Was hast du gesagt?"

„Sie gehört mir, wußtest du das nicht? Ich habe sie erworben, um einen Teil deiner Schulden zu begleichen." Theagenes breitete die Arme aus, und sein Brokatgewand raschelte. „Alles hier gehört mir."

Amynander näherte sein Gesicht dem feisten Grinsen seines Gastes. „Alles?" zischte er, „Mag sein. Nur ich gehöre dir nicht!"

„Wie wahr", sagte Theagenes gelassen. „Du bist ein freier Mann. Frei, fortan als Lastträger oder als Wollfärber dein Geld zu verdienen. Aber wirst du damit die dreißigtausend aufbringen können? Zwinge mich nicht, die Summe auf andere Weise einzutreiben."

„Auf andere Weise?" wiederholte Amynander leise.

„Schuldsklaverei, mein Freund." Theagenes' Stimme war kalt, seine Augen hart wie Kieselstein. Er leerte seinen Becher und erhob sich. „Jetzt ist es Zeit für mich zu gehen. In fünf Tagen komme ich wieder, und ich hoffe, du bist bis dahin zur Vernunft gekommen ."

2

Demetrios, der Wirt vom Nemeischen Löwen, stand vor seiner Tür und fluchte. Ein großer Wagen, hochbeladen mit Amphoren, versperrte die enge Gasse und hinderte eilige Passanten, Sänftenträger und Bauern mit ihren Fuhrwerken am Vorwärtskommen. Ein schmächtiger junger Mann mühte sich, die Krüge abzuladen. „Was soll ich machen?" rief er, „Helenos ist krank, ihm tut der Rücken weh."

„Es ist nicht zu glauben", schimpfte Demetrios, „heutzutage legen sich die Sklaven schon mit Rückenschmerzen ins Bett. Helenos, so ein starker Kerl, aber er hat nur Weiber im Kopf. Dabei wird er sich wohl den Rücken verrenkt haben!"

Ärgerlich lud sich Demetrios einen Krug auf. Da fiel ihm ein junger Mann auf, der an der gegenüberliegenden Hauswand lehnte und sich lächelnd die ganze Sache besah. Er trug ein abgetragenes Lederwams, und die Riemen seiner Sandalen waren mehrfach gerissen und zusammengeknotet. Aber er war stark. „He, Bursche, du stehst da, als hättest du gerade nichts zu tun! Willst du dir nicht einen guten Schluck Wein und ein paar Obolen verdienen? Meine beiden

Söhne sind auf dem Markt, und der Sklave des Weinhändlers ist leidend." Demetrios spuckte aus.

„Gern." Amynander ging hinüber zum Wagen, lud sich einen nahezu mannshohen Krug auf, als sei er ein Strohballen, und trug ihn in den Keller. Nachdem er die letzte Amphore im Keller abgeladen hatte, war er kaum in Schweiß geraten. Demetrios klopfte ihm lächelnd auf die Schultern, wobei er sich ein wenig recken mußte. „Ich danke dir. Komm herein, du hast dir deinen Wein verdient."

Amynander trat in die Gaststube, setzte sich an einen leeren Tisch, und Demetrios ließ ihm gekühlten Wein bringen.

„Das tut gut bei der Hitze, sei bedankt."

Demetrios räusperte sich. „Suchst du Arbeit?"

„Vielleicht."

Der Wirt nickte. „Magst du Bohnensuppe?"

Während Amynander aß, kam ein Mann in mittleren Jahren mit flatternden Gewändern und aufgeregt gestikulierenden Händen hereingeweht. „Demetrios, meinen Wein, rasch! Aber einen Chier, nicht etwa wieder den sauren Landwein. Ach, es ist eine Katastrophe, ein wahres Unglück!" Er ließ sich auf einen Stuhl fallen und wischte sich den Schweiß von der Stirn.

„Was ist denn los, Achylides?" fragte Demetrios gelassen, der diesen Auftritt schon kannte. „Setz dich doch erst einmal hin und verschnaufe."

„Verschnaufen? Ich? Dürfen diese Hände die Muße kennenlernen? Ha! Diese Kulturbarbaren kennen nur ihr Geld und wissen nichts von den Qualen eines Künstlers."

Demetrios setzte sich zu ihm. „Was hält dich denn vom Schaffen ab, edler Achylides?"

„*Was?* Frage lieber, *wer*." Er hielt inne und holte ein Schnupftuch heraus, um sich erneut den Schweiß abzuwischen. „Bathykles, dieser ungebildete Tropf, hat bei mir einen Sonnenwagen bestellt, du weißt es, ich erzählte dir davon."

„Ja, ich erinnere mich. Und? Hat er den Auftrag rückgängig gemacht?"

„Schlimmer, Demetrios, viel schlimmer! Er will ihn in seinem Garten aufstellen, gleich neben dem Bassin, wo seine Familie und seine Sklavinnen in schamloser Nacktheit baden. Das konnte ich ihm ausreden. Der Sonnenwagen gehört natürlich an das Tor mit dem Säulenportal."

„Selbstverständlich. Und steht er jetzt da?"

„Wie kann er, wo er doch noch nicht fertig ist. Es fehlt etwas."

„Ah – ja, das verstehe ich. Und was fehlt noch?"

Achylides übte einen sorgenvollen Augenaufschlag. „Demetrios, du bist ein Schankwirt und kannst in der Mythologie natürlich nicht bewandert sein. Es fehlt der Wagenlenker, Phaeton, Helios' ungestümer Sohn, der den Wagen hoch hinauf zu dem heißen Himmelsgestirn lenkte."

Demetrios nickte verständnisvoll und hob die Augenbrauen. „Phaeton, gewiß, der muß dabei sein. Und – weshalb hast du ihn noch nicht – äh – gemeißelt?"

„Weil Bathykles ein Esel ist. Wie kann ich ohne Modell einen Phaeton schaffen? Zwei feurige Rösser haben meine Hände, die du hier siehst, dem Marmor entrissen, würdig, das Prytaneion zu schmücken. Dann schickt er mir seinen Gärtner!"

„Seinen Gärtner? Wozu?"

„Wozu? Verhüllt euer Antlitz, ihr Musen! Als Modell für meinen Phaeton. Wollte ich einen Hephaistos schaffen, rief ich, dann käme mir dein Gärtner gerade recht."

„Du Ärmster. Und was willst du nun tun? Ich hoffe, daß du noch meinen Wein bezahlen kannst. Hat dir denn Bathykles keinen Vorschuß gezahlt?"

„Gewiß, aber der ging für den Marmor drauf. Ich bin ein toter Mann, wenn ich kein Modell finde!"

„Na, Bathykles wird dich nicht gleich hinrichten lassen, wenn du seinen Wagen nicht fertigstellst."

„Hinrichten! Wer spricht denn davon? Als Künstler bin ich tot, verstehst du? Ich könnte den Gärtner nehmen, aber darf ich die Kunst besudeln? Wenn ich es tue, flieht mich die göttliche Eingebung."

„Das wäre schlimm", nickte Demetrios und schenkte ihm noch einmal ein. „Ich hoffe, du findest deinen Phaeton noch. Mich entschuldigst du, ich habe noch andere Gäste."

„Geh, geh, widme dich deinem profanen Gewerbe, es ist nicht jedem gegeben, mit den Musen zu tanzen."

„Gewiß nicht", brummte Demetrios und entfernte sich kopfschüttelnd. Achylides trank seinen Wein und erhob sich seufzend. „So muß ich denn ungetröstet heimwärts eilen." Gerade wollte er entschweben, als er Amynander erblickte, der sich über seinen Teller Bohnen beugte und Brot hineinbrockte. „Ha!“ schrie Achylides und raffte seine Gewänder zusammen.

Amynander sah hoch. „Kann ich etwas für dich tun, mein Freund?“

Achylides streckte seine geöffneten Handflächen nach ihm aus. „Ihr Olympischen, ihr seid mir hold! Kaum wage ich es, meinen Augen zu trauen. Du weilst auf Erden!“

„Wo sollte ich sonst weilen?“ fragte Amynander verwundert.

„Ich kann es nicht glauben. Zeus sah dich, schönen Jüngling, und hat dich nicht geraubt?“

„In seinem Eifer, schöne Frauen zu verführen, hat er mich sicher übersehen. Womit kann ich dir behilflich sein, du Jünger der Musen?“

„Jünger der Musen? Schlägt hinter diesem abgeschabten Wams gar das Herz eines Kunstfreundes edelster Bildung und Gesinnung?“

„Ich weiß nicht, ich –“

Achylides hielt die Hand fest, die gerade den Löffel zum Munde führte, und betrachtete sie mit leuchtenden Augen. „Wahrlich, in diese sehnige Faust schmiegen sich vortrefflich die Zügel.“

„Du meinst, ob ich einen Streitwagen lenken kann?“ fragte Amynander und zog seine Hand zurück.

„Nein. Ich suche ein Modell, verstehst du? Darf ich mich vorstellen? Ich bin Achylides, der Bildhauer.“

„Sei gegrüßt, Achylides, ich bin Amynander, Ranissas Sohn.“

„Amynander! Du bewahrst mich vor dem Schimpf, einem Barbaren einen Hephaistos als Phaeton verkaufen zu müssen. Du wirst mir doch helfen, nicht wahr?“

„Was müßte ich denn tun?“

„Nichts. Nur die Welt mit deinem Anblick beglücken, so wie ich die Welt mit einem Phaeton beglücken werde, um den Helios mich beneiden wird. Du stehst da! Bekleidet mit einem weißen Chiton! Gebieterisch greift deine Hand in die Zügel, den herrischen Blick gegen den Himmel gerichtet, den du stürmen willst. Das ist alles.“

„Das ist wirklich einfach.“

Achylides tat einen Luftsprung. „Du tust es, du tust es! Rasch! Entfliehen wir diesen niederen Gefilden des Daseins, wo Weindunst und Bohnengeruch die höheren Sphären des Geistes vernebeln.“

3

Achylides wohnte im keramischen Viertel in der Nähe des Südmarktes. Sein Haussklave, ein kleiner, alter Mann, kam ihnen entgegengeschlurft. „Sieh her, Pittakos, ich habe Phaeton gefunden!" begrüßte ihn Achylides, während er sich den Mantel abnehmen ließ. Er schob Amynander in den Innenhof. „Rasch, Pittakos, richte das Gästezimmer her, aber räume die Aphrodite weg, sie stört mich sowieso schon lange, und stelle die hübsche Eros-Figur hin. Dann koch uns etwas Gutes, ach ja, und wische vorher den Tisch ab."

Nach dem Essen stand Amynander Achylides in seiner Werkstatt Modell und nahm willig jene kühne Pose ein, die Achylides vorschwebte. Während er arbeitete, sprach der sonst geschwätzige Achylides kein Wort. Nur seine Hände und Augen waren unermüdlich tätig. Er dachte dabei weder an Essen noch an Schlaf, während Amynander die Faust am Zügel einschlief und sein herrischer Blick bald zum müden Blinzeln wurde.

„Erbarmen, Beherrscher des Marmors", stöhnte Amynander, den Mund voller Staub. „Ich bin durstig."

„Mein Hyppolyt, wie unaufmerksam von mir!" Achylides legte den Meißel nieder und begleitete Amynander in das Gästezimmer. Dort blies er den allgegenwärtigen Staub von der Tischplatte und wischte mit seinem Ärmel nach. Pittakos brachte Brot, Käse und Feigen.

„Feigen zu dieser Jahreszeit sind etwas Köstliches." Achylides holte mit spitzen Fingern eine aus dem Körbchen und schob sie Amynander in den Mund. „Wie süß ist diese Frucht, doch süßer noch sind deine Lippen, wie müssen da erst deine Küsse schmekken!" Er seufzte und wischte ein paar Splitter vom Stuhl, bevor er sich vorsichtig hinsetzte. „Ach, wäre ich zehn Jahre jünger, dann dürften wir nicht so unbefangen plaudern."

Amynander nahm ihm gegenüber Platz und brach ein Stück Brot ab. „Du bist doch noch ein stattlicher Mann", meinte er nachsichtig lächelnd.

„Stattlich? Du scherzt. Meine Jugend ist dahin. Die Knaben mit schmalem Gesäß und Pfirsichwangen, die abends über den Marktplatz flanieren, nennen mich Alterchen und fragen, ob sie mir tragen helfen dürfen. Mir bleibt nur noch, aus fühllosem Stein zu formen, was einst heiß und lebendig unter meinen Händen seufzte." Achylides sprang plötzlich auf. „Wo ist denn der kleine Eros? Pittakos sollte ihn doch hier aufstellen. Er ist mir gut gelungen, ich bildete ihn nach dem Sohne des Nachbarn."

„Die Aphrodite war auch ganz reizend. Ich hatte nichts gegen sie."

„Eine Auftragsarbeit, dann verließ ihn die Geliebte, mir blieb der Stein treu. Natürlich erhielt ich auch kein Honorar, vielleicht mag ich sie deswegen nicht." Achylides erhob sich. „Laß mich den Erosknaben holen, er schmückt so reizend das Zimmer."

Nach wenigen Augenblicken war er wieder zurück mit der Figur. „Sieh nur", sagte er und strich zärtlich über das Gesäß des steinernen Knaben, „wie fest und sanft mir seine Rundungen gelangen. Ach, Eteokles, süße zwölf Jahre zähltest du damals, nur der Stein blieb jung, doch dir sprießt nun schon ein Bart, und auch an anderen Stellen sperrt borstiges Haar mir die Lust."

„Dein Eros ist ein Meisterwerk, aber er ist noch ein Kind, und sein Lanzettchen regt sich noch nicht gegen die Hand."

„Du kennst dich aus? Bist du gar selbst ein Liebhaber schöner Knaben?"

Amynander schwieg. „Ich hole uns frisches Wasser."

„Nein, bleib! Laß es mich holen. Ach, beim Hermes! Ich weiß nicht, weshalb ich immer wieder darauf zu sprechen komme. Ich sollte in meinem Alter wirklich zurückhaltender sein, nicht wahr?"

„Du kokettierst mächtig mit deinem Alter, Achylides. Du dürftest nicht älter als fünfundvierzig sein."

Achylides hob die Augenbrauen. „Ich bin dreiundvierzig! Nun ja, der Staub und das schlechte Licht lassen mich älter aussehen. Ich bin gleich zurück." Er kam mit einem Krug Wasser und einem Krug Wein wieder. „Ich hoffe, du trinkst ihn gemischt wie ich, du könntest sonst auf dumme Gedanken kommen, nicht wahr?"

„Auf sehr dumme", bestätigte Amynander lächelnd, „und das wäre Achylides überhaupt nicht recht, wenn ich auf sehr, sehr dumme Gedanken käme."

„So ist es! Ich lebe nämlich keusch, schon seit Jahren."

„Das ist vernünftig, Achylides. Trinken wir auf deinen Phaeton!"

4

Phaeton hatte begonnen, Gestalt anzunehmen. Amynander besah sich das Werk. Die edlen Züge der marmornen Statue waren unverkennbar seine eigenen. „Gefällt es dir?" fragte Achylides.

„Es schmeichelt mir gewaltig. Ich wünschte, ich wäre so ein Prachtbursche, dann läge mir Athens Weiblichkeit zu Füßen."

Achylides zuckte mit den Schultern. „Frauen! Kalt von hinten, gekünstelte Küsse, verschleierte Blicke, gezierte Reden. Keine Stelle, an die sich deine Hand spielerisch verirren möchte." Er wies mit dem Kopf zum Ausgang. „Komm, wir haben uns ein gutes Gespräch unter Männern verdient. – Pittakos!"

Der schlurfte um die Ecke. „Ich habe alles hergerichtet, ganz wie du befohlen hast", brummte er. „Das Festmahl für den Göttersohn steht im Eßzimmer."

Wenig später lüftete Amynander neugierig die Deckel. Es roch gut. „Was ist das?" fragte er schmunzelnd den alten Sklaven.

Ohne eine Miene zu verziehen, antwortete er: „Entenbrüstchen mit Feigen in Weinsoße, Lammbraten mit Wacholderbeeren, Seezunge in Sauerrahm und zum Nachtisch Honigbrot mit Sahne und Dattelmus und in Honig gegarte Zitronen. Dazu reichen wir achäischen Zimtwein."

„Olympisch! Und das hast du alles zubereitet, Pittakos?"

„Achylides hat Symachos gemietet, den besten Koch Milets. Er kostete fünfzig Drachmen", erwiderte der Sklave.

„Ja, ja, du kannst gehen!" rief Achylides und scheuchte ihn mit wedelnden Armen hinaus.

„Soviel Geld für mich?" Amynander schüttelte den Kopf. „Das hättest du nicht tun sollen. Bathykles hat dich doch noch nicht einmal bezahlt."

„Wie prosaisch, in dieser Stunde über Mammon zu reden." Achylides tänzelte um die Tafel herum. „Ich habe keine Sklaven zur Bedienung gemietet. Gestattest du, daß ich das übernehme?" Er häufte Amynander von allem etwas auf den Teller und goß ihm den Becher voll. Amynander hielt sanft seinen Arm fest. „Jetzt mußt du mir aber erlauben, dein Mundschenk zu sein."

Als sich Achylides auf dem Diwan ausstreckte und sorgfältig seine

Gewandfalten ordnete, bebten seine Hände. „Es ist ein großer Tag", flüsterte er.

Amynander ließ die Rührung vorübergehen und trank ihm lächelnd zu. „Ich konnte in Milet keinen großzügigeren und freundlicheren Gastgeber finden als dich. Dafür möchte ich dir danken, mein Freund."

„Du mir? Lächerlich! Ich bin der Beschenkte." Achylides schwieg einen Augenblick, weil ihm die Kehle eng wurde. Schließlich räusperte er sich und sagte: „Der Phaeton ist fast fertig, und es gibt keinen Grund mehr für dich, in meinem Haus zu bleiben." Er sah Amynander prüfend an, doch der schwieg, weil er das Gefühl hatte, daß Achylides weitersprechen wollte. „Wohin wirst du gehen? Du hast nie über dich gesprochen."

Amynander überlegte, ob er Achylides mit seinen Sorgen belasten durfte. „Ich weiß es nicht. Ich – befinde mich auf der Flucht vor der Schuldsklaverei."

Achylides blieb der Bissen im Mund stecken. „Wer ist der Schurke? Was schuldest du ihm?"

„Dreißigtausend Drachmen."

„Oh!" Achylides schluckte seinen Bissen hinunter. „Das ist eine Menge." Er spülte Wein hinterher. „Erzähle mir, wie es dazu gekommen ist, willst du?"

Amynander berichtete, und als er fertig war, sagte Achylides: „Dieser Theagenes mag ein Schleimer sein, na und? Dafür bist du ein Juwel. Bald wärst du reicher als dieser Sklavenschinder."

„Du meinst, ich sollte wirklich in einem Bordell arbeiten?"

„Bordell?" Achylides naschte von den süßen Zitronenstückchen und wusch sich die klebrigen Finger in einer Wasserschale. „Was für ein unfeiner Ausdruck! Du verschenkst deine Küsse und nimmst dafür die Geschenke deiner Gönner entgegen, nur ein kleines Tauschgeschäft, glaube mir. Deine Mutter hätte dir nichts anderes gesagt."

Amynander zerteilte stillschweigend lächelnd die Seezunge. „Eine Hetäre ist geachtet in der Gesellschaft", erwiderte er, „ein Lustknabe hingegen verachtet."

„Nur die Straßenköter, die es dir für zwei Kupferstücke in einer finsteren Gasse im Stehen besorgen. Du würdest deine Gäste empfangen wie ein König, der Audienzen gibt."

Amynander lächelte über Achylides' Eifer. *Der gute Mann über-*

schätzt mich , dachte er, während er etwas Fladenbrot in die Wacholdersoße tunkte. „Nehmen wir an", sagte er kauend, „ich mache es. Und eines Tages hätte ich meine Schulden bezahlt. Wer würde einer männlichen Hure dann noch seine Tochter zur Frau geben?"

Achylides hob theatralisch die Arme. „Haben die Götter sich darum an dich verschwendet, daß du dem Weibe nachstellst, das dich ans Haus fesseln wird mit zwei, drei kleinen Rotznasen? Zerriß nicht auch Achill dereinst die schmachvollen Fesseln, die ihn ans Weiberhaus ketten sollten? Geh und suche dir deinen Patroklos, das ist deine Bestimmung!"

5

Amynander wachte mitten in der Nacht von einem polternden Geräusch auf. Der Schein einer Kerze geisterte durchs Zimmer, und dahinter erblickte Amynander Achylides in einem langen Nachtgewand und hörte ihn fluchen, weil er wieder einmal über eine seiner Figuren gestolpert war.

„Was machst du hier mitten in der Nacht?" fragte Amynander amüsiert.

„Habe ich dich aufgeweckt? Das wollte ich nicht. Ich – äh – suche meinen Stichel."

„Um diese Zeit und bei mir im Zimmer?"

„Ich bin manchmal zerstreut, weißt du, dann lege ich die Sachen irgendwo hin und vergesse sie. Ich brauche ihn morgen für die Feinarbeit an den Gewandfalten. So etwas fällt mir manchmal erst in der Nacht ein." Er trat näher und leuchtete Amynander mit seiner Kerze an. „Du schläfst doch nicht etwa nackt, du Schamloser?"

Amynander grinste. „Leider hast du mir nicht so ein kleidsames Nachtgewand herausgelegt wie du es trägst, göttlicher Achylides."

„Du kannst einen verlegen machen. Der Stichel ist wohl nicht hier? Nun, dann werde ich mich wieder schlafen legen. Gute Nacht, und verzeih die Ruhestörung." Achylides riß sich los vom Anblick der nackten Schultern und wandte sich so hoheitsvoll wie möglich ab, um hinauszuschreiten, da schnappte sich Amynander einen Zipfel seines Nachtgewandes.

Achylides blieb wie angewurzelt stehen. „Du – du hast doch nicht an meinem Hemd gezogen?"

„Allerdings." Amynander zog ihn näher zu sich heran. „Weshalb willst du schon gehen? Du hast doch deinen Stichel noch nicht gefunden."

„Er – ist nicht hier", gab Achylides mit gepreßter Stimme zurück.

„Du hast nicht richtig gesucht, mein Freund. Aber das macht nichts, ich habe ihn nämlich gefunden."

„Was?" Achylides drehte sich um. Amynander lächelte und lüpfte ein wenig die Decke. „Hier unten habe ich ihn versteckt, willst du nicht nachsehen?"

Achylides antwortete nicht, nur die Kerze knisterte leicht. „Ist Achylides nun selbst zu Marmor geworden? Sieh nur, es ist ein Prachtstück von einem Stichel."

„Nein", flüsterte Achylides und bewegte sich nicht.

„Na komm schon, setz dich her zu mir. Was ist denn das für eine Schüchternheit? Da lerne ich einen ganz neuen Achylides kennen."

„Ich – ich will das nicht. Ich lebe wirklich keusch, das ist die Wahrheit."

„Aber um das zu ändern, bist du doch gekommen, oder nicht?"

„Ja", stammelte Achylides, „aber es war ein Fehler, ein großer Fehler."

„Ich verstehe", sagte Amynander ironisch, „ich bin kein zwölfjähriger Knabe mehr mit zartem Flaum auf den Pfirsichen, aber vielleicht versuchst du es trotzdem mit mir?"

„Freilich, verspotte mich nur, ich habe es verdient. Was kann ich dafür, daß er sich noch regt? Daß mir noch das Blut in die Wangen steigt, wenn ich männliche Schönheit erblicke? Aber ich wollte dich nicht kränken, das wollte ich nicht."

„Nun steh doch nicht da wie deine Statuen! Setz dich hier auf die Kante, das verpflichtet dich zu nichts."

Achylides ließ sich vorsichtig dort nieder. „Danke. Du bist so freundlich zu mir. Es ist schön für einen älteren Mann, dir so nah sein zu dürfen. Aber es ist spät, und du bist müde."

„Nicht mehr, der Stichel läßt mich nicht schlafen, weißt du."

„Höre, Amynander, laß uns ernsthaft sein. Ich weiß, daß ich nicht begehrenswert für dich bin. Beim Zeus, ich kenne meinen Wert.

Wenn ein Mann wie ich die Gunst eines schönen Jünglings begehrt, muß er ihm sehr, sehr teure Geschenke machen. Ich bin ein leidlich guter Bildhauer, aber kein Liebhaber für dich."

„Sonst lauschte ich gern deinen Reden, doch jetzt höre ich nur törichtes Zeug. Ein Apoll bist du nicht, aber auch kein schmerbäuchiger Seilenos. An den Schläfen wurde dein Haar etwas lichter, aber durch deinen Beruf blieb dein Körper kräftig und fest." Amynander schob ihm die Hand unter das Hemd, und Achylides schloß die Augen. „Laß mich sehen, ob die lange Keuschheit großen Schaden angerichtet hat. Beim Ares! Ist mir die Hand vom Zügelhalten steif geworden, oder vermag sie ihn wirklich kaum zu umfassen? Laß mich doch mehr sehen, gib den Blick frei, und verbirg deinen Schatz nicht unter dem schrecklichen Hemd, das jede Lust tötet, wie ein Geizhals, der sein Gold unter dem Stroh versteckt!"

Achylides seufzte laut. Er fühlte sich wie ein Kind, das nicht weiß, wie ihm geschieht. Amynander zog ihn sanft zu sich ins Bett und führte die Hand des Widerstrebenden an seine Lenden. „Nur Mut, was du ergreifst, gehört dir heute nacht."

„Weshalb tust du das?" flüsterte Achylides, überwältigt von Lust und Scham. „Du kannst in Milet die göttlichsten Knaben finden."

„Göttlich, glatt und langweilig. Unter diesem Gezelt fand heute Achill seinen Patroklos, dessen verzauberte Hände es verstehen, Götter zu erschaffen."

„Amynander, du beschenkst mich reichlicher als Kroisos es vermöchte. Werden mich die neidischen Götter nicht strafen für die süße, verbotene Lust, die du mir aus Mitleid gewährst?" Achylides fühlte das Schwellen seines Fleisches und die drängenden Küsse auf seinen Lippen, die so lange nur Staub gekostet hatten. Zwischen seine Schenkel schob sich mit sanftem Druck das Glied und bewegte sich dem Höhepunkt entgegen.

„Was einst der junge Eteokles mir errötend und zögernd gewährte, suchst du nun bei mir", hauchte Achylides, „du machst mich wieder zum rosenwangigen Knaben."

„Still, du bist es, der mich beschenkt, mein Freund", flüsterte Amynander.

„Du scherzt, doch Achylides liebt Amynanders Scherze. Er liebt sie – oh, ihr Götter, so rasch, so rasch diesmal! Ihr neidischen Moiren! Weshalb zerschneidet ihr so früh den Faden?"

„Durst löscht man mit vielen kleinen Schlucken. Aber ich will dir einen neuen Becher reichen und sehen, ob du meinen Rat beherzigst."

„Und wenn du mich eintauchtest in das weindunkle Meer, es könnte meine Hitze doch nicht kühlen. Der Olympos bebt, denn Zeus beneidet heute den Achylides!"

6

Es war schon dunkel, als Troyan den letzten Tuchballen von der Straße nach hinten in das Lager schleppte. Die Luft war stickig und voller Staub. Troyan hustete. Dann begab er sich zu dem Verschlag neben dem Lager, wo sein Schlafplatz war. Er hob zwei Balken hoch und schlüpfte hinein. Unter dem Strohsack holte er drei Kupferstücke hervor und steckte sie in seinen Gürtel. Dann band er ein zweites Paar Sandalen und ein sauberes Hemd in ein Tuch und verließ vorsichtig den Lagerraum. Draußen sah er sich ein paarmal um und schlug dann den Weg zur Silberquelle ein.

Wer gewisse Dienste suchte und zudem anspruchsvoll war, dem wurde das Gasthaus in der Weinrankengasse empfohlen. Es war eins der teuersten Häuser am Südmarkt und hielt selbst für die verwöhnten Milesier Außergewöhnliches bereit: Hier boten junge, ansehnliche Männer Knabenliebhabern ihre Dienste an. Aber auch die heimlichen Gelüste jener, die reifere Männer bevorzugten, was als verworfen galt, wurden befriedigt. Ein Haus mit männlichen Hetären, die ihre Gäste ebenso geistreich und körperlich verwöhnten, wie man es von den Frauen dieses Standes kannte, das war beispiellos und empörend – es war großzügig, es war göttlich, so etwas konnte es nur in Milet geben.

Seit zwei Jahren gehörte das Gasthaus nun wieder Amynander. Er hatte ein halbes Jahr für Theagenes gearbeitet, dann den Blutsauger ausbezahlt und die Schenke seiner Mutter zurückerworben. Sie war jetzt ausgestattet mit einem Säulenportal, Marmorfassaden und besaß drei Stockwerke, deren Zimmer unterschiedlich eingerichtet waren und nahezu allen Wünschen entgegenkamen. So viel Luxus hatte seinen Preis. Am teuersten jedoch waren die Dienste des Hausherrn selbst. Für eine Nacht, so wurde gemunkelt, hätte man ein mittleres Anwesen kaufen können.

Der Schankraum war voll. Die Gäste sahen wohlhabend aus, trugen gold- und silberbestickte Gewänder, feine Überwürfe, kostbare Gürtel und edle Waffen. Ausgesucht schöne Knaben mit nackten Oberkörpern bedienten die Gäste; sie waren flink und freundlich, doch wenn jemand es wagte, lüstern die Hand nach ihnen auszustrecken, erschien ein starker Sklave, packte den Gast und beförderte ihn nach draußen. In der Silberquelle gab es allenfalls heiße Blicke umsonst.

Nahezu unbemerkt schlich ein junger Mann herein, zwängte sich durch das Gedränge und setzte sich hinten an die Wand, wo es am dunkelsten war. Er kam jeden Abend und setzte sich immer auf denselben Platz. War dieser besetzt, wartete er geduldig, bis der Platz frei war oder man seinetwegen zusammenrückte. Dann klemmte er sich schüchtern dazwischen und bestellte für zwei Kupferstücke Bier. Glyphidon, der das Bier brachte, kannte ihn schon, den ärmlich gekleideten Jungen, der nie mehr als zwei Kupferstücke daließ und sich an seinem Bier die ganze Nacht festhielt. Aber er sagte nichts, solange der Gast keinen störte. Troyan hatte diesen dunklen Platz aus guten Gründen gewählt. Wenn Amynander mit seinen Freunden unten in die Schenke kam, um etwas zu trinken, zog er sich gern in eine stille Ecke zurück. Eben diese Ecke hatte Troyan von seinem Platz aus genau im Blick.

Oft hatte er hier bis zum Morgen gewartet und sein Kupfer vergeblich ausgegeben. Heute hatte Troyan Glück, denn es dauerte nicht lange, und Amynander kam in Begleitung einiger Freunde herein.

Dem Jüngling schlug das Herz bis zum Hals, er zitterte und umklammerte die Schale Bier wie ein Ertrinkender. Niemand achtete auf ihn, sonst hätte man sich über seinen entrückten Gesichtsausdruck wohl gewundert.

Amynanders Freunde waren jung, hübsch, gut gekleidet und strahlten die Selbstsicherheit der Wohlhabenden aus. Weder sie noch Amynander hatten Troyan jemals wahrgenommen. Den störte das nicht. Im Halbdunkel hinter seiner Schale Bier glitten die Stunden für ihn vorüber wie raschelnde Seide.

Er erinnerte sich daran, als Amynander vor geraumer Zeit Timoleon aufgesucht hatte, um Stoffe zu kaufen. Timoleon hatte den wohlhabenden Besitzer der Silberquelle persönlich bedient, wofür Troyan ihm dankbar gewesen war, denn seine Knie hatten gezittert, und er mußte sich mehrere Male an einem Pfosten festhalten, während er Quitten zwischen die Stoffbahnen legte, damit sie dufteten.

Amynander und seine Freunde hatten Wein bestellt und unterhielten sich lebhaft. Manchmal schnappte Troyan Wortfetzen auf, jeder Laut, den er von Amynander auffing, schien ihm wie eine göttliche Offenbarung. Er hielt sich für einen der glücklichsten Menschen in Milet, weil er für nur zwei Kupferstücke das Elysium erlebte.

Stunden später hatte sich der Schankraum geleert. Die Betrunkenen waren hinausbefördert worden, einige hingen noch mit glasigem Blick auf den Bänken und warteten auf ihre Sklaven. Troyan merkte nichts davon. Seine Welt war klein und wunderschön, in ihr gab es nur ihn und Amynander. Ein Freund saß noch bei ihm. „Trinken wir noch einen?" lallte der, aber Amynander schüttelte den Kopf. „Genug für heute", sagte er mit schwerer Stimme und erhob sich schwankend. Im Vorbeigehen streifte er Troyan an der Schulter und taumelte. Amynander hielt sich an der Tischplatte fest und lächelte Troyan flüchtig an. „Entschuldige, mein Freund." Dann lief er weiter.

Troyan starrte ihm hinterher, bis eine barsche Stimme neben ihm sagte: „Auch für dich ist jetzt Schluß!" Glyphidon stand da, beide Fäuste in die Seiten gestemmt. Troyan sah durch ihn hindurch. Traumwandelnd erhob er sich und verließ die Schenke, während Glyphidon ihm kopfschüttelnd hinterhersah. „Von dem einen Bier ist der so besoffen?"

Troyan lief durch die dunklen, menschenleeren Gassen und jagte Amynanders Lächeln hinterher. Als er am nächsten Morgen erwachte, stand es vor ihm wie eine Verheißung. Tagsüber arbeitete er still und fleißig, aber Timoleon schien es, als halte er nach jemandem Ausschau.

In der darauffolgenden Nacht zählte Troyan sein Kupfer. Es ging zu Neige, und an seinem zweiten Paar Sandalen war ein Riemen gerissen. Er knotete ihn wieder zusammen, am nächsten Tag riß auch der zweite Riemen. Troyan wurde unaufmerksam, er ließ oft etwas fallen, verschnitt die Stoffe, übersah Kunden oder fuhr sie ungeduldig an. Timoleon ließ den Stock tanzen, Troyan schien es nicht zu spüren.

„Dein Bursche ist krank", sagte Kreon, sein Nachbar. „Hol ihm einen Arzt, die Kosten kannst du ihm ja vom Lohn abziehen."

„Ach was! Faul ist er und ein Träumer. Er glaubt, weil die Mädchen ihm schöne Augen machen, braucht er seine Hände nicht schmutzig zu machen."

Troyan wußte, daß es so nicht weiterging. Und er faßte einen Plan. Kaum, daß er ihn gefaßt hatte, war er wieder bei der Sache und bedachte die Kunden mit dem Lächeln, das sie an ihm schätzten. Jede Nacht schlich er durch das Lager und zweigte hier und da ein bißchen von den Tuchen ab. Er nahm nur die kostbarsten Stoffe. Die Teile verwahrte er unter seinem Strohsack. Als er seinen Lohn bekam, erbat er von Timoleon einen freien Nachmittag und ging mit den Stoffen zu einem Schneider am anderen Ende der Stadt.

7

Amynander tauchte um Mitternacht in Begleitung von vier jungen Männern in der Silberquelle auf. Er trug eine knappe Tunika, bis zum Knie geschnürte Sandalen und einen leichten Überwurf aus feiner Wolle. Ein silberner Reif bändigte sein langes Haar, auch Hand- und Fußgelenke schmückten silberne Reifen. Sein Körper war schlank, muskulös und geschmeidig, denn er besuchte wieder regelmäßig das Gymnaseion.

Er grüßte freundlich Bekannte und ließ sich mit seinen Freunden, deren knappe Tuniken auffällig waren, auf seinem gewohnten Platz nieder. „Glyphidon! Zypernwein!" rief er ausgelassen.

„Was ist das für ein Schiff, das gestern aus Tarschisch angekommen ist?" fragte Amynander Dionys, seinen Nachbarn zur Rechten, „es heißt, es habe auch Sklaven von der Zinninsel mitgebracht?"

„Ja, Tyndaros hat die meisten aufgekauft. Er wird sie übermorgen auf dem Markt am Latmischen Tor feilbieten."

„Ist es wahr, daß ihre Haare so hell wie ausgebleichtes Stroh sind?"

„Rot sollen sie sein", kicherte Dionys, „rot wie mit Henna gefärbt. Ihre Körper sind bleich wie nach wochenlanger Haft, sie flechten ihre Bärte und reiben Kalk in ihre Haare, bis sie wie Stacheln vom Kopf abstehen."

„Von denen müssen wir einen kaufen", lachte Amynander, „das wird Timaios gefallen, der beschwert sich doch ständig, daß es hier keine richtigen Männer gebe."

Iordanis zu seiner Linken stieß ihn an. „Amynander, da will dich jemand sprechen."

Amynander sah sich um, am Tisch stand ein prächtig gekleideter junger Mann: halblanges Haar, hübscher Mund, schmales Gesicht, ausdrucksvolle Augen. Amynander war es gewohnt, andere Männer rasch abzuschätzen. Er konnte sich nicht erinnern, ihn jemals hier gesehen zu haben, offensichtlich gehörte er nicht zum Kundenkreis. „Ja?"

„Es tut mir leid, wenn ich dich und deine Freunde störe." Der junge Mann war sichtlich aufgeregt, seine Stimme klang leise. „Ich bin Troyan und möchte gern – ich möchte dich –"

„Troyan? Du bist zum ersten Mal hier?"

„Ja." Troyan wischte sich fahrig über die Stirn.

Amynander machte eine großzügige Armbewegung. „Meine Freunde hier stehen dir zur Verfügung, du mußt nur wählen. Aber nicht heute abend. Komme morgen wieder und melde dich am Haupttor bei Athmar, mit ihm machst du Tag und Stunde aus."

Troyan sah die Männer lächeln. Er starrte Amynander an. „Aber ich möchte – ich meine, man kann dich doch auch –"

„Du kannst mich kaufen", nickte Amynander gelassen, „wenn du mich bezahlen kannst."

„Wieviel?" würgte Troyan hervor.

„Ich bin nicht im Dienst, Troyan", erwiderte Amynander kalt, „ich rede jetzt nicht über Preise. Komm morgen!"

„Bist du denn frei morgen?"

Amynander musterte Troyan von oben bis unten. „Komm nach Sonnenuntergang. Geh und laß mich meinen Wein trinken."

„Ja, morgen nach Sonnenuntergang", murmelte Troyan. Als er sich umdrehte, flüsterte Iordanis ihm zu: „Amynander nimmt hundert Drachmen für die Nacht."

Troyan blieb stehen. *Hundert?* dachte er bestürzt. *Ich bekomme fünfzehn Drachmen im Monat.* Er lächelte. „Das geht in Ordnung."

9

Die Sonne war bereits untergegangen, aber Troyan hatte noch viel Arbeit. Er weinte heiße Tränen vor Wut und vor Angst, zu spät zu kommen. Hastig räumte er die Waren in das Lager und fegte den Laden aus. Dann holte er sein schönes Gewand unter dem Strohsack hervor und eilte ins Badehaus, wo er drei Kupferstücke für Nardenöl und Silberpuder ausgab.

Als er in der Weinrankengasse ankam, war es bereits Mitternacht. Klopfenden Herzens ging er an das Haupttor und fragte nach Athmar. Ein schöner Nubier, so schwarz wie die Nacht, bekleidet mit einer silbernen Tunika, kam heraus und lächelte ihn an. „Du bist Troyan? Komm herein, du wirst bereits erwartet."

Athmar führte ihn über den Innenhof in den Empfangsraum und bat ihn, sich zu setzen. Etwas später kam Amynander herein, der einen langen, pelzumsäumten Mantel und leichte Sandalen trug. Er lächelte wie ein junger Gott und streckte Troyan die Hand entgegen. „Willkommen, ich dachte schon, du würdest nicht mehr kommen."

„Ich habe mich verspätet, es tut mir sehr leid. Du hast trotzdem Zeit für mich?"

„Die ganze Nacht liegt noch vor uns, oder nicht?" Amynander faßte Troyan sanft beim Handgelenk. „Komm, ich will dir eins unserer schönsten Zimmer zeigen."

Troyan spürte die Wärme von Amynanders Hand, sie durchrieselte seinen ganzen Körper. Das Zimmer, in das sie eintraten, war in oranges Licht getaucht, das von Öllampen hinter gefärbten Tüchern herrührte. Im Hintergrund verbreitete eine Räucherschale den Duft von Zimt. In der Mitte des Raumes stand ein breites Bett und ein kleiner Tisch mit Wein und Gebäck. In einer Nische lagen unauffällig Tücher bereit, waren Flaschen und Schalen mit Salbölen und anderen Essenzen aufgereiht, es gab eine große Schale mit Wasser, einen Topf mit Fett und einige merkwürdige Gegenstände, deren Zweck Troyan nicht kannte. Wände und Decken waren mit poliertem Kupfer verspiegelt.

„Gefällt es dir?"

„Ja." Troyan ließ sich auf das Bett fallen.

„Dann wollen wir uns ausziehen." Amynanders Mantel glitt zu

Boden, darunter war er nackt. Ungezwungen setzte er sich neben Troyan und schenkte ihm Wein ein. „Ich sehe schon, du bist etwas schüchtern." Er reichte ihm den Becher. „Hier, trinke dir etwas Mut an, Troyan."

„Ich war noch nie an einem solchen Ort", flüsterte er, ohne Amynander anzusehen, und trank den Becher hastig leer. „Ich möchte mich nicht ausziehen."

Amynander strich sich das Haar aus dem Gesicht und sah ihn an. „Soll ich dich ausziehen? Dann mußt du dafür zahlen. Ich nehme hundert Drachmen die Nacht, wenn es sich um gewöhnliche Dinge handelt; Küsse und andere Zärtlichkeiten kosten das Doppelte."

„Das Doppelte?" entfuhr es Troyan.

Amynander zuckte die Achseln. „Ich habe einen Ruf zu verteidigen. Du kannst es hier im Haus auch billiger haben, wenn du –"

„Nein, nein, ich will dich", brachte Troyan geschwind hervor und schenkte sich noch einmal ein.

„Ich bin teuer, aber gut", lächelte Amynander. „Wenn du willst, mache ich dir nur ein wenig Handarbeit, das sind dann fünfzehn Drachmen, und du brauchst dich nicht einmal auszuziehen."

Troyan setzte den Becher hart auf. „Nein! Ich –"

Amynander seufzte. „Entscheide dich, Troyanios. Gewöhnlich fange ich mit meinen Gästen nicht das Schachern an."

„Ich heiße Troyan", antwortete er so energisch wie möglich, „und ich möchte nur eine Nacht in deinen Armen liegen."

Amynander hob die Augenbrauen. „Aber doch nicht bekleidet, oder?"

„Nein." Troyan nestelte hastig an seinem Gürtel.

„Gut. Das sind zärtliche Berührungen, macht zweihundert, Troyan." Amynander legte sich aufs Bett und sah zu, wie Troyan sich auszog. Als er nackt war, winkte Amynander ihm zu. „Komm her, komm!"

Troyan schmiegte sich an ihn, und Amynander legte den Arm um den heißen, bebenden Körper. „Du bist doch ein hübscher Junge und gut gewachsen, weshalb schämst du dich denn?"

Troyan wagte nicht zu antworten, weil er fürchtete, in Schluchzen auszubrechen. *Eine ganze Nacht wird er mich so halten, werde ich an seiner warmen Haut liegen und ihn atmen hören,* dachte er. *Mein ganzes Leben werde ich diese Nacht nicht vergessen, das rechtfertigt jeden Preis.*

Als Troyan nicht mehr zitterte, küßte ihn Amynander unter dem Ohr und flüsterte: „Bist du sicher, daß du nichts anderes willst, als die ganze Nacht hier zu liegen?"

„Was soll ich mir noch wünschen? Es ist das, wovon ich geträumt habe."

„Womöglich schläfst du noch ein und hast von der ganzen Sache nichts." Amynander lachte leise und drängte sein Geschlecht an Troyans. „Ich will dir Dinge zeigen, von denen läßt es sich noch besser träumen." Behutsam strich er Troyan über das Gesäß und schob seine Finger in die Spalte, liebkoste sie in ihrem Innern, sanft vom Ansatz bis zu den Hoden gleitend, bis Troyans Glied hart wurde. Amynander nahm es in die Hand und streichelte es kurz. Dann schlossen sich die Muskeln seines Oberschenkels hart um den Schaft; Amynander bewegte sich sanft und zog Troyan an sich. Er küßte ihm Stirn, Hals und Schultern, bis er selbst erregt war und sein Schweif wie ein Pfeiler stand.

Troyan hatte Amynander seine Nägel in die Schultern gegraben, er stöhnte und schluchzte, und als er sich zwischen Amynanders Schenkel ergoß, lag sein Gesicht an dessen Brust. Troyan lauschte ihrem gemeinsamen Herzschlag, Hände griffen ihm zärtlich in den Nacken, Küsse bedeckten sein Gesicht. Troyan wagte nicht, sich zu rühren, um die Vollkommenheit des Augenblicks nicht zu zerstören.

Er spürte wieder eine Hand an seinem Gesäß, ein Finger schob sich hinein, diesmal tiefer. „Was tust du?" flüsterte Troyan.

„Ich mache deinen Eingang geschmeidig, damit ich besser eindringen kann. Sieh nur, wie stark mein Fleisch geworden ist durch deine Hitze." Amynander nötigte Troyan mit sanftem Druck, einen Blick auf sein Geschlecht zu werfen.

„Nein, nein", stotterte Troyan, „das will ich nicht!"

„Aber junger Freund. So wie eben, so verkehren Knaben miteinander, aber du bist doch schon ein Mann, nicht wahr?"

Troyan zappelte. Amynander bewegte seine Finger in ihm. „Halt doch still, du Dummkopf, das tut nicht weh."

Behutsam drehte er Troyan auf die Seite, schmiegte sich an seinen Rücken und schob ihm vorsichtig sein Glied in die vorbereitete Öffnung. Jedesmal, wenn Troyan zuckte, zögerte Amynander und drang auf diese Weise langsam immer tiefer ein. Dabei hielt er Troyans Hüften fest, zog ihn fest zu sich heran und streichelte ihm

Rute und Hoden; er rieb und knetete das Fleisch, bis er spürte, daß Troyan sich ganz seinen Stößen hingab.

Als Troyans schweißnasser Körper sich hechelnd und wimmernd aufbäumte, als sich seine Lenden nach Erlösung sehnten, glitt Amynander aus ihm heraus und verschaffte ihm mit wenigen festen Griffen Erleichterung. Er wartete, bis Troyans Atemzüge ruhiger wurden, dann drehte er ihn lachend herum. „Jetzt hast du deine Jungfräulichkeit verloren, Troyan."

Der Jüngling schwieg und schielte zu den Tüchern. Amynander folgte seinem Blick. „Die brauchst du nicht, solange ich eine Zunge habe." Bevor Troyan etwas einwenden konnte, hatte sich Amynander über seine Schenkel gebeugt. Troyan starrte auf die festen Schultern und das lang herabfallende Haar; beides schwang im Rhythmus sanfter Bewegungen, die heiße, feuchte Zunge kannte keine verbotenen Zonen, und Troyan ließ sich fallen in eine Welt ohne Raum und Zeit, wo Scham keine Bedeutung mehr hatte.

Amynander hob den Kopf. „Nun? Bist du noch befangen? Hast du noch Angst vor unserer Nacktheit?"

Troyan schüttelte tapfer den Kopf.

„Dann möchtest du mich jetzt vielleicht berühren?" Amynander zeigte ihm sein erregtes, noch feuchtes Geschlecht. Er nahm Troyans Hand und führte sie zu sich heran. Troyan spürte das Pulsieren in seiner Hand, aber er bewegte sich nicht. „Ich kann nicht. Bitte!"

Amynander hatte noch nie einen so zögerlichen und schüchternen Kunden gehabt. Aber er war nicht zuletzt deshalb begehrt, weil er es stets verstand, auf die Eigenarten seiner Kunden einzugehen. Wer es brauchte, bekam es hart und brutal; dieser schüchterne Junge brauchte etwas anderes.

„Ich zeige dir, wie man es macht, sieh her!" Amynander faßte Troyan am Kinn. „Dreh nicht den Kopf zur Seite, nimm die Lust auf mit all deinen Sinnen, spüre und schaue!" Er kniete sich breitbeinig auf das Bett, nahm sein Glied zwischen die Finger und bewegte die Haut so, daß die Eichel vollständig entblößt wurde und glänzte wie eine geschälte Frucht. Dann schloß er die Handfläche darum und verbarg sie wie eine Perle in einer Auster.

Amynander molk sich wie ein Zicklein, er warf den Oberkörper nach hinten und atmete zischend durch die Nase, er überließ Troyan sich selbst und gab sich der eigenen Lust hin, bis sie aus ihm herausbrach. Dann warf er sich keuchend auf den Rücken und blinzelte Troyan zu. „Jetzt bin ich schwach und entkräftet, nutze das, spiel mit mir. Komm schon, alles was du siehst, gehört dir."

Zaghaft berührte Troyan ihm die Brustwarzen mit den Lippen, dann den flachen, hechelnden Bauch, schob seine Zungenspitze aus dem Mund und schmeckte Schweiß. Er wünschte sich, das schlafende Geschlecht in seiner Mundhöhle zu bergen und es sanft zu wecken. Amynander half mit leichtem Druck nach, und Troyan nahm es in sich auf, ermunterte es mit seiner Zunge, bis sein Mund sich füllte. Plötzlich war seine Scheu verflogen. Das Zucken und Stöhnen des Mannes unter ihm, seine samtene Haut, sein Haar und selbst sein Lächeln gehörten ihm, und er wollte es in Besitz nehmen.

Wie schnell verflogen die Stunden, durch die dünnen Vorhänge fiel Tageslicht, und der orangenfarbene Schein der Lampen verblaßte. Troyan schlief in Amynanders Armen, und als er mit einem Kuß geweckt wurde, schlug er die Augen auf, starrte Amynander an und wurde sich bewußt, wo er war und daß es Zeit war zu gehen. Amynander entzog sich ihm und stand auf. „Nebenan hat man dir ein Bad angerichtet. Danach kannst du unten in der Schenke frühstücken; wenn du gehst, gibst du Athmar das Geld. Übrigens – ein Trinkgeld von fünf Drachmen ist üblich."

Troyan stieg aus dem Bett, als hingen ihm Bleigewichte an den Gliedern. Fahrig griff er zu seinem Rock, doch er zitterte so, daß er ein Salbölfläschchen umwarf. Amynander hob es auf und lächelte. „Was ist denn? Noch immer geschwächt?"

„Amynander – ich – können wir uns nicht zum Abschied noch einmal umarmen?"

„Umarmen? Freundchen, die Nacht ist vorbei.", erwiderte er kalt.

Troyan zuckte zusammen. „Aber ich dachte – du warst doch so zärtlich zu mir in der Nacht."

„Freut mich, wenn es dir gefallen hat, Troyan. Du kannst jederzeit wiederkommen, dann wird es bestimmt noch schöner. Du bist ja jetzt ein Mann mit Erfahrung, nicht wahr?"

Troyan schwieg, sein Magen gefror langsam zu einem Klumpen Eis. Plötzlich sprang er auf, die Hände zu Fäusten geballt, Tränen in den Augen, und trotzig brach es aus ihm heraus: „Ich kann dich nicht bezahlen!"

Amynander schlang sich ein Tuch um die Hüften. „Was hast du gesagt?" Er glaubte, sich verhört zu haben.

„Ich habe nichts! Nichts, verstehst du?" Troyan hielt ihm die leeren Hände hin. „Ich besitze noch zwölf Kupferstücke, das ist mein ganzer Besitz. – Und das hier!" Er nahm seinen schönen Rock. „Das ist zusammengestohlen, gehört mir nicht. Ich bin nicht der Sohn eines reichen Kaufmanns, ich bin nur sein Ladengehilfe."

„Und dann besitzt du die Dreistigkeit, meine Dienste zu beanspruchen, du Rickenschwanz?" schrie Amynander. Mit einem Sprung war er bei Troyan und packte ihn an der Gurgel. „Weshalb holst du dir deine Lust nicht bei den Hafenratten, die es dir für drei Obolen besorgen?"

„Bitte, Amynander!"

„Bitte, Amynander!" äffte der ihn nach und stieß Troyan brutal auf das Bett. „Sind wir gute Freunde oder was?" Er schlug auf ein Bronzebecken, und es erschien Athmar, der Nubier.

Amynander wies auf den nackten, zitternden Jüngling. „Diese Basarpflanze kann nicht bezahlen. Du weißt, was du zu tun hast."

Das breite Lächeln war aus dem Gesicht des Nubiers gewichen. Er wölbte seinen mächtigen Brustkasten und trat an das Bett. „Seine Arme oder seine Beine?"

„Ist mir gleich, sorge nur dafür, daß er mich nicht vergißt!" Amynander wandte sich ab. „Ich gehe jetzt ins Bad, Athmar, frage Dionys, ob er heute morgen mit mir essen will, und nimm für heute keine Kunden an, es sei denn, es ist diese Qualle Thrasybulos."

In der Tür prallte er mit einem Mann zusammen, der einen spitzen Schrei ausstieß. „Bist du heute stürmisch, Amynander. Dabei wollte ich nur vorbeischauen, ob –" Der Mann verstummte, als er in der Ecke einen nackten Jüngling und vor ihm den ebenholzfarbenen Nubier entdeckte.

Athmar lächelte. „Willkommen, Achylides."

Der raffte sein flatterndes Gewand. Er liebte es, wenn ihn die Stoffbahnen umrauschten wie die Schwingen stymphalischer Vögel. „Athmar, meine Augenweide, sei gegrüßt." Dabei blieb sein Blick auf jedem geschmeidigen Muskel des Nubiers haften. „Tut mir leid, Amynander, ich dachte, dein Besuch sei schon gegangen."

Athmar packte Troyan schmerzhaft am Handgelenk und zerrte ihn hoch. „Das ist kein Besuch, edler Achylides, das ist eine Kröte."

„Eine Kröte?" Achylides trat näher. „Nicht doch, Athmar, das tut ihm weh. Laß ihn los!" Achylides hob Troyans Kinn. „Was, er weint ja! Und er ist viel zu hübsch für eine Kröte."

Amynander wickelte gereizt die Haarspitzen um seine Finger. „Er hat sich eine Liebesnacht erschlichen, jetzt bekommt er seine gerechte Strafe."

Achylides rammte Athmar den Ellenbogen in den Bauch. „Geh endlich zur Seite. Was für eine Strafe?" Er half Troyan aufstehen. „Setz dich aufs Bett und hab keine Angst, niemand wir dir etwas tun."

Amynander war verärgert. „Misch dich hier nicht ein, Achylides! Soll ich die Sache vielleicht vor den Ältestenrat bringen? Entgangener Liebeslohn wird auf diese Weise eingetrieben."

„Auf welche Weise?" fragte Achylides nachdrücklich, während er sich neben Troyan setzte und ihm den Arm um die Schultern legte. Er sah Athmar an. „Nun?"

Der sah auf seine Füße und schwieg.

„Man bricht solchen Schurken die Arme, das schreckt andere ab", sagte Amynander ungehalten.

„Ach so." Achylides drückte Troyan, der wieder zusammengezuckt war, an sich, und eine Weile hingen diese beiden Worte im Raum. Dann erhob sich Achylides, ging auf Amynander zu und sah ihm in die Augen. „So hart hat dich das Geschäft gemacht?"

Amynander verschränkte die Arme. „Diese unreife Feige! Hat noch nie im Leben einen nackten Mann gesehen und glaubt, es fallen einem die Finger ab, wenn man sie hinten reinsteckt. Ich mühe mich ab mit diesem Jüngelchen, bin wie eine Mutter zu ihm, dann erklärt dieser Betrüger mir, er könne mich nicht bezahlen! Er verdient keine Milde!"

Achylides schüttelte vorwurfsvoll den Kopf. „Dieser arme Junge ist in dich verliebt, siehst du das nicht?"

Amynander warf einen verächtlichen Blick zu Troyan hinüber, der zusammengesunken auf dem Bett saß. „Es bricht mir das Herz. Wenn ich mit jedem umsonst schlafen wollte, der in mich verliebt ist, würde ich verhungern. – Was treibt dich eigentlich zu so früher Stunde hierher, Achylides?"

Der zog ein sauberes Schnupftuch aus seinem Gewand und gab es Troyan. „Wisch dir die Tränen ab, ein Mann heult nicht, hat mein Vater immer gesagt, wenn er die Kleider meiner Mutter anprobierte. Kleiner Scherz, kleiner Scherz. Und jetzt zieh dich an, nackt kannst du nicht durch die Straßen laufen."

Troyan bedankte sich leise.

Mit einer großartigen Geste zog Achylides einen Beutel aus seinem Gürtel. „Wieviel schuldet dir diese geknickte Blume?"

Amynander winkte ab. „Steck dein Geld ein, von dir will ich nichts." Er machte Athmar ein Zeichen sich zurückzuziehen.

„Dann kann der Junge also ohne gebrochene Arme und Beine das Haus verlassen?" fragte Achylides spitz.

„Er soll verschwinden!" Amynander hob Gürtel und Stiefel auf und warf sie zu Troyan aufs Bett. „Beeil dich!"

„Es tut mir so leid", flüsterte Troyan, aber das hörte nur Achylides, der neben ihm saß. Er zählte drei Goldstücke aus seinem Beutel. „Also, wieviel wollte dieser Halsabschneider Amynander von dir? Zweihundert? Dreihundert? Du siehst, er will es nicht mehr, also nimm du das Geld, nimm schon!" Und er flüsterte ihm zu: „Schmerzensgeld."

Troyan nahm das Geld, ohne darüber nachzudenken. Er fühlte sich nutzlos, zerstört. Als er an Amynander vorbeischlich, war ihm, als sei er ein Flämmchen, das ein kalter Wind ausbläst.

Amynander hatte ihn schon vergessen, noch bevor er aus der Tür war. „Ich wollte jetzt baden, Achylides. Was wolltest du eigentlich?"

„Unten im Schankraum sitzt ein Mann, kein Grieche, sieht nicht aus, als müsse er hungern, und gebärdet sich, als könne er ganz Milet aufkaufen. Er will dich sprechen."

Amynander zuckte die Schultern. „Heute nehme ich keine Kunden. Aber deshalb bist du doch nicht hier?"

„Ich wollte dich wecken und mit dir die Morgenmahlzeit einnehmen. Na, ich sehe schon, ich habe einen schlechten Tag erwischt. Immerhin bin ich noch rechtzeitig gekommen, um dich an deinen rohen Umgangsformen zu hindern."

Amynander lächelte und hauchte Achylides einen Kuß auf die Nasenspitze. „Wenn es nach dir ginge, hätten alle jungen Männer Narrenfreiheit."

9

Als Amynander den Schankraum betrat, fiel ihm der hochgewachsene Fremde sofort auf. Breitbeinig saß er da, sich auf ein langes Schwert stützend. Glänzend schwarze Bartlocken bedeckten einen silbernen Brustpanzer. Er trug Lederstiefel, die ihm bis an die Knie reichten, darüber einen dreifach geschlungenen Fransenrock. Ein breites Lederband hielt das lange Haar aus dem Gesicht, eine Narbe quer über dem linken Auge machte seine scharfgeschnittenen Züge noch wilder. Seine eherne Miene verriet Willensstärke, sein lodernder Blick Tatendrang.

„Du hast mir nicht gesagt, daß Ares selbst es ist, der uns heute beehrt", flüsterte Amynander Achylides zu, und der erwiderte leise: „So bleiben die Götter unter sich, edler Apollon."

Amynander setzte ein bezauberndes Lächeln auf. „Ich bin Amynander, der Hausherr. Du wolltest mich sprechen?"

Der Fremde antwortete nicht und starrte ihn nur an. Schließlich stieß er hervor: „Dann ist es also wahr!"

„Ich sehe, du hast keinen Wein?" überhörte Amynander diese Feststellung. Er winkte Glyphidon, der am Schanktisch stand und etwas ängstlich aussah.

„Glaubst du, ich sei in deine Schenke gekommen, um Wein zu trinken?" polterte der Fremde.

Amynander hob die Augenbrauen, sagte aber nichts. Unhöflichen Gästen begegnete er stets besonders liebenswürdig. „Hast du etwas dagegen, wenn ich trinke und mich dabei zu dir setze?"

Er erhielt einen Blick, als habe er dem Fremden soeben zugemutet, Urin zu trinken. Amynander beachtete ihn nicht und setzte sich, ohne aufgefordert zu sein. „Ist dir meine Schenke empfohlen worden, edler – äh –?"

„Empfohlen?" schnaubte der Fremde und hieb donnernd seine Faust auf den Tisch. „Sehe ich aus wie ein Mann, der Knaben besteigt?"

„Dann hast du dich sicher verirrt", gab Amynander ungerührt zur Antwort, „die Rote Distel hat reizende Mädchen."

Da lachte der Fremde dröhnend und griff Amynander unter das Kinn. „Laß dich ansehen! Bei Baal-Ammon! Du bist Ranissas Sohn!"

„Der bin ich, und wie darf ich dich anreden?“

„Ich bin Zalmunna, Statthalter von Tadmor.“

„Eine Ehre für mein Haus“, erwiderte Amynander und nickte Glyphidon zu, der den Wein brachte. „Da du weder trinkst noch andere Dienste dieses Hauses in Anspruch nehmen willst, darf ich vielleicht erfahren, was dich zu mir geführt hat?“

„Dann hat Ranissa also nie etwas gesagt? Nie von deinem Vater gesprochen?“

Amynander zuckte die Achseln. „Der Schuft hat sie verlassen, mehr weiß ich nicht.“ Plötzlich überlief es ihn kalt. „Wer bist du?“ fragte er heiser.

„Beim Barte eines verlausten Syrers! Ich geschlagener Mensch bin dein Vater. Ja, der Vater eines elenden Muchannath. Ischtar steh mir bei!“

Amynander machte eine fahrige Bewegung und kippte den Becher um. Daß der Wein ihm auf den Rock tropfte, beachtete er nicht. Fassungslos starrte er den Fremden an. „Ist das wahr?“ fragte er leise. Dabei stieg ihm das Blut in den Kopf.

Zalmunna nickte. „Vater einer Hure, leider allzu wahr.“

Amynanders Augen wurden dunkel vor Zorn. „Dann verschwinde aus diesem Haus! Geh zurück nach Tadmor, du hättest nicht zu kommen brauchen nach zwanzig Jahren. Ich komme gut ohne dich zurecht, und deine Beschimpfungen lasse an deinen Konkubinen aus!“ Amynander wies auf das Schwert. „Glaubst du, damit kannst du mich einschüchtern? Feige Nomaden vielleicht, die du da drüben von ihren Feuern vertreibst.“

„He, he“, lachte Zalmunna, und kleine Fältchen brachen auf in seinem sonnengegerbten Gesicht, „du scheinst ja doch ein bißchen Blut von mir geerbt zu haben, Goldsöhnchen. Jetzt kann ich einen Wein vertragen.“

Amynander atmete heftig. Glyphidon brachte neuen Wein. „Also gut“, sagte Amynander, „ich bin nicht nach deinem Geschmack, und du gefällst mir nicht, aber du bist hier. Was willst du von mir?“

„Dich mitnehmen natürlich. Einen Mann aus dir machen. Und wenn du in zwei Jahren nicht zwanzig Mann im Zweikampf erschlägst, darfst du nach Milet zurückkehren und deinen hübschen Hintern wieder hinhalten.“

„So ist das.“ Amynander lächelte dünn. „Der Statthalter von Tadmor kommt, befiehlt, und alle gehorchen. Bei euch in der Wüste mag das so sein, ich bin ein freier Mann. Und du bist ein Mann, der meine Mutter mit einem Kind verlassen hat, ein ehrloser Mann."

„Ich habe deine Mutter geliebt, mein Sohn, und damals wollte ich sie mit nach Naukratis nehmen. Aber Ranissa wollte Milet nicht verlassen. Hier sei sie eine freie Frau, sagte sie. Glaube mir, ich habe unter der Trennung mehr gelitten als sie."

„Und jetzt willst du den Sohn mitnehmen. Weshalb sollte ich Milet verlassen?"

„Beim heiligen Sirrusch! Willst du dein Leben lang anderen Männern die Schwänze lecken?"

Amynander lächelte fein. „Vielleicht macht mir das mehr Spaß, als zwanzig Männer im Zweikampf zu erschlagen."

Zalmunna schwoll eine Ader an der Schläfe. Schon wollte er die Faust wieder auf den Tisch sausen lassen, aber Amynander fiel ihm in den Arm. „Bitte, ich möchte nicht, daß noch mehr Wein verschüttet wird."

Da wallte Achylides heran, nahm ungefragt Platz. „Einen süßen Wein, süßer Glyphidon!" rief er und lächelte Zalmunna freundlich an. „Ich bin beglückt, Amynanders Vater kennenzulernen. Ich bin geblendet. Ein Herakles, ein Ares!"

Zalmunna warf dem Eindringling einen furchtbaren Blick zu. „Wer ist denn das?"

Achylides trat Amynander auf die Zehen und flötete: „Ich bin Achylides, seit drei Jahren vertrete ich sozusagen die Vaterstelle an diesem jungen Mann, den die Götter lieben und nicht nur diese. Deshalb steht mir wohl ein Wörtchen zu, denke ich."

Zalmunna verzog spöttisch den Mund. „Die Mutterstelle, meinst du wohl, Alterchen."

Achylides sah Amynander an. „Wie hat er mich genannt?"

Amynander mußte über Achylides' empörten Gesichtsausdruck lachen, und plötzlich fiel auch Zalmunna dröhnend ein. Achylides mußte wohl oder übel auch mitlachen. Dann bemühte er sich bei den beiden Streithähnen um Ausgleich und setzte sich dafür ein, daß Amynander mit nach Tadmor gehen sollte.

„Du selbst hast mir doch damals geraten, als Hure zu arbeiten", sagte Amynander kopfschüttelnd.

Achylides nickte. „Natürlich. So viel Schönheit ungenutzt verwelken zu lassen, das wäre eine Sünde gewesen. Noch ärger, du hättest sie an Weiber verschwendet." Zalmunna brummte, und Achylides fuhr rasch fort: „Aber Schönheit ist, wenn auch etwas Göttliches, so doch nicht alles. Eine Laufbahn, wie dein Vater sie dir bietet, die dich am Ende bis an den Hof nach Babylon führen könnte, schlägt nur ein Trottel aus."

Nach vielen ausgetauschten Argumenten und noch mehr Bechern Wein hielt Zalmunna den Alten für einen vortrefflichen Mann und schlug ihm derb auf die Schulter. „Was ich vorhin sagte, tut mir leid. Was dir an Männlichkeit fehlt, ersetzt du durch Weisheit, und auch die macht einen Mann."

Achylides seufzte unter dem Hieb und verzichtete darauf, Zalmunna zu erklären, was er selbst darunter verstand. Und Amynander erklärte sich bereit, seinem Vater nach Tadmor zu folgen unter der Bedingung, daß er jederzeit wieder nach Milet zurückkehren könne.

3. Buch

Begegnungen

1

Midian hatte die Beute in Sicherheit gebracht. Am nächsten Morgen besuchte er Sachlemeth, den kleinen, dunkelhäutigen Händler mit den neun Kindern. „Mach mich zu einem Statthalter, zu einem Präfekten oder sonst einem beeindruckenden Mann“, begrüßte er ihn. „Etwas Pompöses muß es sein, und miete mir sechs, nein, zwölf Sklaven für mein Gefolge, alle in Seide und Brokat!“

„Wen willst du denn diesmal hinters Licht führen?“ Sachlemeth grinste und verschwand im hinteren Teil des Lagers. Er kehrte zurück mit einem Arm voller prächtiger Gewänder; hinter ihm schlepppten seine Söhne noch Gürtel, Waffen, Schmuck, Turbane und Tücher heran. „Wähle selbst, oh ehrenwerter Ensi“, rief Sachlemeth und breitete alles vor Midian auf dem Boden aus.

Midian nahm die Stücke in die Hand. „Das Krötengesicht Ilumalik hat Besuch aus Babylon. Ich will dem hohen Herrn meine Aufwartung machen.“ Midian erzählte Sachlemeth, was er von Ramazur gehört hatte.

Der kleine Mann rieb sich die Hände und gluckste. „Ein prächtiges Gaunerstück. Ach, ich wäre gern dabei, möchte sehen, wie sie dich hofieren, umschmeicheln, bewirten und dir aufspielen lassen. Und das alles für den Anführer der Schwarzen Wölfe!“

„Der bin ich noch nicht.“ Midian zog einen farbenprächtig bestickten Rock heraus. „Der sieht doch sehr königlich aus, was meinst du, Sachlemeth?“

„Du siehst bereits aus wie ein König, Midian, auch ohne feinen Rock.“

Midian hob grinsend die Hand. „Keine Schmeicheleien!“

Nach gründlicher Suche und sachkundiger Beratung hatte Midian gewählt. Über einem schwarzseidenen, goldbestickten Rock trug er einen scharlachroten Mantel, besetzt mit feinem Marderpelz, dazu hohe, geschnürte Stiefel aus weichem Ziegenleder. Ein goldener Reif umspannte seine Stirn, eine breite Goldkette lag auf seiner Brust. Am Gürtel funkelte ein Schwert mit löwenköpfigem Griff, besetzt mit Rubinen.

Mit weit ausgreifenden Schritten durchquerte Midian den Lagerraum und verneigte sich mit so kühnem Schwung, daß sein Mantel ihn umgab wie ein flammendes Rad. „Marduk schenke dir ein langes und weises Leben, o Sachlemeth, Fürst der Beutelschneider."

Der tanzte von einem Bein auf das andere. „Wunderbar! Sei willkommen in meiner elenden Hütte, Statthalter von – äh?"

„Fürst von Bailakan", erwiderte Midian milde lächelnd.

„Bailakan? Nie gehört."

„Ich auch nicht", lachte Midian, „genauso wenig wie Ilumalik und sein babylonischer Gast."

2

Ilumalik, der Kommandant von Arbela, war nicht mit Schönheit gesegnet, dafür mit Leibesfülle, und er hätte Mühe gehabt, im Ernstfall auf ein Pferd zu steigen. Die Soldaten seiner Garnison schlugen die Fliegen tot oder sich wegen eines Mädchens gegenseitig auf die Köpfe. Ilumalik bevorzugte schöne Knaben – nur zur Gesellschaft, wie er stets betonte.

Als ihm der Rabkissir aus Babylon gemeldet wurde, seufzte Ilumalik tief, denn der Mann störte ihn in seiner Beschaulichkeit. Aber dann entwickelte er ungeheure Energien, ließ Flure und Wände seiner kleinen Residenz polieren; selbst die Ställe wurden gereinigt, hartnäckiger Schmutz mit Teppichen zugehängt. Die Leibwache bekam neue Mäntel und hatte mit blanken Helmen zu erscheinen. In Erwartung, daß der Babylonier mit großem Gefolge kommen werde, quartierte Ilumalik die Hälfte der Bediensteten aus, doch der Rabkissir erschien nur in Begleitung weniger Männer.

Ein Mann wie Zimt. Von edler Gestalt und freundlichem Wesen. Für sein Lächeln hätte Ilumalik alle seine Knaben verkauft, und er hatte gelächelt! Bald glich Ilumaliks Residenz einem aufgescheuchten Hühnerhof, und wenn der hohe Herr seine Gastfreundschaft und sein schönes Haus rühmte, spreizte sich Ilumalik wie ein Gockel.

Was das Anliegen seines Gastes anging, konnte Ilumalik ihm leider nicht behilflich sein. Er kannte keinen der Schwarzen Wölfe, das entsprach der Wahrheit, und selbst wenn! Hier in Arbela, wo – wie er wußte – ihr Schlupfwinkel nicht weit sein konnte, lebte man friedlicher, wenn man sie nicht kannte.

Kaum hatte sich die Verwirrung über den hohen Besuch gelegt, traf Ilumalik die zweite Nachricht wie ein Schlag: der Fürst von Bailakan, der zufällig in der Gegend weilte, hatte sich angekündigt. Ein Mann wie Donnerhall. Er fuhr mit einem prächtigen Wagen vor, seine Leibgarde, zwölf stattliche, reichgekleidete Burschen, geleiteten ihn in die Empfangshalle des Kommandanten. Glücklich jenes Bailakan, das diesen Fürsten besaß! Der Hauch ferner Gipfel umwehte ihn, die Unendlichkeit der Wüste. Er wolle den Rabkissir unter vier Augen sprechen, diesen vortrefflichen Mann, dessen Ruf bereits bis Bailakan und darüber hinaus – wo lag es nur? – gedrungen sei. Sein Lächeln war wie Samt. Ilumalik fühlte sich geschmeichelt wie eine abgetakelte Hure, zu der sich noch einmal ein reicher Freier verirrt hat.

3

Der Rabkissir stieg hinauf auf das Dach des Palastes seines Gastgebers Ilumalik und betrachtete den Horizont, wo die Schneegipfel des Zagros-Gebirges in der Nachmittagssonne glänzten. Dort, irgendwo in einer finsteren Schlucht oder auf schroffem Grat, hausten die Schwarzen Wölfe. Nabupolassar hatte dem jungen Griechen Amynander, dem Sohn seines einstigen Waffengefährten Zalmunna, einen Rang und eine Aufgabe gegeben. Alle Spuren hatten nach Arbela geführt, und plötzlich waren sie wie abgeschnitten. In Arbela war Amynander bei der bloßen Erwähnung der Schwarzen Wölfe auf verschlossene Mienen und furchtsames Schweigen gestoßen. Die Hinweise waren so spärlich, daß es den Anschein hatte, die Schwarzen Wölfe seien nur ein schrecklicher Gespensterglaube.

Amynander sog tief die frische Luft in seine Lungen, bevor er wieder hinunterstieg. Der fette Ilumalik hatte ihm mit schmierigem Grinsen einen Besuch angekündigt – irgendeinen Fürsten aus Magan und Meluchcha. Beim gehörnten Baal! Er kannte keinen Fürsten und wollte auch keinen sehen. Sicher jemand, für den er sich bei Nabupolassar verwenden sollte.

Aber als Beamter des babylonischen Königs wußte Amynander, was seine Pflicht war. Er legte sein bronzenes Schuppenhemd ab und den breiten, silberbeschlagenen Ledergurt. Dann wählte er einen blausilbernen Rock, band den breiten Drachengürtel um die Hüften und steckte einen Dolch mit edelsteinbesetztem Griff hinein. Um die Schultern legte er einen kostbaren Mantel, ein Geschenk des Königs. Auf ihm glitzerten silberne und goldene Blumen, Vögel und Ornamente in zierlichen Stickereien, die das Auge blendeten.

Amynander nickte dem Türwächter zu als Zeichen, daß er bereit war, den Fürsten zu empfangen. Als er in den Augen des Wächters scheue Bewunderung erblickte, lächelte Amynander flüchtig.

Da flogen die Türen auf. Midian trat ein, schön wie der junge Ninurta, mit goldenen Bändern im langen geflochtenen Haar, und mit der Majestät des Löwen, wenn er sein Rudel abschreitet. Hallenden Schrittes durchquerte er das Zimmer, und sein roter Mantel wehte hinter ihm wie ein feuriger Schweif.

Herausfordernd suchte sein Blick die Begegnung mit dem Babylonier. Der wandte sich ihm gelassen zu, und Midian versteinerte, denn vor ihm stand der Mann mit dem Flammenschwert aus seinem Traum. *So ist es also wahr!* durchzuckte es Midian. *Es gibt den Mann!*

Auf dem Gürtel des Rabkissir gleißte der Sirrusch; wie das funkelnde Firmament umhüllte ihn der Mantel aus Gold- und Silberfäden. Seine Augen waren dunkel wie heraufziehendes Wetter, und die Farbe seiner Locken war wilder Honig. Mit einer Kraft, die in sich selbst ruhte, begegnete sein kühler Blick dem Feuer in Midians Augen.

So schien es Midian, doch Amynander fühlte sich bei Midians Anblick jäh geblendet, als breche durch Sturmwolken ein Lichtstrahl. Er atmete siedendes Öl und brannte wie trockenes Schilf. Eine unbekannte Kraft hatte das Zimmer betreten und blies ihn davon wie Asche.

Beide Männer vergaßen vorübergehend ihre Umgebung und vermochten ihre Blicke nicht voneinander zu lösen. Blitzschnell überlegte Midian, wie er mit der veränderten Lage am besten umgehen sollte, aber der prüfende Blick aus den grauen Augen ließ ihm keine

Zeit. Also trat er einen Schritt vor und ließ seinen Mantel in großartigem Schwung seiner Verneigung folgen.

Amynander legte die Hand auf die Stirn und verneigte sich ebenfalls. „Fürst Midian von – äh – Bailakan? Leider habe ich noch nie etwas von diesem Fürstentum gehört."

„Ein bescheidenes Stück Land jenseits von Gutium an der Quelle des Erymandros und zu weit von Babylon, um von der Sonne des Königs beschienen zu werden. Und wie darf ich dich anreden, edler Abgesandter Babylons?"

Midians samtene Stimme berührte Amynander wie das Streicheln des Südwindes. Seine Gedanken überschlugen sich. *Wer ist er? Weshalb hat er Macht über mich?*

„Ich bin Amynander."

„Amynander?" fragte Midian gedehnt. „Ist das babylonisch?"

„Nein, es ist griechisch."

Midian zögerte kurz. „Du bist Grieche und Rabkissir bei Nabupolassar?"

„Der König wählt unter den Besten, Fürst von Bailakan."

„Lassen wir doch die Förmlichkeiten. Midian genügt." Er lächelte entwaffnend, doch den eiskalten Babylonier schien das nicht zu beeindrucken. Amynander machte eine einladende Handbewegung zur Terrasse. „Du wirst doch mit mir essen?"

Die beiden Männer legten ihre Mäntel ab und warfen sie über den Diwan, wo sie zu einer rotgoldenen Flamme verschmolzen. Amynander beneidete sie um diese Umarmung. Er sah sich nackt mit Midian auf diesem Diwan liegen, ihn schwindelte. Er wollte das Bild abschütteln und den Wahnsinn, der ihm Zunge und Glieder lähmte. Rasch ging er auf die Terrasse. *Ich habe doch sonst stets die Herrschaft über meine Gefühle behalten,* dachte er. *Hätte ich bereits mit diesem Fürsten getrunken, dann hätte ich geschworen, daß er mir ein Rauschmittel in den Wein getan hat.*

Aber wenn Amynander Midian ansah, wußte er, daß dieser keines Rauschmittels bedurfte, um ihn willenlos zu machen. Er setzte sich und legte mit gemessenen Bewegungen die Zipfel seines silbergesäumten Rocks über die Knie.

Midian nahm ihm gegenüber Platz und wartete, bis die Diener die Speisen angerichtet und die Terrasse verlassen hatten. Dann hob er den silbernen Becher und sagte: „Mögen deine Taten von Erfolg gekrönt sein, Amynander."

Amynander bedankte sich, und sie tranken beide, ohne sich dabei aus den Augen zu lassen. „Womit habe ich mir die Ehre eines fürstlichen Besuchs verdient?“ fragte Amynander, und Midian sah, wie sich die Mundwinkel des Griechen spöttisch verzogen.

„Ich hörte von Ilumalik, du seist nach Arbela gekommen, um Gesetzlose zu fangen. Darf ich fragen, ob du dabei schon erfolgreich gewesen bist?“

„Bisher noch nicht“, entgegnete Amynander abweisend. „Weißt du etwas über die Schwarzen Wölfe? Kennst du ihren Schlupfwinkel?“

Midian öffnete bedauernd die Handflächen. „Das nicht, aber ich kenne den Zagros gut. Vielleicht brauchst du einen Führer? Ich kenne viele verfallene Burgen, die den Schwarzen Wölfen als Versteck dienen könnten. Ich kenne die Karawanenwege und geheime Bergpfade.“

Amynander konnte nicht verhindern, daß ihm bei der Aussicht, mit diesem Mann durch die Berge zu streifen, das Blut zu Kopf stieg, doch er blieb kühl genug, durch dieses überraschende Angebot gewarnt zu sein. „Wie? Der Fürst von Bailakan will mit mir durch unwegsames Gelände klettern, um ein paar Räuber zu fangen?“

„Auch wir in Bailakan sind von dem Übel der Wegelagerei betroffen.“

„Mag sein.“ Amynander senkte kurz den Blick, um den schwarzen Augen zu entgehen, die versuchten, ihn festzuhalten. „Gewöhnlich hat ein Fürst für solche Aufgaben geeignete Männer.“

Midian lächelte. „Mein Fürstentum ist klein, ich bin nicht Nabupolassar, der die Wahl hat unter den Besten. In Bailakan ist der Beste stets der Fürst.“

Auch Amynander lächelte flüchtig, er hatte seine Festigkeit zurückgewonnen. „Glückliches Bailakan. Aber während wir beide die Berge durchstreifen, könnte sich einer deiner Untertanen für den Besseren halten.“

Midian spielte mit seinem Armreif. „Wie lange würde er das überleben, glaubst du?“

„Ich weiß es nicht. Amynander lächelte dünn. Dieser undurchsichtige Fürst hatte ganz andere Absichten, dessen war er sicher. „Bei einem solchen Vorhaben brauche ich einen Mann, dem ich vertrauen kann wie mir selbst. Die Schwarzen Wölfe sind keine gewöhnlichen Räuber, es sind Bestien, die ihre Opfer wie Raubtiere zerfleischen. Die Menschen hier wollen nicht reden, sie halten sie für böse Geister. Bist du auch dieser Meinung?"

Midian lächelte schwach. „Jede Räuberbande verbreitet gern solchen Ruf um sich, doch wenn man genau hinsieht, ist es ein Haufen zerlumpter Feiglinge, die beim Wein damit prahlen, auf Rabenschwingen gleich Dämonen durch die Luft zu fahren."

Amynander nickte. „Ich weiß, andererseits unterschätze ich meine Feinde nicht gern. Immerhin haben sich harte Krieger geweigert, mit mir zu gehen."

„Harte Krieger oder alte Weiber?"

„Wenn du so darüber denkst, weshalb ist es dir noch nicht gelungen, diese Räuber auszuräuchern?"

Midian betrachtete eingehend seine Fingerspitzen, bevor er antwortete: „Ich suche noch nach Männern, die sich nicht vor dem Schrei einer Eule fürchten und ein Eichkätzchen nicht für einen Baumdämon halten."

„Du hast ihn gefunden. Aber mich lehrt die Erfahrung, keinem Babylonier zu trauen. Was soll ich erst von einem Bailakaner halten?"

„Das ist gut!" Midian lachte dröhnend. „Welchen Grund hätte ich, dich zu hintergehen?"

Amynander verfluchte dieses Lachen, das ihm die Hitze in die Lenden trieb. „Ich werde mir dein Angebot durch den Kopf gehen lassen und Erkundigungen über dich einziehen", sagte er, während er sich mit mehreren Schlucken Wein beruhigte. „Du verheimlichst mir deine wahren Gründe. Was ist dein Hintergedanke?"

„Ich verstehe dich nicht."

„Dein Vorteil bei der Sache, Midian!"

„Ich sagte doch, in Bailakan –"

Amynander hob die Hand. „An den Quellen des Erymandros – so weit im Osten sind meines Wissens die Schwarzen Wölfe noch niemals gewesen."

„Vielleicht würde das Unternehmen nicht nur das gegenseitige Vertrauen stärken, sondern auch unsere Freundschaft festigen?" entgegnete Midian mit harmloser Miene.

Das kam so überraschend, daß Amynander ein Erröten nicht verhindern konnte. Er wandte sich rasch ab, scheinbar, um sich nach dem Diener umzusehen. Als er Midian wieder in die Augen sah, war sein Blick ruhig. „Geradeheraus: ich sehe keinen Grund, unsere Bekanntschaft zu festigen."

Midian beugte sich etwas vor und senkte seine Stimme. „Spürst du nicht, daß etwas Magisches uns verbindet?“ Er schenkte Amynander einen heißen Blick.

„Ich bin kein Freund der Magie“, gab Amynander kühl zurück, doch sein Innerstes war brüchig wie zerfallende Tonziegel.

„Wenn du diesen Zauber nicht fühlst, bist du inwendig tot, Grieche“, sagte Midian und fuhr sich mit der Zunge über die Lippen.

Bei Zeus, ich brenne wie dürres Reisig, dachte Amynander. Aber als er antwortete, klang seine Stimme unbeteiligt: „Wir Griechen huldigen dem Logos, was bedeutet, wir treffen unsere Entscheidungen mit kühlem Verstand.“

Midian nickte. „Kühler Verstand ist gut. Aber ich bin offen zu dir, Amynander, weshalb bist du so mißtrauisch?“

„Offen? Schöne Gewänder machen noch keinen Fürsten, und von Bailakan habe ich noch nie etwas gehört.“

„Kannst du von dir behaupten, die Welt zu kennen?“

„Was sind deine wahren Ziele, Midian? Willst du, daß ich beim König ein Wort für dich einlege, damit er dich empfängt?“

„Nabupolassar?“ Midian schnippte ein unsichtbares Stäubchen von seinem Ärmel. „Einmal wird der König mich um eine Audienz bitten. Ich habe große Pläne und suche starke Verbündete.“

„Bestechliche Lumpen und Verräter, meinst du?“

Midian machte eine geringschätzige Handbewegung und überhörte den Einwurf. „Ich will meinen Untertanen das göttliche Feuer bringen, das himmlische Licht, verstehst du?“

Amynander sah Midian befremdet an. „Was verstehst du darunter? Erkenntnis? Liebe?“

Midian beugte sich tief über seine Schüssel, um sein Grinsen zu verbergen. „So etwas ähnliches“, murmelte er. Mit einer raschen Handbewegung streifte er sich das Haar aus dem Gesicht. Das Spiel seiner Muskeln, seine Geschmeidigkeit, der Glanz der Nachmittagssonne auf seiner Haut nahmen Amynander den Atem. Midian war wie gleißendes Geschmeide. Amynander fiel klares Denken schwer. *Was sind seine wahren Absichten? Ist er wirklich ein Fürst? Ist er hier, um mir gegen die Schwarzen Wölfe zu helfen? Welche Pläne hat er mit dem Rabkissir von Babylon? Es gibt einflußreichere Männer am Hof als mich. Aber ich sollte zum Schein auf ihn eingehen. Wenn dieser Mann ein Mysterium ist, werde ich ihn entschleiern.*

Ein Diener brachte Süßigkeiten. Amynander nahm sich eine kandierte Dattel. „Du kannst deine ehrenwerten Absichten beweisen, indem du dich für mich in Arbela umhörst. Vielleicht vertrauen die Leute eher deinem Raubtierlächeln als mir. Wenn du etwas erfahren hast, würde ich dich gern in Babylon empfangen, wo wir dann auch über deine Pläne sprechen könnten."

Midian schob sich ebenfalls eine Dattel in den Mund. „Das heißt, unser Gespräch ist beendet, und ich soll jetzt gehen."

Gehen? dachte Amynander. *Ja, geh, bevor ich dich anflehe, über Nacht zu bleiben.* Er lehnte sich zurück. „Ein Fürst hat sicher noch viele andere Verpflichtungen, von denen ich dich nicht durch ein unnötiges Ausdehnen der Mahlzeit abhalten möchte."

Midian erhob sich. „Ich komme auf dein Angebot zurück, ganz sicher."

Amynander brach der Schweiß aus, er vermied es, Midian anzusehen, und wandte sich rasch ab. Nur keinen Wortwechsel mehr, kein Lächeln, keine heißen Blicke. Der Fürst von Bailakan sollte gehen und für immer aus seinem Kopf verschwinden.

Später, als Midian gegangen war, stieg Amynander wieder auf die Dachterrasse und starrte in die Dunkelheit. *Tollheit!* dachte er. *Komm zur Besinnung, du stolzer Rabkissir! Läßt dich von schwarzen Augen und einem Lächeln betören wie ein unerfahrener Jüngling. Warum hast du nicht gewagt, ihn zu verführen? Wenn du ihn gehabt hättest, wärst du jetzt ruhiger. Von seiner Seite kamen genug versteckte Zeichen. Leidenschaft – das Wort ist kraftlos gegen das, was ich fühlte, und er muß es auch empfunden haben. Wir kannten uns nicht, und doch trieben wir unaufhaltsam aufeinander zu wie zwei Schiffe ohne Steuermann.*

Amynander wandte sich ab und stieg wieder hinunter. Auf dem Diwan lag sein Mantel allein. Er strich abwesend über den schimmernden Stoff. „Narrheit!" murmelte er. „Ein schöner Mann ist er, mehr nicht. Andere werden in meinen Armen liegen, und ich werde ihn vergessen."

4

Midian ist wieder da!“ Tyrsus, der gerade Wache hatte, sah ihn durch das Tor kommen und ließ jauchzend einen Pfeil von der Sehne schnellen. Er lief auf ihn zu und schwenkte den Bogen. „He, Midian, wo ist das Gold?“

Beide lachten schallend. Jetzt kamen auch die übrigen Männer herbeigelaufen. Midian wurde mit neugierigen Fragen bestürmt, umarmt und mit lauten Hochrufen begrüßt. „Gebt doch Ruhe!“ rief er lachend. „Gönnt einem müden Mann, der drei Tage in den Bergen war, eine Verschnaufpause.“

„Du bist niemals müde, Midian! Dein Körper glänzt frisch wie junger Tau.“ Joram deutete ein Lächeln an, ihre Blicke begegneten sich. „Schön, daß du wieder da bist.“

„Ja.“ Midian wandte sich ab. Er räusperte sich, „Wo ist Semron? Ich sehe ihn nicht.“

„Dein Vater erwartet dich in der Halle“, sagte Elrek. „In ihm ist Bitterkeit. Er weiß, daß die Zeit gekommen ist, seine Herrschaft an einen Jüngeren abzutreten.“

Semron erhob sich von seinem Platz vor dem Kamin und kam mit ausgebreiteten Armen auf Midian zu. „Komm an meine Brust, mein Sohn! Ich wollte nicht mit hinausgehen, weil meine Knochen die Kälte immer schlechter vertragen. Ich bin sehr stolz auf dich, daß du es geschafft hast, und habe auch schon etliche mannshohe Krüge Wein herschaffen und genug Ziegen schlachten lassen, damit wir deine Rückkehr gebührend feiern können.“

Midian umarmte ihn kurz. Sie waren nicht gewohnt, zärtlich miteinander umzugehen. Dann ließen sich die Schwarzen Wölfe auftragen, und Midian mußte erzählen. Zu fortgeschrittener Stunde sprang Midian auf den Tisch, breitete die Arme aus und rief mit funkelndem Blick: „Die Schwarzen Wölfe brauchen einen neuen Leitwolf. Wer mir folgen will, der hebe seinen Becher auf mein Wohl!“

Alle verstummten und sahen betreten auf Semron, der bedächtig an seinem Becher nippte. Elreks Hand zuckte, doch er wagte nicht, der erste zu sein, der offen von Semron abfiel.

Midian sah abwartend in die schweigenden Gesichter. Da erhob sich Semron, hielt Midian seinen Becher entgegen und rief: „Ich gehe mit meinem Sohn!"

„Midian! Midian!" brüllten da alle erleichtert.

„Ich führe euch in die Hölle!" schrie Midian und lachte heiser. „In die Hölle für die anderen – für uns das Paradies! Trinken wir auf herrliche Gemetzel und unermeßliche Beute!"

Zorach starrte mit glasigen Augen auf Midian. „Was ist mit den Persern? Sollen wir sie so lange durchfüttern wie den Sohn Ardaschirs?"

„Du würdest auch noch eine Wildsau besteigen!" rief Joram verächtlich. „Sieh dir doch unseren Gast an: Haarig und ungeschlacht."

„Du willst ihn doch nur schonen!" kreischte Zorach, während er mit dem Finger auf Joram wies. „Behaart oder nicht. Er hat die Öffnung an der gleichen Stelle, oder? Aber du wirst es schon schaffen, Midian das Vergnügen wieder auszureden!"

Joram lachte, seine Augen blitzten Midian an. „Nicht ausreden, aber darum würfeln. Würfelst du mit mir um die Geiseln?"

Midian lehnte sich herausfordernd zurück. „Ich sehe deinen Einsatz nicht. Wer um ein Menschenleben spielen will, muß ein anderes Leben dagegen setzen."

Joram schlug auf den Tisch. „Es gilt!"

Midian lächelte Joram unter halb geschlossenen Lidern an. „Wie scheinheilig! Du weißt ganz genau, daß ich meinen Gewinn nicht eintreiben werde."

„Weiß ich das?" Joram zeigte auf seine Narbe am Oberschenkel. „Ich bin mir nicht so sicher."

„Besser ein Messer im Bein als im Bauch, Joram. Du weißt doch, weshalb ich es tat."

„Nichts weiß ich!" schnaubte Joram. Verlierst du den Verstand, wenn dich die Wollust packt? Ist es das?"

Midian stieg das Blut zu Kopf. „Nein!" Er warf Zorach, der lange Ohren machte, einen ärgerlichen Blick zu. Dann packte er Joram am Rock. „Nimm deinen Becher und komm mit!"

Sie setzten sich in einiger Entfernung von den anderen auf den Boden. Midian sah Joram so an, daß diesem das Herz klopfte. Es war ein abschätzender, ein nachdenklicher Blick. Dann senkte Midian die Lider und drehte den Becher in seinen Händen. „Vielleicht hast du ein Recht darauf, es zu wissen", murmelte er.

Joram wunderte sich, verlegen hatte er Midian noch nie erlebt.

„Ich muß töten, wenn ich als Mann nicht versagen will."

Joram schluckte, nickte und wußte nicht, wohin er in seiner Befangenheit den Blick lenken sollte.

„Deshalb habe ich dich zurückgewiesen. Ich mußte es tun. Und nun vergiß, daß ich es dir erzählt habe."

Aber Midians Geständnis schürte Jorams Verlangen. Die Vorstellung, Midian in einer heißen Liebesnacht von seiner Schwäche zu heilen, verursachte ihm rasendes Herzklopfen. „Wie kann ich das vergessen?" flüsterte er. „Weißt du nicht, wie sehr ich dich begehre?"

Midian zuckte zusammen, ein stechender Schmerz fuhr ihm durch den Kopf. Joram? Ausgerechnet Joram, der allen die kalte Schulter zeigte? Begehren? Was bedeutete das? Liebe? Bei Belial! Nur keine Liebe!

„Du weißt nicht, was du redest!" fuhr er Joram barsch an. „Schenke anderen dein Herz. Ich bringe den Tod."

„Aber du hast gesagt, mich würdest du nicht töten."

„Nicht bei klarem Verstand. Im Rausch kenne ich mich nicht mehr."

„Vielleicht wirst du bei mir nicht versagen", sagte Joram leise.

Midian lächelte. „Hier sind alle scharf auf deinen hübschen Hintern, und ich auch. Bei Belial, so ist es eben! Wenn die anderen dir schöne Augen machten, bin ich kühl geblieben, obwohl mir manchmal der Atem versagte. Aber es ist zu gefährlich, und ich will nicht, daß wir deswegen zu Feinden werden."

Joram griff sich an die Schläfen. In seinem Kopf war ein Klingen, als jubilierten dort Lerchen und Nachtigallen.

„Was hast du denn? Ist der Wein dir so schnell zu Kopf gestiegen?" brummte Midian, „oder verkneifst du dir mühsam ein Kichern?"

Joram strahlte Midian an. „Cherubim und Seraphim, du liebst mich! Beim Geiste Samuels, es ist wahr!" Er sprang auf, schwang seinen Becher und stieß einen so durchdringenden Freudenschrei aus, daß sich alle nach ihm umsahen.

„Joram ist ja schon jetzt völlig besoffen", dröhnte Semron.

Der begann selig lächelnd mit wiegenden Schritten zu tanzen, wobei er Stück um Stück seiner Kleidung ablegte, bis er halbnackt war. Das Lachen und Schreien der Männer verstummte, sie starrten auf Joram, dessen schöner Körper sich mit sinnlichen Gebärden zu einer lautlosen Musik bewegte.

„He!“ röchelte Zorach, „das ist kein Spaß mehr. Du mußt es ihm verbieten, Midian!“

Joram zückte sein Messer und duckte sich herausfordernd. Mit dem Messer in der Hand begann er sich weiter zu drehen, die anderen aus den Augenwinkeln beobachtend.

Midian hockte am Boden und verfolgte Jorams Tanz mit flakkernden Blicken. *Dieser hinterhältige Hebräer!* dachte er. *Zuerst führt er sich auf, als habe er das ewige Leben erhalten, und dann läßt er mich an meiner Wollust ersticken. Natürlich hat Zorach recht, man muß es verbieten. Ich sollte wenigstens die Augen schließen.*

Joram bewegte seine flachen Bauchmuskeln, ließ herausfordernd seine Hüften kreisen und hielt seinen leeren Becher hoch. „Wer von meinen Freunden schenkt mir ein?“

Ein allgemeines Scharren war zu hören. Jeder wollte gern in Jorams Nähe kommen und ihm zu Diensten sein. Aber Midian, der Joram am nächsten saß, kam den anderen zuvor. Er sprang auf und reichte Joram den eigenen Becher. „Trink!“ forderte er ihn heiser auf, „trink, und dann hör auf damit!“

„Danke, Midian“, hauchte Joram entzückt, „aber mir ist nach Tanzen. Ich höre nur auf, wenn du mir sagst, daß du mich liebst.“

„Ich liebe dich, und du hast mich verrückt gemacht, genügt dir das?“ gab Midian leise zurück.

„Nein.“ Joram schenkte Midian ein betörendes Lächeln. „Überlaß mir die Perser!“

„Du Schlange! Hundert Perser gäbe ich dafür, wenn ich dich jetzt haben könnte. Bei Belial! Es ist hinterhältig, mich so in die Enge zu treiben, obwohl du weißt, daß –“

„Was weiß ich?“ lachte Joram unbekümmert. „Ich habe alles vergessen, das sollte ich doch? Schenke mir die Perser und eine Nacht, dann setze ich mich folgsam zu den anderen, trinke meinen Wein und bete zum Gott meiner Väter.“

„Du kannst sie haben, damit du Ruhe gibst“, zischte Midian, „und sei es nur, um Zorach zu ärgern. Aber das andere vergiß!“

„Man kann nicht gleich alles haben“, grinste Joram und wandte sich mit hocherhobenen Armen an die Schwarzen Wölfe: „Freunde! Der Tanz ist aus, sagt euren Gemächten, sie können sich wieder schlafen legen. Aber was seid ihr für faule Lumpen? Könnt ihr nur saufen und euch den Bauch vollschlagen? Ich will, daß unser Lied gesungen wird. Wer erhebt sich und trägt den ersten Vers vor?“

Semron stand auf und strahlte. „Ja, unser Lied! Das ist heute ein großer Tag, also müssen wir auch das Lied singen. Ich kann natürlich nicht anfangen, meine Stimme klingt wie eine verrostete Türangel."

Zorach, von Wein und Tanz beflügelt, wollte die ersten Worte krächzen, aber er wurde niedergeschrien. Elrek stand auf und grinste verlegen. „Stell dich auf den Tisch, damit es weiter klingt!" rief sein Nachbar. Elrek wurde rot wie ein Knabe, aber er stieg auf den Tisch und sagte: „Ich beginne, um Midian, unseren Anführer, zu ehren." Und er sang mit rauher Baßstimme die ersten Verse:

Sage mir, Ostwind, wann es tagt
und wann am Berg das Eis bricht,
daß ich mein geliebtes Schwert umgürte.
Daß ich umgürte meinen Dolch
mit der schönen, scharfen Klinge
und in die Ebene hinabsteige.
In die Ebene und in die Dörfer
und die lange Straße der Karawanen,
und mache satte Raben.

An dieser Stelle fielen die anderen Männer in die schwermütig getragene Melodie mit ein. Manchmal etwas falsch, aber brausend und ungestüm wie ein Wildwasser kam ihr Gesang:

Ich mache auch ganz Reiche arm
und daß die Frohen nicht mehr lachen,
aus Leben mach ich schwarzen Tod.
Ich mache Mütter ohne Söhne
und Weiber mach ich ohne Männer
und daß die kleinen Kinder weinen.
Daß sie weinen ohne ihre Mütter
und die Sonne nicht mehr sehen.
Sage mir, Ostwind, wann es tagt!

Als die letzten Töne verklungen waren, schwiegen sie eine Zeitlang, so ergriffen waren sie. Da durchbrachen Töne von wunderbarer Tiefe und Klarheit jäh das Schweigen, wie ein breites Wasser, das gewaltig und doch ruhig dahinströmt. Bis dahin hatte noch nie jemand Midian singen hören. Die vertraute Melodie erfüllte den Saal, schön und schrecklich zugleich wie die himmlischen Posaunen des Jüngsten Gerichts:

Sage mir, Ostwind, wann es tagt,
und wann die goldenen Städte brennen
und die Paläste graue Asche werden.
Ich mache Menschen ohne Hoffnung,
und Tempel mach ich ohne Götter,
und daß die Götter weinen ohne ihre Opfer.
Daß sie weinen ohne ihre Priester
und die Altäre nicht mehr kennen.
Ich mache auch Völker ohne König.
Könige mach ich ohne Reiche,
in denen unter Blut die Saat verdirbt
und unter Leichen ihre Flüsse.
Mit meinem Schwert steige ich hinab,
wenn das Eis bricht im wilden Zagros.
Wenn im Osten der neue Tag anbricht.

Als Midian geendet hatte, bebte er am ganzen Leib, und seine Erregung teilte sich den anderen mit, wie ein Funke überspringt und das trockene Stroh in Brand setzt. Gleich Joram, der sie durch seinen Tanz in wollüstiges Entzücken versetzt hatte, rauschte jetzt, aufgepeitscht durch die Worte, die von der auf- und abschwellenden Melodie getragen wurden, das Blut durch ihre Adern und weckte das Verlangen zu töten. Die Stimme Midians, alles durchdringend, aufwühlend und dabei wunderbar samten, entfesselte ihre Sinne bis zum Rausch; ihre Begierden zerrten und heulten wie hungrige Kettenhunde. „Wann wird es endlich Tag?" schrien sie und begannen die Verse in wildem Durcheinander zu grölen, doch das Eis im Zagros brach noch nicht. Noch verschreckte der eisige Atem des Winters die lauen Frühlingswinde, und unter dem Krachen und Bersten der Gletscher wagte sich kein Grashalm hervor.

Die Schwarzen Wölfe aber spürten bereits die Frühlingsstürme in sich toben. Joram sah Midian an, und seine Augen waren dunkel, glänzend und hungrig. „Hol die Perser!" keuchte er.

„He", lachte Midian, „du weißt nicht, was du redest. Du hast den roten Rausch."

„Ja!" rief Joram herausfordernd, „du nicht?"

Midian zog Joram eng zu sich heran. „Weißt du, daß der fiebrige Glanz deiner Augen unwiderstehlich ist? Wie schön ist es, daß du heute ein Wolf bist und ich dich –" er verstummte und grub ihm leidenschaftlich die Zähne in den Nacken, daß Joram vor Lust aufschrie und sich alle nach ihnen umsahen.

Der Anblick verschlug allen, außer Zorach natürlich, die Sprache. „Wer hätte das gedacht!" stieß er mit rotem Gesicht hervor, „unser spröder Jahwe-Anbeter läßt sich beißen!"

„Alle Blicke ruhen auf uns", stieß Joram heiser hervor, „zeig es ihnen, Midian! Wenn wir uns im Liebesrausch umarmen, soll ihnen vor Verlangen der Schaum von den Lippen tropfen."

Jorams Worte peitschten Midians Blut wie Sturm die Meereswogen. Doch da war die Stimme, die ihm zuflüsterte: Wenn du vor ihren Augen versagst, bist du ihrem Hohngelächter ausgeliefert! Dann mußt du die Schwarzen Wölfe verlassen oder dir am besten gleich selbst die Kehle durchschneiden.

Midian schob Joram seine Hand unter das Gurtband, bis Joram laut stöhnte. Dennoch fragte Midian vorsichtig: „Sollen sie sterben, oder genügt dir ihre Demütigung?"

Joram atmete schwer. „Laß sie sterben, Midian, denn du mußt töten, um lieben zu können."

Da lachte Midian ein wahnsinniges Lachen, sein Körper bäumte sich auf. „So habe ich es mir immer vorgestellt!" rief er heiser, „so lieben sich die Teufel in Belials Reich!" Er warf den Kopf zurück und stieß einen hellen, jauchzenden Schrei aus.

5

Als die Sonne aufging, schliefen die Schwarzen Wölfe auf den Bänken und unter den Tischen ihren Rausch aus. Joram erwachte fröstelnd als erster. Ein durchdringender Geruch nach abgestandenem Wein, Urin und Blut stieg ihm in die Nase.

Joram fühlte sich zerschlagen, erschöpft, schmutzig, und sein Magen rebellierte. Der Anblick, den der Saal und seine Gefährten nach einer solchen Nacht boten, war für ihn nichts Neues, und doch war dieser Morgen anders. Joram kroch unter dem Tisch hervor. Er hatte das dringende Bedürfnis, sich zu säubern. Er streifte seine schmutzigen Sachen ab, lief ins Freie und rieb seinen Körper hastig mit Schnee ab. Die Kälte stach, brannte und wurde zu Hitze. Erinnerungen überwältigten ihn, die er nicht zulassen durfte. Er schlich zurück in den Saal, zurück zum Kamin, wo ein Bärenfell an der Wand hing. Darin hüllte er sich ein, hockte sich auf eine Bank und starrte in das erloschene Feuer. *Ich habe sie alle drei diesen Bestien ausgeliefert,* dachte er, *ich muß wahnsinnig gewesen sein.*

Jemand setzte sich neben ihn, legte ihm den Arm um die Schultern. „Schon so früh auf den Beinen, Joram?“ Es war Midians vertraute Stimme.

„Bitte, laß mich allein“, bat Joram.

„Weshalb? Bedrängen dich heute die schwarzen Vögel, spürst du das Rauschen ihrer Fittiche in deinem Hirn? Lähmt ihr dumpfer Flügelschlag dir die Sinne, und treibt dich ihr Krächzen in die Verzweiflung? Gib nicht mir die Schuld daran! Schuld war allein das Fieber. Und ich weiß nicht, wer es schickt, weißt du es?“

„Ich ganz allein bin schuld“, murmelte Joram. „Ich habe mich wie ein Rasender gebärdet. Ich war toll vor Sinnenlust! Es wird eine Zeit dauern, bis ich darüber hinweg bin.“

„Schade, ich war stolz auf dich, daß du endlich fühltest wie ich. Was für ein prächtiges Fest! Erinnerst du dich, wie wir gesungen haben? Das hat uns alle aufgewühlt. Und dein sinnlicher Tanz. Bei Belials Gemächten! Wir mußten sie töten! Es geschah im Liebesrausch, was kannst du mehr verlangen?“

„Nein, es geschah im Blutrausch.“

„Jedenfalls im Rausch, im Fieber, im Wahnsinn! Niemand ist schuld, Joram, niemand.“ Midian löste sanft Jorams Finger, die das Bärenfell vor der Brust zusammenhielten. Es rutschte ihm von den Schultern. Midian beugte sich über seinen Nacken und küßte ihn.

Joram zuckte zusammen. Midian, der sein Fühlen und Denken beherrscht hatte, war sein Geliebter geworden. Aber war er es wirklich? Joram wich dem Druck der Lippen aus, Midian folgte seiner Bewegung und verstärkte den Druck, bis Joram stillhielt. Das lange Haar fiel herab und bedeckte Jorams nackte Schultern. Lange blieb Midian über seine bereitwillige Beute geneigt, bevor er sie losließ. „Jetzt gehörst du mir“, flüsterte er.

Joram bebte wie Schilfrohr, das den Schnitter erwartet. „Du hast nicht gewagt, mich zu nehmen."

„Nein", erwiderte Midian rauh, „aber es gibt auch andere Wege, die zur Befriedigung führen."

„Alle Wege führen in den Tod, hast du gesagt."

„Ja, ich weiß!" antwortete Midian sanft, „aber seit gestern kann ich dich nicht mehr ansehen und kalt bleiben."

Joram lächelte. Nachtigallen jubilierten in seinem Inneren, jedoch nach außen blieb er kühl, denn Midian war erbarmungslos, selbst in der Liebe, und er würde Joram fressen, wenn er schwach war. „Ich liebe dich, Midian, aber du kannst nicht lieben. Was also hoffst du bei mir zu finden?"

Midian faßte Jorams Kinn. „He, was ist denn mit dir? Willst du mich plötzlich nicht mehr, nachdem du gestern vor lauter Seligkeit beinah dem Dasein entschwebt wärst?"

„Ja, ich brenne", sagte Joram leise, „aber –"

„Dann ist ja alles gut", unterbrach ihn Midian. „Meine Leidenschaft steht in Flammen."

„Ich brenne", wiederholte Joram, „aber du willst meine Flammen nicht löschen. Daher muß ich das Feuer sein."

Midian zog ihn heftig an sich. „Mach doch nicht so viele Worte um eine Sache, die man mit dem Körper tut."

Joram wand sich aus der stürmischen Umarmung. „Du hast mich nicht verstanden", sagte er kühl. „Kannst du nicht der Hengst, mußt du die Stute sein."

„Bist du größenwahnsinnig? Du willst, daß ich hinhalte?" Midian schnippte mit den Fingern. „Du kannst von einem richtigen Mann doch nicht erwarten, daß er sich besteigen läßt!"

„Nein?" Joram erhob sich und ließ herausfordernd den Pelz fallen. Er wandte sich zum Gehen. Midian sprang auf und eilte ihm nach. Er packte ihn bei den Schultern. „Warte auf mich! He, du kannst mir doch nicht einfach den Rücken zudrehen und mich hier sitzen lassen!"

„Laß mich los! Was willst du von mir? Geh nach Arbela und kaufe dir richtige Männer!"

„He, he, sei doch nicht so aufgebracht!" Midian lächelte entschuldigend. „Das mit dem richtigen Mann ist mir herausgerutscht. Tut mir leid."

Joram genoß Midians Werben um seine Gunst wie einen Frühlingstag nach einem langen Winter, aber er zeigte es nicht. „Schon gut", sagte er scheinbar gelangweilt, „ich habe es bereits vergessen."

„Dann laß uns jetzt auf deine Kammer gehen", gurrte Midian. „Ich weiß andere Sachen, die auch Spaß machen."

„Ich weiß nicht", erwiderte Joram zögernd und bückte sich nach dem Fell. Da umfaßte Midian ihn von hinten und lachte. „Bei Belials Feueratem! Was ist das? Während dein Mund unschlüssig ist, zappelt dein bestes Teil vor Ungeduld."

Da lachte auch Joram, und sein Widerstand löste sich in Midians Armen auf.

6

Sie lagen nebeneinander auf den Bäuchen und holten Atem. Midian klatschte Joram mit der flachen Hand auf das Hinterteil. „Ich nehme an, ich bin der erste Mann, der diese Kostbarkeit sieht?"

„Bist du nicht. Du weißt, es war ein Mann, dessentwegen ich aus Juda fliehen mußte."

„Richtig, du erzähltest davon. Ein Mann, schön wie ein Erzengel oder so ähnlich. Ich hoffe, du hast diese himmlische Erscheinung neben mir vergessen."

Joram lachte, drehte sich auf den Rücken und verschränkte die Hände hinter dem Kopf. „Die Begegnung war so flüchtig, und ich war jung."

„Und was bist du heute? Ein Greis?"

„Jung – damit meine ich, ich war noch nicht verdorben von der Schlechtigkeit der Schwarzen Wölfe."

„Oho! Auf Dur-el-Scharan hast du endlich Mark in die Knochen gekriegt." Midian legte ihm die Hand auf den Bauch. „Du bist nicht der einzige, der mit Erzengeln verkehrt, weißt du das? In Arbela bin ich einem Mann begegnet, der könnte noch einen toten Baum zum Blühen bringen."

Joram richtete sich leicht auf. Midian drückte ihn sanft zurück auf das Bett. „Keine Eifersucht. Ich will dir von diesem Mann erzählen, und bei Belial, es hat eine besondere Bewandtnis mit ihm."

Joram lauschte amüsiert, wie der Fürst von Bailakan dem Rabkissir aus Babylon einen Besuch abgestattet hatte.

„Ein gefährlicher Mann?“ unterbrach ihn Joram.

„Sehr gefährlich, denn er widerstand meinem Charme.“ Midian lachte. „Er war mißtrauischer als ein Vater von fünf heiratsfähigen Töchtern. Ich mußte ärger lügen als ein Sklavenhändler. Während mir Öl und Honig aus dem Mund tropften, blieb der Grieche kalt wie Marmor.“

Joram zuckte zusammen. „Er war Grieche?“

„Ja, und bereits in Nabupolassars Gunst.“ Midian machte eine verächtliche Handbewegung. „Daß der König uns seinen Mann auf den Hals hetzt, beunruhigt mich nicht. Niemand in Arbela hat den Mund aufgemacht. Der Rabkissir hat keine Ahnung, wo er uns suchen soll. Nachdenklich macht mich nur, daß ich von diesem Griechen einige Tage vorher geträumt habe und das im Zusammenhang mit einer merkwürdigen Statue. Habe ich dir von dieser Statue erzählt?“

„Nein.“

„Ich erfuhr die Geschichte von Zengid. Natürlich hielt ich das Ganze zunächst für ein Hirngespinst. „Aber dann –“ Midian erzählte den Traum und was er von Zengid erfahren hatte. „Nachdem es den Mann gibt, muß auch die Statue da sein“, schloß Midian. „Und beide haben miteinander zu tun, was meinst du?“

„Du sagtest, der Mann bewachte die Statue, und dein Schwert schmolz in seinem Feuer?“ wiederholte Joram. „Ich denke mir das so: Der Rabkissir fand die Statue, also dich, den Anführer der Schwarzen Wölfe. Er bringt dich in seine Gewalt und läßt dich verbrennen. Du solltest dich vor ihm hüten, er ist ein Feind, ein mächtiger Feind.“

„Der Führer einer Hundertschaft?“ fragte Midian verächtlich.

„Er kann noch aufsteigen. Na ja, du hattest mich gefragt. Mache dir eine andere Traumdeutung, die dir besser gefällt.“

„Ich würd' gern dieses Tissaran aufzusuchen, wo das Wunderbild angeblich stehen soll.“

„Und wer führt die Wölfe zu unerhörten Taten?“ spottete Joram.

„Semron, das Einauge, wer sonst?“ Midian lachte und legte seine Hand auf Jorams schlafendes Geschlecht. „Ich verlasse euch am Unterlauf des Choaspes beim Wassertor und treffe euch dann in Susa.“

„Du glaubst doch nicht, daß du allein gehen wirst?“ sagte Joram bestimmt und seufzte, weil sein Geschlecht erwachte. „Ich komme mit nach Tissaran!“

Midian hielt es nieder, um zu spüren, wie es gegen seine Hand kämpfte. „Damit du mich wochenlang mit diesem Speer jagen kannst? Bleib lieber an Zorachs Seite und kraule ihm die Brusthaare, damit er mir nicht alle Händler zwischen hier und Susa wegspießt.“

7

Der Frühling kam, das Blut pochte in ihren Schläfen und trieb die Schwarzen Wölfe, in Unrast die Berge und Wälder zu durchstreifen wie Götter ihr Reich. Es war eine Zeit des Sieges, des Überschwangs, der Fülle und unbändiger Lebenslust. Jeder von ihnen war unsterblich und folgte seinem Gott Midian. Sie fühlten in sich überschäumendes Leben, indem sie den Tod brachten. In ihre bleichen Wintergesichter war die Farbe zurückgekehrt, in ihren Augen brannte das ewige Feuer; ihre Körper waren geschmeidiges Kupfer und ihre Herzen Tigerherzen.

Am Choaspes hatten sich Midian und Joram von ihnen getrennt und waren mit zwei Maultieren in östliche Richtung gezogen. In die für sie ungewohnten Gewänder von Kaufleuten gezwängt, waren sie jetzt schon zwei Tage auf der Straße nach Susa unterwegs. Zu beiden Seiten erstreckten sich flache Lehmhütten; Kinder und Halbwüchsige lungerten vor den Türen oder spielten am Straßenrand. Hochbeladene Kamele schwankten vorüber, Bauern waren mit ihren Eseln auf dem Weg zum nächsten Markt. Im Schatten der Bäume saßen schwatzende, alte Männer.

Midian bekam Hunger. „Die Frau dort drüben verkauft Früchte“, sagte Joram. Sie hielten an, und Joram erstand eine Melone und Feigen in Honig. Midian verzog das Gesicht. „Eine Näscherei für Kinder. Ich könnte jetzt ein ganzes Kalb verzehren.“

„Bis zum Abend kommen wir sicher an ein Gasthaus“, meinte Joram zuversichtlich, holte Brot aus den Satteltaschen, und sie hockten sich am Straßenrand nieder. Während Joram die Melone zerteilte, machte sich Midian über die verachteten Feigen her. Sie schmeckten ihm so gut, daß Joram noch eine Portion kaufen mußte. Midian schleckte sich den Honig von den Fingern und wischte den Rest an seinem Rock ab.

Da bemerkte er eine Bewegung bei ihren Maultieren, die im Schatten einer Ulme angebunden standen. Ein halbwüchsiger Junge machte sich an ihren Satteltaschen zu schaffen. Wie ein Schatten glitt er unter den Bäuchen der Tiere hindurch, doch Midian war schneller. Er sprang auf, packte ihn bei den Haaren und riß ihn hoch. Der Junge stöhnte, ließ aber seine Beute, einen Gürtel mit etwas Silber, nicht los.

„Wen haben wir denn hier? Einen frechen Dieb, der am hellichten Tag ehrliche Kaufleute bestiehlt!"

„Beim Gotte Abrahams, er hat meinen Gürtel!" tat Joram entrüstet und stellte sich drohend vor ihm auf, aber der Junge trat nach ihm und traf ihn am Schienbein.

Joram rieb sich fluchend die Stelle, und Midian lachte, während er den Jungen noch bei den Haaren gepackt hielt. „Was macht der Statthalter von Susa mit Dieben?" fragte er genüßlich, „schlägt er ihnen die Hände ab, oder hängt er sie auf?"

Dabei betrachtete er die Wildkatze genauer, die ihn aus grünen Augen anfunkelte. Das halblange Haar war verfilzt, das Gesicht schmutzig, aber feingeschnitten; die weichen Lippen entblößten kräftige, weiße Zähne.

Der Junge spuckte ihn an und trat nach ihm. Midian stieß ihn gegen den Stamm der Ulme. „Nicht so heftig, Bürschchen! Gib mir erst einmal den Gürtel zurück!"

„Nein!" Der Junge preßte ihn an sich und funkelte Midian trotzig an. Dann glätteten sich seine Züge plötzlich, und er verlegte sich aufs Jammern: „Laßt mich doch laufen, was ist für so vornehme Herren schon ein bißchen Silber? Ich muß die Familie ernähren: acht Geschwister, eine kranke Mutter, einen kranken Vater, einen kranken –"

„He, he!" unterbrach ihn Midian scharf, „bei euch ist wohl eine Seuche ausgebrochen?"

„Eine Seuche, ja!" rief der Junge schnell. „Viele sind tot, viele sind krank, und niemand hat etwas zu essen!"

„Ist das nicht traurig?" wandte Midian sich an Joram, der grinsend neben dem Baum stand und sich mit einer Hand am Stamm abstützte. „Dieser arme Junge ist gezwungen zu stehlen, weil er sonst verhungern würde."

„Abgrundtief traurig", bestätigte Joram ernsthaft. „Dabei ist Stehlen so verwerflich. Geradezu schändlich ist es, fremdes Eigentum nicht zu achten!"

„So ist es", nickte Midian. „Ein Elend, daß du so jung bist und schon so verdorben." Midian kniff ihm in die Oberarme, die stramm und glatt waren. „Und wie verhungert du bist! Wahrlich, es kann einen jammern! Wie heißt du?"

„Gislan!"

„Oho! Du sprichst deinen Namen aus, als müsse man ihn fürchten."

„Meine Brüder und ich, wir nennen uns die Sumpfschlangen."

„Deine Brüder? So, dann seid ihr also eine Bande, die vom Stehlen lebt? Und uns willst du weismachen, daß deine Familie verhungert!"

„Ich habe keine Familie", gestand Gislan, „aber die Sumpfschlangen stehlen auch nur, um zu überleben."

„Gewiß", sagte Midian sanft. „Man überlebt solange, bis man baumelt. Wie alt bist du?"

„Siebzehn."

„So jung zu sterben, ist hart, wie?"

„Ich habe mich erwischen lassen", knirschte Gislan, während er den Gürtel mit dem Silber unter seinem Hemd verschwinden ließ, „das ist mir noch nie passiert. Recht geschähe mir, wenn man mich aufhängte, aber was hättet ihr davon?"

„Gerechtigkeit", säuselte Midian und strich mit seiner Hand unruhig über die Hüfte, wo sein Dolch hing.

„Kann ich nicht bei euch bleiben?" fragte Gislan rasch.

„Du?" Midian krümmte sich vor Lachen. „Du saugst doch noch Muttermilch. Verschwinde! – Nein, warte!" Midian packte Gislan am Arm. „Kennst du das Dorf Tissaran?"

„Ja, das Dorf liegt hinter dem Schlangenhügel. Der kürzeste Weg ist durch die Sümpfe, aber er ist gefährlich und schwer zu finden."

„Du bist doch eine Sumpfschlange? Dann kannst du uns sicher führen?"

Gislan wurde blaß. „Was wollt ihr dort? Es ist ein Ort, wo die Dämonen nach dem Gesang der Lilith tanzen, die nachts den Menschen, die sich im Freien aufhalten, das Blut aussaugt."

Midian und Joram warfen sich einen kurzen Blick zu. „Sicher", erwiderte Midian sanft, „aber deine Dämonen werden sich als

Füchse und Eulen entpuppen, und deine Lilith als harmlose Fledermäuse, die gern in alten Gemäuern leben. Weißt du nicht, daß es keine Geister gibt?"

„Ihr glaubt nicht an Geister?" fragte Gislan verwundert.

Statt einer Antwort holte Midian ein Goldstück aus seinem Gürtel und zeigte es ihm. „Das gehört dir, wenn du uns gut führst."

Gislan seufzte ergeben und ging voran. Nach zwei Wegstunden erreichten sie ein Gasthaus, und da es dunkel wurde, beschlossen sie, dort zu übernachten. Nach einer ausgiebigen Mahlzeit, bei der Gislan die beiden mit einem ungeheuren Appetit überraschte, stiegen sie hinauf in die Dachkammer. Gislan, von dem vielen Wein ermattet, taumelte voran. „Ein hübscher Junge", grinste Midian und stieß Joram an. „Wenn du willst, nimm ihn dir heute nacht."

„Ich treibe es nicht mit jedem Bauerntölpel."

Midian zog Joram zu sich heran und küßte ihm die Wange. „Dein guter Geschmack, der gefällt mir so an dir."

8

Im Morgengrauen machten sich die drei auf den Weg. Gislan führte sie abseits der Hauptstraße, wo sie bald in sumpfiges Gelände kamen. Mit sicherem Tritt fand er die schmalen Pfade, die sich zwischen den dunklen Tümpeln und trügerischen Grasnarben hinzogen.

Schwarze Vögel hockten auf den abgestorbenen Ästen ertrunkener Bäume, ab und zu erhob sich ein Fischreiher oder ließ sich ein Entenschwarm geräuschvoll auf dem Wasser nieder. Die Sonne brannte unbarmherzig, und das niedrige Buschwerk bot keinen Schatten.

Auf einer grasbewachsenen Erhebung unter verkrüppelten Birken machten sie Rast. „Wie weit ist es noch?" fragte Joram und wischte sich den Schweiß von der Stirn.

„Gegen Sonnenuntergang werden wir den Schlangenhügel erreichen." Gislan ließ sich ins Gras fallen, verschränkte die Arme hinterm Kopf und blinzelte in die Sonne. „Aber ich werde vorher zusammenbrechen, wenn ich nichts zu essen bekomme."

Midian stand an den Satteltaschen und warf ihm Brot und ein paar getrocknete Datteln zu. Dann setzte er sich neben ihn und sagte lächelnd: „Du bist unverschämt, das gefällt mir." Er legte Gislan die Hand auf den Schenkel. „Bist du noch unschuldig?"

Dem Jüngling stieg Röte ins Gesicht. „Ich habe schon Mädchen geküßt", stotterte er.

„Bei Ischtar! Ist das wahr?"

„Verdirb doch den Jungen nicht, Midian!" meinte Joram.

Gislans Blick huschte hin und her, dann sprang er auf und versteckte sich hinter den Birken. „Ich bin ein Dieb, aber so einer nicht!" rief er.

„Komm her! Niemand will dir etwas tun", rief Midian. „Wir sind viel zu erschöpft für solche Spiele."

Gislan näherte sich vorsichtig, dabei sahen sich seine Katzenaugen nach einem Fluchtweg um. „Wenn ihr mich anfaßt, findet ihr Tissaran und die versunkene Stadt nie!"

„Du hast uns in der Hand, das wissen wir, Gislan. Wir haben doch nur gescherzt, also setz dich wieder her."

Doch kaum hatte er zögernd neben Midian Platz genommen, warf der sich auf ihn und erstickte den jungen Elamiter, der wie ein Fisch unter ihm zappelte, mit leidenschaftlichen Küssen. Gislan gurgelte, rollte mit den Augen und versuchte vergebens, sich aus dem stählernen Griff zu befreien. Midians Stärke drückte ihm den Atem ab, und er spürte, wie sich dessen Hand verlangend unter den groben Stoff seines Rockes schob. Gislan schrie, strampelte mit den Beinen. Midian warf den Kopf in den Nacken und lachte. Ohne zu überlegen, spreizte er seinem Opfer die Schenkel und machte sich bereit. Jäh stand der Tod in seinen Augen.

Er fühlte sich an den Schultern gepackt und zurückgerissen. „Du läßt ihn los! Sofort!"

Midian machte eine Handbewegung, als verscheuche er eine lästige Fliege. „Nur ein Hühnerdieb", rief er heiser. „Laß mich das hier zu Ende bringen! Laß mich!"

Gislan schlug mit den Fäusten um sich, traf Midian an der Brust und an den Schultern. „Geh weg!" schrie er.

Midian riß ihm das Hemd herunter, der Gürtel mit Silber fiel heraus. Gislans verzweifeltes Kämpfen begleitete er mit einem kehligen Lachen. „Schlag nur, Junge, das macht mich heiß."

Plötzlich hielt er sich den Schädel und sah sich um. Joram hatte ihm einen Knüppel auf den Kopf geschlagen. „Du Narr! Wer soll uns den Weg nach Tissaran zeigen, wenn du ihn umbringst?"

Midian fluchte, denn das Fleisch seiner Lenden stand aufrecht wie ein Mast, und er hatte das Blut des Bastards schon auf den Lippen gespürt. „Dann nimm ihn in den Mund, na los, mach schon!"

Joram schloß die Satteltaschen und räusperte sich. „Vielleicht verschiebst du deinen Zeitvertreib auf später, denn ich möchte noch vor der Dunkelheit aus dem Sumpfgebiet herauskommen."

Midian zwang Gislans Mund hinunter und zischte: „Du wirst nicht lange brauchen. Aber wenn du zögerst, werfe ich dich in das nächste Sumpfloch, und glaube nicht, daß Joram dich vor meinem Dämon retten kann."

Kaum hatte Gislan Midians Triebe gestillt, zogen sie weiter. Joram legte Gislan eine Hand auf die Schulter. „Warum hast du ihn nicht kräftig gebissen dabei?"

„Dieser Wüstling hätte mich umgebracht."

„Das wird er auch tun, wenn du uns nicht gut führst", gab Midian kalt zur Antwort.

„Sohn eines Skorpions!" zischte Gislan leise.

Midian verzog gelangweilt den Mund. „War mein Stachel so giftig?"

Da zeichnete sich plötzlich eine schwarze Wand vor ihnen ab. Sie hatten den Schlangenhügel erreicht. Er war nicht sehr hoch, aber es dämmerte bereits, und im Dunkeln wollten sie ihn nicht mehr überqueren. Midian und Joram schauten sich nach einem geeigneten Rastplatz um, und als sie nach Gislan sahen, war er verschwunden.

„Bei Belials feurigem Atem!" schrie Midian, „wenn ich diesen Hühnerdieb erwische."

„Laß ihn laufen", sagte Joram, „wir brauchen ihn nicht mehr." Midian brummte etwas, aber selbst er war zu müde, um ihn zu suchen.

9

Als Midian am nächsten Morgen erwachte, lag sein Geldbeutel geöffnet neben ihm. Er zählte nach und stellte fest, daß ein Goldstück fehlte. „Diese Sumpfratte!“ lachte er.

Langsam ritten sie den sanft ansteigenden Pfad hinauf, der sie ohne Zwischenfälle zum Gipfel führte. Dort sahen sie die schmucklosen Häuser von Tissaran unter sich liegen und dahinter die Ruinen der alten Stadt. In ihrer Mitte erhob sich ein unzerstörtes dreistufiges Bauwerk, das an eine babylonische Zikkurat erinnerte. Doppelköpfige Stierkapitelle flankierten ein überdachtes Portal. An der linken Seite führte eine Freitreppe hinauf zur obersten Plattform, an deren Fuß zwei steinerne Löwen wachten.

Langsam stiegen sie in das Dorf hinunter. Auf einem Platz standen Männer mit langen, weißen Gewändern und hohen Hüten. In ihrer Mitte unterhielten sie auf einem steinernen Altar ein Feuer.

„Priester, Feueranbeter!“ zischte Midian verächtlich. „Da haben wir unsere Gespenster.“

Aus der Gruppe löste sich ein Mann und kam auf sie zu. Eine goldene Schlange wand sich um seine hohe Kopfbedeckung, er war bartlos, und sein schulterlanges Haar schon weiß. Je näher er kam, desto zögernder wurden seine Schritte. Er beschattete seine Augen und verharrte.

Midian winkte ihm. „Komm her, Priester!“

Der alte Mann begann zu zittern und hielt abwehrend den Stab vor sein Gesicht. „Blendwerk weiche! Baal gib Kraft, schenk Erleuchtung!“ murmelte er. Er schloß die Augen, aber als er sie wieder öffnete, war die Vision nicht verschwunden.

„Du bist doch ein Priester?“ Midian streckte herrisch die Hand aus. „Rede! Wer bist du? Wer wohnt hier?“

Der alte Mann sank ächzend auf die Knie, sich mühsam auf seinen Stab stützend. „Avarrhoaz bin ich, Diener der Anath.“

Midian sah Joram an. „Wer ist Anath?“ Er wußte, Joram, als Sohn eines Priesters, kannte sich aus.

„Eine Kriegsgöttin aus dem Land Kanaan. Eine ziemlich unangenehme Erscheinung, grausam und blutrünstig.“

Midian hob die Augenbrauen und lächelte. „Dann sollten auch

wir sie anbeten, nicht wahr?“ Er schnippte mit den Fingern. „Steh auf, Alter! Wer wohnt in dem Tempel da drüben?“

Avarrhoaz erhob sich nicht. Mit brüchiger Stimme erwiderte er: „Gebieter, vergib mir, daß ich dich für ein Trugbild hielt, aber du bist wahrhaftig zurückgekehrt. Sie hielt dich für tot, aber du hast Mot besiegt. Gepriesen seien Anath und Baal.“

„Schwätzer!“ zischte Midian und machte Joram ein Zeichen. „Kümmere du dich um den Verrückten, bevor ich die Geduld verliere.“

Joram ging auf Avarrhoaz zu und half ihm auf. „Mein Freund hat manchmal eine heftige Art. Hab keine Furcht. Ich bin Hebräer und kenne den Mythos um Baal, Mot und –“

„Hebräer?“ krächzte Avarrhoaz und wich zurück. „Verflucht sollst du sein, du und deine Nachkommen!“

Joram machte unwillkürlich eine unheilabwehrende Geste. „Ich bin nicht dein Feind. Mein Volk hat mich verstoßen. Wir sind hier, weil wir von einer Statue gehört haben.“

„Die Statue? Ja, sie ist da.“ Avarrhoaz Augen bekamen Glanz. „Sie steht auf dem Dach des Tempels.“

„Dann können wir sie also sehen?“ unterbrach Midian ihn barsch. „Führe uns zu ihr!“

„Ja, Gebieter.“ Avarrhoaz drehte sich um und machte den anderen Priestern ein Zeichen, daß sie nicht folgen sollten. Dann warf er Joram einen finsteren Blick zu. „Er darf das Heiligtum nicht besteigen, sie würde das niemals erlauben.“

„Sie?“ Midian packte Avarrhoaz am Gewand. „Wer ist sie?“

Avarrhoaz schloß die Augen vor Midians brennendem Blick. „Wie furchtbar strahlt dein Auge im Zorn, doch ihr Herz wird frohlocken, wenn sie dich lebend erblickt.“

Midian ließ Avarrhoaz los und stieß ihn zurück. „Zeig uns die Statue, danach werden wir dem Tempel einen Besuch abstatten!“

Avarrhoaz führte sie durch die Ruinen der einst blühenden Stadt, dann standen sie vor den beiden Löwen, die am Fuße der Treppe Wache hielten. Plötzlich beschlich Midian ein sonderbares Gefühl, sein Traum fiel ihm ein. Avarrhoaz wies hinauf. „Sie wartet auf dich, Gebieter.“

Midian zögerte. Er witterte eine Falle. „Draußen sagt man, diese Stadt werde von bösen Dämonen beherrscht. Natürlich ist das Unsinn, aber das muß doch einen Grund haben.“

„Der Ort wird von Anath beschützt, sie ist es, die Furcht in die Herzen der Menschen senkt. Du aber, Gebieter, bist hier willkommen."

Midian lachte trocken. „Wahrscheinlich benebelt ihr Besuchern die Hirne mit Haschisch oder habt sonst irgendeine Magie ausgebrütet?" Er sah nach oben. „Geh voran, Priester!"

„Ich bin nicht würdig", murmelte Avarrhoaz.

Midian warf ihm einen vernichtenden Blick zu, aber Joram nickte. Merkwürdigerweise beruhigte Midian das. Die Hand am Dolch erklomm er rasch die ersten Stufen, die letzten nahm er in zwei, drei Sprüngen, verharrte dann mitten in der Bewegung. Er stand vor seinem steinernen Ebenbild. Die eingelegten Augen aus Malachit funkelten kalt und herrisch, um die feingemeißelten Lippen spielte ein herablassendes Lächeln. Ein Stirnband hielt das lange Haar zurück, das bis auf die Hüfte fiel. Der Stein war so lebensecht, als müsse er jederzeit von seinem Sockel herabsteigen und einem die Hand reichen.

Schreckensbleich starrte Midian die Statue an. „Das kann nicht sein", murmelte er. Tausend Überlegungen schossen ihm durch den Kopf. „Wer bist du?" flüsterte Midian. Er streckte vorsichtig die Hand aus und berührte ihre leicht nach vorn gestreckte, offene Handfläche. Ein Schauer durchjagte ihn, aber er konnte nicht sagen, ob die Statue ihn verursacht hatte oder ihm seine Sinne einen Streich spielten.

Er hielt die Hand jetzt fest umklammert. „Hast du mir den Traum geschickt? Wirst du mir Macht schenken? Unermeßliche Macht? Oder werde ich –" Midian fuhr herum, er hatte ein Geräusch gehört, aber es war nur Joram. Jäh ließ Midian die Hand los. Ihm stieg das Blut zu Kopf vor Scham, daß er mit einem Stein gesprochen hatte, doch Joram achtete nicht auf ihn. „Unglaublich!" stieß er hervor. „Wer hat das geschaffen?"

Midian hatte sich wieder gefaßt. Er stieß Joram in die Rippen. „Ein prächtiges Mannsbild, wie? Aber jetzt wollen wir sehen, wer uns hier so gut kennt."

Unten wartete Avarrhoaz auf sie, sein ängstlicher Gesichtsausdruck war gespannter Erwartung gewichen. Midian machte eine leutselige Handbewegung. „Gute Arbeit, ein hübsches Spielzeug. Aber jetzt ist es überflüssig, denn der Gebieter lebt." Er breitete die Arme aus und lachte. „Der Herr von Tissaran ist gekommen."

4. Buch

Atargatis

1

Vorsichtig näherten sich Midian und Joram dem Portal, die Hände an den Waffen. Immer wieder sahen sie sich um. Dann standen sie vor einem großen Tor aus Zedernholz, das von einem bronzenen Riegel verschlossen wurde. Midian befiel heftiges Herzklopfen, und er wagte nicht, die Hand nach dem Riegel auszustrecken, denn die Zeichen und Figuren auf dem Tor waren jene, die er in seinem Traum gesehen hatte. Nur der Mann mit dem feurigem Schwert fehlte.

„Es gibt die Figur, und es gibt das Tor", murmelte er. ,,Aber wo ist sein Wächter?"

„Wenn es der Rabkissir war, dann ist er in Babylon", erwiderte Joram nicht ohne Spott.

Wutentbrannt öffnete Midian den Riegel mit einem Ruck. Er ließ sich leicht heben, und die Torflügel schwangen weit auseinander. Sofort duckte Midian sich, die Hand am Gürtel; sein Blick nahm wachsam das Innere des Tempels in sich auf.

Drinnen befanden sie sich in einer großen Halle, deren Wände mit Reliefs bedeckt waren. In säulenumstandenen Nischen gab es Figuren, anbetende Menschen, Fabelwesen mit menschlichen Gesichtern und Stierleibern, geflügelte Löwen und Drachen. Zum Altar im Hintergrund führten einige Stufen; Fackeln brannten an beiden Seiten.

Vorsichtig gingen sie weiter. Hier war nichts verfallen, kein Staub lag auf dem Heiligtum und den betenden Figuren. Midian entdeckte ein Relief, das ihm gefiel: Eine Frau, deren Körper in einem Schlangenleib endete, tanzte auf erschlagenen Feinden; um ihren Hals trug sie eine Kette aus Totenschädeln. Midian ballte lachend die Faust gegen das Bild und rief: „Was ihr in Stein bannt, jämmerliche Scharlatane, das ist meine Wirklichkeit!"

Sein Lachen hallte wider in der großen Halle und kehrte aus allen Ecken zu ihm zurück. Das erfreute ihn. Er stellte sich mit ausgebreiteten Armen vor dem Altar auf und lachte noch einmal, jetzt viel lauter, und sein Lachen erfüllte den Tempel mit schauerlichen Klängen. Doch jäh hielt er inne. Er sah Joram an. ,,Hast du nichts gehört?" Sie lauschten.

„Wer stört mich?“ Die Stimme war von durchdringender Klarheit und Schärfe.

Midian erblickte eine Frau von atemberaubender Schönheit, die seinen Puls rasen ließ und ihm die Lippen dörrte vor Begierde. Sie trug ein Gewand aus goldenen Schuppen, das ihre vollendeten weiblichen Formen wie eine Schlangenhaut umhüllte. Die Fülle ihres langen, schwarzen Haares wurde gebändigt durch geflochtene goldene Schnüre. Ihre Lippen schienen Midian wie flüssige Lava, ihre Augen verhießen abgründige Freuden.

Geblendet von ihrer Erscheinung starrte Midian sie an und konnte kein Wort hervorbringen. Langsam schritt sie auf ihn zu, und jetzt sah Midian, daß sie eine Peitsche trug. „Wer stört mich?“ fragte sie erneut, und ihre Stimme glich dem Geräusch eines surrenden Pfeils. „Wer seid ihr, und was wollt ihr in meinem Haus?“

Midian straffte sich. Nachdem er sich von seiner Überraschung erholt hatte, dachte er: *Sie ist hinreißend, aber nur eine Frau, und wer fürchtet sich schon vor Weibern?* „Ich bin Midian!“ rief er stolz. „Midian, der Schwarze Wolf! Und das ist mein Gefährte Joram.“

„Kommt näher, damit ich euch besser erkennen kann“, sagte sie und senkte ihre Stimme zu einem dunklen, heiseren Flüstern.

„Der Priester mit dem hohen Hut nannte mich Gebieter“, sagte Midian herausfordernd und ging einige Schritte auf sie zu, während Joram sich umsah, ob womöglich die Wächter des Tempels in ihrem Rücken auftauchten.

„So, so, *Gebieter*.“ Ein leises Lachen erklang. Plötzlich zischte die Peitsche durch die Luft, Midian wich zurück, aber nicht schnell genug. Sie riß eine blutige Strieme über seine Brust. Mit wutverzerrtem Gesicht zog er den Dolch aus dem Gürtel, doch da legte sich die Peitsche zischend um sein Handgelenk, und die Waffe flog klirrend zu Boden.

Midian rieb sich die schmerzende Hand und trat einige Schritte zurück. Auch Joram wagte sich nicht näher. „Die Peitsche weißt du zu gebrauchen, Frau ohne Namen“, zischte Midian, „aber ich warne dich, ich –“

„Du warnst mich?“ unterbrach sie ihn höhnisch, und es erinnerte Midian an das Geräusch brechenden Eises im Zagros. „Wovor? Vor deinem himmelstürmenden Zorn? Vor dem Häuflein deiner Wölfe? Vor dem starken Arm deiner Rache? Mach dich nicht lächerlich!“

„Du weißt, wer ich bin?“

„Du bist Midian, der Sohn Semrons, Auswurf der Menschheit."

Midian sah sich nach Joram um, der die Achseln zuckte, und biß sich wütend auf die Lippen. „Höre!" rief er, während er es vermied, in die Nähe der Peitsche zu kommen, „wenn du weißt, wer ich bin, dann wirst du auch wissen, daß kein Weib so zu mir sprechen darf. Auch deine Peitsche wird dich nicht retten, die ich dir rasch entwinde, wenn ich will."

„Ein Narr bist du und sprichst mit den Worten von männlichen Narren, von denen die Welt voll ist. Wenn ich will, zerstöre ich mit einem Hieb das, was dich zum Mann macht!"

Midian lächelte verzerrt. „Ich gebe zu, im Augenblick bist du im Vorteil. Also streiten wir nicht länger." Entwaffnend breitete er die Arme aus. „Du kennst mich, aber ich kenne dich nicht. Wer bist du?"

„Ich bin Atargatis, Priesterin der Anath." Sie zeigte auf Joram. „Dieser Hebräer entweiht den Tempel. Er muß sofort gehen!"

Midian hob die Hand. „Er bleibt. Joram ist mein Freund."

„Aber mein Feind. Mein Todfeind. Um deinetwillen schenke ich ihm das Leben, das er verwirkt hatte, als er seinen Fuß in meinen Tempel setzte."

„Du bist nicht gerade gastfreundlich, schönste aller Frauen." Midian verschränkte die Arme. „Muß Joram gehen, gehe ich mit ihm. Und das dürfte deine schlangenbehütete Zunft da draußen betrüben, die mich Gebieter nannte. Oder steht mein Abbild nicht auf dem Dache deines Tempels?"

Atargatis lächelte spöttisch. „Nein."

Das verblüffte Midian. „Nein?" wiederholte er ratlos.

Joram legte Midian die Hand auf die Schulter. „Ich warte draußen bei dem Alten mit dem Schlangenhut. Du siehst doch, wie ihre Augen funkeln, und wenn Weiber sich etwas in den Kopf gesetzt haben, sind sie unausstehlich hartnäckig. Ehrlich gesagt, schlägt mir diese Umgebung auf den Magen."

Midian sah Joram nach, wie er durch das offene Tor hinausging. Als er sich wieder Atargatis zuwandte, hatte sie die Peitsche zur Seite gelegt. Sie ging auf ihn zu – ihr goldenes Schuppengewand raschelte – und legte Midian ihre kühle Hand auf die blutige Strieme. „Du erträgst Schmerzen wie ein Mann, aber du mußt besonnener werden."

Midian packte ihr Handgelenk, sein Lächeln war siegessicher.

„Besonnen in deiner Nähe? Ich will dir sagen, was das Geheimnis ist von Tissaran: Du brauchst einen Mann wie mich, denn deine vertrockneten Priester können einer Frau wie dir nichts bieten. Deshalb hast du in Stein abbilden lassen, was du lebendig in dir spüren möchtest. Und heute ist der Mann gekommen, auf den du gewartet hast, von dem du geträumt hast in langen, einsamen Nächten."

„Freilich", erwiderte Atargatis höhnisch, „von einem Mann, der eine Frau mit der wilden Kraft des Stieres bespringt und sich mit dem Stachel einer Mücke vorzeitig zurückziehen muß!"

Midian wurde bleich. „Woher weißt du das?" keuchte er. Das Blut der Beschämung stieg ihm so heftig zu Kopf, daß rote Schleier vor seinen Augen tanzten.

„Es sei denn, er tötet sie", fuhr Atargatis kalt fort, „zerfleischt ihr Gesicht, ihre Brüste, bis er vom Blutrausch überwältigt seinen Samen in ihren sterbenden Körper spritzt. Ist es das, wovon ich geträumt haben soll?"

Midian schlug aufstöhnend die Hände vor das Gesicht. „Du Hexe!" knirschte er, „dafür stirbst du! Kein Weib spricht so mit mir!"

„Nun, ich spreche so mit dir, und ich lebe, Midian! Und wenn du Vergeltung willst, so spüre meine Peitsche, wie Semron sie gespürt hat."

„Semron?" keuchte Midian. „Du kennst ihn? War er hier bei dir im Tempel?"

„Gewiß. Er glich einem Affen, dennoch hielt er sich für unwiderstehlich, er und seine Räuberbande. Da schlug ich ihm ein Auge aus, aber sage selbst, konnte ihn das noch mehr entstellen?"

„Er hat nie darüber gesprochen, wie er sein Auge verlor", murmelte Midian. „Auch dich erwähnte er mit keinem Wort. Wie konnte er eine Frau wie dich nicht erwähnen?"

„Er hatte seine Gründe, dein finsterer Vater, der nicht dein wahrer Vater ist."

„Mein wahrer Vater?" wiederholte Midian. Er schlug sich erregt das Haar aus dem Gesicht. „Du weißt, wer mein Vater ist, nicht wahr?"

„Du hast sein Standbild gesehen." Atargatis wies mit einer anmutigen Handbewegung auf eine Seitentür. „Stehen wir nicht länger herum wie zwei zankende Marktweiber. Ich bin nicht deine Feindin, aber ich bin auch kein schwaches Weib, das sich dir unterwirft. Ich denke, du hast das begriffen, Midian?"

„Du bist eine starke Frau", gab er zu. „Es ist ungewohnt, von einer Frau zurechtgewiesen und gedemütigt zu werden, aber wenn du dich als ebenbürtig erweist, so muß ich es hinnehmen. Darf ich mir meinen Dolch holen?"

„Wenn du dich damit stärker fühlst."

Midian steckte ihn zu sich, und Atargatis führte ihn in ein kleines Zimmer, in dem Getränke auf einem Tisch bereitstanden.

„Du hast mich erwartet", lächelte Midian. „Weshalb warst du am Anfang so unnahbar und kühl?"

„Ich bin wie ich bin, außerdem brauchte dein männlicher Stolz eine Zurechtweisung."

Midian räusperte sich. Diese Frau machte ihn verlegen und raubte ihm seine Handlungsfreiheit. Sie hatte die Peitsche neben sich gelegt und schenkte ihm Wein ein. Dabei sah sie ihm in die Augen, und Midian glaubte, jetzt etwas mehr Zärtlichkeit in ihnen zu erblicken, aber er konnte sich auch täuschen.

„Mein Vater", begann er, um von seinen sinnlichen Gedanken abzulenken, „ist er ein mächtiger Mann? Ein König vielleicht?"

Atargatis musterte ihn mitleidig. „Ein König! Glaubst du, das Blut eines Königs sei wertvoller als das eines Knechtes? Oder das eines – Gesetzlosen? Glaubst du das, Midian?"

Midian wich ihrem harten Blick aus und kratzte sich am Knie. „Ich denke – äh – natürlich nicht, nein! Jedoch – so eine Abstammung verleiht gewisse Rechte, Macht, nicht wahr?"

„Macht?" Atargatis fuhr sich über die Lippen, als schmecke dieses Wort wie Wein. „Ist es das, was du willst, Midian?"

„Wer will sie nicht?" sagte er und ballte die Fäuste. „Und du redest, als liege es in deinen Händen, sie mir zu verschaffen. Wer bist du?"

„Deine Mutter."

Midians Erregung erlosch wie eine Flamme im Regen. Seine Fäuste öffneten sich. „Meine Mutter", wiederholte er leise. Und nach einer Weile des Schweigens: „Ich glaubte, ich hätte keine Vergangenheit als die des Zagros."

„Wie? Du wußtest doch, daß Semron nicht dein Vater ist! Oder hieltest du dich für felsgeboren?"

Midian machte eine wegwischende Handbewegung. „Der Spott eines Weibes. Muß ich mir das anhören?" Er sprang auf und ging erregt auf und ab. Die Frau, die ihn verrückt machte, war plötzlich unerreichbar geworden. Aus den Augenwinkeln bemerkte er, daß Atargatis' funkelnder Blick seinen gereizten Schritten folgte. Er blieb stehen. „Vielleicht bist du meine Mutter. Erzähle mir jetzt von meinem Vater. Lebt er?"

„Nein." Atargatis Nasenflügel bebten, ihre Augen wurden groß und funkelnd. „Du wurdest gezeugt in einem Zelt am Fuße des Jamal-Gebirges, dem Lande Zamorans, das ihm gehörte bis zum Horizont. Zamoran, der Fürst der Midianiter, nach dessen Stamm du deinen Namen trägst. Er war reich, denn er besaß unzählige Schafherden, und er gebot über viele Fäuste und Schwerter, die Freiheit zu verteidigen."

„Ein Schafhirte?" unterbrach Midian enttäuscht die leidenschaftlich vorgetragene Schilderung.

Atargatis bedachte Midian mit einem eisigen Blick. „Du wärst wohl lieber Semrons Sohn? Zamoran war ein Fürst. Keiner, der die Geschicke der Völker bestimmte, aber ein Mann, dem sich die stolze Tochter Habazzinjas hingab, die Priesterin der Anath, die nie einem Manne gehören wollte. Das allein erhob ihn über die Könige dieser Welt." Atargatis machte eine schwache Handbewegung. „Als er starb, erloschen die Feuer am Fuße des Jamal, sein Volk zerstreute sich, und die Priesterin der Anath mußte mit seinem Sohn fliehen. Doch heller als die Feuer der Brandopfer auf den Höhen von Gilgal loderte die Flamme des Hasses seitdem in ihrer Brust."

Midian gefiel der Haß in den Augen seiner Mutter, er lächelte wie ein Tiger und setzte sich neben sie. Sie legte ihm die Hand auf seinen Arm, und Midian zuckte zurück, als er die Wärme spürte. „Jetzt bist du zurückgekehrt. Ich wußte, daß du kommen würdest, meine Träume haben es mir gesagt. Bei Aschera! Ich sehe dich an, und mir ist, als sei Zamoran auferstanden in all seiner wilden Schönheit."

Midian brach der Schweiß aus. Mutter, das war nur ein Wort, doch was er fühlte, war etwas anderes. Er lächelte verzerrt. „Hast du meinen – diesen Zamoran auch mit einer Peitsche empfangen?"

Tief in ihren Augen glühte die Erinnerung wie ein verlöschender Stern. „Anath tanzt auf den abgeschlagenen Köpfen ihrer Feinde, Anath trinkt das Blut der erschlagenen Jünglinge, Anath badet in den Tränen der Besiegten. Ich war ihre Dienerin. Doch bei Zamoran vergaß ich die Göttin. Heiß wie der Wüstenwind waren seine Umarmungen, mein Herz erhob sich wie eine Schwalbe, und ich erfreute mich am Gesang der Frauen, wenn sie zum Brunnen gingen, und am Lachen der Kinder, wenn sie Kiesel über den Fluß warfen."

Atargatis verstummte. Midian fühlte sich unbehaglich. Begehrte sie ihn wie einst Zamoran? Wenn es so war, dann durfte er nicht länger hier sitzen wie ein Krieger, der nicht wußte, wo sein Schwert ist. Aber als er ihr in die Augen sah, erblickte er dort keine Zärtlichkeit, nur Kälte.

„Als Zamoran tot war", fuhr Atargatis mit lebloser Stimme fort, „erfroren meine Gefühle. Ich legte einen Schwur ab im Angesicht Anaths, daß niemals wieder ein Mann mir Schmerz zufügen sollte. Als ich dich im Tempel auf mich zukommen sah – da mußte ich dich züchtigen, denn dein Anblick fuhr mir in den Leib wie glühendes Eisen."

Midian schüttelte seine Mähne wie ein Löwe, der den Rivalen aus dem Feld geschlagen hat. Er packte Atargatis bei den Armen. „Vergiß, daß ich dein Sohn bin!" rief er heiser. „Ich bin Zamoran, wenn du es willst." Schon beugte er sich über sie, doch Atargatis stieß ihn mit überraschender Kraft zurück.

„Nein!" zischte sie. „Du bist nicht Zamoran! Du bist Midian, der Schwarze Wolf, der ein kurzes Vergnügen sucht. Dein Gemüt ist finster wie die Schluchten des Zagros, aus dem du kommst."

„Ja!" Midian wischte sich das Haar aus der erhitzten Stirn. „Gesetzlose gleichen Raubvögeln und nicht nacktärschigen Säuglingen." Dann lachte er und griff nach ihren Brüsten. „Ich kann auch sanft sein."

Atargatis wich ihm geschmeidig aus. „Wann?" höhnte sie. „Bei Kindertränen oder dem verführerischen Lächeln deines hebräischen Freundes?"

Das kühlte Midian ab. Er brummte etwas Unverständliches. Atargatis ordnete gelassen ihr Haar. „Du mußt dich nicht rechtfertigen, Midian. Dich will ich grausam, denn ein Schwert muß scharf sein. Ich brauche keinen Liebhaber, sondern einen Rächer."

Midian verschränkte die Arme. „Für Zamoran? Ich kannte ihn nicht. Räche ihn doch selbst, oder hast du es verlernt, auf den Gebeinen Erschlagener zu tanzen?"

„Und du, Midian?" fragte Atargatis und lehnte sich herausfordernd in die Kissen. „Dienst du nicht Belial, der dir befiehlt zu töten?"

„Mir befiehlt niemand!" Midian starrte angestrengt zur Seite. „Ich töte, wenn mir danach ist, und Belial ist nur ein Name. Alle Götter sind nur Namen für das, was uns bewegt. Dein Haß heißt Anath."

Atargatis neigte das Haupt. „Klug gesprochen. Willst du nicht triumphieren in Belials Namen?"

Midian zerquetschte einem unsichtbaren Gegner die Gurgel. „Nichts anderes tue ich bereits. Ich ziehe mordend durch das Land, überfalle Karawanen, brenne Dörfer nieder, foltere die Männer, schände die Frauen und verbrenne ihre Kinder!"

„Ich weiß", entgegnete Atargatis eisig. „Du bist ein Wegelagerer, der sich vor den Häschern Nabupolassars verbergen muß."

„Ha!" Midian machte eine großartige Armbewegung. „Nabupolassar! Der Hund sandte seine Flöhe nach uns aus. Lästig, mehr nicht."

„Immerhin ist dieser Hund der König von Babylon. Und du sitzt in einer windigen Burg."

Midian lächelte. „Du hast mir noch nicht verraten, weshalb du dich in meinem Leben so gut auskennst, Dienerin der Anath. Gehören auch Zauberkünste zu deinem Gottesdienst?"

„Zauberei ist eine Sache von Dummköpfen. Und deine Mutter ist kein Dummkopf. Vielleicht berichtet mir einer deiner Wölfe."

„Unmöglich!" Midian wurde dunkelrot vor Wut. „Aber Joram ist es nicht, oder?"

„Der Hebräer?" Atargatis Stimme war kalt. „Nein! Niemals würde ich einem Hebräer vertrauen."

Midian schwieg. Was war das für eine Frau, die ihn sprachlos machte? Die mehr über ihn wußte, als jeder andere Mensch außerhalb von Dur-el-Scharan? Die auf ihn gewartet hatte wie eine Spinne, die seinen Vater bis zum Wahnsinn geliebt hatte, im Sohn aber nur ein Werkzeug ihrer Rache sah?

„Wenn du Macht willst, Midian, die größer ist als die deines Vaters", sagte Atargatis, „dann räche ihn."

„Ist das alles? Sage mir, wer ihn ermordet hat, und ich lege dir seinen Kopf zu Füßen."

„Zamoran fiel im Kampf. Ich weiß nicht, wer den tödlichen Streich führte, aber ich weiß, wer daran schuld ist. Es ist König Joschija von Juda."

„Ein Königsmord?" Midian streckte seine Finger. „Das dürfte nicht einfach sein, nicht einmal für einen Schwarzen Wolf. Was für Macht sollte ich dadurch gewinnen?"

„Wenn du mir zuhörst und meinem Rat folgst, den Thron des babylonischen Königs."

Midian lachte dröhnend, weil er das als Scherz auffaßte, doch jäh brach er ab, weil ihm bewußt wurde, daß seine Mutter keineswegs scherzte. „Des babylonischen Königs", wiederholte er mehr für sich selbst. Plötzlich stand das Bild jenes Mannes wieder vor ihm, der ihm im Traum den Zutritt zum Tempel verwehrt hatte und der von Nabupolassar ausgesandt worden war, ihn zu fassen. Ihre Wege hatten sich nicht grundlos gekreuzt, wieder bewegten sie sich aufeinander zu. Wußte Atargatis auch von diesem Mann?

Atargatis beobachtete, wie Midian nachdenklich wurde. „Du glaubst, das wäre unmöglich? Ich sage dir, mein Sohn, einem Manne wie dir sollte in dieser Welt nichts unmöglich sein, wenn du es nur willst."

„Mein Fuß auf dem Nacken der Völker", murmelte Midian. „Mein Wille Gesetz. Bei Belial!" Er lachte verzerrt. „Das solltest du der Menschheit besser nicht antun, ich weiß nicht, ob ich jemand übrig lasse."

Atargatis lächelte kühl. „Kitzelt Töten deine Empfindungen? Verschaffe dir diese Lust, aber behalte stets einen kühlen Kopf, sonst machen sich das deine Feinde zunutze. Auch ungezügelte Grausamkeit ist eine Schwäche."

„Wir beginnen uns zu verstehen." Midian verschränkte die Arme. „Wohlan, dann will ich hören, was du mir zu sagen hast."

2

Habazzinja saß mit untergeschlagenen Beinen in dem geräumigen Zelt des Midianiterfürsten Achior und griff mit seinen fleischigen, beringten Fingern in die gemeinsame Schüssel. Der beleibte Oberpriester des Baal-Ammon war diese Sitzhaltung nicht gewöhnt, deshalb schaukelte er, um jeweils das eine oder andere Bein zu entlasten, unauffällig von einer Seite auf die andere, jedenfalls glaubte er, daß sein Gastgeber es nicht bemerken würde, denn das schöne bärtige Antlitz Achiors zeigte sich unverändert väterlich mild. Habazzinja sah sich zufrieden im Zelt um. Die erlesene Ausstattung konnte sich durchaus mit der seines Hauses in Jerusalem messen. Auch das Gewand, das Achior trug, mußte ein Vermögen wert sein; Hals- und Armbänder waren mit Smaragden und Rubinen besetzt.

Ja, dachte Habazzinja, während er sich schmatzend die Finger leckte, *es scheint, als habe man die Wahrheit gesprochen, als man mir erzählte, wie reich der Fürst der Midianiter sei. Ich denke, wir werden uns einigen.*

Die beiden Männer saßen schon geraume Zeit beieinander, genossen gutes Essen und guten Wein und unterhielten sich prächtig. Sie wollten ihre Kinder miteinander verehelichen, aber darüber redeten sie selbstverständlich nicht. Sie sprachen über Viehzucht, Ernten und das Wetter, über die schlechten Zeiten, habgierige Herrscher und die neidischen Götter.

Jetzt wurden geröstete Nußkuchen in Honig aufgetragen, Habazzinja wischte sich mit einem feuchten Tuch den Schweiß von der Stirn und griff ächzend nach der Köstlichkeit. Dabei versuchte er, sein linkes Bein zu verlagern, in dem es wie tausend Ameisen kribbelte.

„Mein Freund, mach es dir ruhig bequem“, lächelte der schlanke Midianiter und nahm selbst eine halb liegende Haltung ein, um den Gast nicht zu beschämen. Erleichtert legte sich auch Habazzinja nieder. Vor dem Zelt hörte er jetzt Hufgetrappel, das Schnauben eines Pferdes, Stimmen und Gelächter. Kurz darauf wurde die Zeltbahn zur Seite geschlagen. Ein junger Mann trat ein, hochgewachsen, gut einen Kopf größer als der Priester. Er war wie ein Schafhirte gekleidet, kurzer Rock, Fellweste, derbe Stiefel. Um die Stirn hatte er ein Tuch gewunden, das sein schulterlanges Haar aus dem Gesicht hielt. Seinem ungebändigten Blick, den er Habazzinja zuwarf, bevor er sich verneigte, folgte ein halb gezähmtes Lächeln.

„Mein Sohn Zamoran“, sagte Achior.

Habazzinja nickte dem ungestümen Mann zu, der ihn mit nachtschwarzen Augen rasch musterte.

Zamoran wußte, weshalb Habazzinja hier war, aber auch er tat, als säße der Priester alle Tage dort bei seinem Vater. „Die Amalekiter treiben schon wieder ihre Tiere auf unsere Flußseite.“

„Oreb und seine Söhne?“

Zamoran nickte und wies ein blutiges Messer vor. „Barak, der

Rote. Zwei starke Widder mußte er mir überlassen, dafür überließ ich den Hunden seinen Leichnam."

„Hast du Wachen aufgestellt?"

„Wozu? Der Gestank, den die Amalekiter verbreiten, reicht bis zu unseren Zelten."

„Geh und reinige dich von der Bluttat. Dann komm und iß."

Habazzinja sah dem Sohne Achiors nachdenklich hinterher. Rauh und ohne Mitleid schien er wie die sonnendurchglühten Felsen des Jamal-Gebirges, an dessen Hängen er die Schafe weidete und seinen Speer scharf hielt. Atargatis würde er gefallen, der kriegerische Fürstensohn mit dem falkenkühnen Blick und der Schönheit eines rassigen Hengstes.

Zamoran trieb die Unruhe bald wieder hinaus. Nach ein paar Bissen verabschiedete er sich höflich von Habazzinja. Achior strich sich den Bart und beobachtete seinen Gast. Habazzinja blinzelte verlegen. „Du hast einen prächtigen Sohn, Achior."

Auf dem Berge Ebal rauchten die Feuer. Um einen von hochaufragenden Felsen beschirmten Platz drängten sich Frauen, die Palmenzweige schwangen. Einige von ihnen waren schwanger, andere bereits alt. Immer mehr kamen den steinigen, beschwerlichen Weg herauf, sie holten Tonfiguren aus ihren Gewändern und stellten sie in der Mitte des Platzes neben das Feuer auf einen Stein. Zwischen zwei heiligen Pfählen, die Aschera und Anath darstellten, stand eine hinreißend schöne Frau. Sie hielt die Augen geschlossen, bis eine Dienerin im Hintergrund auf ein Becken schlug.

Atargatis schlug die Augen auf und lächelte, als sie die versammelten Frauen erblickte. „Wir sind hier zusammengekommen im Namen von Aschera und Anath, unter deren Schutz wir uns begeben und an die wir unsere Bitten richten."

Eine Dienerin reichte ihr eine Schale mit duftendem Öl, und Atargatis besprengte die Pfähle und die Tonfigürchen damit. „Ihr beschützt Milch und Samen, ihr verleiht die Kraft zu zeugen und zu gebären."

Sie reichte die Schale zurück und begann die Tonfigürchen zu zerbrechen und ins Feuer zu werfen. Sie waren hohl und mit Kräutern gefüllt. Würzig duftender Rauch trug die Bitten hinauf zum Himmel. Zuletzt holte Atargatis aus ihrem Gewand eine Tonfigur, zerbrach sie und warf sie ins Feuer. Eine Dienerin reichte ihr einen kleinen Behälter, aber Atargatis wies sie zurück. Sie wollte sich heute nicht berauschen. „Im Weib liegt alles, was in der Welt sich regt, und es gibt keinen Zustand, der dem des Weibes überlegen wäre“, begann sie mit klarer Stimme. Die Frauen hoben ihre Köpfe, lauschten verwundert.

„Die Welt lebt durch die Frau“, fuhr Atargatis fort, „aber zugrunde gerichtet wird sie durch den Mann! Den Mann, der glaubt, er sei das Salz der Erde.“

Ein Raunen ging durch die Zuhörerinnen. Sie starrten Atargatis gebannt an, die es wagte, Ungeheuerliches auszusprechen.

„Männliche Götter rissen die Herrschaft an sich, mißbrauchten die Göttin, machten sie zur Magd männlicher Wünsche. Die Lebenschenkende wurde zur Lustspenderin.“

Zustimmendes Seufzen.

„Was hat man euch noch gelassen außer Sinnlichkeit und Mutterschaft? Was einst Sinnbild der Fruchtbarkeit war, ist verkommen zur Orgie. Der Schoß der Frau, einst als Quelle allen Lebens verehrt, wird von den Leviten als Einfahrtstor zur Hölle verdammt. Sie bekämpfen die hergebrachte Dreieinigkeit von Jungfrau, Mutter und Göttin durch ihren Gewittergeist Jahwe, dessen Herz lacht, wenn seine Anhänger morden, bis sie in Blut ersticken, und dessen Grimm tobt, wenn hübsche, nackte Mädchen Hymnen der Fruchtbarkeit singen und sich dann in Lust mit einem Mann vereinen.“

Schwer atmend und schweißgebadet hielt Atargatis inne. Eine weißhaarige Frau erhob sich. „Was können wir tun?“ rief sie mit zittriger Stimme.

Atargatis schüttelte ihre schwarzen Locken und legte ihre Hände ausgebreitet auf die beiden Pfähle. „Die Leviten rühmen sich lautstark, der Menschenopfer entsagt zu haben, während sie unsere Blutopfer schmähen. Das tun sie, um unsere Götter zu schwächen. Doch was tun die Judäer, wenn sie auf ihren Kriegszügen die Bewohner einer feindlichen Stadt bis auf den letzten Säugling ausrotten und es gleichwohl als gottgefällige Tat preisen? Heuchler sind es allesamt, machtgierig und hoffärtig.“

„Ja, so ist es“, zischelte es um sie herum.

Atargatis trat jetzt vor das Feuer, streckte die Arme aus und strich mit katzenhaft kreisenden Bewegungen an den auf dem Boden hockenden Frauen vorüber, dabei berührten sich knisternd ihre Gewänder. „Frauen von Samaria, von Hebron, Jerusalem und Aschkalon! Welches Opfer sollten wir Aschera und Anath bringen?“

„Menschenblut, so wie es die Judäer für Jahwe vergießen!“

Plötzlich hielt Atargatis ein funkelndes Messer in der Hand. „Dann bringt mir das Opfer!“

Plötzlich waren alle still. Sand knirschte. Zwei verschleierte Frauen kamen hinter den Felsen hervor und brachten einen halbwüchsigen Knaben zum Feuer.

„Blut für Aschera und Anath!“ schrie Atargatis, während der Knabe zu Boden gestoßen wurde.

„Halte ein, Priesterin!“

Atargatis erstarrte. Eine Männerstimme hier an diesem geweihten Ort, den nur Frauen betreten durften?

Er trat in den Schein des Feuers, wild und heidnisch wie einer der Kedarim aus den Wüsten südlich von Edom. Mit nackter Brust und einer Hose aus Ochsenleder. Über seine Brust spannte sich ein breites Band, das den Köcher mit Pfeilen hielt. Um sein langes Haar zu bändigen, hatte er es in vier schwere Zöpfe geflochten, von denen ihm zwei vorn bis zum Gürtel hingen. Aus ihm ragte ein Dolch mit kostbarem Griff, und links an der Hüfte hing ein langes, gekrümmtes Schwert. Rötlicher Staub aus dem Abarim-Gebirge lag auf seinen Haaren und seiner Haut.

Atargatis stand zitternd mit erhobenem Dolch vor ihm. „Du wagst es, diesen heiligen Ort zu schänden? Wer bist du?“

„Ich bin Zamoran, der Fürst der Midianiter.“ Er ging auf den Knaben zu, die verschleierten Frauen wichen vor ihm zurück. „Meine zukünftige Frau soll mir Kinder gebären, keine Kinder schlachten.“

„Zurück!“ rief Atargatis eisig. „Rühr ihn nicht an!“

Zamoran lächelte und beugte sich hinab, um dem Knaben aufzuhelfen. Mit einem Wutschrei stürzte sich Atargatis auf ihn, Zamoran wich zur Seite, die Klinge ritzte seinen Oberarm. Während er den Knaben fortschob, wischte er sich über die Schramme und leckte sich das Blut von den Fingerspitzen. „Blut für die Götter, aber weshalb opferst du nicht das Blut eines Kriegers? Mein Blut, Atargatis?“ Zamoran lachte, in seinem verschwitzten, staubigen Gesicht blitzte es. „Wenn du dazu imstande bist.“

Atargatis Mund verzog sich und entblößte ihre Zähne. Wie eine Wölfin stand sie vor ihm. „Mein Arm ist schwach“, rief sie, „aber wenn mein Haß ein Schwert wäre und meine Verachtung ein Speer, wärst du jetzt tot!“

Zamoran packte ihr Handgelenk mit dem Dolch. „Du wirst doch nicht den Vater deiner unzähligen Kinderschar töten wollen?"

„Zamoran!" zischte sie und versuchte, ihre Hand aus seiner Faust zu lösen. „Ich hörte, ich sei dir versprochen. Doch erinnere ich mich nicht, dieser Verbindung zugestimmt zu haben. Wieviel weniger jetzt, nachdem du dich frech hier eingeschlichen hast."

„Du hast das Herz einer Tigerin, und es hat mich in den Fängen." Zamoran zog sie an sich. „Wehre dich nicht", flüsterte er. „Anath ist grausam und lebenspendend zugleich. Opfere ihr heute deine Jungfräulichkeit statt des Knaben, und sie wird die Frauen und ihre Bitten segnen."

Die Zeit der Schafschur kam, und die Zeit der Schafschur ging vorüber, auf den Sivan folgte Tammuz, der Fruchtbare. Habazzinja ließ die Hochzeit seiner Tochter Atargatis mit dem Sohne Achiors vorbereiten. Aber Anath hatte Atargatis Schoß bereits gesegnet, bevor die Hochzeitsformel gesprochen war.

„Es ist ein Sohn, Baal sei gepriesen!" rief Habazzinja, während er mit wehenden Gewändern durch die Gänge seines Hauses in Sichem lief. Er befahl seinen Dienern, Süßigkeiten und Kupferschekel zu verteilen. Vor seiner Haustür hatten sich Freunde und Nachbarn versammelt, die ihn zu dem Enkel beglückwünschten und die Hände aufhielten. Andere schleppten Schafe, Ziegen, Weinkrüge, Brot und Früchte herbei, um Baal durch einen ungeheuren Schmaus zu ehren. Dabei störte es kaum jemand, daß das Brautpaar nicht anwesend war. Atargatis und Zamoran hatten sich in die Berge zurückgezogen und liebten sich unter den Sternen.

Inzwischen überfiel König Joschija in Jerusalem ein heftiger Zorn, geschürt durch die Priester von Anatoth, voran ihr Hoherpriester Hilkija, und sie nannten es heiliger Zorn. Im Namen Jahwes wurden plötzlich überall im Land die Kulthöhen verwüstet, Pfähle umgehauen und Altäre zerstört, die Astarte und Milkom geweiht waren. Unrein sei das alles und dem Herrn ein Greuel. Ein Greuel jedoch waren den Leviten die Lebensfreude der Götzendiener, die sie Orgien nannten, und der Reichtum der Baals-Priester, der an ihnen selbst vorüberging.

König Joschija, ein Mann mit grämlichen Zügen, fahler Gesichtsfarbe und einem dünnen, schwarzen Bart, hatte bereits mit acht Jahren den Thron bestiegen. Nach den unbotmäßigen Königen Ahab und Manasse, die taten, was dem Herrn mißfiel, und vor allem nichts, was den Leviten gefiel, war der Knabe für die entmachteten Priester ein Geschenk des Himmels gewesen.

Sie ließen ihn in dem Glauben aufwachsen, er müsse dem Jahweabtrünnigen Juda ein zweiter Mose werden und dem Land die alten Gesetze wiedergeben. Diese besagten, daß alle, die sich mit dem unsichtbaren Eingott Jahwe nicht anfreunden konnten, ausgetilgt gehörten wie Schädlinge im Weinberg. Vornehmlich, wenn es sich um so etwas Sündhaftes handelte wie eine Frau, die es wagte, Priesterdienste zu verrichten, zu opfern und den Göttern Bitten vorzutragen. Eine Frau, die so schön war, daß selbst die verdorrten Lenden der Asketen schwellende Frucht trugen, und die einem Priester von Anatoth einfach über den Mund fuhr, wenn er gewisse weibliche Tugenden pries, die ausschließlich den Männern angenehm waren.

Natürlich haßte Hilkija die Tochter Habazzinjas, denn sie hatte ihn zurückgewiesen, als er sich ihr unter dem Vorwand väterlicher Zuneigung im Garten ihres Vaters genähert hatte. Er hatte Atargatis versprochen, auf dem Dache seines Hauses einen Altar der Anath zu errichten, wenn sie ihn dort besuche, doch sie hatte ihm geantwortet, daß Anath sich zu seinem ärmlichen Nomadengott nicht herablassen werde.

Nach den Zerstörungen und Entweihungen der Höhen und der Altäre ließ Joschija überall im Land die Baals-Priester umbringen, wo er sie fand. Weil aber die Bevölkerung ihnen anhing, befahl er seinen Häschern, bei Nacht in ihre Häuser und Tempel einzudringen und sie zu ermorden. Tags darauf wurde verkündet, daß der Zorn des Herrn sie getroffen habe. Auch in das Haus Habazzinjas waren die Mörder gekommen. Und sie töteten ihn wenige Tage, nachdem er die Geburt seines Enkels gefeiert hatte.

„Bringt mir die Tochter Habazzinjas und schleppt sie als Sklavin in mein Haus!" hatte Hilkija gebrüllt, und seine würdigen Bartspitzen hatten dabei gezittert. Doch Atargatis weilte um diese Zeit bei ihrem Geliebten und wußte nicht, was in Juda geschah.

Als Zamorans Männer ihm die Nachricht brachten, daß König Joschija aus Juda ein Schlachthaus gemacht hatte, um die machthungrigen Leviten zu befriedigen und ihrem Gewittergeist zu huldigen, stampfte er wie ein Stier und brüllte wie ein Löwe. Er rief über dreihundert Männer zusammen. Atargatis aber gab Zamoran einen Bogen und sagte: „Dies ist Anaths Bogen. Er verleiht unsterblichen Ruhm. Nimm ihn und räche meinen Vater!"

3

Ich habe deinen Vater nie wiedergesehen." Atargatis Gesicht war bleich wie der Mond. „Damals beseelten mich Schmerz und Haß in so großem Maße, daß ich aberwitzige Pläne faßte. Ich wollte ganz Jerusalem anzünden, Juda zu einer Wüste machen. Ich flehte Anath und Baal an, Hagel und Blitz, Hungersnöte und Seuchen zu schikken. Doch dann kamen Freunde meines Vaters, die dem Gemetzel entkommen waren. Auch Frauen waren zu mir hinaus in die Wüste gekommen, und sie rieten mir, die Rache einem anderen zu überlassen. Du hast einen Sohn, sagten sie.

Einen Säugling! Ich wollte nicht warten, aber am Ende ließ ich mich überzeugen. Um den Häschern Joschijas zu entgehen, floh ich mit dir und einigen Getreuen nach Osten. Der Sin-Priester Jerubbaal gewährte mir in Tissaran Unterschlupf. In diesem alten Tempel, der wie durch ein Wunder unzerstört geblieben war, begann ich wieder Anath zu dienen und ließ mir ein Bild von deinem Vater machen."

„Und Semron?" unterbrach Midian endlich ihren Redefluß. „Wie kam ich zu ihm?"

„Semron?" wiederholte Atargatis leise. „Das Scheusal, das mir meine Racheträume geraubt hat." Sie lächelte verzerrt. „Heute weiß ich, daß es der Wille Anaths war. Du mußt wissen, daß Jerubbaal – nun, man fürchtete ihn. Niemand wagte sich nach Tissaran, aber die Schwarzen Wölfe schreckten weder Dämonen noch Zauberspuk. Sie vermuteten Schätze hier. Bei Anaths Brüsten! Den einzigen Schatz, der sich hier verbarg, nahm mir Semron – es war seine Rache, weil ich dem Lüstling ein Auge ausgeschlagen habe."

Midian war nachdenklich geworden. Wer oder was spann hier unsichtbare Fäden, in dessen Netz er sich womöglich verstrickte? Amynander fiel ihm ein, der Mann, der die Schwarzen Wölfe vernichten sollte – ein Gegner, gewiß! Aber kein furchterregender Gegner, nur einer, der hundert Männern befahl. Im Traum war der

Grieche ihm überlegen gewesen, aber wenn eine wirkliche Gefahr von ihm ausging, dann war sie noch nicht zu greifen.

Und Joram? War es Zufall, daß sich ein Hebräer bei den Schwarzen Wölfen befand? Der Gedanke an Joram ernüchterte Midian. „Du redest viel von deiner Rache", sagte er, „aber noch weiß ich nicht, ob ich sie zu meiner Sache machen soll. Ein Sohn sollte die Schmach seiner Eltern rächen, so mag das jenseits des Zagros sein, wo ich aufgewachsen bin. Bei den Schwarzen Wölfen jedoch gelten die Gefährten alles, der Rest der Welt nichts. Wie stehst du zu Joram, der mein Freund ist?"

Atargatis lachte bitter. „Weißt du nicht, daß Joram Hilkijas Sohn ist?"

Midian zuckte zusammen. Hatte er das gewußt? Vielleicht hatte Joram den Namen seines Vaters irgendwann einmal erwähnt – es war unwichtig auf Dur-el-Scharan, wo niemand eine Vergangenheit hatte. Und jetzt erwies es sich abermals, daß alles miteinander verwoben war. Midian spürte Groll in sich aufsteigen, daß sein Leben nur Teil eines geheimnisvollen Plans sein sollte. „Daß Joram aus einer Priesterfamilie stammt, weiß ich", erwiderte Midian zögernd. „Aber Joram hat keinen Anteil mehr daran, er ist ein Schwarzer Wolf. Und ich warne dich, solltest du deine Rachegelüste auf ihn ausdehnen wollen."

„Reden wir von deiner Zukunft, Midian", wich Atargatis aus. „Das Schicksal hat Großes mit dir vor, doch du kannst es auch mit Füßen treten. Und wenn der Mensch in seiner Verblendung in das eigene Verderben rennt, halten selbst Götter es nicht auf."

„Und mein Verderben ist Joram, willst du das damit sagen?" fragte Midian drohend.

„Die Schwäche des Herzens wäre dein Verderben. Auf dem Wege zur Macht sind Liebe und Freundschaft nur hinderlich, und hast du sie erst errungen, sind es deine Freunde, die sich gefährlicher als Skorpione erweisen."

„Das weiß ich." Midian wischte die Belehrungen seiner Mutter wie eine lästige Fliege fort. „Aber bevor ich meinen Freunden ein Messer in den Rücken stoße, um das Werkzeug eines Weibes zu werden, möchte ich Genaueres darüber wissen, wie ich mir Nabupolassars seidene Kissen unter den Hintern stopfen kann."

„Hast du je gehört von König David, dem Sohne Isais, der die Stämme Israels zu einem Reich vereinte?" fragte Atargatis unvermittelt.

Midian zuckte die Schultern.

„Dann höre, was für ein Mann er war: Eroberungen, Plünderungen, Mord und Vernichtung brachten ihn an die Macht. Bevor er König von Israel wurde, lebte er wie du von Raub und Mord und diente dem Feind seines Volkes, einem Philisterfürsten, als Söldner. Moral schätzte er nur, wenn sie ihm diente, seinen Feinden gegenüber war er erbarmungslos, und er bediente sich rücksichtslos der Priester, um seinen Taten den Glanz von Gottwohlgefallen zu verleihen."

„Höre", brummte Midian ungeduldig, ,,ich möchte nichts über fremde Könige hören, ich möchte erfahren, wann ich selbst zur Macht gelange."

„Durch ihn, durch David."

„Was ist mit ihm? Ist er dein Feind? Soll er sterben?"

„Er ist seit über vierhundert Jahren tot. Und du, Midian, wirst ihn wieder zum Leben erwecken."

Midian lächelte dünn. ,,Natürlich. Sprich weiter!"

„Du wirst nach Juda gehen als der wiedergeborene David, der das Land aus der Knechtschaft Assyriens, Ägyptens und Babylons und anderer mächtiger Feinde befreien wird."

„Als wiedergeborener David?" Midian nickte ungerührt. ,,Warum nicht? Das ist glaubwürdig."

„Spotte nicht! Du mußt das Vertrauen des Hofes und der Priester erringen, dann werden sie dir in den Abgrund folgen wie eine Herde Schafe. Die Leviten sind kluge Köpfe und nicht zu unterschätzen, denn sie nutzen die Sehnsüchte der Menschen. Spiele du mit den Sehnsüchten der Priester, nähere dich ihnen als der Abgesandte Jahwes, des Unsichtbaren, des Weltenschöpfers, dessen Namen man nicht aussprechen darf. Wußtest du, daß ihr großer Führer Moses eine Midianiterin zur Frau hatte?"

„Ist das wichtig?"

„Die Leviten betrachten ihn als ihren Ahnherrn. Moses erkannte scharfsinnig, daß es nicht gut war, Jahwe mit anderen Göttern zu teilen. Wenn alle Stämme denselben Gott anbeteten, förderte das den Zusammenhalt des Volkes und kam seinen Dienern zugute, die von den Gaben lebten, die man ihnen brachte. Zu Davids Zeit erhoben die Leviten den Feuergeist Jahwe in einer Anmaßung ohnegleichen zum Schöpfergott der Welt schlechthin und ebneten David den Aufstieg vom Hirten zum König."

„Na gut“, brummte Midian ungeduldig, „aber ich sehe noch nicht, wie du mir das Schwert der Vergeltung in die Hand drücken willst. Muß ich mir dazu wirklich die Lebensgeschichte des hebräischen Volkes anhören?“

„Glaubst du, etwas Bildung könne dir schaden? Bald wirst du, ein Gesetzloser, mit den Mächtigen dieser Welt spielen, und wer mit ihnen spielt, ist Gott.“

Midian lachte höhnisch. „Das sind nur Worte, die dir dein Haß eingibt und diese Anath, die dir angeblich ihren Willen offenbart.“

„Wenn du an nichts glaubst, weshalb bist du dann hier?“

„Nun – wir hatten eine persische Geisel auf Dur-el-Scharan, die hat mir von der Statue erzählt.“

„Und das ist nichts als Zufall, denkst du? Träumtest du nicht von Tissaran?“

„Wie kannst du das wissen?“ stieß Midian hervor

„Weil ich meine Empfindungen aussende auf den Schwingungen der Luft und sie zu mir zurückkehren als schemenhafte Bilder. Einiges sehe ich dann klar, einiges undeutlich. Meine Macht als Priesterin schwindet, Midian, denn einst konnte ich weit vorausschauen in das, was die Menschen Zukunft nennen.“

Midian starrte seine Mutter an. „Wenn du es schon weißt, es war kein glückverheißender Traum, denn ich sah einen Mann mit einem Flammenschwert, der mir den Eingang zu deinem Tempel verwehrte. Sein Feuer verzehrte mein Schwert. Was sagst du jetzt?“

Atargatis kühler Blick wurde unsicher. Midian spürte ihr Zögern und zog die Stirn kraus. „Was habe ich von ihm zu erwarten? Strenge deine Schwingungen an! Kann er mir gefährlich werden?“

„Er ist – eine mächtige Kraft, die meine Pläne durchkreuzen könnte. Wenn du ihm begegnest, mußt du ihm unbedingt ausweichen, hörst du?“

„Ich bin ihm schon begegnet. Er ist Grieche und dient Nabupolassar als Rabkissir.“

Atargatis hob abwehrend die Hände. „Wie ist eure Begegnung verlaufen? Was hast du für ihn empfunden?“

Midian zuckte die Schultern. „Nichts. Ich ging aus Neugier zu ihm, um zu erfahren, was er über die Schwarzen Wölfe weiß.“ Midian lachte, als er sich daran erinnerte. „Ich habe ihn mächtig übertölpelt, den Abgesandten Nabupolassars. Und ein Flammenschwert hatte er auch nicht dabei.“

„War er schön wie der Seraph?“ flüsterte Atargatis.

„Er war – ja, er war ein schöner Mann, aber er hieß nicht Seraph, er hieß Amynander.“

„Das Flammenschwert, Midian, das ist kein gewöhnliches Schwert, es ist das Symbol für das verzehrende Feuer der Liebe. Er wird dich begehren, wie der sonnendurchglühte Tag sich verzehrt nach der Kühle der Nacht. Und wenn du seine Liebe erwiderst, hast du den Kampf verloren.“

Midians Mund verzog sich. „Also Belials singender Knochenspeer gegen seinen feurigen Strahl! Den Kampf nehme ich auf!“

4

Amynander! Amynander! Joram starrte in die Nacht. Die Geräusche des Sumpfes flüsterten seinen Namen, er hörte ihn im Nachtwind, der die Weiden und Birken bewegte. Selbst Midians gleichmäßige Atemzüge schienen ihn zu wiederholen. Joram war zutiefst bewegt von dem, was Midian ihm auf dem Rückweg offenbart hatte. Und dann hatte Midian den Namen des Mannes genannt, den er in Arbela getroffen hatte. Schon damals, als er erwähnt hatte, daß es sich um einen Griechen handle, war Joram zusammengezuckt. Nun gab es keinen Zweifel mehr.

Joram spürte noch Midians Lippen auf seinem Hals, bevor dieser sich in seine Decke gewickelt und heiser gelacht hatte. „Liebe! Kannst du dir wirklich vorstellen, Joram, daß Belials Diener lieben kann?“

Joram fröstelte in der warmen Nacht. Nein. Midian war Liebe fremd, denn er konnte nichts von sich hergeben. Er kannte nur herrisches Verlangen und rücksichtslose Unterwerfung unter seinen Willen. Die Begierde seines Fleisches verwechselte er mit Zuneigung. Aber er – Joram – hatte geliebt, damals, als er mit achtzehn Jahren seinen Vater auf einer Reise in die Philisterstadt Aschkalon begleiten durfte.

Sie hatten sich einer Karawane vom Stamme Gad angeschlossen. Hilkija besuchte Jagur, den Fürsten von Aschkalon, der menschengemachte Götzen aus Holz und Silber verehrte, dessen Gold jedoch die Priester aus Anatoth heimlich unterstützte.

Der Philisterfürst empfing sie freundlich und lud sie zu einem Festmahl. Den jungen Joram, der zum erstenmal seine Geburtsstadt Hebron verlassen hatte, hielt es nicht in den Innenhöfen des Palastes. Auf dem Weg durch die Hafenstadt hatte er Dinge gesehen, vor denen ihn sein Vater stets gewarnt hatte: geschminkte Frauen und – Jahwe strafe mit Blindheit – geschminkte Männer. Aus dunklen Gassen drang Gelächter, Betrunkene wankten aus Tavernen, er sah Menschen unterschiedlichster Hautfarbe mit den absonderlichsten Haartrachten und Gewändern. Aschkalon war ein Abenteuer und wartete auf ihn.

Mit heißen Wangen geduldete sich Joram, bis er die Erlaubnis erhielt, sich zurückzuziehen. Ehrerbietig küßte er seinem Vater die Hand und den Saum seines Gewandes, bevor er sich in seine Kammer begab. Er steckte den Gürtel mit dem Silber ein und legte sich einen Mantel um, der den Davidsstern an seinem Gürtel verbarg, sowie ein goldbesticktes Band um die Stirn, wie er es bei einigen Männern auf den Straßen gesehen hatte. Er schämte sich ein bißchen, als er sich danach wie eine Frau in einem Bronzespiegel betrachtete, doch die Hitze, die durch seinen Körper pulsierte, seit er die Stadt betreten hatte, löste seine Bedenken auf.

Das ist der schädliche Einfluß der fremden Götzen, dachte er halb bestürzt, halb vergnügt, als er etwas später durch die schon dunklen Gassen der Stadt streifte. War das dieselbe Luft, die er in Hebron atmete? Hier prickelte sie wie junger Wein. War das derselbe Mond, der sonst bleich über der Wüste hing? Hier verzauberte er die Gewänder in silberne Gespinste, spiegelte sich in dunklen, verlangenden Blicken. Joram schob sich durch ein Gewühl von Tieren und Karren und genoß es, dabei überall berührt zu werden. Er blieb stehen bei Männern, die Dampf aus ihren Nasenlöchern bliesen und einem Mann lauschten, der in fremder Zunge sprach, wobei er Schlangen aus einem Korb kriechen ließ.

Joram ging zum Hafen hinunter, wo schlanke Ruderschiffe neben breiten Lastkähnen lagen, die Wunderdinge aus fremden Welten geladen hatten. Er roch das Meer, es roch nach Weite, und es roch anders als die Wüste. Sein Herz hämmerte bis an die Kehle vor Aufregung.

„So allein?" wurde er hundertmal gefragt. „Komm mit mir, du

hübscher Junge", flöteten die Mädchen, „trink deinen Wein bei mir!" riefen die Schankwirte und versuchten, ihn in ihre Verschläge zu ziehen.

Er kam an einem rostrotgestrichenen Haus vorüber. Über der Tür sah er zwei ineinander verflochtene Schlangen. „Ist das eine Schenke?" fragte er einen jungen Mann, der hinein wollte. Der lachte. „Ja."

Joram hielt ihn fest. „Freund, ich bin fremd hier. Sag, gibt es hier guten Wein zu trinken oder Dirnen, die einem für Silber Essig einschenken?"

„Guten Wein, Fremder, und keine Dirnen. Nein, überhaupt keine Dirnen." Wieder lachte der andere. Joram atmete auf. Es handelte sich also um keinen sündhaften Ort. Die Gaststube war sauber. Sofort kam ein gutgekleideter Diener auf ihn zu und fragte ihn nach seinen Wünschen. Joram ließ etwas Silber in seiner Hand. „Ich möchte einen ruhigen Platz und einen guten Wein."

Der Diener führte ihn in eine Nische. Joram sah sich um. Der Fremde hatte die Wahrheit gesagt, hier gab es keine Frauen. Zufrieden lehnte Joram sich zurück, und als er bald darauf zwei Landsleute erblickte, fühlte er sich erleichtert, denn nun war er sicher, einen angemessenen Ort aufgesucht zu haben. Man warf auch ihm verstohlene Blicke zu, aber niemand belästigte ihn, und nachdem er zwei Schalen Wein geleert hatte, fühlte er sich nicht mehr so fremd.

Da fiel Jorams Blick auf einen Mann, der gerade hereingekommen war. Über einer goldgesäumten Tunika trug er einen Mantel aus blauer Wolle. Seine Haut glänzte wie Kupfer, sein langes Haar schimmerte wie dunkles Gold, und seine Augen glitzerten wie Kieselstein. Er wechselte ein paar Worte mit dem Hüter der Tür und drückte ihm etwas in die Hand. Dieser nickte, kam in Jorams Nische und fragte, ob jemand bei ihm Platz nehmen dürfe.

Joram bejahte wortlos. Es beunruhigte ihn, daß ihm das Blut zu Kopf stieg, als der Fremde vor ihm stand und ihn anlächelte. „Ist es erlaubt?" Er sprach Aramäisch mit einem fremden Akzent.

Joram nickte und rutschte zur Seite.

Der Fremde lächelte hinreißend. „Ich bin Amynander aus Milet, der Sohn Zalmunnas, und auf dem Wege nach Tadmor. Nun, ich fürchte, die unangenehmste Strecke liegt noch vor mir. Und wer bist du?"

„Ich bin Joram aus Hebron." Er konnte sich nicht erklären, weshalb seine Lippen trocken und seine Hände feucht wurden.

„Gott ist erhaben. Ein hübscher Name. Ist der Wein gut hier?"
„Koste ihn."
Amynander trank und wischte sich die Lippen. „Unverwässert, aber kein Chier. Den solltest du mal trinken – Joram."
Hat er meinen Namen besonders betont? Wie sieht er mich dabei an? Weshalb ist mir gleichzeitig kalt und heiß? „Chier?" fragte er unsicher.
„Wein aus Chios. Und wo wird das Zeug hier angebaut?"
„Ich weiß es nicht."
„Mir wurde diese Schenke empfohlen – vom Kapitän der Thetys. Und wenn ich mich so umsehe", meinte er, wieder hinreißend lächelnd, „muß ich sagen, es gefällt mir. Doch wie lauten die Regeln hier? Weißt du, wie hier die Regeln sind, Joram?"
„Welche Regeln? Ich bin selbst fremd hier."
„Dann machen wir uns unsere eigenen Regeln, beim Zeus! Das liegt mir auch mehr. Und wo ist Hebron?"
„In Juda."
„Juda? Mein Vater sagte, daß wir durch Juda reisen werden. Eine heiße und staubige Gegend soll das sein. Hebron? Sind dort alle Jünglinge so hübsch wie du?"
Joram errötete und hoffte, daß der Fremde es in dem gedämpften Licht nicht sah. „Nicht mehr als in Milet, nehme ich an", erwiderte er mutig. Aber er wagte es nicht, Amynander anzusehen, denn er ahnte etwas Entsetzliches, daß er in eine Falle geraten war, weitaus schlimmer, als zwischen einen Haufen lüsterner Huren geraten zu sein. Von ihren Berührungen konnte man sich reinigen, fasten, Sühneopfer bringen, doch von einer Todsünde gab es keine Rettung.
„Milet ist ein göttlicher Flecken und voll von göttlichen Knaben." Amynander seufzte. „Leider habe ich mich von meinem Vater überreden lassen, nach Tadmor zu gehen. Hitze, Fliegen, Schmutz und Waffendrill. Weshalb habe ich das bloß getan?" Er strich Joram die schwarzen Locken aus dem Gesicht. „Kannst du mir das sagen?"
Joram zuckte zurück wie von einer Viper gebissen. „Laß das!"
„Was? So hübsch und so spröde?" Amynander legte ihm den Arm um die Hüften. „Wie deine Wangen glühen! Beim Bogen des Eros! Ist das der Wein oder die Leidenschaft? Ich hatte noch nie einen Hebräer im Bett und du noch nie einen Griechen, stimmt es?"
„Laß mich los", stammelte Joram. „Ich habe noch nie – ich würde niemals – ich liege nicht bei Männern, das ist eine Todsünde, dafür wird man in Juda gesteinigt."

„Mach mich nicht lachen! Ich zähle hier wenigstens zehn heiße Krieger aus deinem Land, die sich dieser Todsünde noch heute nacht hingeben wollen."

„Es sind Verworfene."

„Ich verstehe. Und weshalb bist du in diesem Haus?"

„Ich wußte nicht, daß es ein Haus Sodoms ist." Joram wollte sich aus der Umklammerung befreien, aber Amynander teilte mit seinen Lippen Jorams Locken, und seine Zungenspitze kitzelte ihm das Ohr. „Geh nicht! Wer auch immer über diese Todsünde zu Gericht sitzt, er ist nicht hier. Beim heiligen Gemächt des Priapos! Wie deine Schönheit meine Wollust schürt! Grausam wäre es, mich jetzt allein zu lassen."

Als Amynander ihn küßte, zitterte Joram wie von Fieberschauern geschüttelt. Wie betäubt duldete er die Zärtlichkeiten des Fremden. Joram spürte den süßen Schmerz in den Lenden, verboten und sündhaft, als begehre er seines Nächsten Weib. Nein, schlimmer noch! Die Sünde Sodoms hielt ihn gefangen, das der Herr mit Feuer und Schwefel ausgetilgt hatte um dieser Missetat willen.

Und es fanden sich nicht zehn Gerechte in der Stadt! Joram schloß die Augen. Zehn Gerechte? Oder zehn Narren, die nicht wußten, was Glück bedeutet? Wahrlich, besser war es, im Zorn des Herrn zu verglühen, als diesen Wonnen zu entsagen.

Amynander winkte einem Diener und drückte ihm etwas Silber in die Hand. „Gib uns ein Zimmer für die Nacht."

Die nächsten Tage vergingen für Joram wie im Rausch. Er vergaß seinen Vater, seine Herkunft und seine Erziehung. Und als Amynander wirklich abreisen mußte, ertränkte er seinen Schmerz im Wein, bis er vergaß, wo er sich befand. Von Fürst Jagur ausgesandte Diener fanden ihn schließlich an einem Ort, wo sie nicht gewagt hatten, den Sohn des hohen Gastes zu vermuten. Sie zerrten den jungen Mann mit den beschmutzten Gewändern aus dem Hause Sodoms und setzten ihn in eine verhangene Sänfte.

Joram war so betrunken, daß er erst am nächsten Tag in seinem Zimmer wieder zu sich kam. Als Joram seine schmerzenden Augen wieder öffnete, sah er seinen Vater im Zimmer stehen, unbeweglich, die Arme über der Brust unter dem weißen Bart verschränkt. Joram schloß rasch die Augen, da grollte es wie Donner: „Sieh mich an!"

Joram ächzte und blinzelte, sein Schädel dröhnte. Sein Vater zeigte ihm einen Stein. „Damit sollte man dich umbringen! Mit Feuer und Schwefel sollte man dich verbrennen, wie es der Herr mit Sodom und Gomorrha getan hat!"

Joram versuchte, die Strafpredigt zu ertragen wie ein vorübergehendes Unwetter. Zuerst fürchtete er, sein Vater werde den Stein auf ihn werfen, dann fürchtete er, er werde ihn fesseln lassen und wie einen Verbrecher auf den Platz stellen, aber man befand sich nicht in Hebron. Schließlich wollte Joram nur noch, daß die Litanei aufhörte.

„Das ist unerträglich!" schrie er und sprang aus dem Bett. Er taumelte und griff sich an den Kopf. „Ich lasse es nicht zu, daß du schmutzig und verworfen nennst, was glücklich macht."

„Joram!" Hilkija warf nach ihm, zielte aber absichtlich daneben. „Du bist immer noch betrunken. Komm zu dir und bereue, dann werde ich dir eines Tages verzeihen. Ob Gott es tun wird, das weiß ich nicht. Ich werde deine Todsünde verschweigen, aber es ist klar, daß du eine Buße –"

„Ich bin nicht betrunken, Vater!" rief Joram schneidend. „Ich habe bei einem Mann gelegen, und kein Blitz hat mich erschlagen. Ich liebe ihn! Ich habe nicht gewußt –"

„Joram!" Hilkija hob beide Arme, doch Joram achtete nicht darauf. „Ich habe nicht gewußt, daß du mich gelehrt hast, in der Lüge zu leben, Vater. Der Lüge, daß Liebe Gotteslästerung sei."

„Joram! Schweig!"

„Er ist Grieche, Vater", fuhr Joram heftig fort, „und er hat mir Dinge gesagt, die frei machen, wirklich frei. Denn wir sind Sklaven, armselige Sklaven unseres Gesetzes, das ein unbarmherziger Gott geschaffen hat."

Hilkija ächzte laut und griff sich an die Brust. Joram schüttelte sich verächtlich. Plötzlich erschien ihm die Verzweiflung seines Vaters wie ein schlechtes Spiel, wie eine grandiose Täuschung. Er stürzte an ihm vorüber aus dem Zimmer, der Fluch seines Vaters gellte ihm hinterher.

Joram hatte Amynander nicht wiedergesehen. Auf der Suche nach ihm war er weit nach Osten gelangt und – als die Karawane, mit der sein Brotherr reiste, überfallen wurde – zu den Schwarzen Wölfen gestoßen. Die Jahre in der Fremde hatten ihn hart gemacht. Mittlerweile wußte er zu kämpfen und zu töten, und er hatte gelernt, die Götter zu verachten.

Nie wieder hatte er sich einem Mann zugewandt, bis er Midian erblickt hatte, der wie ein Sturmwind war und Jorams letzte Bedenken hinwegfegte. Seine Sinnlichkeit, die heiß und doch verhalten war, hatte Joram verrückt gemacht. Nun lag Midian an seiner Seite, schenkte Joram seine Küsse, Zärtlichkeiten und ein bißchen mehr. Joram war zufrieden. War es Liebe, das sie verband? Darüber dachte ein Schwarzer Wolf nicht nach. Aber daß sie beide Amynander begegnen könnten, erfüllte Joram mit Furcht.

4

Der Wirt des Wilden Ebers am Marktplatz von Susa hatte Gäste. Männer, denen man ansah, daß sie hier fremd waren. In zottigen Zöpfen steckten Tierzähne, Federn und Knochen, breite Gurtbänder und protzige Gürtelschnallen spannten sich um Hüften und Brustkörbe. Jedem hing ein Bogen über der Schulter und ein wohlgefüllter Köcher; am Gürtel steckten lange, kostbare Dolche. Wie ein Bienenschwarm waren sie bei ihm eingefallen und hatten die anwesenden Gäste in die Flucht getrieben.

Geräuschvoll nahmen die Schwarzen Wölfe Platz. Semron sah zu Midian hinüber. „Erzähle mir mal, Sohn, was ihr beide angestellt habt! Beute scheint ihr nicht gemacht zu haben."

Midian und Joram berichteten von ihren Erlebnissen, und am Ende rief Midian: „Semron, du hast mich zum Wolf gemacht und lehrtest mich, Belial zu dienen statt Weibern. Es war der beste Einfall, den du je hattest." Er hob den Becher. „Laßt uns jetzt auf meine Mutter trinken, die ich in Tissaran wiedergefunden habe."

Als Midian den Männern mitteilte, daß er und Joram vorübergehend Geschäfte in Juda haben würden, brach ein Sturm der Entrüstung aus. Nur Semron war die Aussicht, die Schwarzen Wölfe wieder eine Zeitlang zu führen, nicht unangenehm. Schwankend erhob er sich und rief: „Ich weiß wohl, daß deine Mutter dahintersteckt. Atargatis, die Göttliche. Wer weiß, vielleicht kann sie dich zum Herrn der Welt machen."

Fast unbemerkt war ein neuer Gast eingetreten. Zögernd blieb er an der Tür stehen. Joram sah ihn zuerst. Er stieß Midian an. „Sieh mal, ist das nicht Gislan, unser Taschendieb?"

„Beim Gehörnten! Du hast recht." Midian lehnte sich zurück. „Was will der denn hier?"

„Was für ein hübscher Knabe!" flötete Zorach. „Komm doch näher!"

„Das ist Gislan, er hat uns durch die Sümpfe geführt."

Gislan grinste verlegen und schaute begehrlich auf die vollen Schüsseln.

„Komm, setz dich und iß etwas."

„Habt ihr noch mehr Waisenkinder aufgesammelt?" brummte Semron. Midian verschränkte die Arme und machte ein unbeteiligtes Gesicht.

Mühelos verschlang Gislan eine Schüssel mit Fleisch und Gemüse. Dann wischte er sich über die Lippen. „Ihr lebt gut. Kann ich bei euch bleiben? Ihr seid stark, unerschrocken, gut genährt, und man fürchtet euch."

Joram sah zu Midian hinüber, der sich lebhaft mit Elrek unterhielt. „Könntest du dir mit der Waffe oder der Faust gegen die anderen Geltung verschaffen?"

Gislan nestelte abwesend an den Bändern, die seine Weste über der Brust schnürten. „*Du* könntest mich beschützen."

Joram betrachtete die schmalen Finger mit den schmutzigen Nägeln. „Das kann ich nicht."

Gislan schniefte, zog ein Band aus seinem Gürtel und band sich das Haar zusammen. Dabei streiften seine grünen Augen Midian. „Aber er. Sag es ihm, Joram. Er ist der Anführer. Auf ihn müssen die Männer hören, nicht wahr?"

Joram lächelte und füllte ihm den Becher. „Er will ein Schwarzer Wolf werden, Midian."

Midian streifte Gislan mit einem geringschätzigen Blick. „Iß und trink, Junge, und dann verschwinde in die Nacht. Für Kurzweil sorgen wir allein."

Zorach spitzte die Ohren. Er beugte sich so weit zu ihm hinüber, daß Gislan seinen übelriechenden Atem spürte. „Du willst einer von uns werden? Du meinst, du willst mit uns kämpfen und töten und –" er zögerte und lachte schmutzig, „und Weiber schänden?"

„Ich bin ein Gesetzloser wie ihr, oder nicht?"

„Das wäre mal etwas Neues, so ein hübscher Junge, der die Bauern aufschlitzt, dann für uns tanzt und danach mit uns –" Zorach machte eine entsprechende Handbewegung.

Joram schob Zorachs Hand angeekelt beiseite, als entferne er Unrat. „Wer würde dich schützen vor solchen dicken Aasfliegen, Gislan?"

Der Junge senkte kurz den Blick, dann hob er den Kopf und rief mit heller Stimme: „Wenn ich Midians Geliebter wäre, würde niemand es wagen, mich anzurühren!" Er heftete seine Katzenaugen herausfordernd auf ihn. „Das stimmt doch? Niemand würde es wagen, mich dann zu belästigen?"

Es war ganz still geworden. Midian legte beide Arme auf die Banklehne und streckte die Beine aus. „Du würdest mich nehmen, wie?"

„Warum nicht?" Gislan schniefte noch einmal und sah in die grinsenden Gesichter ringsum. „Du bist doch ganz ansehnlich."

„So? Freut mich, das aus Kennermund zu hören." Er spreizte die Schenkel und machte eine obszöne Bewegung. „Komm, dein Geliebter möchte dir etwas schenken, das schmeckt besser als Wein, wie du weißt."

„Ich habe schon Besseres gekostet", erwiderte Gislan schnippisch.

„Ist das wahr?" Midian erhob sich wie ein satter Löwe und hob den hüfthohen Krug vom Boden, aus dem der Wein geschöpft wurde. Er setzte ihn an die Lippen und trank, bis der Wein ihm über Kinn und Brust lief. Dann schleuderte er den tönernen Krug in die Gaststube. Midian starrte auf die Scherben, schwankte leicht und ließ sich auf die Bank fallen. Er grinste schief. „So ein verhungerter Streuner will Midians Geliebter sein! Belial schenke mir ein Besäufnis bis zur Bewußtlosigkeit."

Gislan umklammerte seinen Becher. „Im Sumpf wolltest du mich auch!"

Midians Augen wurden rasch glasig. Er lachte meckernd. „Frage Joram, was ich da mit dir gemacht hätte."

Gislan öffnete seinen Mund, aber Joram legte ihm die Hand auf die Lippen. Er schüttelte ernsthaft den Kopf. „Reize ihn jetzt nicht. Er bringt dich um."

„Ja", erwiderte Midian mit schwerer Zunge, während er unter schläfrigen Augenlidern Gislan bereits mit den Blicken zerfleischte. „Das würde mir Spaß machen."

Da stand Elrek auf. „Wer zu uns gehören will, muß bereit sein, Taten zu vollbringen, die gewöhnliche Menschen erbleichen lassen." Er wandte sich an Gislan: „Wenn du bei uns leben willst, mußt du lernen, grausam zu sein. Du darfst weder Kinder noch Greise schonen. Mit Lust zu töten ist eines unserer Gesetze!"

„Dazu bin ich bereit", sagte Gislan, ohne zu zögern, vielleicht etwas zu schnell.

„Ein Versprechen wiegt leicht." Midians Stimme war leise. „Wir lieben Taten. Jeder Neue muß eine Mutprobe ablegen, das wird bei euch Sumpfschlangen nicht anders gewesen sein."

„Feige bin ich nicht!" Gislan stemmte seine Fäuste in die Hüften, um seinen Worten mehr Ausdruck zu verleihen.

„Mut hast du dir heute abend angetrunken, aber bist du auch kaltblütig?"

„Nun, ich denke –" Gislan sah Joram fragend an. Der nickte ihm zu. „Ich denke, ja."

Midians Zunge spielte mit seinen Zähnen, und seine Augen wurden kalt und schwarz wie eine Winternacht. „Du wirst in das Färberviertel gehen. Ihre Hütten liegen außerhalb der Stadtmauern – wegen des Gestanks, du kennst dich dort aus?"

Gislan nickte.

„Sie sind unbewacht, es ist ein Kinderspiel. Du zündest eine ihrer Hütten an, und während alle wegen des Feuers zusammenlaufen, dringst du unbehelligt woanders ein und schneidest den schlafenden Bälgern den Kopf ab. Die Köpfe bringst du uns noch in dieser Nacht, sonst wird es dein Kopf sein, der im Sack liegt."

Gislan starrte Midian mit offenem Mund an. Von irgendwo kam heiseres Gelächter.

Da sprang Midian auf, er packte Gislan an beiden Armen, schüttelte ihn und blies ihm seinen weingetränkten Atem ins Gesicht. „Sieh mich nicht an wie ein gelähmtes Kaninchen! Tu, was ich dir sage, oder ich zerreiße dich!"

„Laß ihn los!" Joram drückte Gislan rasch auf die Bank. „Gislan wird die Mutprobe bestehen, aber nicht mit deinem bösartigen Vorschlag, Midian. Das ist von keinem der Wölfe je verlangt worden. Allerdings muß er töten können. Er wird uns einen Kopf bringen. Überlassen wir es ihm, welchen."

Midian sagte nichts, auch die anderen schwiegen.

Joram stieß Gislan an. „Geh jetzt, gehe gleich, bevor sie es sich anders überlegen." Und flüsternd setzte er hinzu: „Wenn es dir mißlingt, fliehe, so weit dich deine Füße tragen."

Gislan sah sich noch einmal um, dann huschte er hinaus in die Nacht.

Als der Morgen dämmerte und sie alle schliefen, schlich sich Gislan wieder in die Schankstube. Er trug etwas in einem blutigen Tuch bei sich. „Ich habe es getan", flüsterte er. Auf der Bank lag Midian auf dem Rücken ausgestreckt, der nackte Oberkörper naß von verschüttetem Wein, und schnarchte leise. Gislan hockte sich neben ihn auf den Boden und legte den Kopf auf seinen Oberschenkel. „Jetzt bin ich ein Schwarzer Wolf", flüsterte er, „du kannst mir nichts mehr tun."

5. Buch

Juda

1

Das Tal Ge-Hinnom bei Jerusalem war dunkel von Rauchschwaden; an drei Stellen waren große Holzstöße aufgetürmt, deren Feuer das Kostbarste verzehrte, was demütige Menschen den Göttern opfern konnten. Dumpfe Trommelschläge übertönten die Schreie der Mütter und begleiteten den Singsang des Priesters.

Gemarja, der Sohn des Hohepriesters Hilkija, beobachtete zusammen mit seinem Freund Eleasa von einer Anhöhe aus kopfschüttelnd und grimmig das Treiben. „Syrische Knechte! Assyrische Totengräber! Ammonitische Teufelsanbeter! Halb Juda ist auf den Beinen, wenn im Tal des Todes die Feuer rauchen."

Eleasa lächelte fein. „Ja, viel mehr Menschen als bei den öffentlichen Lesungen deines Vaters. Hier können sie ihren blutrünstigen Götzen in die Fratzen schauen. Zugegeben, es gibt erfreulichere Anblicke, aber immer noch besser als Jahwe, den man überhaupt nicht sieht."

„Still, du lästerst!"

„Aber es ist doch wahr. Glaubst du denn wirklich an jenen unsichtbaren Streiter, der uns einst in dieses gelobte Land geführt hat? Milkom und Astarte mögen nur Götzen sein, aber die Sonne scheint, der Regen fällt, das Vieh gedeiht, und wer das alles bewirkt, ist nur eine Frage der Auslegung."

„Es geht um mehr als um einen Glaubensstreit", sagte Gemarja. „Ich könnte sie Verblendete schelten, die dort unten ihre eigenen Kinder verbrennen, doch wo findest du so starken Glauben noch bei uns? Gibt es denn einen in Jerusalem, der seine Kinder opfern würde für Jahwe? Und wenn nicht für ihn, dann für Juda?"

„Niemand", erwiderte Eleasa, „und du wirst es nicht ändern. Das Volk wird bei der nächsten guten Ernte jubeln und sich wieder hier versammeln."

„Man müßte ihnen etwas geben, das sie wieder für Jahwe begeistert", murmelte Gemarja. „Einen Helden, der für ihn streitet, wie seinerzeit Gideon."

Eleasa lächelte. „Mit alten Legenden wirst du nichts bewirken. Erblickst du ringsum wohl einen Gideon oder einen Simson? Und unser König Joschija ist unentschlossen, wankelmütig, ein Spielzeug in den Händen der Priester aus Anatoth. Du selbst weißt es doch am besten, Gemarja, daß dein Vater einen unheilvollen Einfluß auf ihn hat."

„Er hat ihm den Weg zum rechten Glauben gewiesen", erwiderte Gemarja ungehalten, „das war nach einer langen Reihe Jahwe-abtrünniger Herrscher wichtig, und Joschija tut, was dem Herrn gefällt."

„Was Hilkija gefällt", verbesserte Eleasa. „Siehst du in ihm wirklich den Retter vor unseren Unterdrückern?"

„Joschija ist König auf dem Throne Davids, und wenn es Jahwe gefällt, wird er ihn unter allen Königen erheben und unsere Feinde zuschanden machen."

„Möge es geschehen", sagte Eleasa leise. „Komm, laß uns gehen! Ich habe nie mit ganzer Seele an Jahwe glauben können, aber selbst, wenn er nur eine Lüge wäre, so wollte ich sie Milkom vorziehen, dem man Kinder brät."

Sie kehrten in die Stadt zurück. Am Scherbentor warfen sie den Bettlern etwas Kupfer zu. Da wurde Gemarja von einem Fremden mit einem weiten Mantel angerempelt, dessen Gesicht im Schatten einer Kapuze verborgen lag. „Paß doch auf, Sohn eines Kamels!" schimpfte Gemarja.

„Friede sei mit dir, mein Bruder", erwiderte der Fremde sanft.

„Und mit dir", brummte Gemarja und wollte weitergehen, als der Fremde seine Kapuze abnahm. Eleasa stieß einen verblüfften Schrei aus, und Gemarja wurde bleich. Er kannte das schmale, von schwarzen Locken umrahmte Gesicht mit dem sinnlichen Mund und den samtenen Augen. „Ihr Engel des Herrn, steht mir bei!" flüsterte er, „ein Geist."

Eleasa faßte sich schneller. „Joram! Du lebst? Du bist hier in Jerusalem?"

Gemarja wich entsetzt vor ihm zurück. „Du bist verflucht, ausgestoßen! Du mußt wahnsinnig sein, hierher zurückzukehren! Du bist des Todes, und ich darf nicht einmal mit dir sprechen."

„Aber du sprichst mit mir. Und auch den Friedensgruß hast du mir entboten."

„Ohne zu wissen, wer du bist. Geh fort, flieh augenblicklich aus der Stadt, und ich will vergessen, daß ich dich gesehen habe."

Joram lachte verächtlich. Er schlug Eleasa auf die Schulter, der zurückwich, als habe ihn eine Schlange gebissen. „Du warst doch immer ein vernünftiger Mann, Eleasa, Sohn des Schafan. Ich bin zurückgekehrt, um Juda aus seiner überheblichen Bedeutungslosigkeit ans Licht zu holen."

„Du, ein Ausgestoßener vor dem Angesicht Jahwes?" schrie Gemarja. „Du hast die Ehre unserer Familie mit Hurerei besudelt."

„Dazu könnte ich viel sagen, Bruder. Aber kann ein reuiger Sünder nicht auch Gnade finden?"

„Bist du denn nicht mehr mit dieser abscheulichen Krankheit geschlagen?"

„Mit welcher Krankheit?" fragte Joram bestürzt.

„Mit der sündhaften Lust nach dem gleichen Geschlecht."

Joram unterdrückte mühsam ein Grinsen. „Ach, diese Krankheit meinst du. Fürchte dich nicht, sie ist nicht ansteckend."

„Und der Aschmodai beherrscht noch immer deinen Körper?"

„Ich gefalle ihm eben."

„Du hältst also fest an deiner Verworfenheit?"

„Was soll ich tun? Der Aschmodai ist stärker als ich."

„Dann lasse ihn austreiben!"

„Das möge der Herr verhüten!" lachte Joram. „Danach liefe ich womöglich den Weibern hinterher. Eine entsetzliche Vorstellung!"

„Du Heuchler! Deine Reue ist so wahrhaftig wie die Götzen der Ammoniter."

Eleasa zog Gemarja zur Seite. „Man wird schon auf uns aufmerksam. Gehen wir zum Schiloach-Turm, dort sind wir ungestört."

Gemarja blickte finster, aber er ging mit. Der Schiloach-Teich unterhalb des Turms war menschenleer. Sie ließen sich an seinem Rand nieder. Von hier aus schweifte der Blick ungehindert über die Zinnen der Stadt. „Zion, schön und erhaben bist du", sagte Joram. „Lange habe ich die Heimat nicht gesehen."

„Einer wie du hat keine Heimat mehr, er hat sie verwirkt", entgegnete Gemarja grimmig. „Ich gab Eleasa nach und höre dir zu, aber sprich rasch! Deine Gegenwart befleckt meine Ehre."

„Deine Ehre?" wiederholte Joram verächtlich. „Was bist du denn? Ein Knecht Assyriens, Ägyptens und Babylons! Ich aber bin ein freier Mann, der die Grenzen der Mächtigen nicht achtet und ihre Götter verhöhnt. Weshalb marschiert ihr nicht gegen eure Feinde, wo doch Jahwe selbst euer Feldherr ist? Weil Jahwe schwach geworden ist. Weshalb opfern die Massen auf den Höhen und beten die

Ascherim an? Weil sie kein Vertrauen mehr in einen unsichtbaren Gott haben, der sein auserwähltes Volk seit Jahrhunderten seinen Feinden überließ."

Gemarja starrte Joram an. „Brennt denn in dir die gleiche Flamme wie in mir? Das ist doch unmöglich. Juda ist ein zerbrochener Stecken in deiner Hand, den du auf deiner Flucht in den Jordan geworfen hast."

„Nein! Jahwes Stimme erreichte mich in der Fremde, und ich erinnerte mich an das Land meiner Väter wie an eine gedeckte Tafel bei einem Hochzeitsfest. Ich gedachte seiner wie der verlassenen Braut, die des Bräutigams harrt."

„Du hast nie den Glauben Abrahams und Mose geteilt", erwiderte Gemarja eisig. „Deine Worte sind so aufrichtig wie das falsche Lächeln einer Tempeldirne."

„Aber ich teile deine Träume, Gemarja."

„Träume können Juda aber nicht helfen."

„Ich komme nicht mit Träumen, ich komme mit der Rettung."

„Was willst du? Sag es schnell!" brummte Gemarja.

„Braucht es nicht einen Mann, der unser zerrissenes Volk wieder zusammenschmiedet zum Schwert Jahwes, das die nichtigen Götter der Heiden zerschmettert? Einen Mann, der dafür sorgt, daß sich die Verheißung des Bundes erfüllt, den der Herr mit David geschlossen hat?"

„Hör zu, Joram, ich bin es leid, von einem Sodomiten über Jahwes Wege belehrt zu werden. Ich bin ein Mann des Schwertes, wenn auch ein Priester mein Vater ist. Ich sehe die Rettung Judas nicht im Gebet, das sage ich dir ganz offen."

Joram lächelte. „Sagt meinem Vater Hilkija, daß David gekommen ist, um Jahwes Name strahlend zu machen wie ein leuchtendes Feldzeichen auf dem Berge Horeb."

„Du meinst König Joschija?"

„Ich meine nicht einen Nachkommen Davids, ich meine ihn selbst."

„Ihn selbst?" Gemarja lachte höhnisch. „David ist seit vierhundert Jahren tot."

„Er wurde wiedergeboren."

Eleasa schüttelte den Kopf. „Uns brauchst du mit solchen Märchen nicht gewogen zu machen. Sag uns die Wahrheit! Es gibt einen Mann, der sich für den wiedergeborenen David ausgibt?"

Joram sprang mit flammendem Blick auf. „Und wäre er auch ein Betrüger, und das Volk glaubte an ihn, so wäre auch das schon ein Sieg!"

Gemarja sah seinen Bruder nachdenklich an und kratzte sich am Bart. „Der Gedanke ist gut, wirklich gut. Das heißt, wenn der Mann überzeugend ist. Wo ist er?"

„Er ist bereits in Jerusalem."

2

Midian und Joram waren in einem bescheidenen Gasthaus am Fischtor abgestiegen. Dort gab es guten Wein und trinkfeste Mitzecher, handfeste Raufbolde und willige Frauen, alles, was ein Mann nach Midians Meinung brauchte.

Als Joram von seinem Bruder zurückkehrte, fand er Midian bereits angeheitert und in unfeiner Gesellschaft vor. Er gab ihm einen Wink, daß er ihm hinaus vor die Tür folgen sollte. Dort gab er ihm einen Rippenstoß. „Kaum wendet man dir den Rücken zu, treibst du dich in der übelsten Kreisen herum. Du hast dieses Land vor vierhundert Jahren beherrscht, denke daran."

„David wird sich doch auch einmal ein Bier gegönnt haben, oder?"

Joram überhörte Midians Einwurf und berichtete von seiner Begegnung mit Gemarja und Eleasa. „Beide waren von unserem Plan angetan", schloß er, „und die Zustände in Juda begünstigen unser Vorhaben. Jetzt müssen wir nur noch meinen Vater überzeugen."

„Für diesen Oberpriester muß Jahwe schon ein Wunder vollbringen, wenn er mich für König David halten soll."

Joram lächelte. „Dieses Volk hat schon immer von Wundern gelebt. Natürlich muß man hin und wieder etwas nachhelfen. Niemand weiß das besser als mein Vater."

„Hmm", brummte Midian. „Und wohin gehen wir jetzt?"

„Zum Tempelberg. Wir werden den Hügel Zion besteigen, den du selbst dereinst Melchisedek, dem Jebusiter, entrissen hast."

„Ach, habe ich das?"

„Ja, du besiegtest die Jebusiter und machtest ihre Stadt Jerusalem zu deiner Hauptstadt. Dein Sohn Salomo baute dann seinen Tempel auf dem Hügel, wo schon Abraham seinen Sohn opfern wollte. Es ist uralter, heiliger Boden."

„Schön zu wissen, daß du über David besser unterrichtet bist als ich", grinste Midian. „Solltest nicht besser du den David spielen?"

„Du nimmst die Sache nicht ernst, wie? Na gut, meine Mutter war es nicht, die mich mit einer Mission hergeschickt hat. Wenn du willst, kehren wir Juda wieder den Rücken und setzen uns in die gute, alte Halle von Dur-el-Scharan."

„Kein schlechter Gedanke", brummte Midian. „Aber wo wir einmal hier sind, werden wir die Herausforderung auch annehmen."

An einem Brunnen auf dem Tempelplatz machten sie Halt, um sich zu erfrischen. „Der berühmte Tempel Salomos", sagte Joram und wies auf das stattliche Gebäude. „Gefällt er dir?"

„Verschwendete Pracht für euren Hirtengott!" Midian setzte sich auf den Rand des Brunnens und schaute eine Weile in die Tiefe. Joram beobachtete ihn von der Seite. „Das ist der Davids-Brunnen. Du solltest dich hier ein wenig von seinem Geist beflügeln lassen."

„Scheint ein müder Geist zu sein, und es ist heiß. Bei einem kühlen Wein in einer Schenke lasse ich mich von Davids Geist lieber überraschen."

Joram seufzte und schwang sich neben Midian auf den Brunnenrand. Sie ließen die Beine baumeln und sahen dem bunten Treiben auf dem Platz zu. „Für dich ist alles nur ein Spiel, Midian."

„Ich spiele gern."

Midian lächelte einem Mädchen zu, das vorüberging. „Schenk mir dein Herz, schönes Kind, und ich schenke dir meins", flötete er.

Das Mädchen errötete und ging schnell vorüber. Joram stieß Midian an. „Laß das! Man spricht hier keine Frauen auf der Straße an. Dafür kann man bestraft werden."

„Sie hat mir zugezwinkert", behauptete Midian grinsend. „Beim Gehörnten, seid ihr langweilig! Da ist es am Fischtor viel aufregender. Vorgestern haben sich zwei Dirnen um einen Freier geprügelt und sich dabei die Kleider in Fetzen gerissen. Da konnte man alles sehen, und mein –"

„Still!" unterbrach ihn Joram und wies auf die Tempelpforte. „Da kommen mein Vater und Schafan, der Schreiber des Königs. Komm! Es wird Zeit, die Wiedergeburt Davids einzuleiten."

Hilkija war ein Mann mit Vernunft und Weitblick. Er schluckte den Verdruß über seinen ungeratenen Sprößling hinunter und opferte ihm eine Umarmung. Er verriet den Glauben seiner Väter für eine neue Legende, die Joram ihm bot, und diese Legende stand nun vor ihm. Nicht gerade ein wiedergeborener David, überlegte Hilkija, eher ein Simson, der Säulen zum Einsturz brachte, um neuen, kühnen Ideen Platz zu machen.

Ein Held, auf den das Volk wartete, und ein Priester, der sich des Helden Stärke bediente – war es nicht immer so gewesen? Sein Traum von einem Israel in den Grenzen, wie es unter König Salomo bestanden hatte, könnte sich endlich erfüllen. Die Assyrer saßen noch immer in Samaria, aber die Priester von Silo würden sich sofort auf seine Seite stellen, hatte doch Samuel, ihr berühmtester Vertreter, damals den jungen David selbst zum König geweiht. Seine Wiedergeburt wäre für die zurückgesetzten Nachkommen Mose eine wahre Offenbarung. Mit ihrer Unterstützung und natürlich Jahwes Hilfe würden nicht nur die Assyrer, sondern auch die Götzenabeter aus ganz Israel und Juda vertrieben werden. König Joschija dafür zu begeistern, würde ein Kinderspiel sein.

3

König Joschija erwachte schweißgebadet. Es geschah oft, daß der Herr ihn heimsuchte in schweren Träumen. Schlaftrunken erhob er sich, taumelte auf die Brüstung und starrte in den Innenhof. Aber die nächtlichen Schemen waren mit dem Tageslicht vergangen. „Nichts", murmelte er und ging wieder in sein Schlafgemach. Er rief seinen Leibdiener Jischmael, damit er ihm beim Ankleiden behilflich sei. Als dieser die Gewänder brachte, fiel etwas klirrend zu Boden. Jischmael bückte sich. „Sieh nur, mein König!" rief er erfreut, „hier ist ja, der Ring, den du so lange vermißt hast. Er muß in den Gürtel gerutscht sein."

Joschija griff danach. „Ja, wahrhaftig. Ich danke dir. Ich habe ihn, wie du wohl weißt, von meinem Vater erhalten, und er ist mir sehr teuer. Was für ein glückliches Vorzeichen!"

Schafan, sein Schreiber, trat ein und bat um Gehör. Er wollte dem König, wie an jedem Morgen, den Tagesablauf vorlegen, doch Joschija winkte ab. „Später. Mein Herz ist unruhig wie eine gefangene Elster; ich will zuerst zum Tempel gehen und Stärke vom Herrn erbitten."

Schafan verneigte sich. „Du wirst Hilkija dort treffen. Auch er hat sich zu früher Stunde dorthin begeben."

Von zwei Wachen begleitet, schritt Joschija zum Neutor des salomonischen Tempels, in dessen Allerheiligstem seit den Tagen Davids die Bundeslade mit der Thora aufbewahrt wurde. Doch nicht einmal Joschija durfte es betreten, ja selbst Hilkija, dem Oberpriester, war es nur einmal im Jahr gestattet.

Vor dem Eingang lief ihm ein Knabe entgegen, kniete nieder und hielt ihm eine Rose entgegen. „Ein Geschenk für dich, mein König", murmelte er und wurde so rot wie die Blütenblätter.

„Fort mit dir!" schalt ihn des Königs Wache. „Was schenkst du deinem König eine Rose, von der genug in seinem Garten blühen?"

„Sie stammt von dem alten Rosenstrauch", flüsterte der Knabe.

„Doch nicht von dem uralten, verdorrten Rosenstock, den man den Davidsstock nennt?" fragte Joschija bleich.

„Ja, er blüht, mein König. Und er sollte doch schon ausgerissen werden."

Joschija nahm die Rose mit zitternden Händen entgegen. „Der Herr hat dich gesegnet, mein Junge", sagte er.

Im Innenraum fand er Hilkija im Gebet. Schweigend kniete er sich neben ihn und legte die Rose auf den Opferaltar. Hilkija warf einen kurzen, zufriedenen Blick darauf. Nach dem Gebet erhoben sich beide und gingen in den Innenhof. „Du bist blaß, mein König?" sagte Hilkija besorgt und sah Joschija forschend von der Seite an. „Gibt es einen Grund zur Besorgnis?"

Joschija seufzte. „Diese Träume! Ständig plagt der Herr mich damit, als wolle er mir ein Zeichen geben, doch wenn ich erwache, ist alles wie Rauch."

Hilkija seufzte mitfühlend. „Und du erinnerst dich an nichts?"

„Nur schemenhaft, ein Engel, eine Botschaft, der Bund Davids, Warnungen, Verheißungen."

Hilkija nickte ernsthaft. Er kannte die Träume Joschijas, sie hatten ihm schon oft geholfen, den schwachen König zu lenken. Etwas Silber jeweils in der Hand Jischmaels und des Sohnes eines Tempeldieners war geeignet, die Frömmigkeit des gläubigen Königs zu unterstützen. Er antwortete also: „Große Ereignisse scheinen bevorzustehen, denn auch ich hatte einen Traum heute nacht, und ich erinnere mich an jede Einzelheit: Ich sah einen Priester, der aß nach dem Gottesdienst von den geweihten Schaubroten. Und als er sie verzehrt hatte, leuchtete sein Antlitz im himmlischen Glanz. Da öffneten sich – kaum mag ich es aussprechen – die Pforten des Allerheiligsten, und heraus trat der geflügelte Cherub. Er berührte den Priester mit einem Stab. Der erhob sich, und sein Leib war zu schimmernder Bronze geworden, das Antlitz aber zu purem Gold. Da breitete der Cherub seine Flügel aus, und sie bekamen eine gewaltige Spannweite, so daß sie die Pforten des Tempels sprengten und ganz Jerusalem überschatteten. Der bronzene Jüngling aber wurde von dem Cherub über die Stadt getragen, und ich hörte ihn mit Donnerstimme die Worte rufen: ‚David, David! Erinnere dein Volk an den Bund, den du mit dem Herrn geschlossen hast!' Nachdem jene Donnerworte verklungen waren, erwachte ich."

Joschija hatte Hilkija mit wachsendem Erstaunen und sichtlicher Furcht zugehört. Obwohl es kühl in den Mauern war, lief ihm der Schweiß von der Stirn.

„Weshalb sagst du nichts?" fragte Hilkija.

„Ich glaube", würgte der König hervor, „ich glaube, ich hatte den gleichen Traum."

4

Vor den Toren des Tempels hatten sich viele Bewohner Jerusalems versammelt, der Platz war schwarz von Menschen. Sie lauschten ihrem Hohenpriester, der aus den Schriftrollen las. Dies geschah regelmäßig, um das Wort des Herrn und das Gesetz nicht in Vergessenheit geraten zu lassen.

Midian und Joram standen abseits und warteten auf eine günstige Gelegenheit, David wiederauferstehen zu lassen. Als Midian ungeduldig vorangehen wollte, hielt Joram ihn am Arm zurück. „Vergiß nicht, was wir abgesprochen haben. Benimm dich weder zügellos noch hochfahrend. Du bist hier nicht der Anführer der Schwarzen Wölfe!"

Midian machte sich in einer herrischen Bewegung von Joram los. „David war König von Israel!" erwiderte er kalt. „Er leckte Priestern nicht die Hände, sondern war deren Sonne, an der sie sich ihre Bäuche wärmten. Wenn Midian David ist, werden Judas Priester seine Fußschemel sein."

Midian ging an den Wachen vorbei und richtete sich in seiner vollen Größe vor Hilkija auf. Er trug einen einfachen, wollenen Rock, das milderte seine Wildheit, aber im langen, geflochtenen Haar steckten Federn und goldene Ringe. Sein hoher, sehniger Wuchs verriet den erfahrenen Kämpfer.

Hilkija sah in die Augen des Fremden, mit angemessenem Schrekken ließ er die Schriftrollen fallen, griff sich zuerst an die Brust, dann an die Kehle und gurgelte etwas Unverständliches. Schafan hörte ihn flüstern: „Jahwe, steh mir bei!" Dann fiel er in sich zusammen wie ein ausgeleerter Hirsesack.

Sofort wichen die Menschen vor Midian zurück, als sei er ein böser Geist.

Hilkija hatte man inzwischen aufgeholfen. „Wer bist du?" fragte er mit tonloser Stimme.

„David aus dem Hause Juda!"

Wie einen Fluch und wie eine Verheißung stieß er den Namen hervor. Hilkija tat einen langen Seufzer. Dann faßte er Midians Hand und küßte sie ergriffen.

Midian mußte sich mühsam ein Grinsen verkneifen. Gelassen nahm er die Huldigung entgegen. Da ging eine Bewegung durch die Menge. Es nahte König Joschija. Hilkija erhob sich und faßte sich merkwürdig schnell. Er legte Midian den Arm um die Schultern und drängte ihn fort. „Rasch, gehen wir in den Tempel. Der König darf dich nicht so unvorbereitet sehen, es könnte sein Ende sein, er hat ein schwaches Herz."

Midian ließ sich nur ungern abdrängen. Die Vorstellung, König Joschija könne bei seinem Anblick tot zu Boden fallen, gefiel ihm. Dann öffneten sich die Pforten, und Hilkija kam mit Joschija herein. „Es ist der bronzene Reiter!" flüsterte Hilkija, „erkennst du ihn wieder?"

Joschija nickte heftig. Sein sonst bleiches Gesicht war rosig angehaucht. Er vergaß seine königliche Würde und ging mit ausgebreiteten Armen auf Midian zu.

„Er will dich an seine königliche Brust drücken", zischte Joram Midian zu. „Sei ebenso überwältigt wie David es wäre."

Midian erwiderte die Umarmung des schmächtigen Königs so fest, daß dem die Luft wegblieb. Dann spürte er auf seinen Wangen zwei feuchte Küsse der Rührung.

In ehrfurchtsvoller Entfernung standen die königlichen Begleiter und sahen auf Midian wie auf die leibhaftige Erscheinung des Herrn. Aber es gab auch Männer, die kühleres Blut bewahrten.

Jeremia, ein hagerer Mann mit brennendem Blick und ein Mahner im Dienste Jahwes, trat auf Midian zu. „Du willst David sein?" fragte er. „Du trägst Knochen und Federn im Haar wie ein Heide."

„Aber er ist stark wie Goliath", wandte Eleasa ein. „Wer er auch sein mag, wenn er auf unserer Seite steht, bin ich beruhigt."

„Ich nicht", brummte Jeremia. „Siehst du nicht, daß er Hilkija und den König an den Löffeln hält wie zahme Kaninchen? Das gefällt mir nicht." Er wandte sich wieder an Midian. „Du siehst aus wie ein edomitischer Wegelagerer, David."

Midian verschränkte die Arme und sah Jeremia herausfordernd an. „Ich bin ein Wegelagerer, aber vergiß nicht, daß der Hohepriester vor mir in die Knie gesunken ist."

„Auch David war ein Räuber, bevor er König von Juda wurde", mischte Eleasa sich lächelnd ein. „Wie du weißt, diente er dem Philister Achis sogar als Söldner. Er war schön und stark, unbeherrscht und wild, kühn und grausam, bevor er weise und gütig wurde – so sagt man."

„Mit der Weisheit will ich mir noch Zeit lassen", sagte Midian spöttisch, „sie ziert das Alter. Auch Güte ist nicht angebracht, denn der Feinde sind viele."

„Jedenfalls hat Juda jetzt wieder einen Helden – nicht wahr?" Eleasa lächelte Joram verschmitzt an. „Einen sehr schönen Helden."

5

Nebusaradan, der Hauptmann der Leibwache, ließ sein Schwert sinken und wischte sich den Schweiß von der Stirn. „Beim Sirrusch! Ich wollte, du würdest mich auch einmal siegen lassen, und sei es nur zum Schein, damit ich abends beim Wein etwas prahlen kann, was einem alten Krieger wohl zu gönnen ist."

„Ich glaube nicht, daß Nebusaradan sich an einem erschlichenen Sieg freuen würde", lachte Amynander. „Komm, setzen wir uns in den Schatten und trinken kühles Bier." Sie nahmen Platz unter einem Bretterverschlag am Rande des sandigen Kampfplatzes, und sofort eilte von irgendwoher ein Sklave herbei und stellte zwei Krüge Bier und zwei Schalen vor sie hin.

„In Babylon läßt es sich leben", lächelte Amynander und wischte sich den Schaum vom Mund.

Seit sieben Monaten lebte er hier. Drei Jahre Tadmor, drei Jahre in väterlicher Obhut hatten ihn gestählt. Zuerst hatte er geglaubt, er werde es nicht überleben. Eine Zeitlang hatte er gefürchtet, seine Manneskraft verloren zu haben, denn nichts regte sich bei ihm, wenn er nachts Seite an Seite mit zwanzig anderen verschwitzten Kriegern im Zelt lag. Sein Vater lehrte ihn anderes, und als Amynander kein Gegner mehr erwuchs, hatte sein Vater nur gebrummt, vielleicht könne noch etwas aus ihm werden.

Dann war der Ruf aus Babylon gekommen. Babylon – Tor der Götter! Königin der Städte, beschienen von dem Glanze Marduks, beschirmt von der Gerechtigkeit Schamaschs und eingehüllt in den Liebreiz Ischtars.

Amynander hatte die Stadt liegen gesehen in einer grünen Ebene, umgeben von einer riesigen Mauer, deren Enden er nicht erblicken konnte. Mitten durch die Stadt floß der palmengesäumte Euphrat. Die Mauer glitzerte aus der Ferne, als sei sie ganz aus Lapislazuli erbaut, doch als er die Brücke überquerte, erkannte er, daß die Sonne sich in Abertausenden von dunkelblau glasierten Ziegeln spiegelte.

Amynander hatte geglaubt, wer Milet kannte, hatte alles gesehen. Welch Irrtum. Er bemerkte ein zur Hälfte fertiggestelltes Tor, das mit glänzenden Tierreliefs geschmückt wurde. „Das Doppeltor der Ischtar", flüsterte ihm sein Begleiter zu. Überall wurde gebaut. Eine breite Straße führte in die Stadt, zu beiden Seiten waren Maurer beschäftigt, Ziegel auf Ziegel zu türmen. „Die Aibur-Schabu, die Prozessionsstraße der Ischtar", wurde Amynander ins Ohr geflüstert, scheu, als wolle man die Gottheit nicht belästigen.

Vor ihm erhob sich ein Gebirge aus Mauern und Türmen, die gewaltige Tempelanlage des Marduk. Zu allen wichtigen Gebäuden führten gepflasterte Wege, die mit weißen und roten Fliesen ausgelegt waren. Auf einem Hügel lag der Palast des Königs. Das Tor wurde von zwei Basaltlöwen bewacht. Der Innenhof war so groß wie der Marktplatz am Nordtor in Milet.

Treppenfluchten führten zu ausgedehnten Gebäudekomplexen. Die Stiegen der Geländer waren mit Reliefs geschmückt, und an jedem Treppenabsatz dräuten geflügelte Stiere. Davor standen Schildwachen mit langen Gewändern in blauer und goldener Stickerei. Amynander durchschritt lange, kühle Gänge, deren Ziegelwände mit Teppichen verhängt waren. Alle zwanzig Schritte stand ein mit einem Speer bewaffneter Wächter.

„Weshalb lächelst du?" unterbrach ihn der Rabschake.

„Ich dachte an meine Ankunft in Babylon. Damals war ich überwältigt."

„Jeder ist das, der zum erstenmal in diese Stadt kommt." Nebusaradan, ein Mann wie ein Baum mit kahlem Schädel und gutmütigen Augen unter buschigen Brauen, nickte. „Ich bin es heute noch. Und alles wird noch großartiger. Du hast gesehen, wie hier gebaut wird."

„Nabupolassar ist ein großer König."

Nebusaradan lächelte. „Ja, aber der große Baumeister ist sein Sohn Nebukadnezar. Ein ehrgeiziger Mann. Stell dir vor, auf jeden Ziegel läßt er seinen Namen brennen. Man weiß nicht, was größer ist, seine Bauwut oder seine Gier nach unsterblichem Ruhm. Sein Vater und er stehen nicht gut miteinander, vielleicht ist er deshalb so."

„Vielleicht."

Nebusaradan schlug Amynander auf den Schenkel. „Mach nicht so ein Gesicht! Nabupolassar liebt dich wie einen Sohn, wußtest du das?"

„Das macht alles nur noch schwerer. Ich habe versagt. Bei der ersten großen Aufgabe habe ich versagt."

„Du meinst die Schwarzen Wölfe?" Nebusaradan sog geräuschvoll den Rest seiner Schale auf. „Ich weiß. Sie haben die Tochter Kyaxares' ermordet. Leibhaftige Dämonen, so behauptet man. Kein Wunder, daß du keine einzige Spur von ihnen gefunden hast. Sie sollen sich wie riesige Fledermäuse in die Lüfte erheben können."

„Fledermäuse!" stieß Amynander verächtlich hervor.

„Du glaubst nicht daran, wie? Nun gut, das mögen Gespenstergeschichten sein, aber man hat die entstellten Leichen gefunden."

„Es sind Gesetzlose. Grausamkeit ist nicht übersinnlich. Die Furcht verschloß den Menschen die Lippen. Immerhin kenne ich den Namen ihrer Burg: Dur-el-Scharan."

„Im Zagros gibt es viele verfallene Burgen. Du müßtest einen Führer haben, der sich dort auskennt, aber einen, der sich nicht vor Fledermäusen fürchtet." Nebusaradan lachte schallend.

Amynander blinzelte in die Sonne. *Einer hat sich angeboten,* dachte er, aber das erwähnte er nicht. Später, als Nebusaradan gegangen war, zog sich Amynander in den Schatten einer Dattelpalme zurück.

„Nun Grieche, so ermattet?" hörte er plötzlich neben sich eine spöttische Stimme.

Da stand ein schmalbrüstiger, mittelgroßer Mann, die schütteren Locken klebten verschwitzt an seinem Kopf. Er hielt ihn leicht zur Seite geneigt, sein linker Mundwinkel zuckte beständig, und seine Augen flackerten unstet, als wollten sie alles festhalten und doch nirgends verweilen.

Amynander beschattete die Augen mit der Hand. Dann sprang er auf und deutete eine leichte Verbeugung an. Vor ihm stand der Kronprinz Nebukadnezar.

„Bleib doch sitzen." Nebukadnezar lächelte schief. Es war ihm unangenehm, daß Amynander ihn um Haupteslänge überragte. „Heute entschuldigt dich die Hitze. Utus Strahlen rösten uns wie den Missetäter im eisernen Stier. Nun, weshalb setzt du dich nicht wieder?"

Amynander lächelte. „Gern, wenn du dich zu mir setzt, edler Prinz."

„Das wäre nicht schicklich, mit dir zusammen im Gras zu sitzen wie zwei Bauern, die Gänse rupfen."

Amynander verschränkte die Arme und lehnte sich gelassen an den Stamm der Palme. „Wenn du nicht Gänse rupfen willst, was willst du dann von mir?"

„Man sagt von dir, du bietest jedem die Stirn. Diesen Mann wollte ich kennenlernen."

Amynander lächelte kühl. „Ich mache keinen Unterschied zwischen Sklaven und Königen, wenn man mich beleidigt, wenn du das meinst."

Nebukadnezar zog die rechte Augenbraue hoch. „In Babylon fühlt sich selbst der geschmeichelt, der vom König beleidigt wird."

„Das mag für deine Untertanen zutreffen, edler Prinz, ich bin Grieche."

„Und ein Gottesleugner. Weshalb willst du dich dem Ratschluß der Götter nicht beugen, die doch die Lose ungleich unter den Menschen verteilt haben, so daß der eine herrscht und der andere gehorcht?"

Amynander zuckte die Schultern. „Du magst annehmen, der babylonische Himmel sei dir besonders gewogen, Prinz Nebukadnezar, für mich wölbt sich sein Blau für alle Sterblichen gleichermaßen gnädig."

„Ein vermessener Gedanke! Denken alle Hellenen so?"

„Gewiß", log Amynander unbekümmert.

„Und dein Volk wird nicht von sechzigtausend Dämonen gepeinigt?"

„Nicht einmal von sechzig, mein Prinz."

„Ein glückliches Land muß das sein! Aber Menschen, die keine Götterfurcht kennen, sind gefährlich. Ich werde darüber nachdenken, ob ich es zur babylonischen Provinz mache. Liegt es weit von den Küsten Phöniziens entfernt?"

„Zu weit für dich, Nebukadnezar. Konntest du doch nicht einmal bis an die Küste vordringen, denn wie ich hörte, wolltest du auf deinem Feldzug gegen den letzten Assyrer auch gleich einige Hirtenvölker schlucken, die dort wohnen – Hebräer, glaube ich. Aber du bist umgekehrt."

„Manchmal ist es klug, zurückzuweichen", sagte Nebukadnezar, und jetzt war sein Gesicht von einer leichten Röte überzogen. „Aber meine Stunde wird schon kommen."

„Möge Ninurta dir dabei gewogen sein."

„Weshalb bist du hier, Amynander?" fragte Nebukadnezar.

Amynander sah ihn verwundert an. „Das weißt du doch, der König hat mich an seinen Hof gerufen, weil er mit meinem Vater befreundet ist."

„Ja, das weiß ich", unterbrach Nebukadnezar ungeduldig, während er mit den Ringen an seiner linken Hand spielte, „doch was sind deine Pläne?"

„Ich verstehe dich nicht, mein Prinz."

„Laß das alberne mein Prinz!" zischte Nebukadnezar. „Du bist Grieche, jung und recht unerfahren. Dennoch hat mein Vater dich in den Rang eines Rabkissir erhoben."

„Bedrückt dich das?"

„Vergiß nie, daß ich der Kronprinz bin!" zischte Nebukadnezar unbeherrscht.

„Wie kommst du darauf, daß ich das vergessen könnte?" fragte Amynander bestürzt.

„Mein Vater verachtet mich", gab Nebukadnezar gepreßt zurück. „Er hat sich einen strahlenden Helden als Nachfolger gewünscht, so einen wie dich, Grieche." Nebukadnezar zögerte und musterte Amynander abwartend.

Amynander starrte ihn an. „Wohin versteigt sich dein mißtrauischer Geist? Der Gedanke ist absurd."

„Ist er das? Mein Vater läßt verbreiten, daß ich verschwenderisch und größenwahnsinnig sei, doch von dir redet er wie von einem lieben Sohn."

Amynander richtete sich in seiner ganzen Größe vor dem Prinzen auf, der ihm jetzt bis zur Schulter reichte, und erwiderte kalt: „Ich habe nicht den Ehrgeiz, König zu werden, weder in Babylon noch sonstwo."

Nebukadnezar wich unwillkürlich einen Schritt zurück. Wieder lächelte er schief. „Ich muß dir glauben, doch eins merke dir, Grieche: jeder, der mich unterschätzt hat, hat es bereut."

„Das gleiche können meine Gegner von mir sagen", erwiderte Amynander kühl.

Nebukadnezars Augen wurden schmal. „Dann wollen wir dieses Gespräch vergessen." Er wandte sich um, und Amynander sah ihm schulterzuckend nach. „Giftzwerg!" murmelte er.

6

In Jerusalem war die Begeisterung über den neuen David gedämpft. Midian wirbelte durch den Palast wie ein Sturmwind und bezeichnete alles als Geschmeiß, was zuviel betete oder sonst herumfaulenzte. Allzu beleibten Höflingen empfahl er eine Abmagerungskur in der Wüste. „Entweder ihr habt es in euren Köpfen oder in euren Armen, aber an Bäuchen habe ich keinen Bedarf. Ha! Juda wartet auf Wunder von oben. Packt selbst an, dann hilft euch Jahwe – vielleicht."

Midian sprach den Namen stets respektlos aus, zum Ärger von Hilkija. Auf seine Zurechtweisungen entgegnete er grob: „Eines verdienstvollen Mannes Taten sind bessere Gebete als des Dummen Andacht. Jahwe ist doch ein großer Kriegsherr? Dann wird er auch geradlinige Männer wie mich schätzen."

Höfische Umgangsformen verschmähte er. Als man ihn behutsam darauf aufmerksam machte, daß er dem König auf dem Thron wenigstens eine Verbeugung schuldig sei, hatte er Joschija vor versammeltem Hof erwidert: „Nimm es als Verbeugung, wenn David sich am Hintern kratzt, mein König."

Hätte Midian sich jedoch nur Unverschämtheiten herausgenommen, wäre der überspannte Bogen bald gebrochen. Aber er beeindruckte auch durch tatkräftige Entscheidungen. Vordergründig ging er daran, das Heerwesen zu ordnen und mit eisernem Besen die Götzenanbetung zu beseitigen. Thron und Altar mußten ihm vertrauen, bevor er beide ins Unglück stürzte.

Vorerst verschaffte er sich einen Überblick über die Zusammenhänge. Ägypten und Babylon lauerten auf den Happen Juda, den Assur-u-ballit, der letzte Assyrerkönig, noch in den Pranken hielt. Mit einer Handvoll auserlesener Männer ging Midian nach Samaria, wo Ben-Hadad, der Statthalter Assyriens, saß, und nahm die verwahrloste Garnison im Handstreich. Assur-u-Ballit, ein zahnloser Löwe, von Nabupolassar zuerst aus seiner Residenz in Ninive, später von Nebukadnezar aus seinem Zufluchtsort Harran verjagt, saß in Ribla am Orontes und rührte keinen Finger für ihn.

Nach diesem mühelosen Achtungserfolg wiederholte Midian rücksichtslos die Verfolgung aller Andersgläubigen, doch im Ge-

gensatz zu Joschija beschränkte er sich nicht auf die Ermordung der Baals-Priester, sondern ließ jeden, gleich welchen Alters oder Geschlechts, der bei heidnischen Praktiken ertappt wurde, ergreifen, auf dem Tempelplatz zusammentreiben und zum Entsetzen König Joschijas auf wirkungsvolle Weise niedermetzeln.

Dabei schweiften Midians Gedanken weit fort, hinaus aus dem begrenzten Juda, zu den mächtigen Nachbarn Babylon und Ägypten. Er wußte, sie würden bald heraufziehen, dann mußte er bereit sein. Er sah, wie er sie alle gegeneinander ausspielte und sie dann in den Staub zwang vor dem Throne eines Herrschers, dem alle Länder vom westlichen Meer bis zum Indus huldigten. Für Midian stand zweifelsfrei fest, wer dieser Herrscher sein würde. Blutige Gemetzel, grausame Vergeltungsmaßnahmen und Verelendung der Massen würden diesen Weg zur Macht säumen.

Midian spann seine Fäden und begann mit Pharao Necho. Der erhielt ein Schreiben, das ihn ermunterte, in Juda einzufallen. Joschija sei davon besessen, für seinen Jahwe zum Schwert zu greifen, aber er sei schwach. „Gib an, du wolltest deinem assyrischen Bruder zur Hilfe kommen, wenn du vor deinen Göttern stehst." Das Schreiben war gesiegelt von Männern, die Necho kannte, und von einem David, den er nicht kannte.

7

Bald darauf erschien in Jerusalem eine Abordnung Pharao Nechos. Joschija empfing den Abgesandten inmitten seines versammelten Hofstaates.

Der Ägypter erschien mit einer Eskorte von zwanzig Kriegern. Er war ein hochgewachsener Mann mit den schlanken Hüften der Nilbewohner. Über seiner Brust kreuzten sich die goldenen Flügel des Horus-Falken, und über seiner Stirn richtete sich die Uräus-Schlange auf. Mit festen Schritten ging er auf den Thron zu, verneigte sich knapp vor Joschija und überreichte mit hochmütiger Geste eine Schriftrolle, die Schafan Joschija übergab.

Das Schreiben erwies sich als eine höfliche, aber unmißverständliche Aufforderung, sich von nun an als ägyptische Provinz zu betrachten, und die Auflistung der als Geschenke bezeichneten Gegenstände war eine unverhohlene Tributforderung.

Joschija hob die Rolle hoch und ließ sie Nechos Sohn vor die Füße flattern. „Es muß sich hier um ein Mißverständnis handeln. Mein königlicher Bruder im fernen Delta will ein Pferd besteigen, das er noch nicht gefangen hat, geschweige denn gezähmt. Dieses Land hat der Herr dem Hause Davids gegeben von Ewigkeit zu Ewigkeit. Sage das dem Pharao!"

Der junge Ägypter sah sich verächtlich im Thronsaal um, dann erwiderte er in schneidendem Ton: „Joschija, König von Juda, du bist schlecht beraten. Mein Vater steht mit seinem Heer vor Aschkalon, und schon morgen tränkt er seine Pferde im Jordan. Syrien und Palästina werden vor ihm sein wie Korn unter der Sichel, da willst du, Juda, der Schleifstein sein? Einem Zwerg paßt nur ein kurzer Rock. Unterwirf dich, dann wird die Sonne Res auch dir scheinen."

„Juda ruht in der Hand des Herrn und wird allein von seiner Gnade beschienen", erwiderte Joschija scharf. „Weiche mit deinen falschen Göttern und wage es nicht, sie in dieses Land zu tragen." Er breitete die Arme aus. „Herr, du zerschmetterst Isis und Osiris, Horus und Seth, denn sie sind Blendwerk und ganz und gar nichtig."

Der Ägypter legte klirrend die Hand ans Schwert. „Ihr Narren! Wenn der Wurm dem Boden flucht, wo will er kriechen?" Er verneigte sich knapp und verließ hocherhobenen Hauptes mit seinem Gefolge den Saal.

Kaum war die ägyptische Abordnung fort, beendete Joschija den Empfang und befahl die Hauptleute und Hilkija zu sich. Er strahlte vor Zuversicht und Stolz, denn er hatte mit dem Ägypter gesprochen, wie ein großer Herrscher den lästigen Bittsteller zurückweist. Zustimmung heischend blickte er in die Runde. Bei seinen Hauptleuten sah er Begeisterung, auf dem Gesicht Hilkijas Bedenken.

„Deine Worte waren gut, mein König, aber ob sie auch weise waren? Jetzt ist der Kampf unvermeidlich, und du weißt, daß ich für den Frieden bin."

„Um den Preis, ägyptische Provinz zu werden?" fragte Joschija ärgerlich.

„Nun, Pharao Necho wird nicht verlangen, daß wir zu Horus beten. Er will Tribut, und das hat Juda schließlich schon immer gezahlt."

„Nicht zu den Zeiten Davids und Salomos", widersprach Joschija heftig. „Und das Reich besteht jetzt wieder in diesen ruhmreichen Grenzen. Wen haben wir zu fürchten, wenn der Herr in Gestalt Davids leibhaftig an unserer Seite kämpft?"

„Unseren Stolz", warf Jeremia ein, der bescheiden im Hintergrund stand.

„Stolz ist Mannestugend!" fuhr Gemarja herrisch dazwischen.

„Nicht, wenn er mit Verblendung einhergeht."

Joschija wollte keinen Disput mit Jeremia und sah ungeduldig auf seinen Heerführer Jiftach. „Was sagst du dazu?"

„Mein König, die Truppen sind vorbereitet. Wir können die Ägypter schlagen."

„Und deine Meinung, Midian?"

Der lehnte mit verschränkten Armen an einem Pfeiler. „Jiftach hat recht. Fegen wir die Ägypter aus Juda hinaus! Syrien und Palästina liegen noch keineswegs wie abgemähte Ähren auf dem Feld, wie Nechos Sohn es hochfahrend ausdrückte. Unser Heer steht bereit." Und an Hilkija gewandt fuhr er fort: „Glaubst du, der Herr sandte David nach Juda, um es hilflos zu lassen? Jahwe geziemt die Weltherrschaft, oder nicht?"

Hilkija wurde blaß vor Erregung. „Die Weltherrschaft?" wiederholte er zögernd und ließ das Wort auf der Zunge zergehen. „Du meinst –"

„Ja! Ist es nicht unerträglich, wie sich Babylon und Ägypten mit ihren falschen Göttern die Erde teilen? Die Zeit ist reif für den einzig wahren Gott!"

Midian beglückwünschte sich selbst zu seiner Rede, die alle überzeugte und selbst Hilkijas kühnste Wünsche übertraf. Nur Jeremia rief: „Das ist nicht sein Wille, daß Juda über alle anderen Völker wie ein Despot herrsche. Juda ist gering unter den Völkern, deshalb hat der Herr es auserwählt."

„Wenn es gering bleiben will, muß es das Joch tragen und fremde Götter anbeten", erwiderte Midian. „Jahwe jedoch gleicht dem Adler und ist es müde, über Spatzen zu herrschen."

„Ihr Narren!" rief Jeremia. „Wenn der Herr über den Nil herrschen wollte, hätte er dann nicht ebenso zum Pharao sprechen können wie zu Abraham und Mose? Und wenn er Herr hätte sein wollen über den Euphrat und Tigris, wären dann nicht alle assyrischen Herrscher seine Knechte gewesen? Ich sage euch, der Herr will

Frömmigkeit und Gehorsam von seinem Volk, aber ihr wollt den Herrn für eure eigensüchtigen Ziele mißbrauchen."

Midian empfand so etwas wie Bewunderung für Jeremia. Er war von allen der Klügste, und er war weise. Aber er war ein Gegner. „Und ich sage dir, Jahwe will ein neues und ein starkes Juda. Gab er euch nicht auch Kanaan? Aber er legte es euch nicht in den Schoß, was ihm ein leichtes gewesen wäre, sondern er ließ es euch erobern in seinem Namen! Jetzt will er, daß sein Name durch Juda in die Welt kommt, nicht durch seine eigene Allmacht. Wenn ihr ihm gehorcht, wird er euch mit dem Sieg belohnen."

Midian hatte gewonnen.

8

Joschija hatte sein Heer gesammelt und war Necho entgegengeeilt; sie trafen sich bei Megiddo. Bevor seine Männer den Übermütigen zurückhalten konnten, stürmte Joschija auf seinem Streitwagen, von seinem Gott erfüllt, Necho entgegen, herausfordernd die Lanze schwingend. Da sprengte Necho selbst vor die Linie, und seine Lanze traf den Heranstürmenden mitten durch die Brust.

Während dies bei Megiddo geschah, weilten Midian und Joram in Ribla am Orontes, wo Assur-u-Ballit, der letzte Assyrerkönig seine Zelte aufgeschlagen hatte, nachdem er vor Nebukadnezar aus Harran geflohen war. Zur Unterstützung hatte Midian einige Spießgesellen zum Fischtor mitgenommen.

Der bärtige Assyrer mit der Goldkette war vor sein Zelt getreten und schickte seinen herrischen Blick in die Runde. „Du!" wandte er sich an Midian, „wie heißt du?"

„Ich bin Midian, mein König ist Joschija aus dem Hause Davids. Und wer bist du?"

Im Gefolge des Bärtigen erhob sich ein mißfälliges Raunen. Der Assyrer mit dem gepflegten Haupt- und Barthaar, das er sorgfältig in kleine Locken gelegt trug, und dessen hochgewachsene Gestalt der Midians nicht nachstand, schien befremdet. „Assur-u-Ballit bin ich, König von Assyrien und Herrscher der Welt. Seit Anbeginn der

Welt, als Chanisch, der Donnerer, das Weltenei spaltete, herrschten meine Vorfahren über diese Erde."

Midian verneigte sich. „Ich hätte es wissen müssen, deine glanzvolle Erscheinung spricht für dich." Midian wies auf dessen Begleiter. „Ist das dein ganzes Gefolge, mein König?"

„Es sind die, die mir treu geblieben sind."

„Darf ich das so verstehen, daß du – vorübergehend – nicht mehr Herrscher der Welt bist?"

Assur-u-Ballit ballte zornig die Fäuste. „Der große Drache hat sich gewälzt, und seine Zuckungen erschütterten die Himmelsfesten. Die Ameisen nutzten das Chaos, sie krochen aus ihrem Bau und stahlen dem Bären den Honig. Doch Assur wird seine Faust recken über das Gelichter und es von der Erde tilgen!"

Nach weiteren Drohungen und Aufzählung etlicher Ruhmestaten machte Midian eine müde Handbewegung. „Höre, deine Urahnen und deine angebliche Weltherrschaft machen auf uns nicht den geringsten Eindruck. Wir wollen auch nicht lange um die Sache herumreden. Du hast den Ägypter um Hilfe gerufen, und nun will er Juda erobern."

Der Assyrer wies höflich auf sein Zelt, worauf Midian und Joram ihm folgten und sich in den Kissen niederließen. „Jeder will Juda erobern", fuhr Assur-u-Ballit fort, „und ist es nicht Necho, wird es Nabupolassar sein."

„Sehr richtig. Wir aber wünschen von keinem dieser Großmäuler beherrscht zu werden."

„Du bist selbst ein Großmaul. Juda kann es mit keiner Großmacht aufnehmen."

Joram grinste Midian an und räusperte sich vernehmlich. Der gab sich beherrscht. „Soll ich mich von einem Hofhund anbellen lassen, den man aus seiner Hütte vertrieben hat?"

„Ich verstehe nicht", stellte sich Assur-u-Ballit erstaunt, „Midian? Wer ist das? Ein Mann, der eine Rotte von Strolchen befehligt?"

„Ich habe über dreihundert Männer", gab Midian gelassen zurück, „du hast nur noch zwölf Gestalten, wenn ich richtig gezählt habe."

„Das ist nebensächlich. Ich habe die Königswürde, und mir steht der Thron von Assyrien zu."

Midian verschränkte die Arme. „Nehmen wir an, ich ließe dich an Nechos Triumph teilnehmen, was würde ich dabei gewinnen?"

„Wenn Nabupolassar und sein ehrgeiziger Sprößling Nebukadnezar beseitigt sind, könntest du ein hohes Amt bei mir bekleiden."

„Es soll mir wohl zu größerer Ehre gereichen, vor dir den Kniefall zu machen? Ist assyrischer Staub kein Dreck?"

„Ein Mann wie du brauchte niemals vor mir im Staub zu liegen. Verhilf mir wieder zu meiner Macht, und ich mache dich zum Tartan. Oder strebst du nach der Königswürde in deinem schwachen Juda?"

„Warum nicht? Wir haben Jahwe", stellte Midian fest und beobachtete den König genau.

Der hustete höflich in die Hand. „Dieses Gespenst? Ich hätte einem Mann wie dir mehr Einsicht zugetraut."

„Dein Assur hat dich auch nicht auf Händen getragen", entgegnete Midian ärgerlich.

„Assur hat seine Macht durch Jahrhunderte hindurch bewiesen, doch euer Jahwe?" Assur-u-Ballit lachte geringschätzig.

„Vielleicht ist Assurs Zeit abgelaufen, um Jahwe Platz zu machen", warf Joram ein. „Wir jedenfalls sind angetreten, seinen Worten mit Taten Weltgeltung zu verschaffen."

Assur-u-Ballit lachte spöttisch. „Mit dem Räubergesindel, das ich vorhin gesehen habe? Während ihr in euren verlausten Zelten sitzt, stellt Necho im Tempel Salomos wahrscheinlich schon seinen Horus-Falken auf."

„Euer häßlicher Assur schmückt den Tempel auch nicht besser", brummte Joram.

Midian lächelte und ballte seine Faust. „Macht ist es, die den Tempel am besten schmückt. Mache mich zum König von Juda, und ich nehme dich mit nach Jerusalem, wo das, was du sagst, bereits eingetroffen sein möge."

9

Midian und Joram merkten es sofort, als sie sich Jerusalem näherten: Jahwe hatte Osiris und Horus das Feld überlassen müssen. Überall hatten sich Menschen versammelt und redeten über das Ereignis: Joschija, der stets getan hatte, was dem Herrn gefiel, war vor Megiddo gefallen, Necho, der Ägypter, auf dem Weg in die Hauptstadt.

Von den Stufen des Palastes kamen ihnen die Leviten in heller Aufregung entgegen, an ihrer Spitze Hilkija. Nach Joschijas Niederlage dämmerte ihm, daß er sich mit diesem Midian eine Laus von der Größe eines Kamels in den Pelz gesetzt hatte. Staubaufwirbelnd fuhr Assur-u-Ballit auf den Platz und brachte seinen Wagen mit knirschenden Rädern dicht vor den Priestern zum Stehen. Die Priester wichen zurück und klopften sich den Staub aus den heiligen Gewändern. Midian sprang vom Wagen.

„Assyrer?“ schrie Hilkija und lief auf Midian zu. „Was hat das zu bedeuten?“

Midian nickte. „Es ist Assur-u-Ballit.“

Hilkija ballte die Fäuste. „Ihr König? Nun haben wir die Ägypter im Land und die Assyrer ebenfalls. Joschija, die Hoffnung Judas, ist gefallen. Was hast du dazu zu sagen, großer David?“

„Joschija war nie die Hoffnung Judas“, erwiderte Midian kalt. „Ich allein bin es. Sorgt dafür, daß die Assyrer standesgemäß untergebracht werden.“

Hilkija öffnete den Mund zu einer Antwort, doch Midian schnitt sie ihm mit einer ärgerlichen Handbewegung ab. „Alles weitere besprechen wir in deinem Hause, oder wollen wir uns hier streiten wie Gassenjungen?“

Hilkija sah den schönen David hochmütig lächeln, den rechten Arm herausfordernd um Jorams Schultern gelegt. Er wandte den Blick ab und schlug mit schnellen Schritten den Weg zu seinem Haus ein. Vor dem Tor warf er Joram einen finsteren Blick zu. Ein furchtbarer Gedanke durchzuckte ihn. Wollte sich Joram mit diesem Midian am Vater für die Verstoßung rächen? „Und was hast du getan, als unser König fiel? Du hast Midian das Zelt gewärmt und wohl noch ein bißchen mehr. Es hat sich herumgesprochen, daß auch der neue David widernatürlichen Regungen zugetan ist.“

Midian stieß die Tür geräuschvoll mit dem Fuß auf und bedachte Hilkija mit einem tödlichen Blick. „Wortfechter! Einst hast du in mir das Werkzeug Jahwes gesehen und mir dankbar die Hände geküßt, doch heute, wo es eine scheinbare Niederlage gegeben hat, willst du wohl leugnen, daß ich David bin? Du Kleingläubiger! Zweifelst du so rasch an Gottes Plänen?“

„Eine scheinbare Niederlage, sagst du? Woher nimmst du den Mut, das zu sagen? Befindet sich Juda nicht wieder in der Hand seiner Feinde?“

Midian stapfte voraus auf den Hof. „Auch deine Gebete haben den König nicht retten können. Jahwe hat keinen Finger für ihn gerührt. Im übrigen ist auch Necho nur ein Werkzeug in den Händen Jahwes. Wenn wir klug vorgehen, wird Juda bald mächtiger sein als unter Joschija, der sich für auserwählt hielt, aber vor den Thronen der Welt nur eine Küchenschabe war.“

Der mächtige Priester war einem Tobsuchtsanfall nah. Mit wehenden Gewändern lief er im Zimmer auf und ab. „Du schmähst deinen toten König?“ röchelte er. „Eine solche Demütigung habe ich seit den Zeiten des echten David nicht hinnehmen müssen.“

Midian überhörte das mit dem echten David und lehnte sich auf dem Diwan zurück. „Sei froh, daß es nur um deine Ehre ging und nicht um dein Blut. Ich habe ein Spiel gespielt, der Gewinner wird Jahwe heißen. Es wäre nicht der erste Betrug, der euren Gott am Leben hält. Oder geht es dir gar nicht um ihn, sondern nur um deine Pfründe?“

Das Gesicht des Priesters wurde grau wie ungewaschene Schafwolle. „Es geht mir um –“ Hilkija stockte – „um Jahwe, ich meine – um den Herrn natürlich!“ Erschrocken sah er nach oben, als würde ihn Gottes zorniges Auge schon durch die Zimmerdecke anstarren.

Midian zog die Oberlippe hoch. „Du langweilst mich. Ich bin Judas Zukunft, merke dir das! Wenn dir meine Handlungsweise nicht paßt, nehme ich die Bundeslade und gehe nach Babylon, um sie in Marduks Heiligtum aufzustellen. Und ich werde nicht gehen, ohne vorher ein paar Bäuche aufgeschlitzt zu haben!“

„Du – du wagst es, mir zu drohen?“

Joram räusperte sich. „Ich habe Hunger. Bei den himmlischen Heerscharen! Noch dürfte der Ägypter die Vorräte deines Hauses nicht geplündert haben, Vater.“

10

Am nächsten Tag zog Necho mit seinem Heer in Jerusalem ein. Midian lächelte, als er vom Dach des Palastes aus den Einzug des Pharaos beobachtete. Er wurde Zeuge, wie Necho von seinem Streitwagen stieg und auf den Assyrerkönig zuging, der ihm entgegeneilte.

Am vierten Tag gewährte der Ägypter Midian eine Audienz. Mit weit ausgreifenden Schritten betrat er den Thronsaal, und es erhob sich ein Raunen. In angemessenem Abstand vor dem Thron blieb er stehen und verneigte sich mit solchem Schwung, daß sein Mantel ihn umwehte wie eine feurige Lohe. „Osiris schenke dir ein langes und weises Leben, o Pharao."

Alle erstarrten. Ein ägyptischer Höfling wandte sich an Midian: „Weißt du nicht, mit welchen Worten man den göttlichen Pharao begrüßt?"

Midian trat einen Schritt nach vorn und sah den Pharao an, der ihn unbeweglich musterte. Als ihre Blicke sich trafen, war es Necho, der seinen Blick senkte. „Beim heiligen Nil! Man sagte mir, in Juda gebe es keine Männer mehr, die Götterfurcht habe aus allen Weiber gemacht."

Midian lächelte. „Die Götterfurcht macht Weiber oder Helden, ganz nach dem Belieben dessen, der sie sich dienstbar zu machen weiß."

„Bringt einen Stuhl für diesen klugen und mutigen Mann."

Lässig ließ Midian seinen kostbaren Mantel von der Schulter gleiten und reichte ihn unübertroffen gelangweilt einem Höfling Nechos, der ihn verdutzt entgegennahm. Dann setzte er sich, ohne darauf zu warten, bis Necho wieder Platz genommen hatte.

„Mein Bruder Assur-u-Ballit erwähnte bereits, daß du eine ungestüme Art hast", fuhr Necho fort. „Weshalb hast du dich nicht Joschijas Heer bei Megiddo angeschlossen? Er war dein König."

„Er war ein Unglück für Juda, denn er setzte sein Vertrauen in einen unsichtbaren Gott, der nur in seiner Einbildung existierte."

„Jahwe? Du leugnest ihn?"

„Jahwe ist ein Kinderschreck. Die Götter Ägyptens hingegen sind uralt und weise, das haben sie durch Jahrtausende bewiesen."

„Du erstaunst mich. Kann der wiedergeborene David groß sein in Juda ohne Jahwe?"

„David kann groß sein mit Necho", gab Midian herausfordernd zur Antwort. „Denn du bist der wiedergeborene Osiris."

„Was erwartest du von mir?"

„Nichts außer deinem geneigten Ohr."

„Außerdem möchtest du König von Juda werden?"

Midian lächelte sanft. „Wenn du wieder nach Ägypten gehst, möchtest du sicher ein friedliches Juda zurücklassen und keinen Ort des Aufruhrs. Ich bin der Mann, der hier in deinem Sinne für Ruhe und Ordnung sorgen wird, während du in Memphis nur noch das Gold zählen mußt."

„Joschija hat Söhne. Ich möchte sie nicht übergehen."

„Unmündige Bälger. Ein tatkräftiger Mann kann sie in ihren Entscheidungen so beeinflussen, daß sie zum Wohle Ägyptens handeln. Wenn ich dir raten darf: Wähle Eljakim."

„Hilkija riet mir, Joahas zu wählen."

„Natürlich. Joahas ist ein Levitenknecht wie sein Vater. Aber ein König, der Jahwe anhängt, wäre ein ständiger Stachel in deinem Fleisch. Eljakim hingegen lacht über Jahwe und ist den guten Dingen des Lebens zugeneigt. Mit solchen Vasallen hast du leichteres Spiel als mit fanatischen Gottesanbetern."

Necho lächelte dünn. „Das wird eurem Hohenpriester Hilkija nicht gefallen."

Midian hob die Hand. „Priesterzorn ist wie Wind von einem toten Pferd. Wenn du mir freie Hand läßt, wird dir die Provinz Juda keinen Ärger machen. Ich werde aus diesem Volk den letzten Blutstropfen herauspressen, und du wirst deinem Reichtum weitere Schätze hinzufügen können."

„Bei meinem Ka, ich bin noch keinem Mann begegnet, der mir so zynisch seinen Machtwillen offenbart hat." Necho hob den Arm. „Man wird dich über meinen Beschluß unterrichten."

11

Zwei Wochen nach Nechos Sieg feierten die Judäer das Sukkoth-Fest, und Eljakim, der fünfzehnjährige Sohn Joschijas, wurde zum neuen König von Juda gemacht. Necho hatte ihm den Thronnamen Jojakim verliehen, was Gott erhebt bedeutete, womit er zweifellos sich selbst meinte. Joahas, seinen Bruder, nahm er drei Wochen später als Geisel mit nach Ägypten.

Jojakim war ein verwöhnter Knabe ohne Selbstbewußtsein und neigte zur Grausamkeit. Midian wußte ihn zu kneten wie Lehm und ihn noch niederträchtiger zu machen, wofür Jojakim ihn rückhaltlos verehrte und das Volk ihn haßte. Er saß mit seinen zu kurzen Beinen auf dem Thron, aber Midian herrschte. Ägypten wußte er mit hohen Tributen zu besänftigen, die das Volk in ärgste Knechtschaft stürzten. Die Leviten mußten zufrieden sein, daß man ihnen die Ausübung der Gottesdienste gestattete.

Dem Volk trug Midian mit aller Strenge auf, Jahwes Gebote zu halten, während er und Jojakim es ausplünderten, von seinem Blut und Schweiß herrlich lebten und Jahwe und seine heiligen Bräuche verlachten.

In einem der schattigen Innenhöfe des Palastes räkelte sich Midian halbnackt auf einer Liege. Joram saß bei ihm. Er war ungehalten und wollte wissen, was Midian nach Nechos Sieg zu tun gedenke. „In der Ebene von Jesreel gibt es eine Hungersnot", stichelte er.

Midian deutete ein Gähnen an. „Du langweilst mich. Habe ich vielleicht die Heuschrecken geschickt und den Hagel?"

„Nein, aber statt mit Korn zu helfen, verlangst du Abgaben in unverminderter Höhe. Wovon sollen die Menschen das bezahlen?"

„Setze ich die Abgaben fest? Ägypten ist es, das uns ausbeutet. Sollen die Bauern doch ihre Kinder verkaufen!"

„An dich, wie? Dir fehlt wohl Ramazur?"

„Joram, du bist ein Narr! Hungernde sind leicht zu lenken, sie denken nur an ihre Bäuche, und wer sie füllt, dem dienen sie. Das Volk muß man nicht verwöhnen."

„Doch du räkelst dich hier wie eine dicke, fette Made."

„Ich bin nicht das Volk!" zischte Midian. „Ich bin David, ich bin ein Schwarzer Wolf!"

„Ein Schwarzer Wolf?“ wiederholte Joram verächtlich. „Hast du vergessen, was du ihnen versprochen hast? Reichtümer, Macht und Frauen. Das Jahr ist um, Midian, die Schwarzen Wölfe warten, aber der Mann, dem sie vertrauten, wird nicht kommen.“

„Geduld. Es ist erst drei Monate her, daß Necho das Land verlassen hat.“

„Dann tu etwas, aber erstick nicht in Müßiggang und Völlerei!“ schrie Joram.

Midian strich sich wohlgefällig über den flachen Bauch. „Hat mir noch nicht geschadet, das gute Leben, wie?“ Er verschränkte die Hände im Nacken und lächelte. „Ich war nicht so untätig, wie du glaubst. – Hungersnöte!“ Midian schnippte mit den Fingern. „Das Ausbluten des Landes durch Necho war geplant. Und bald wird Babylon Juda den Rest geben. Kriegsgreuel, Hunger und Seuchen. Atargatis kann zufrieden sein. Nebukadnezar wird mich zum Tartan machen, und bald wird Babylon einen neuen Gott haben.“

„Es wäre mir trotzdem lieb, wenn du Juda weiteres Leiden ersparen würdest“, entgegnete Joram unwillig. „Vergiß nicht, daß es immer noch mein Volk ist.“

Midian zischte etwas Unverständliches, wovon Joram nur Schwarze Wölfe verstand, doch dann lächelte Midian entspannt und tätschelte Jorams Arm. „Keine Sorge. Meine Pläne haben dein weiches Herz schon berücksichtigt. Jetzt müssen wir Necho und seine Leute nur noch davon überzeugen, daß wir uns wegen der Hungersnot im Norden des Landes aufhalten, während wir uns mit Nebukadnezar in Harran treffen werden.“

12

In der Amurru, einem zwielichtigen Viertel Babylons, lag das Widderhorn, in dem einige Soldaten saßen und darum würfelten, wer Nanaia, die Wirtstochter, bekommen sollte. Für den Gewinner mußten alle zusammenlegen, denn der Soldatensold war schmal.

„Paß auf deine Würfel auf, Asynor!“ rief Napal-Iddin. „Schon wieder habe ich dir zwei ägyptische und drei babylonische Huren abgewonnen."

„Den Behemot hast du! Ich habe zehn Augen und du acht. Hat dich die lange Enthaltsamkeit blind gemacht?"

„Was unter den Tisch fällt, zählt nicht. Ist doch so, Amynander?"

„Das stimmt. Du mußt deinen Wurf wiederholen, Asynor."

Der rieb die Würfel zwischen den Händen und spuckte auf sie. „Adrammelech, steh mir bei!"

Sassan, ein schlanker Bursche mit einer verwegenen Narbe über dem linken Auge und einem Haarschopf wie ein Reisigbesen, spuckte dreimal über die linke Schulter. Das half, er hatte den höchsten Wurf. Grinsend schob er Amynander die Würfel zu.

Amynander rieb die Würfel an seinen Stiefeln. „Hermes, schenke Gewinn." Aber er hatte kein Glück.

„Dein Hermes scheint gerade beim Pinkeln zu sein", grinste Sassan und reichte einen verbeulten Helm herum. „Mach dir nichts draus. Die reizende Nanaia hatte sowieso ihr Auge auf mich geworfen."

„Reizend?" spottete Amynander. „Fett ist sie."

„Du hättest wohl lieber ihren Bruder, wie?" Alle lachten dröhnend.

„Ihr meint doch nicht den langen Aryx? Beim Sirrusch! Das einzige, was bei dem absteht, sind seine Ohren! Habt ihr keine besseren Ratschläge für mich?"

„Man sagt, Naharsin verkaufe ganz entzückende Knaben, leider unverschämt teuer", warf Napal-Iddin ein.

Asynor stieß ihn an. „Woher weißt du das denn? Machst du dir auch nichts aus Weibern?"

Napal-Iddin zuckte die Schultern. „Frauen oder Männer! Das nehmen wir in Babylon nicht so genau, wie? Ich behaupte, vor einem babylonischen Schwanz ist keine Öffnung sicher."

„Das stimmt!" prustete Asynor. „Erinnert ihr euch an Schumukin, den Sohn des Kupferschmieds?"

Sie nickten und krümmten sich vor Lachen, nur Amynander konnte nicht mitlachen. „Was war mit ihm?"

Asynor wies auf Napal-Iddin. „Er hatte die Eier bei dem Knaben nicht gefunden."

„Und was anderes auch nicht", bestätigte Napal-Iddin und hielt sich den Bauch. „Natürlich war es ein Eunuch."

„Die Entmannten sollen die besten Stuten sein, habe ich mir sagen lassen", nickte Asynor. „Hattest du schon mal einen Eunuchen, Amynander?"

„Nein, ich dachte –"

„Du dachtest, da geht nichts mehr, wie? Halb Babylon besteht aus Verschnittenen, und die Hälfte von ihnen macht mehr Kinder als ein altgedienter Bock."

„Weshalb gibt es so viele?"

„Babylon handelt mit ihnen. Jedes Jahr erhält es fünfhundert Knaben als Tribut von den unterworfenen Provinzen. Unsere Ärzte sind berühmt für die fachgerechten Operationen."

„Und Naharsin, dieser Eselsschänder, ist berüchtigt für regelmäßigen Schwund unter ihnen", warf Sassan ein.

Asynor winkte ab. „Laßt uns das Thema wechseln. Wenn wir über dieses Stinktier reden, vergeht mir der Appetit auf alles."

Amynander überlegte, wo er den Namen Naharsin schon einmal gehört hatte. Da kam ein kahler, baumstarker Mann auf sie zu. Amynander zuckte zusammen. „Nebusaradan?"

„So ist es also wahr", dröhnte seine Stimme durch den Raum. „Hier treibst du dich herum, in der übelsten Gegend von Babylon, und verführst deine mittellosen Krieger zum Würfeln."

„Genauer gesagt, sie haben mich verführt." Amynander lächelte und rückte etwas zur Seite. Nebusaradan winkte ab. „Ich sterbe lieber in Waffen als auf einer billigen Beischläferin meinen letzten Seufzer zu tun. Komm mit, im Palast verlangt man nach dir."

13

Amynander durchquerte mit großen Schritten den teppichverhangenen Gang, der zu seinen Gemächern führte. Bevor er vor den König trat, wollte er seine Kleider wechseln. Da löste sich hinter einem Pfeiler eine schmächtige Gestalt. „Amynander?"

„Nebukadnezar!" rief Amynander. „Was tust du im Ostflügel?"

„Ich wollte dich sprechen. Gehen wir in dein Zimmer?"

„Verzeih, mein Prinz, aber du siehst es selbst, ich bin staubig und möchte zuerst baden."

„Gut. Dabei können wir auch reden."

Amynander ließ sich von seinem Leibsklaven entkleiden und stieg in das lauwarme Wasser des in den Boden eingelassenen Beckens, während Nebukadnezar auf einem Kissen an seinem Rande Platz nahm. Er warf einen Blick auf den gutgewachsenen Sklaven, der abwartend im Hintergrund stand, und kräuselte die Lippen. „Ich hörte", wandte er sich an Amynander, „daß du außer einem hübschen Gesicht noch andere Qualitäten hast."

„Sie stehen dir zu Diensten, mein Prinz."

„Natürlich." Nebukadnezar räusperte sich. „In Harran treffe ich mich mit einem Mann, der mir Juda vielleicht ohne einen Schwertstreich ausliefern wird. Derzeit ist er der heimliche König von Juda, aber er will mehr."

„Den Thron Babylons?" fragte Amynander spöttisch.

Nebukadnezar blickte finster. „Möglich. Seine Boten deuteten an, er strebe unter meiner Regentschaft das höchste Amt im Reich an: das des Tartans."

Amynander stieg aus dem Bad, und der Sklave im Hintergrund eilte mit Tüchern herbei. Amynander schlang sich ein Tuch um die Hüften und setzte sich zu dem Prinzen. „Nun hast du den zweiten vermeintlichen Thronrivalen ausgemacht, offensichtlich wartet jeder zweite beherzte Mann darauf, dir dein Königtum streitig zu machen. Wie dem auch sei, mir ist es gleichgültig, wer in Babylon König ist und wer in Juda."

„Wirklich? Möchtest du Babylon einem bösartigen Thronräuber überlassen, der das Land ausbluten läßt?"

„Weshalb willst du mit solchen Männern verhandeln?"

„Ich gebe zu, meine Beschreibung könnte überspitzt sein", erwiderte Nebukadnezar zögernd. „Ich konnte nicht viel über ihn in Erfahrung bringen. Ich weiß nur, daß er nicht ist wie andere Männer. Ein Geheimnis scheint ihn zu umgeben. Das ist auch der Grund, weshalb ich dich bitten möchte, mich zu begleiten."

„Weshalb ich? Du traust mir doch auch nicht."

„Du kannst es mit ihm aufnehmen. Du wirst ihm in die Augen sehen, ohne blaß zu werden."

Amynander lächelte amüsiert. „Sind denn bereits seine Blicke tödlich?"

„So sagt man." Nebukadnezar wischte durch die Luft. „Geschwätz, natürlich. Immerhin –" er zögerte und musterte Amynander nachdenklich, dabei strich er sich über das nervös zuckende Augenlid. „Ich brauche einen Mann, der diesen David im Auge behält, seine Pläne erfährt. Wenn ihr euch näher kommt, wenn er dir vertraut, dann –"

„Weshalb sollte er gerade mir vertrauen?"

Nebukadnezar lachte leise. „Der Mann ist undurchsichtig, eins aber habe ich doch in Erfahrung bringen können: Niemals hat man ihn mit einer Frau gesehen, statt dessen befindet sich ständig ein junger, hübscher Hebräer an seiner Seite."

„Ist das wahr?" Amynander verschränkte die Arme und lächelte dünn. „Ich soll ihm seine Geheimnisse also im Bett entreißen? Nein, nein! Nicht, daß ich etwas gegen schön geformte Männerschenkel auf meinen Lenden hätte, aber ich bin Rabkissir und keine Dirne, die man für diese Zwecke den Männern in die Kissen legt."

Nebukadnezar hob beide Hände. „Gewiß nicht. Wenn der Mann nichts Arges gegen mich plant, kannst du unbesorgt sein, nicht wahr? Plant er aber Verrat, so ist es deine Pflicht, mich zu unterrichten, damit ich mich schützen kann. Ist das unbillig?"

Amynander seufzte. „Ich weiß nicht."

„Bei einem Mann wie dir dürfte selbst jener finstere David schwach werden – wenn er das liebt, was ich annehme." Nebukadnezar erhob sich. „Wie du es anstellst, überlasse ich dir. Für mich zählen nur Ergebnisse."

Amynander lächelte schief. „Dann glaubst du nicht länger, daß ich dein Rivale um den Thron bin?"

Nebukadnezar wandte sich in der Tür um. „Noch nicht. Aber die Versuchung schläft nicht, Amynander."

14

Es war die Zeit der fallenden Blätter. Über die Straße nach Harran rumpelte ein Ochsenkarren und näherte sich dem südlichen Stadttor. Auf dem Wagen saß ein Mann. der den einfachen Kittel eines Bauern trug. Um seinen Kopf hatte er ein wollenes Tuch geschlungen, darüber saß ein breitkrempiger Hut gegen die Sonne.

Vor der Stadtmauer boten Weinhändler und Wasserverkäufer den Ankömmlingen ihre Dienste an. Der Mann lenkte sein Gefährt an den Straßenrand. Als ein schmächtiger Wasserverkäufer auf ihn zukam, sprang er von seinem Gefährt, für einen erschöpften Bauern nach langer Reise zu geschmeidig. Jetzt konnte man auch sehen, daß er hochgewachsen und kräftig war. Doch niemand achtete auf ihn, als er auf den Wasserverkäufer zuging und fragte: „Hast du Wasser für Juda?"

Der Wasserverkäufer füllte eine irdene Schale aus seinem Wasserschlauch und reichte sie dem Fremden. „Ich habe Wein für Babylon." Dabei zuckte seine linke Gesichtshälfte nervös.

Der Fremde trank und gab die Schale zurück. „Ich möchte noch mehr von deinem Wasser trinken."

Der Wasserverkäufer nickte. „Folge mir!" Er führte den Fremden unterhalb der Stadtmauer einen gewundenen Pfad entlang, der sich zwischen Disteln und Gestrüpp hinzog und die beiden rasch den Blicken der Menge vor dem Stadttor entzog. Vor einer baufälligen Hütte, die von Goldraute und wilden Feigen überwuchert war, blieb der Wasserverkäufer stehen. Er schob einen Balken zur Seite, gebückt trat der Fremde ein. Sein schmächtiger Begleiter verhängte die Lücke sorgfältig mit einem schmutzigen Stück Stoff.

Der Fremde legte seinen Hut zur Seite und streifte sich das Tuch vom Kopf; eine Fülle langer, schwarzer Haare ergoß sich über Schultern und Rücken. Er sah sich in dem trüben Licht nach einer Sitzgelegenheit um.

Der kleine Mann warf achtlos seinen Wasserschlauch in eine Ecke und zeigte plötzlich sehr wache Augen. „Ich hörte, du habest mir ein Geschäft vorzuschlagen?"

Midian setzte sich auf den felsigen Fußboden und lehnte sich gegen die Wand, worauf die Hütte bedenklich schwankte. „Du bist ein mutiger Mann, Prinz Nebukadnezar. Was, wenn ich dich hier abstechen würde?"

Der Prinz machte eine ungeduldige Handbewegung. „Was hättest du davon? Tot nütze ich dir nichts." Aber er war nicht so kaltblütig, wie er scheinen wollte. Unruhig lief er in dem kleinen Raum auf und ab. „Was hast du mir zu sagen?"

„Ich kann dir Juda in die Hand geben."

„Weshalb sollte ich es wollen?"

„Weil Necho es hat." Midian lächelte. „Das allein wäre Grund genug, nicht wahr? Außerdem gewährt er dem Assyrerkönig dreist Unterschlupf. Zwei Gegner, die sich früher oder später gegen dich zusammentun werden."

„Vielleicht würden sie das. Und was sind deine Gründe, mir gegen sie beizustehen?"

„Haben meine Boten das nicht klar ausgedrückt?"

„Ihre Rede war wie Nebelgespinst", erwiderte Nebukadnezar vorsichtig. „Außerdem – weshalb sollte ich dir trauen? Ein Mann, der sein eigenes Volk verrät, ist eine Ratte."

„Die Hebräer sind nicht mein Volk."

„Du bist kein Hebräer? Wie konntest du am Hof von Jerusalem so viel Einfluß erlangen?"

„Dir mag genügen, daß meine Fähigkeiten mich dorthin gebracht haben."

Nebukadnezar warf nachdenkliche Blicke auf den langhaarigen Fremden, der ihn mit nur einer Hand erwürgen konnte. „Eljakim, der sich jetzt Jojakim nennt, kann man leicht beseitigen. Willst du König von Juda werden?"

„Wollte ich das, ich wäre es bereits", entgegnete Midian kühl. „Ich habe andere Pläne."

„Ja, mit Babylon", krächzte Nebukadnezar. In seiner Stimme schwang Furcht mit. „Judas Thron ist dir zu gering."

„Du sagst es. Der König von Juda wird stets ein Diener der Mächtigen bleiben."

„Aber nur einer kann Marduks Thron besteigen", gab Nebukadnezar blaß zurück.

„Das wirst du sein, mein Prinz, wenn du klug bist. Wenn du dem Ägypter Juda wieder entreißt, wirst du dir die Achtung deines Vater erwerben. Wer könnte dann noch daran zweifeln, daß das Erbe dir zusteht?"

In dem diffusen Licht konnte Midian nicht sehen, wie das Gesicht Nebukadnezars nun heftig zuckte. „Und dein Preis, Midian?"

„Der Assyrer wollte mich zum Tartan machen. Von dir werde ich nichts Geringeres verlangen, wenn du den Thron besteigst."

Nebukadnezar schwieg.

„Das hast du doch gewußt, und du bist auch bereit dazu, sonst wärst du nicht hier." Midian lächelte sanft und schaute zu dem Prinzen hoch. „Wenn ich dir zur Seite stehe, wirst du Babylon zu unerreichter Blüte führen."

Nebukadnezar lachte heiser. „So wie Juda, wo eine Hungersnot die andere ablöst, während der verwöhnte Knabe Jojakim Pfauenleber speist?"

„Beim Herrn der Heerscharen! Deine Spitzel sitzen bereits in der Hofküche", stellte Midian grinsend fest.

„Laß die Albernheiten! Ich bin kein Puppenkönig wie Jojakim. Ich will nicht von deinen Gnaden und in deinem Schatten regieren."

„Du kannst aber auch nicht allein herrschen, Nebukadnezar. Ein König ist groß durch die Männer, die ihm raten und ihn beschützen. Wenn du mich wählst, wird man deinen Namen noch in tausend Jahren nennen, wenn du mich aber abweist, wirst du im Schatten deines Vaters verkümmern und namenlos bleiben."

„Namenlos?" wiederholte Nebukadnezar, und seine Stimme zitterte, als sei dies das schlimmste Los, das er sich vorstellen konnte. „Ich werde größer sein als mein Vater, der mich verachtet, größer als alle assyrischen Könige vor mir, ich werde –"

„Du wirst es sein", unterbrach ihn Midian ruhig, „wenn du auf mich hörst. Joschija tat es, und ich machte seinen Namen geachtet bei den anderen Fürsten. Die Assyrer jagten wir aus dem Land, die fremden Götter stürzten wir, doch dann begann er übermütig zu werden und meinen Ratschlag zu verschmähen, daher fiel er von Nechos Hand."

„Und der Ägypter? Weshalb willst du ihn verraten?"

„Die große Zeit Ägyptens ist vorbei, Babylon gehört die Zukunft. Midian steht nicht an der Seite von Verlierern."

„Auf welche Art willst du mir meine Feinde in die Hand geben?"

„Wenn ich dir die Tore öffnen lasse, wird kein Ägypter gegen dich aufstehen. Die Beamten und die Hauptleute, die Necho mir zur Seite gegeben hat, habe ich so sehr an das gute Leben gewöhnt, daß sie über ihre dicken Bäuche und ihre nackten Weiber stolpern werden, wenn sie die Flucht ergreifen."

„Ich muß mich bedenken. Du wirst von mir hören", erwiderte Nebukadnezar kühl.

Midian erhob sich, schob den Balken zur Seite, bückte sich und stand wieder in der gleißenden Sonne. Er verhüllte sein Haupt mit dem Tuch und setzte sich den Sonnenhut auf. Nebukadnezar hatte sich wieder in einen Wasserverkäufer verwandelt. Leicht schlurfend ging er hinter Midian her. Am Stadttor verschwand er plötzlich in der Menge.

15

Ein hochgewachsener Bauer mit Sonnenhut lenkte seine Ochsen zum Mietstall und war plötzlich verschwunden. In einer schmalen, dunklen Gasse tauchte er wieder auf. Er betrat ein niedriges Haus, ging einige Stufen hinab und legte ein Goldstück in eine ausgestreckte Hand. Dann wurde ihm ein winziges Zimmer geöffnet. Auf schmutzigen Lumpen lag eine nackte, gefesselte Frau. Der Fremde nickte, die Tür wurde hinter ihm geschlossen.

Amynander war ihm gefolgt. Er besah sich kopfschüttelnd das Gebäude, in dem der Fremde verschwunden war; jener geheimnisvolle David, wie Nebukadnezar versichert hatte. Es war verfallen, schien unbewohnt. Als sich Amynander näherte, schoß eine magere Hand vor, und eine Stimme kreischte: „Ein Goldstück!"

„Wofür?" fragte Amynander verwundert und wich zurück, denn aus der Dunkelheit stank es nach Verwesung.

Schweigen. Dann kreischte die Stimme: „Verschwinde!"

Amynander behielt die Hand am Gürtel. „Ich suche einen Mann, er ist hier hineingegangen."

„Awaran! Komm heraus! Hier ist ein Spitzel!"

Ein Hüne von einem Mann schob sich aus der Finsternis. Amynander wich zurück, er wollte kein Aufsehen. „Schon gut, ich gehe schon."

Amynander verbarg sich in der Nähe und behielt die Ruine im Auge, dabei drückte er sich tief in eine Mauernische, denn die Gegend war so finster, daß er fürchten mußte, noch anderem Gesindel zu begegnen.

Er mußte nicht lange auf den Fremden warten, der jetzt die Kleider eines Nomaden trug und dessen Gesicht und Haare unter einem langen Tuch verborgen waren. Amynander erkannte ihn trotzdem an seinem hohen Wuchs und an dem federnden Gang. Mit raschen Schritten strebte er dem Tor zu, das auf den Vierwegeplatz führte. Amynander folgte ihm.

Der Mann betrat ein Gasthaus. Zielstrebig ging er auf einen Mann zu, der offensichtlich auf ihn gewartet hatte. Amynander blieb vorsichtig an der Tür stehen. Der Nomade nahm jetzt sein Tuch ab und schüttelte sein langes Haar.

Amynander erstarrte. Es war Midian, der Fürst von Bailakan. Und auch den anderen erkannte er wieder. Joram, den jungen Hebräer, den er auf so vergnügliche Weise zur Todsünde verführt hatte.

Fluchtartig verließ Amynander den Raum, lief ein paar Schritte und lehnte sich schwer atmend gegen eine Hauswand. War es ein Zufall? Ein Streich des launischen Schicksals? Oder gar – geplant? Geplant von wem? Nebukadnezar? Unmöglich! Also doch ein – Zufall? Amynander spürte, wie sein Herz klopfte, und schalt sich einen Narren. *Weshalb benehme ich mich wie ein Hirsch, der vor dem Jäger flieht? Ich gehe jetzt hinein und – nein! Es geht nicht. Dieser Hebräer ist bei ihm, außerdem* – Amynander lachte in sich hinein – *Nebukadnezars Absicht, diesen Mann unauffällig auszuhorchen, dürfte jetzt vereitelt sein.*

16

Der Prinz hatte sein Lager in der ehemaligen Festung des Assyrers aufgeschlagen. Er trug abgewetzte Soldatenstiefel, einen ausgeblichenen Rock, darüber ein rissiges Lederwams. Der Raum, in den Amynander eintrat, war dunkel, durch ein kleines Fenster unterhalb der niedrigen Decke fiel ein schwacher Sonnenstrahl. Er beleuchtete einen fleckigen Holztisch, auf dem ein Tonkrug stand. Von einem Sims an der Wand holte Nebukadnezar zwei angestaubte Becher, wischte sie flüchtig mit der Hand aus und goß Wein aus dem Krug ein. Er schmeckte sauer.

„Das ist ein Kriegslager", brummte Nebukadnezar, als er sah, wie Amynander den Mund verzog. „Necho wird bald heraufziehen. Bist du David begegnet?"

Amynander nickte, ließ sich auf einer wackeligen Bank nieder, legte seinen Mantel neben sich und streckte die Beine aus. Obwohl der Wein ungenießbar war, trank er hastig. Nebukadnezar wollte seiner alten Angewohnheit folgend im Raum auf und ab gehen, doch Amynander bat ihn, Platz zu nehmen. Nebukadnezar sah ihn schief an, sein nervöses Zucken verwandelte sich in ein verkniffenes Lächeln. „Du siehst niedergeschlagen aus, oder irre ich mich?"

„Dein Vorhaben, mein Prinz, ist hinfällig. Ich kenne diesen – David von früher."

„Sehr aufschlußreich. Das ist ja mehr als ich hoffen durfte. Erzähle!"

„Es ist nicht viel." Amynander berichtete in knappen Worten von seinem Treffen mit dem Fürsten von Bailakan.

„Es paßt, es paßt." Nebukadnezar konnte nicht sitzenbleiben und lief jetzt doch im Zimmer auf und ab. „Schon damals hat er versucht, Verbindungen nach Babylon zu knüpfen. Ein zielstrebiger Mann. Aber –" der Prinz blieb vor Amynander stehen –, „ich sehe nicht ein, weshalb du dich deshalb von ihm fernhalten solltest. Ganz im Gegenteil! Hatte er dich in Arbela nicht darum gebeten, eure Bekanntschaft zu vertiefen?"

„Ja", erwiderte Amynander rauh und senkte den Blick. „Aber hier in Harran wird er zu recht vermuten, daß dieser Wunsch von dir ausgeht. So dumm ist er nicht, daß er unsere Begegnung für einen Zufall und meine Annäherungsversuche für echte Zuneigung halten würde."

Nebukadnezar nickte. „Ja, mag sein." Er machte wieder ein paar Schritte und überlegte. „In Harran also nicht, aber in Babylon." Er blieb stehen. „Früher oder später wird er nach Babylon kommen, du wirst auf ihn vorbereitet sein, Amynander."

Amynander umklammerte seinen Becher. „Nein – ich –"

Nebukadnezar achtete nicht auf die Verwirrtheit des Griechen. Seine Gedanken eilten den Ereignissen voraus. Er lächelte flüchtig und murmelte: „Ja, Midian. Auch Amynander vermag Menschen in seinen Bann zu ziehen."

17

Amynander hatte schlecht geschlafen. Als er erwachte, war sein erster Gedanke: Midian ist in der Stadt. Amynander erhob sich fluchend und rief nach der Wache vor der Tür. „Kennst du dich aus in Harran?" fauchte er den jungen Mann an.

„Ich bin seit sechs Monaten hier stationiert."

„Wo kann sich ein Mann hier so richtig vergnügen? Ich meine, nichts Zahmes, etwas, wo Körper und Seele jubilieren. – Ach ja, und nichts mit Weibern."

Der junge Soldat errötete. „Die Schenken am Fluß, da kann man Knaben kaufen."

„Und was spielt sich in den Ruinen hinter der eingestürzten Südmauer ab?"

„Keine Knaben", erwiderte der junge Mann hastig. „Dort gibt es nur Raubgesindel, Totschläger."

„Was könnte es dort geben, wofür man ein Goldstück zahlt?"

„Weiß ich nicht. Wirklich. Jedenfalls nichts, was das Gesetz erlaubt."

Amynander nickte. „Dann will ich mich mal am Fluß umsehen. Danke, du kannst gehen."

Amynander besah seine Barschaft. „Früher wurde ich dafür bezahlt", brummte er, „heute muß ich selber zahlen. Habe ich mich verbessert?" Er zog einen Rock an aus weißer Wolle, darüber einen Mantel aus dunkelblauem Tuch, der auf der Schulter den Mardukdrachen trug. Aber statt zum Fluß ging er zum Kamelmarkt, der sich außerhalb der Stadtmauern befand. Inmitten der schreienden Händler und den Eselskarren der Bauern, die hier ihr Gemüse verkauften, hoffte er, von seinen sinnlichen Gedanken abgelenkt zu werden.

Er schlenderte an den Ständen vorbei, wo die Töpfer und Steinschneider ihr Handwerk ausübten. Angeregt sah er ihnen bei der Arbeit zu und verfolgte ihre flinken, geschickten Hände. Er erstand einen aus Onyx geschnittenen Sirrusch für Achylides und lächelte gedankenverloren, wenn er seines unaufgeräumten Hauses gedachte. Dabei achtete er nicht auf den Weg und stieß mit einem alten Mann zusammen, der Melonen in einem Korb trug. Der Mann stürzte, und die Melonen rollten in den Staub. Bevor Amynander sich entschuldigen konnte, bat ihn der Alte flehentlich um Verzeihung.

Niemand hätte den Vorfall beachtet, hätte Amynander ihm nicht aufgeholfen und begonnen, die Melonen wieder in den Korb zu sammeln. Die Menschen blieben stehen und bestaunten den babylonischen Offizier, der für einen schmutzigen Bauern Melonen aus dem Sand klaubte. Amynander half dem Alten, den Korb wieder auf den Rücken zu binden, und gab ihm ein Stück Silber. „Ich war es, der unaufmerksam war", sagte er und legte ihm lächelnd die Hand auf die Schulter.

„Das war eine gute Tat, Amynander", hörte dieser sagen. Er drehte sich um nach der warmen Stimme und erschrak. „Joram!"

„Ich freue mich, daß du dich an mich erinnerst."

„Bist du allein?" fragte Amynander hastig und sah sich unruhig um. Joram nickte, und Amynander wurde sich seiner unsinnigen Frage bewußt. Rasch legte er Joram den Arm um die Schulter. „Wie schön, dich zu sehen. Was machst du in Harran?" Dabei zog er ihn mit sich, weg von dem Gewühl.

„Die Frage könnte ich zurückgeben", sagte Joram und genoß nach so langer Zeit die Wärme Amynanders, den Druck seiner Hand. Als er ihn auf dem Markt erkannt hatte, hatte er fliehen und sich verbergen wollen wie vor einem Unheil, das sich unaufhaltsam wie auf unsichtbaren Schwingen nähert. Aber er schüttelte das Gefühl ab. Er war nicht mehr jener unreife Knabe von damals, er war ein Schwarzer Wolf. Ein Schwarzer Wolf gab sich keinen Empfindungen hin, er beherrschte sie.

„Ich habe Geschäfte hier", sagte Amynander, während er sich vorsichtig nach allen Seiten umsah.

„Das war anständig von dir", sagte Joram, „das mit dem Lastträger."

„Wieso? Ich hatte den armen Kerl doch angerempelt."

„An deinem Umhang sehe ich, daß du in den Diensten des babylonischen Drachens stehst. Silberne Stickerei. Das bedeutet, du hast einen mittleren Rang. Damit darfst du hier fast jeden anrempeln, und er hat sich noch zu bedanken."

Amynander lachte und zog Joram eng zu sich heran. „Ich bin Rabkissir. Aber wer einem alten Mann nicht aufhilft, ist einfach ein Strolch. – Du siehst gut aus, bist ein Mann geworden. Komm, du mußt mir erzählen, wie es dir ergangen ist seit damals, und von deinem Vater. Hast du schon etwas gegessen? Ich lade dich ein. Wo gibt es hier in Harran guten Wildschweinbraten?"

Sie gingen in das nächstgelegene Gasthaus, wo sie nur zähe Hühner und verwässerten Wein bekamen, aber das störte sie nicht. „Erzähle", forderte Amynander, während seine Zähne an dem faserigen Fleisch zerrten.

Joram lächelte. „Damals war ich sehr jung, nicht wahr? Jedenfalls ist mir, als seien Jahrzehnte vergangen seit Aschkalon. Ja, die Sache kam heraus, und mein Vater verfluchte mich. Danach habe ich das Land verlassen."

„Beim Zeus! Das war meine Schuld." Amynander legte Joram die Hand auf den Arm. „Ich hoffe, du hast mir verziehen."

„Du hattest keine Schuld, Amynander. Schließlich war ich freiwillig bei dir, oder? Im Gegenteil! Du hast mir die Augen geöffnet."

Amynander hob verwundert die Brauen. „Daß es mit Männern mehr Spaß macht als mit Frauen?"

Joram lachte kurz. „Nein. Daß ich aufgewachsen bin mit einem Gesetz, das die Freiheit erstickt unter einer Flut unbarmherziger und anmaßender Forderungen. Todsünde! schrie mein Vater immer wieder, ich konnte damit nichts anfangen. War es denn sündhaft, Glück zu empfinden? Ich habe später vieles getan, worauf ich nicht stolz bin, aber jene Zeit mit dir – wie mißgünstig muß ein Gott sein, der das verbietet." Joram brach nachdenklich das Brot. „Später, in der Fremde, wurde mir klar, daß ich mit einer ungeheuren Lüge gelebt hatte. Da wurde mir die Fremde leicht, verstehst du?"

„Mit was für einer Lüge?" fragte Amynander kauend, der bereits in Milet nicht viel von Göttern gehalten hatte.

„Daß nur wir die Wahrheit kennen und alle Götzendiener verdammt sind. Dabei huldigen wir selbst einem Götzen, dem Gesetz."

„Hmm", nickte Amynander.

„Ich begriff, daß die Gottesdienste anderer Völker von ebensolcher Frömmigkeit sind, und daß unsere Auserwähltheit eine Anmaßung ist."

„Beim Ares! Da habe ich aus dir also einen Philosophen gemacht, als ich ihn dir reinsteckte, und ich wollte eigentlich nur etwas Spaß haben. Wie ist es dir denn danach so ergangen?"

Joram schob schnell ein Hühnerbein in den Mund. „Harte Jahre, ziemlich harte Jahre", nuschelte er. Er wischte sich das Fett von den Lippen. „Jetzt bin ich wieder in Jerusalem."

„Dann hat dir dein Vater also verziehen?"

Joram nickte und spülte mit Wein hinterher.

Amynander merkte, daß Joram nicht reden wollte, gerade über die Zeit, über die er gern etwas gewußt hätte. Er lächelte. „Das freut mich für dich. Auch, wie gut dir das alte Huhn schmeckt." Amynander sah Joram lauernd an. „Und was machst du in Harran? Hast du – Freunde hier?"

„Ich besuche jemanden, und du?" erwiderte Joram schnell.

„Prinz Nebukadnezar wollte, daß ich ihn begleite, ziemlich langweilig da oben in seiner Festung. Zum Glück habe ich ja dich getroffen."

„Weshalb ist der Kronprinz denn in Harran?" fragte Joram und versuchte, harmlos auszusehen.

„Nun, ich bin nicht über jeden seiner Schritte unterrichtet." Amynander lehnte sich zurück und beobachtete aufmerksam eine Fliege auf der Tischplatte. „Ich glaube, er traf sich hier mit einem Mittelsmann."

„Verstehe." Beide lächelten. Danach betrachtete Joram dieselbe Fliege mit einiger Anteilnahme.

„Schlafen wir heute zusammen?"

Joram starrte Amynander an. „Es geht nicht."

„Nein? Ich dachte, die Zeiten, in denen du dich von deinem Vater gängeln läßt, sind vorbei?"

Joram errötete. „Der Mann, den ich hier, ich meine –"

„Den du hier in Harran besuchst", half ihm Amynander.

„Ja. Ihm wäre es nicht gleichgültig, wo ich die Nacht verbringe, verstehst du?"

„Sicher. Du bist also auf den Geschmack gekommen. Wie lange kennst du ihn schon?"

Joram gab keine Antwort, er überlegte, was er sagen sollte.

„Ist er dein Geliebter?"

„Ja."

„Schade. Sehr schade, ich wäre sehr gern mit dir zusammen, weißt du?" Amynander nahm Jorams Hand. „Es muß doch nicht nachts sein, jetzt gleich wäre mir recht. Du hast dich eben auf dem Markt verspätet. Oder bist du ihm treu wie eine Ehefrau?"

Joram lächelte verkrampft, seine Hand zitterte. Er schüttelte den Kopf.

„Hör zu! Nebukadnezar braucht meine Dienste nicht mehr, morgen werde ich abreisen. Und du wirst wieder nach Jerusalem gehen, keiner merkt etwas."

„Ich verstehe. Das gleiche flüchtige Spiel wie damals in Aschkalon."

„Die Augenblicke des Glücks sind flüchtig, Joram. Aber wenn du willst, besuche mich doch in Babylon – mit deinem Freund. Ich bin nicht eifersüchtig." Amynander zwinkerte ihm zu. „Oder hast du Angst, daß ich deinen Freund verführen könnte?"

Joram lächelte gezwungen. „Ich bin sicher, du würdest ihn nicht mögen."

„Oho! Die Braut ist häßlich, sagte der Werber, weil er sie selbst heiraten wollte."

„Ich möchte auch mit dir schlafen, Amynander", sagte Joram und erwiderte den Händedruck. „Warum nicht? Einfach spüren, wie du dich heute anfühlst."

Amynander winkte dem Wirt. „Vermietest du Zimmer?"

„Zwei Kupferstücke die Nacht."

„Und was kosten sie ohne Kakerlaken?"

Der Wirt musterte Amynander von oben bis unten, warf dann einen kurzen Blick auf Joram und brummte: „Fürstenzimmer habe ich nicht. Nimm deinen Zuckerjungen doch mit auf die Garnison."

Das Messer war so schnell in Jorams Hand, daß der Wirt nicht mehr hätte ausweichen können, doch noch schneller war Amynander. Er hielt Joram die Hand fest. „Bist du wahnsinnig? Laß den Wirt doch reden, der ist nur neidisch, weil sein Hinterteil schon Schimmel angesetzt hat."

Da lachte Joram und steckte das Messer weg. Amynander drückte dem Wirt das Kupfer in die Hand, und ein Junge führte sie hinauf unter das Dach. Sie entkleideten sich bis auf die Hüfttücher und umarmten sich. Amynander schloß die Augen und sog Jorams Duft in seine Nüstern, holte sich seine Wärme, die Wärme und den Duft des Körpers, den Midian besessen hatte. Dann streifte er Joram das Tuch von den Hüften und ertastete sein Geschlecht. Es fühlte sich an wie der seidige Griff eines Schwertes.

Joram berührte ihn, ohne ihn zu entkleiden, und schob die Hand so langsam unter den Stoff, daß Amynanders Zähne aufeinanderschlugen. Er warf den Kopf nach hinten und stieß das Becken heftig gegen Jorams Hand. „Mach schon! Mach schon!"

Joram lachte leise und zog die Hand wieder zurück. Sie küßten sich und legten sich auf die Strohsäcke. Amynander schmiegte sich an Jorams Rücken. „Willst du es gleich?"

„Nicht gleich. Laß mich ihn nur spüren, aber warte noch."

Amynander umfaßte Joram und knetete ihn sanft, dann hob er mit einer Hand sein Hüfttuch hoch und schob Joram das erregte Glied zwischen die Schenkel. Während er sich bewegte, flüsterte er: „Ich warte darauf, mich in dir zu bewegen, sehr tief, sehr lange."

Joram packte Amynanders Hände. „Fester! Tu mir weh. Zeig mir, daß du ein Mann bist!"

„Das magst du?" gurrte Amynander. „Dann wollen wir nicht mehr spielen!" Er schlug seine Nägel in geschwollenes Fleisch, grub Joram die Zähne in die Schultern und rammte ihm seinen Spieß hinein. Joram wand sich und schrie und genoß das, was Midian ihm nie geben konnte.

Danach warf sich Amynander schweißgebadet auf den Rücken, Joram drehte sich lachend zu ihm um, küßte ihn, noch schwer atmend, löste ihm dann das Tuch ganz von den Schenkeln und versuchte, ihn erneut zu erregen.

„Nun sei du nicht so lahm", keuchte Amynander. „Zeig, was du gelernt hast bei – deinem Freund. Reiße mich, mein junger Löwe!" Amynanders Fleisch drängte sich ihm in den Rachen, Jorams Mund war angefüllt davon. Er biß hinein. Amynander hob sein Becken und spreizte die Beine, Jorams Nägel hinterließen rote Striemen auf den Innenseiten seiner Schenkel. Sanft strichen Fingerkuppen über das aufgerichtete Geschlecht. Amynander wartete ungeduldig auf den Schmerz. „Was ist? Pack mich härter an!" Dann schrie er seinen Schmerz hinaus, bis sein rasender Körper erlöst war. Er atmete flach. „Das war gut, wirklich gut", keuchte er. Er warf sich auf den Bauch. „Und nun jage mir deine Flamme hinein, solange du heiß bist."

Später lagen sie nebeneinander, und in die Stille sagte Joram: „Ich habe nie mit ihm geschlafen, weißt du."

Amynanders Kopf fuhr herum. „Mit wem?"

„Mit – meinem Freund."

18

Das ägyptische Heer unter Necho war bei Karkemisch geschlagen worden und befand sich in Auflösung. Tage später schickte Nebukadnezar sein Heer nach Jerusalem. Die ägyptische Garnison leistete keinen Widerstand, weil ihr Hauptmann den Einmarsch der Babylonier in den Armen schöner Frauen schlicht verschlafen hatte. Seine Krieger zogen es daraufhin vor, die Babylonier in angemessener Entfernung hinter ihren Bierkrügen zu beobachten.

Die Bedingungen des Siegers waren milde. Nebukadnezar schloß ein Bündnis mit Jojakim. Es verhieß Juda Schutz vor den Ägyptern und gab dem König von Juda einige Scheinrechte, die Unabhängigkeit vortäuschten. Allerdings mußten etliche Beamte, Priester und Würdenträger das Land verlassen. Nebukadnezar gedachte sie nach Babylon umzusiedeln.

Hilkija gehörte zu ihnen. Mitten in seinen Reisevorbereitungen besuchte ihn Midian. Er fand den Priester im Garten im Schatten der Mauer sitzen und düster vor sich hinstarren, während die Dienerschaft sich um die Tiere, Wagen und das Gepäck kümmerte.

„Friede sei mit dir."

Hilkija hob den Kopf. „David? Du?" krächzte er.

„Vergessen wir doch David. Midian genügt." Er lächelte sanft wie das Morgenrot. „Ich wollte nicht gehen, ohne mich von dir verabschiedet zu haben. Du gehst nach Babylon, wie ich hörte?"

„Der Herr möge dich zertreten wie einen giftigen Wurm!" zischte Hilkija.

„Das wird er nicht tun." Midian stützte sich an der Mauer ab. „Du weißt doch, Hilkija, daß euer Jahwe die Missetäter stets verschont hat. Aber wer weiß, vielleicht ist auch Frohlocken bei ihm über den Sieg Nebukadnezars. Laß mich raten. Ist er vielleicht sein – Werkzeug?"

„Ein Werkzeug des Bösen, Midian, das bist du! Bosheit und Lügen hast du verbreitet und mein Volk ins Unglück gestürzt. Warum? Um Nebukadnezars Wohlwollen zu erringen?"

Midian lehnte sich an die Mauer. „Immer noch verkennst du die Wahrheit, Hilkija. Nebukadnezar kann sich glücklich schätzen, wenn er mein Wohlwollen besitzt. Es war ein Spiel. Ich habe gespielt mit Königen und Priestern, so wie es mir meine Mutter geweissagt hat. Und bei Gott, es hat Spaß gemacht."

„Deine Mutter?"

„Meine Mutter, ja. Sie lacht gerade, Hilkija. Hörst du sie lachen? Sie lacht über eure Niederlage, sie frohlockt, und sie jubelt. Willst du wissen, wer sie ist? Du kennst sie. Es ist Atargatis, die Tochter des Habazzinja, den du ermorden ließest."

„Beim Gerechten!" keuchte Hilkija. „Die schreckliche Anath-Priesterin ist deine Mutter?"

„Schrecklich und schön, wahrlich, das ist sie, und ich bin ihr Sohn. Zamoran, der Midianiterfürst, war mein Vater. Ich habe beide gerächt."

„Scheusal, du Scheusal", murmelte Hilkija wie betäubt.

„Jammere nicht. Wäre ich an Nebukadnezars Stelle gewesen, hätte ich keinen Stein auf dem anderen und niemand am Leben gelassen. Du bist glimpflich davongekommen."

„Midian?" flüsterte Hilkija heiser. „Sag mir nur eins noch. Joram – hat er alles gewußt?"

„Von Anfang an. Auch er hatte eine kleine Rechnung zu begleichen, wie du wohl weißt."

Hilkija schüttelte verständnislos den Kopf. „Aber weshalb?" murmelte er. „Er ist es doch, der sich vergangen hat, und ich habe ihm verziehen."

Midian seufzte. „Ein Levit wie du wird es niemals begreifen, nicht wahr?"

6. Buch

Babylon

1

Das inmitten eines Palmengartens gelegene Anwesen war ausgestattet mit weitläufigen Höfen, Treppen und Säulengängen, schilfumsäumten Teichen und steinernen Fabeltieren. Es gehörte Xandrames, dem Sohne des verstorbenen Sin-Priesters Jerubbaal. Zu Lebzeiten war Jerubbaal mächtig gewesen und gefürchtet, denn er hatte sich auf dunkle Magie verstanden. Doch im Laufe seines Lebens hatte der gerissene Marduk-Priester Nadin-Ach immer mehr an Einfluß gewonnen und Marduk über den Mondgott Sin triumphiert. Seinen Tempel in Tissaran hatte Jerubbaal der feurigen Anath-Priesterin Atargatis überlassen mit dem Vermächtnis, Sin wieder groß zu machen in Babylon, doch Atargatis hatte ihre eigenen Pläne gehabt, und Xandrames, der wohl die Grausamkeit des Vaters, aber nicht dessen Größe geerbt hatte, beschränkte sich auf zwielichtige Geschäfte innerhalb Babylons.

Seit einiger Zeit wohnte bei ihm Midian, der Sohn der Atargatis. Endlich konnte sie das Vermächtnis des Jerubbaal erfüllen, Sin wieder groß zu machen in Babylon, der Stadt einen neuen König zu schenken, während Marduk abtreten mußte.

Sobald Midian seinen Fuß in die Stadt mit dem aufstrebenden Doppeltor der Ischtar gesetzt hatte, wo die Paläste und Tempel wie Berge in den Himmel ragten, nachdem er ihren Duft tief eingeatmet und ihren unverwechselbaren Geruch der Verderbnis wahrgenommen hatte, war das Entzücken über ihn gekommen. In dieser Stadt Gott sein! Sie in der Hand halten wie einen Klumpen Lehm, den der Töpfer verwirft oder gestaltet. Süßen Sieg schmecken bei der Vernichtung seiner Gegner.

Midian witterte die Ausdünstungen der Stadt wie ein Wildhund den Kadaver. Er strich durch finstere Gassen, ging in verlassene Häuser, besuchte die Habgierigen, die Ausgestoßenen, die Verzweifelten und die Besessenen. Er sprach mit machtgierigen Höflingen und fanatischen Priestern, gesellte sich zu Bettlern, Huren und Schlägern. Kaum einen Flecken ließ er aus, an dem er Abschaum, Elend und Gier vermutete, bis er meinte, es sei an der Zeit, die Jagd zu eröffnen.

Joram gefiel Babylon überhaupt nicht. Er haßte Xandrames, er haßte die Männer, die nachts dort auftauchten, und daß Midian sich mit ihnen abgab. Aber im Grunde fürchtete er die verhängnisvolle Begegnung Midians und Amynanders, die in Babylon unausweichlich war.

Midian entdeckte Joram in einem entlegenen Teil des Gartens, wo er hinter verwilderten Büschen auf einer Bank saß, schlich sich von hinten an ihn heran und umarmte ihn. „Still, beweg dich nicht und laß dich küssen."

Joram ließ sich zurücksinken und lächelte. Midians Lippen streichelten ihn im Nacken. „Was tust du hier?"

„Ich denke nach."

Midian setzte sich neben ihn. „Und worüber denkst du nach?"

Joram sah Midian an, der sein langes Haar aufgesteckt trug und den mehrfach gewundenen Haarstrang wie einen Kranz um seinen Kopf gelegt hatte. Joram prustete los, Midian tat beleidigt. „Was hast du denn?" Er prüfte flüchtig, ob die Haartracht nicht verrutscht war. „Meinst du meine Verkleidung? So bewegt man sich in gehobenen babylonischen Kreisen. Ehrlich gesagt, Xandrames hat darauf bestanden, heute abend gibt Naharsin, der königliche Vorsteher der Lazarette, ein Gastmahl."

„Der Kinderschänder?"

„Böswillige Verleumdungen, was sonst? Findest du, daß es mich kleidet, als Babylonier herumzulaufen?"

Joram lachte verächtlich. „Statt dich zum Narren dieses Sin-Priesters zu machen, solltest du dich lieber daran erinnern, was du den Schwarzen Wölfen versprochen hast."

„Wie könnte ich den wilden Zagros vergessen?" Midian breitete die Arme aus. „Ich werde sie zu Fürsten machen, doch alles zu seiner Zeit. Zuerst will ich ernten, was ich in Juda gesät habe."

„Indem du dich mit Leuten wie Naharsin oder diesem Leichenfledderer Scheschbassar abgibst?"

„Warum nicht? Jeder, der meiner Sache dient, ist willkommen. Soll ich plötzlich zimperlich werden?"

„Was ist mit deinen Gegnern?" fragte Joram behutsam.

„Gegner?" Midian zischte das Wort heraus, als beleidige es ihn. „Vergreiste Marduk-Priester und ein kranker Nabupolassar. Nebukadnezar hat noch eine Weile mit den Ägyptern zu tun. Bis dahin wächst mein Hafer."

„Und der Rabkissir, den du in Arbela getroffen hast?" fragte Joram zögernd. „Der Mann aus deinem Traum. Ist er nicht der Mann mit dem Flammenschwert? Hat er keine Bedeutung mehr für dich?"

Midians Augen begannen zu glühen. „Ich habe ihn nicht vergessen", sagte er heiser. „Und ich werde mich um ihn kümmern."

„Kümmern?" würgte Joram hervor. Er räusperte sich. „Was verstehst du darunter?"

„Er hat mich eingeladen – damals in Arbela. Ich werde seine Einladung annehmen. Danach werde ich wissen, was zu tun ist."

„Sieh dich vor. Damals sagtest du, er sei schön wie der junge Dumuzi."

„Na und? Von hübschen Burschen ist das Land voll, aber ich bin ein Kind des Zagros, unerschütterlich wie seine Gipfel und kalt wie das ewige Eis seiner Gletscher. Wegen eines schönen Gesichtes verliere ich nicht den Verstand."

„Schönheit kann so bezwingend sein, daß sie einen hinabzieht wie in einen Abgrund." Joram erblaßte über seine eigenen Worte.

„Dummkopf!" gab Midian gereizt zurück. „Ich plane seine Vernichtung, nicht die Bereicherung meines Liebeslebens."

2

Aus der offenen Tür einer Schenke taumelten zwei Betrunkene. Im trüben Licht, das auf die Straße fiel, konnte Amynander eine altersschwache Holztür erkennen, die auf ein verwildertes Grundstück führte. Amynander winkte seinen Männern. „Wartet hier auf mich!" Er durchquerte den Garten, ging auf eine dunkle Tür zu und klopfte. „Ist der Hausherr daheim?"

Er hörte sich rasch entfernende Schritte und Getuschel. Ein junger Sklave öffnete. Als er den silbernen Drachen des Rabkissir erkannte, stieß er einen kurzen Laut aus, dann bat er Amynander mit leiser Stimme herein. Das Zimmer, in dem er sich befand, war spärlich möbliert. Ein hoher Lehnstuhl mit Fußbank war der einzige Luxus. Amynander ließ sich darauf nieder.

Naharsin erschien nicht in der Tür, sondern stand plötzlich im Zimmer. Er mußte aus einem geheimen Gang gekommen sein. Naharsin rieb sich die Augen. Offensichtlich hatte Amynander ihn im Schlaf gestört. Der hohe Beamte war blaß, seine Würde bedeckte lediglich ein langes, schlichtes Hemd. Er zog die Schultern ein und versteckte seine Hände in den Ärmeln seines Nachtgewandes. „Amynander?"

„Du kennst mich, edler Naharsin?"

„Ja – äh – Rabkissir." Naharsins Blick huschte im Zimmer umher. Sein Versteck in der Amurru neben einer berüchtigten Spelunke war nur Eingeweihten bekannt. „Dein Besuch ehrt mich, jedoch ich bin schlecht vorbereitet. Ich kann dir nur ein dürftiges Mahl vorsetzen."

„Mich hungert nach anderen Dingen", lächelte Amynander und machte eine lässige Handbewegung. „Du wurdest mir empfohlen."

Naharsin warf Amynander einen schiefen Blick zu. „Deswegen bist du hier? Du willst Knaben?"

„Was sonst? Kann ich sie sehen?"

„Natürlich", versicherte Naharsin eifrig, „ich habe die hübschesten Bengel am ganzen Euphrat. Wie alt sollen sie sein? Zehn? Zwölf?" Als Amynanders Miene einen ungeduldigen Ausdruck annahm, fuhr er rasch fort: „Acht? Oder noch jünger?"

„Bietest du auch Säuglinge an?" fragte Amynander bissig.

„Ja – das heißt – „Naharsin sah den Rabkissir unsicher an, der gelangweilt den Fußschemel auf seinem Fuß balancierte. „Du hältst mich doch nicht zum besten?"

„Du hältst mich zum besten, Naharsin", sagte Amynander kalt. „Ich meine das, was sich im roten Zimmer abspielt."

Nahrsin wurde blaß. „Das wäre nichts für dich", sagte er schnell.

Amynander erhob sich, stemmte die Arme in die Hüften und baute sich vor Naharsin auf. „Das rote Zimmer, deswegen bin ich hier. Führe mich hin. Ich zahle gut, wenn ich zufrieden bin."

Naharsin wich zurück an die Wand. „Du wirst enttäuscht sein, Amynander, dort gibt es nur Kranke; bedauernswerte Geschöpfe, die die Operation nicht gut überstanden haben, wenn du weißt, was ich meine."

„Gerade das bringt mein Blut in Wallung." Amynanders Stimme war eisig. „Also beeil dich, bevor ich dich zum Obereunuchen mache."

Naharsin war schweißnaß. „Folge mir!" murmelte er. Er bediente einen versteckten Hebel, und sie verließen das Zimmer durch jene

Geheimtür, durch die Naharsin eingetreten war. Dahinter erstreckte sich ein schwach beleuchteter Gang, von dem mehrere Türen abzweigten. Als sie vor der letzten Tür standen, drehte sich Naharsin um. „Es sind bedeutungslose Sklaven, die keinerlei Wert besitzen, verstehst du?"

Amynander nickte ungeduldig. „Weshalb erwähnst du das?"

„Vielleicht willst du mich bei Hof anschwärzen."

„Schwätze nichts herbei, Naharsin!" antwortete Amynander grob. „Ich werde mich nur beschweren, wenn du magere Kost anbietest, die keinen Schwanz hochbringt."

Naharsin sagte nichts mehr und öffnete die Tür. Der Raum dahinter war finster, es roch nach Schweiß und Erbrochenem. Amynander wich zurück. Naharsin leuchte mit einer Öllampe, die einen kleinen Lichtkreis verbreitete, und ging voran. „Schlechte Luft, ich sagte es ja, hier liegen Kranke."

Amynander entriß Naharsin ärgerlich die Lampe. „Weshalb ist es hier so finster?" Er leuchtete in den Raum hinein. Im trüben Schein der Lampe zählte er sechs vermoderte, mit schmutzigen Lumpen bedeckte Strohsäcke, auf denen Kinder lagen. Sie schienen zu schlafen. Amynander beugte sich zu ihnen hinunter, sie waren glühend heiß. Er hörte ein unregelmäßiges Röcheln. Was ein Gerücht war, stellte sich nun als wahr heraus: Sie waren Opfer jener Verstümmelung, die Babylon reich machte.

„Manche überstehen es nicht, bekommen das Fieber", flüsterte Naharsin, der hinter ihn getreten war. „Hat das Fieber sie erst erwischt, ist ihnen nicht mehr zu helfen."

Neben Amynander war eine Bewegung. Von dem Strohsack sprang eine Gestalt auf, sie war nackt. Das Licht fiel auf ein verschwitztes, verzerrtes Gesicht. Der Mann lief wie von Teufeln gehetzt auf die Tür zu, an Naharsin vorbei und hinaus auf den Gang.

Amynander starrte dem Fliehenden hinterher. Da hörte er Naharsins heisere Stimme: „Manche brauchen das."

„Und zu den Sterbenden läßt du Kunden?"

Naharsin zuckte die Schultern. „Dafür zahlen mir manche den doppelten Preis."

Amynander nickte. „Ich verstehe. Meinem Geschmack entspricht es leider nicht, aber sei sicher, Naharsin, ich komme wieder."

3

Über Babylon spannte sich ein wolkenloser Himmel. Amynander erhob sich und streckte die Glieder in der kühlen Morgenluft. Wie still es war um diese Zeit, wenn die träge Stadt noch ihren Rausch ausschlief. Amynander trat auf die Terrasse und atmete den Duft ein, den das blühende Buschwerk verströmte.

Da zuckte er jäh zusammen; ein schauerliches Geheul zerriß die Stille und ließ die Luft erzittern; es kam aus der Stadt, brach sich als vielfältiges Echo und füllte den Raum, als verströme ein sterbender Gott über der Stadt seine Totenklage.

Amynander lief ins Zimmer zurück, kleidete sich rasch an und lief auf den Gang in die Halle. Scheschaschared, der Vorsteher des Ostflügels, kam ihm entgegen und verbeugte sich. „Es ist der eiserne Stier, Herr, heute brüllt er."

„Wer?" rief Amynander. „Beim Zerberus! Das ist unerträglich!" Er packte den Vorsteher am Gewand. „Was ist das? Sprich!"

Scheschaschared wurde blaß. „Der Stier des Marduk. Er erhebt seine Stimme nur selten."

„Fasele keinen Unsinn! Dort schreit doch ein Mensch in höchster Qual."

Scheschaschared röchelte, Amynander drückte ihm fast die Luft ab. „Du hast noch nichts davon gehört, Herr? Jemand wird im eisernen Stier geröstet."

„Es ist eine Hinrichtung?" Amynander ließ den Vorsteher los, der erleichtert den Atem ausstieß und furchtsam einige Schritte zurückwich. „Ja, Herr."

„Wie kann sich das Geschrei in ganz Babylon verbreiten?"

Scheschaschared zitterte, er hatte den freundlichen Griechen noch nie zornig erlebt. „Im Maul des Stiers befindet sich ein Schalltrichter, der die Schmerzensschreie verzehnfacht, verhundertfacht vielleicht. Jeder in Babylon hört es, wenn der Stier brüllt."

„Wer denkt sich denn so etwas aus?" Amynander schüttelte den Kopf. „Wozu soll das gut sein?"

„Der Stier ist Marduk", flüsterte der Vorsteher. „Wenn er brüllt, zittert die Stadt, und mit ihr sollen alle Missetäter zittern."

Das Schreien hatte aufgehört. In dem schwitzenden Gesicht des

Vorstehers war kein Mitgefühl, nur Furcht. Angewidert wandte Amynander sich ab. Vor den Unterkünften der Krieger trat ihm Nebusaradan entgegen und schlug ihm auf die Schultern. „Du bist ziemlich blaß, Amynander. Ja, sowas schlägt auf den Magen."

„Es ist ekelhaft. Weshalb sind die Männer noch nicht angetreten?"

„Sie werden nicht kommen. Sind alle beim Stier."

„Nun, dann werde ich die Zeit nutzen, mich in der Stadt umzusehen. Es ist mir einiges zu Ohren gekommen –"

„Hast du einen Auftrag?"

„Es gibt Mißstände, Nebusaradan!" Amynander sah den Rabschake ungnädig an. „Mißstände, die zum Himmel stinken, aber die Riege der Hofbeamten benutzt parfümierte Taschentücher."

„Weiß ich doch." Der Kommandant der Leibwache zuckte die Achseln. „Aber man lebt besser in Babylon, wenn man sich die Nase zuhält, mein Freund. Stehst du nicht schon in Nebukadnezars Diensten?"

„Das ist vorbei."

„So? Solltest du nicht diesen Judäer etwas aushorchen – diesen David?"

„Wenn er in Babylon ist", gab Amynander kurz zur Antwort.

„Nun, er ist in Babylon."

Amynander fuhr herum. „Seit wann?"

„Das weiß ich nicht. Aber ich sah ihn anläßlich der Feier der Laubbekränzung im Tempel Nabus. Ein mächtiger, ein gefährlicher Mann, Amynander. Vor ihm mußt du dich hüten."

„Wie hast du ihn erkannt?" fragte Amynander und befeuchtete seine trockenen Lippen.

„Er befand sich in Gesellschaft des Sin-Priesters Xandrames, von dem es heißt, er verstehe sich auf Magie, auf schwarze Magie, verstehst du? Ich fragte einen Bekannten, wer denn der Langhaarige an seiner Seite sei, und man sagte mir, das sei Midian, von dem es in Juda heißt, er sei der wiedergeborene David. Da erinnerte ich mich, daß du einen David erwähnt hast, der sich mit unserem Prinzen in Harran getroffen hat. Ich tat, als reihte ich mich in die Opfernden ein, dabei näherte ich mich den beiden, denn wenn ein auffälliger Mann wie dieser David sich mit Xandrames zusammentut, dann braut sich etwas zusammen."

„Vielleicht sprachen sie nur zufällig miteinander. Konntest du etwas erlauschen?"

„Nein, sie waren sehr vorsichtig, aber sie waren nicht wegen der Feierlichkeiten gekommen, denn bald darauf verschwanden sie, ohne geopfert zu haben."

Amynander zuckte mit den Schultern. „Das besagt gar nichts. Ich glaubte, du hättest einen begründeten Verdacht gegen Midian."

„Noch nicht, aber sei vorsichtig, Amynander. In seinen Augen sehe ich Tod."

„Du glaubst, er hat es auf mein Leben abgesehen?"

Nebusaradan faßte nach einem verborgenen Amulett, aber so, daß Amynander es nicht sah. „Glaube mir", murmelte er, „dieser Judäer ist ein Dämon. Er ist ein Wesen, das uns vom Herrn der Finsternis gesandt wurde. Vernichtung ist sein Ziel."

Amynander schüttelte den Kopf. „Jetzt übertreibst du aber, Nebusaradan. Midian mag seine Ziele verfolgen und dabei auch bereit sein, über Leichen zu gehen, aber das ist Nebukadnezar ebenfalls."

„Du mußt in seine Augen sehen", flüsterte Nebusaradan. „Sie sind ohne Mitleid und schwarz wie die Tore zur Unterwelt."

Amynander lächelte. „Ja, es ist gefährlich, ihm in die Augen zu schauen, aber aus anderen Gründen, wenn du weißt, was ich meine."

„Bei Ischtar, dann solltest du doppelt vorsichtig sein, Amynander."

„Vorsicht kann nie schaden", ließ sich da eine Stimme hinter ihnen vernehmen. Midian stand da und lächelte. Er hielt Bogen und Köcher in der Hand.

Nebusaradan und Amynander verstummten betroffen. Sie hatten sein Herannahen nicht bemerkt. „Wovor sollst du dich hüten, Amynander? Doch nicht vor mir?"

Nebusaradan war wütend. „Vor Männern, die sich heranschleichen wie die Katzen, um anderer Leute Gespräche zu belauschen!"

„Ihr beide würdet einen Wildochsen nicht bemerken, wenn er heranstürmt. Ich habe nicht gelauscht."

Amynander war wie gelähmt. Midian stand vor ihm wie ein verbotener Traum. Sein sinnliches Lächeln barg göttliche Verheißungen, jede geschmeidige Bewegung seines kupferglänzenden Körpers war Begierde. Amynander wollte die Augen abwenden von dem Mann, der in den letzten Wochen sein Denken ausgefüllt hatte, aber ihm blieb nur, ihn stumm anzustarren und bestürzt festzustellen, welche Macht er über ihn besaß. Er war sehr erleichtert, daß Nebusaradan das Wort führte. „Wer bist du? Was willst du hier? Hast du die Wachen bestochen, oder hat dir Xandrames' Zauberei dazu verholfen, über die Mauer zu fliegen?"

Midian zuckte nicht mit der Wimper. „So war es." Er richtete seinen Blick auf Amynander: „Wir kennen uns aus Arbela. Ich bin gekommen, deine freundliche Einladung von damals anzunehmen."

„Dafür gibt es vorgeschriebene Wege", zischte Nebusaradan.

Midian warf ihm einen kalten Blick zu. „Es ist mir neu, daß ich unter deinem Kommando stehe, Rabschake!"

Amynander hatte sich wieder in der Gewalt. „Ich erinnere mich an dich – Midian. Damals nanntest du dich Fürst von Bailakan. Hast du dein Fürstentum im Stich gelassen und dich Juda zugewendet?"

„Ich habe Pläne, das sagte ich doch in Arbela? Sie haben mich nach Babylon geführt."

„Meine Einladung gilt natürlich. Dennoch hat Nebusaradan recht. Du hättest uns nicht so überfallen dürfen. Ist das üblich in Bailakan?"

Midian lachte, und Amynander rann dieses Lachen durch die Adern wie glutflüssige Lava. „Ich glaubte, Männern zu begegnen, keinen eitlen Hofschranzen. Als der Tag so vortrefflich mit dem Stier begann, dachte ich mir, der Rabkissir wird gutgelaunt sein."

„Hier jubelt niemand über die Qualen eines Menschen", gab Amynander eisig zur Antwort.

„Die Morgenmusik war nicht nach deinem Geschmack – Menschenfreund?"

„Glaubst du, ich ziehe deine zynischen Bemerkungen vor?"

„So etwas gibt es nicht in Griechenland, wie?"

„Wir kommen in der Tat ohne den eisernen Stier aus."

„Habe ich dich verärgert?" Midian machte eine großzügige Handbewegung. „Laß uns den Ärger mit Bier herunterspülen." Er warf einen schnellen Blick auf Nebusaradan. „Aber hier im Dunstkreis von Nabupolassars Günstlingen ist mir die Luft zu schlecht. Ich kenne eine Taverne am Fluß, dort ist das Bier kühl und die Aussicht gut." Midian schenkte Amynander ein Lächeln, das Steine zu schmelzen vermochte. „Vielleicht gelingt es mir dort auch, dein Mißtrauen zu zerstreuen." Doch bei sich dachte er: *Der Grieche muß mit Eisbrocken gefüttert worden sein, kein warmer Schimmer regt sich in seinen Augen.*

Amynander aber dachte: *Er steht vor mir, und meine Lippen sind trocken, und wenn er mich ansieht, versagt mir die Stimme. Wenn Midian es ahnt, bin ich verloren.* Er nickte kurz. „Einverstanden." Er tat einen Schritt, doch plötzlich versagten ihm die Knie, und er taumelte. Midian packte ihn am Arm, und Amynander machte sich ärgerlich los. „Ein Stein, ich hatte ihn nicht gesehen."

„Rabschake! Hier gibt es zu viele Steine", spottete Midian. „Du solltest einmal den Platz ausfegen."

4

Später, als Utus Sonnenwagen im Zenit stand, saßen sie bei Zariaspan und tranken kühles Bier aus Halmen. Der Wirt brachte nun schon die fünfte Schale. Amynander beobachtete Midian, wie er entspannt sein Bier schlürfte. Dann sah er hinunter auf den Euphrat, der hier träge vorüberfloß, auf schwimmende Schilfinseln und seidene Flamingos, die über das Wasser strichen. Schön war der Strom, aber auf Midians nackter Brust perlte der Schweiß; er rann hinab zwischen Lederschnüren, an denen silberne Münzen mit seltsamen Zeichen baumelten.

Amynander wandte den Blick ab und versenkte sich in das Geheimnis des Schaums in seiner Bierschale.

Midian legte den Kopf zur Seite. „Willst du immer noch in den Zagros, Schwarze Wölfe jagen?"

„Ich habe noch keinen guten Führer gefunden. Wolltest du nicht mein Führer sein?"

Midian starrte ihn an. „Geh zurück nach Griechenland. Im Zagros lauert der Tod auf dich."

„Dann mußt du mich eben beschützen", erwiderte Amynander spöttisch.

Midian trommelte auf die Tischkante. „Die Schwarzen Wölfe – ich habe dich belogen, ich kenne sie. Jeder im Zagros kennt sie. Man wagt es nicht, ihren Namen auszusprechen, man verbirgt sich vor ihnen, denn sie kommen wie ein schwarzes Unwetter vom Gebirge herab und ersticken alles Leben im Umkreis."

Amynander hob die Augenbrauen. „Ach! Du fürchtest dich vor ihnen? Dann bleib hier! Sag mir nur, wo ihre finstere Burg Dur-el-Scharan liegt."

„Die kennt niemand genau. Irgendwo im unzugänglichen Fels steht das Gemäuer, wo sie hausen wie ein Schwarm blutgieriger Fledermäuse."

„Fledermäuse räuchert man aus. Weswegen hast du deine Hilfe angeboten, wenn du sie fürchtest?"

„Ich – fürchte sie nicht, aber um dich wäre es schade."

„Du meinst also, ich werde scheitern?"

„Du bist ihnen nicht gewachsen. Jeder von ihnen ist ein scharfgeschliffener Dolch."

„Bist du ihnen schon einmal begegnet?"

Midians Lippen zuckten leicht. „Nein, aber ich habe ihre Opfer gesehen. Frauen und Kinder, alle grausam verstümmelt."

„Erzähl mir nicht, daß du erschüttert warst."

Midian räusperte sich. „Nun, es gibt Grenzen, nicht wahr?"

„Die diese Schwarzen Wölfe offensichtlich überschritten haben", gab Amynander barsch zur Antwort. „Ein Grund mehr, sie vom Erdboden zu vertilgen."

Der Wirt brachte die achte Schale, und Amynander wischte sich den Schweiß von der Stirn. Er zog sein Obergewand aus und legte es neben sich auf die steinerne Mauer. Mit Befriedigung stellte er fest, wie Midian ihn ansah, und er wußte, was dieser Blick besagte. „Es wird immer heißer, im Zagros war es kühler."

„Ja", erwiderte Midian gedehnt und wandte sich seinerseits dem Schaum in seinem Biere zu.

„Sieh doch", lenkte Amynander ab, „wie das Schilf und die Wasservögel sich mit dem Wind wiegen und die Wellen mit dem Sonnenlicht spielen."

Midian schwieg und spielte mit seinem Strohhalm. „Wer sind eigentlich Helios und Eros?" fragte er unvermittelt.

„Es sind griechische Götter", sagte Amynander verwundert. „Woher kennst du sie?"

„Du kennst unsere Götter, ich sollte deine kennen, meinst du nicht?"

„Helios ist ein Sonnengott wie Utu, und Eros – ist ein Liebesgott; ein Knabe, der die Menschen unversehens mit seinen Pfeilen trifft."

„Mit Liebespfeilen, nehme ich an?" Midians Zungenspitze schob sich nach vorn und glitt langsam am Rand des Bechers entlang. „Aber davon verstehst du nicht viel, wie? Bist eher spröde in solchen Dingen?“

„Nein, bin ich nicht.“

„Warum bist du dann so unnahbar? Ein Gletscher hat mehr Wärme als du.“

Amynander atmete tief durch. „Ich bin vorsichtig.“

„Ein Weiberknecht oder einer, der die wahren Wonnen kennt?“

„Was willst du damit sagen?“

Midian beugte sich etwas vor. „Mein Körper ist wie die Sehne eines Bogens, den nur ein Mann zu spannen vermag.“

Amynander schloß kurz die Augen. *Anmaßender David! Wie gern möchte ich deinen Bogen spannen.* Er lächelte sanft. „Ich beherrsche den Bogen durchaus und setze ihn gern ein.“

„Ha!“ dröhnte Midian und lehnte sich zurück. „Hätte ich das gewußt, hätte ich in Arbela stärker mit dem Hintern gewackelt!“ Dann beugte er sich wieder vor und sah Amynander aus schmalen Augen an. „Aber du hältst viel von Selbstbeherrschung, wie?“

Amynander blieb regungslos. „Keineswegs. Ich nehme die Liebe leicht. Mit einem Mann zu schlafen, das hat nicht mehr Bedeutung, als würde ich mit einem guten Freund einen Becher Wein trinken.“

Midian lächelte unergründlich: „Und wann trinken wir beide Wein zusammen?“

Amynander drängte den Aufschrei zurück in seine Kehle. Er dachte daran, was Joram ihm gesagt hatte: *Ich habe nie mit ihm geschlafen,* und blieb kühl. „Wenn du mich darum bittest.“

„Ich bitte niemals, aber ich bin bereit, dich dafür zu bezahlen“, gab Midian unbewegt zur Antwort.

„Bezahle mich mit deiner Bitte“, lächelte Amynander ungerührt.

Midian schwieg. Schließlich erhob er sich. „Die acht Schalen wollen wieder hinaus. Ich gehe eben runter zum Fluß.“

Amynander nickte. Als Midian fort war, spürte er dasselbe Bedürfnis. Er ging um die Ecke und schlug sein Wasser in einen Busch ab. *Bei dieser Hitze läuft Midian bis an den Fluß,* dachte Amynander, *das kann man doch auch hier erledigen.* Er kehrte wieder an den Tisch zurück und bestellte noch ein Bier. Dann wartete er eine Weile, doch Midian kam nicht zurück.

Nichts als Worte, dieser Blender, dachte er. *Als es ernst zu werden drohte, hat er sich aus dem Staub gemacht.* Verdrossen trat Amynander schließlich den Heimweg an, aber unbewußt lenkte er seine Schritte an den Fluß. Heute war der geheimnisvolle David ihm so nah gewesen – zu nah und zum Sterben schön. Am Ufer lagen Fischerboote, doch nach einigen hundert Metern kam nichts als Steine, Sand und Schilf. Dann machte der Fluß eine Biegung, von hier aus konnte man von der Stadt nur noch die Spitze des Marduk-Tempels erkennen. Die Schilfinseln trieben bis ans Ufer, sie gehörten den Reihern und Ibissen. Im sumpfigen Ufer wuchs das Gras mannshoch; niedriges Buschwerk säumte die Böschung. Da stolperte Amynander über einen menschlichen Körper.

„Paß doch auf, wo du hintrittst, das war mein Magen!"

„Midian! Was tust du denn hier?"

„Ich wiege mich mit dem Wind."

Amynander schnürte es die Kehle zu, denn Midian war nackt. Er hielt die Arme hinter dem Kopf verschränkt und blinzelte Amynander an, der in der Sonne stand.

„Weshalb bist du nicht zurückgekommen?"

„Du hast mich ja gefunden."

„Hast du gar kein Schamgefühl, dich hier nackt auszustrecken? Wenn nun jemand vorbeikommt. Eine Wäscherin vielleicht, die am Fluß waschen will, oder ein Fischer."

„Wenn du einen jungen, hübschen Fischer siehst, schick ihn mir."

Amynander lachte. „Hier ist nur ein junger, hübscher Grieche."

„Vielleicht ist der junge, hübsche Grieche des Bieres überdrüssig und möchte mit mir Wein trinken?"

„Dein Wein könnte vergiftet sein."

„Vielleicht ist er es, aber er ist süß."

Amynander fühlte das Blut in den Schläfen pochen. „Möglicherweise schadet ein Becher nicht."

„Ich bin nicht geizig und spendiere gern mehr als einen Krug", lächelte Midian.

Amynander warf einen bezeichnenden Blick auf Midians Blöße. „Wie ich sehe, bist du fast verdurstet."

„Und du? Zeig mir, wie trocken deine Kehle ist, oder ist dir der Rock angewachsen?"

Amynander war noch nie so schnell aus den Kleidern gestiegen; Einsicht und Verstand wurden herumgewirbelt und fortgeweht wie welke Blätter. Er warf sich auf den begehrenswerten Körper und wurde in eine Umklammerung gezogen, die nicht lieben, sondern bezwingen wollte. Aber Amynander wollte mehr als einen Ringkampf, bei dem der Unterlegene schließlich sein Hinterteil darbot. Er versagte sich die eigene Stärke, schmiegte sich verlangend an die warme Haut, schob sanft mit dem Mund die schimmernden Münzen zur Seite und leckte den salzigen Schweiß aus der Furche auf Midians Brust und die dunkelbraunen Knospen. Gleichzeitig rieb er mit kreisenden Bewegungen sein Glied an Midians aufgerichtetem Fleisch. Dessen Lenden zuckten, es wurde feucht zwischen den Schenkeln.

„Oh, oh, so schnell verschüttest du den kostbaren Wein“, flüsterte Amynander und nutzte den Augenblick der Schwäche mit der Schnelligkeit der Schwalbe, die vor dem Habicht in ihr Nest schlüpft. Midian schrie auf vor Überraschung und Schmerz. Wie ein Wildpferd den ungewohnten Reiter abschütteln will, bäumte er sich auf; in seinen Augen flammten die Lichter des Wolfes. Doch Amynander bändigte ihn mit seiner Kraft, und Midian keuchte: „Dafür bringe ich dich um, ich häute dich lebendig!“

„Schsch, mein herrliches Raubtier“, flüsterte Amynander, „warte doch mit dem Zerreißen, bis ich fertig bin.“

Midian tobte wie ein Stier, an seinen Armmuskeln traten die Adern hervor, er zischte und fluchte, doch Amynander hielt ihn eisern am Boden und lachte. „Mein goldener Fisch, mein schillerndes Reptil, willst du mich verschlingen? Nur zu, beiße mich, oder soll ich dich beißen?“ Er grub seine Zähne in Midians Hals, in seine Schultern und hinterließ blutige Male.

Midian gab es auf, sich zu wehren. „Ich töte dich“, stöhnte er.

„Ja“, hauchte Amynander. „Laß mich sterben mit meinem Fleisch in deinem Fleisch und meinen Lippen auf deinem Mund.“ Er küßte Midian, als sich sein Samen ergoß.

Danach lagen sie eine geraume Zeit regungslos da, ohne sich zu rühren. Midian hatte den Kopf weit zurück ins Gras gelegt und hielt die Augen geschlossen. Als er sie langsam öffnete, war Amynanders Lächeln über ihm, von seinen Schultern fiel goldbraunes Haar und kitzelte ihm die Wangen. „Ich habe dir nicht erlaubt, mich als Weib zu benutzen!“ fuhr er Amynander an.

Amynander lockerte seinen Griff ein wenig. „Worauf soll ich warten, wenn ich einen Mann wie dich unter mir habe?“

Midian spannte und entspannte vorsichtig seine Muskeln, doch Amynander gab ihn nicht frei. „Wolltest du Kampf oder wolltest du Liebe?“ keuchte er.

„Ich glaubte, mit dir könne ich beides haben, Grieche!"

„Nein, du wolltest dich nur bedienen, ist es nicht so?"

„Bedient sich nicht jeder bei diesem Spiel?"

„Nein, man schenkt sich, nur dann gewinnt man es. Ich gab mich hin und gelangte ans Ziel."

„So spricht ein Mann, der viel Erfahrung hat, wo hast du sie gesammelt, mit Seeleuten in Hafenschenken?"

„Schon möglich, und du? Bei Naharsins Knaben? Oder weshalb hat dich noch keiner gespießt?"

„Was weißt du schon von Naharsin?" schrie Midian.

„Genug. Aber weshalb sollte ich an ihn denken, wenn ich dich habe?" Amynander breitete die Arme aus. „Du darfst die nächste Runde ausgeben."

Obwohl Midian nun frei war, blieb er liegen. Er lächelte. „Du bist wirklich besser als eine Hafenhure, viel besser. Ich glaube, ich werde dir deine Unverschämtheit verzeihen. Gefällt dir der Platz, den ich uns ausgesucht habe?"

„Der Platz und auch der Mann."

„Nimm beides als ein Geschenk von mir, denn du gefällst mir auch."

„Und hofftest, dabei selbst beschenkt zu werden, nicht wahr?"

„Von wirklich gutem Wein kann ich nie genug bekommen. Komm! Berühre mich noch einmal mit deiner heißen Zunge, aber suche diesmal auch an anderen Stellen!" Nachdrücklich öffnete Midian die Schenkel.

Midian genoß stöhnend Amynanders Zungenspiel, aber als dieser meinte, es sei genug, rief Midian heiser: „Nein, nein, hör nicht auf!"

Amynander wunderte sich, daß Midian die Gelegenheit nicht besser nutzen wollte, dennoch schwächte er ihn nach seinem Willen. Er konnte nicht ahnen, daß dieser Mann, der ihm fast den Verstand raubte, sich fürchtete, in seiner Männlichkeit zu versagen.

Midian ließ ihm nicht lange Zeit zum Nachdenken. Mit der Rechten packte er seinen Schaft, wie ein Krieger die Faust um den Griff seines Schwertes legt, und mit der Linken umschloß er ihm die Hoden, als wolle er einen Granatapfel auspressen. Das war brutal und schmerzte, doch Amynander wurde sofort steif und keuchte vor Lust. Midians Lachen war über ihm. „Dieses Fleisch ist mein!" hörte er seine rauhe Stimme.

„Nimm es dir", flüsterte Amynander, aber Midian ließ ihn plötzlich los, und Amynander machte zwei wilde, verzweifelte Stöße ins Leere. Er hörte Midians leises Lachen. Ungehalten funkelte Amynander ihn an, denn diesmal konnte er ihn nicht überraschen. „Leg dich hin!" rief er heiser. „Es hat dir gefallen, ich weiß es!"

Midian verschränkte die Arme. „Brauchst du es denn?"

„Wie die Luft zum Atmen."

„Du hintergehst mich nicht wieder wie eine Schlange, die in das Astloch schlüpft, um die Eier zu rauben? Du bittest mich darum?"

„Auf den Knien!"

„Und du verlierst den Verstand, wenn du mich jetzt nicht haben kannst?"

„Ja, ja! Ich werde wahnsinnig. Wenn ich nur den Duft deiner Haut atme, umnachtet sich mein Geist!"

„Ich weiß nicht, worauf du wartest. Auf besseres Wetter?"

Amynander stieß einen Schrei aus und umarmte Midian, der sich wie eine Katze streckte und sich hingab. Später lagen sie nebeneinander, sich an den Schultern und Schenkeln berührend, und schauten in den Himmel. Amynander zitterte vor Erwartung, aber nichts geschah.

„Gehen wir schwimmen?" fragte Midian.

Amynander zögerte mit der Antwort, Midians Zurückhaltung machte ihn mißtrauisch, doch dann sprang er auf. „Warum nicht?"

Sie liefen durchs Gras und warfen sich ins Wasser. Wie Knaben bespritzten sie sich, tauchten unter das Schilf, rangen miteinander und lachten so laut, daß die Wasservögel erschreckt aufflogen. Midian hatte im Schilf ein Boot entdeckt. Er kletterte hinein und winkte Amynander. „Komm her, wir machen eine Fahrt über den Strom!"

Amynander schwang sich hinein. Mit den Armen rudernd bewegten sie das Boot durch die treibenden Schilfinseln. Dann erreichten sie das freie Wasser. „Vorsicht!" rief Amynander. „Die Strömung!"

„Hast du Angst?" lachte Midian.

„Nein, aber wir werden abtreiben, und unsere Sachen liegen noch am Ufer."

Midian umarmte Amynander so heftig, daß sie stürzten und das Boot bedenklich schwankte. „Was verschwendest du Gedanken an diesen Tand, wenn du bei mir bist, wenn wir beide uns der Strömung hingeben, ohne zu wissen, wohin sie unsere sonnenheißen Körper tragen wird!"

„Du hast recht“, keuchte Amynander. Er zog Midian über sich und drängte sich ihm entgegen. „Dann nimm mich jetzt, während unser Boot in die Wasserstrudel getrieben wird.“

Wie in Öl gebadet glänzten ihre Körper, wie im Fieber ihre Augen. *Du bist ahnungslos und unbewaffnet, Amynander! In diesem Traum werde ich siegen, dein Flammenschwert wird erlöschen, und bald werden die Fische dich fressen!*

Als Midian in ihn eindrang, spürte er, mit welch zitternder Erwartung ihn Amynander empfing. Midian trank die Wassertropfen von seiner Haut und bewegte sich sanft und behutsam, so daß Amynander sich trunken vor Lust hin und her warf und gegen das brausende Wasser anschrie. Vor Midians Blick schoben sich rote Nebel, ein rauschhafter Zustand gaukelte ihm verzerrte Träume vor. Er befand sich in einem riesigen Schiff, das in einen Sturm geraten war. Mit einer Lanze durchstieß er die Planken, ein Schwall Wasser drang herein, Kaskaden schäumender Gischt schlugen über seinem Haupt zusammen. Er drohte zu ertrinken.

Er röchelte, rang nach Luft und hörte wie aus weiter Ferne Amynanders Stimme: „Genug, es ist genug, mein feuriger Stier! Du bringst unser kleines Boot zum Kentern! Willst du, daß ich seekrank werde?“

Midian riß die Augen auf und starrte Amynander an. Dann begriff er, daß ein Traum sie beide hinübergerettet, daß er nicht versagt hatte. In wilder Freude umarmte er Amynander, der das verdutzt über sich ergehen ließ. „Wunderbar, daß du noch nicht satt bist!“ stöhnte Amynander, während er mit den Händen versuchte, das Gleichgewicht in dem Boot zu halten, „aber wir werden gleich umkippen.“

„Dann liegen wir beide ewig auf dem Grund des Stromes vereint, wäre das nicht herrlich?“

„Ich würde es vorziehen, im Boot zu bleiben“, gurgelte Amynander, von Midians Küssen halb erstickt.

„Ha! Wahre Leidenschaft ist dir fremd! Nicht einmal sterben möchtest du mit mir.“

„Es muß ja nicht so früh sein!“ Amynander rang nach Luft, denn eine Welle überspülte sein Gesicht. Midian ließ von ihm ab. „Dann will ich noch warten.“ Er warf sich neben Amynander rücklings in das Boot und atmete lang und tief. „Ist das nicht ein herrlicher Tag?“

Sie schwiegen eine Weile und sahen hinauf in den glänzend blauen Himmel. „Wohin treiben wir, Midian?“

„Ist das nicht völlig belanglos? Irgendwo wird das Boot an das Ufer schwimmen, und es wird unser Königreich sein."

„Der Euphrat fließt ins Meer, nicht wahr?"

„Ja, in den unendlichen Horizont. Möchtest du ihn mit mir teilen?"

„Nicht den Horizont, Midian, sondern mein Leben. Und du?"

Midian antwortete nicht sofort. Schließlich sagte er: „Mit dir möchte ich zur Insel Tilmun fahren. Wie man sich erzählt, wächst dort das Kraut der Unsterblichkeit. Mit dir würde ich es teilen."

Amynander lächelte. „Wenn Unsterblichkeit einen Sinn hätte, dann mit dir."

„Und doch darf sich der Sohn Belials nur wenige Stunden aus der Welt des Lichtes stehlen", murmelte Midian und umarmte Amynander.

„Zitterst du, Midian?"

„Vor Erregung", log er und vergrub sein Gesicht in dem Haar, auf das Helios seinen goldenen Glanz gelegt hatte.

„Wer ist Belial? Dein Vater?"

Midians Zunge kitzelte Amynander im Ohr. „Ja, Belial, der Herr der Finsternis."

„Ha, du suchst dir deine Herkunft ganz nach deinem Gutdünken aus. Fürst von Bailakan, König David, Abgesandter Judas und jetzt der Sohn der Finsternis."

„Die Finsternis senkt Furcht in die Herzen der Menschen, deshalb ist sie es, die siegt."

„Aber wer die Dämonen der Angst besiegt, vor dem flieht die Finsternis wie ein böser Schatten."

„Ja", erwiderte Midian gedehnt, „aber nur wenige schaffen es."

„Männer wie du, Midian."

„Ich muß die Furcht nicht besiegen, ich verbreite sie."

Amynander lachte. „Gut gesagt. Beschäftigen dich solche Dinge? Stehst du den Priestern nahe?"

„Meine Mutter ist eine Priesterin."

„Oh, eine neue Enthüllung aus deiner Verwandtschaft! Wie reizvoll. Die Priesterin der Unzucht wahrscheinlich."

„Kann es eine angenehmere Abstammung geben?" grinste Midian und spielte sanft an Amynanders empfindlichsten Teilen.

„Ich merke schon, du sehnst dich wieder nach dem Wein, den ich auszuschenken pflege."

„Ja, er ist stark und erhitzt mich mehr als mir guttut, du Sohn des Helios, du Schüler des Eros. Ist es so richtig?“

„Du lernst schnell, du Sohn, Bruder und Vetter aller versippten und verschwägerten Lustspender. Aber dreh dich vorsichtig um, damit wir nicht –“ mitten im Satz gab es einen Stoß, und sie schauten über die Bordkante. „Wir sind aufgelaufen.“

„Ja, auf spitze Felsen“, bemerkte Midian und wies auf ein langes Leck im Boden, durch das rasch Wasser ins Boot drang. Sie kletterten ans Ufer. In der Ferne erblickten sie Babylons Stadtmauer, dazwischen lag eine weite ungemütliche Wegstrecke voller Felsen, Sand und Disteln. Sie schauten sich betreten an, dann brüllten beide vor Lachen. „Wir sind doch liebeskranke Trottel, wie?“

Das Boot versank vor ihren Augen. „Nackt und durstig an einsamem Gestade ausgesetzt“, seufzte Amynander und ließ sich in den Sand fallen. „Ein prächtiges Königreich! Und keine Horizonte, keine Insel Tilmun in Sicht.“

„Und unsere Kleider sind auf der anderen Flußseite“, fügte Midian hinzu und setzte sich neben ihn.

„Jetzt muß sich erweisen, daß du nicht nur ein guter Liebhaber, sondern auch ein Freund bist“, sagte Amynander. „Der Sand ist heiß, und es gibt Skorpione, also wirst du mich tragen.“

„Hoho! Ganz trefflich! Ich hatte soeben denselben Einfall, allerdings wollte ich bei dir aufsteigen.“

Amynander berührte Midian am Arm und hielt seinen Blick fest. „Jetzt meine ich es ernst: Bist du mein Freund oder mein Feind? Bist du mein Feind, so sage es mir jetzt.“

Midian zuckte kurz zusammen. „Du glaubst immer noch, daß ich dein Feind sein könnte?“

„Zärtliche Worte, im Liebesrausch gesprochen, zählen nicht.“

„Ich hätte dich längst töten können.“

„Vielleicht hast du andere Pläne?“

Midian zog sich einen spitzen Stein aus dem Fuß. „Tatsächlich ist unsere Begegnung nicht zufällig. Noch vor Arbela hatte ich dich in einem Traum erblickt.“

„Ist das wahr?“ fragte Amynander erregt. „So leibhaftig, wie ich jetzt vor dir sitze?“

Midian grinste. „Nackt warst du nicht. Du trugst die babylonische Hauptmannsuniform und ein Schwert. Da wußte ich, daß der Tag kommen würde, an dem sich unsere Wege kreuzen.“

„Du glaubst an Träume?“

„Früher habe ich an den Sturm geglaubt, der die Fichten im Zagros zaust, an das Knirschen seiner Gletscher, den Schrei des Adlers. Daran glaube ich auch heute noch, und doch bin ich dir wahrhaftig begegnet.“

Amynander nickte. „Wir kennen nicht alle Geheimnisse der Erde und des Himmels. Doch zu welchem Zweck will uns das Schicksal aneinanderketten?“

„Das wird sich erweisen.“

Amynander lächelte. „Auch wenn du dich irrst, es könnte ein herrlicher Irrweg werden, wenn wir ihn gemeinsam gehen dürfen.“

In Midians Augen glomm ein Funke auf. *Ein paar Umarmungen haben genügt, daß du für mich entflammst. Meine Mutter hat es gewußt. Aber dich zu hassen, ist schwer. Daher muß ich dich lehren, an meiner Seite zu jagen.*

„Der Weg, den wir heute gemeinsam gehen müssen, ist heiß und steinig“, erwiderte Midian lächelnd. „Aber dahinten steigt Rauch auf. Sicher ein Feuer von Hirten, die vor der Stadt lagern. Gehen wir zu ihnen und holen uns etwas, womit wir unsere Blößen bedecken können.“

5

Es war schon dunkel. Ein strahlend gelaunter Midian kam nach zweitägiger Abwesenheit in Jorams Zimmer, diesmal gekleidet in die grobe Wolle eines Soldaten; die Lederweste und die Riemen schienen jedoch für einen schmaler gebauten Mann gemacht worden zu sein. Midian riß sie sich auch sofort vom Leib und beugte sich über Joram, der sich schlafend stellte. „Komm, laß uns zu Wasazzili dem Hethiter gehen, der macht gute Fleischspieße.“ Er knuffte Joram. „Ich weiß, daß du nicht schläfst.“

„Wo warst du?“ nuschelte er, als sei er aus tiefem Schlaf erwacht, mußte aber grinsen.

„Erzähle ich dir bei Wasazzili.“

Kurze Zeit später streckten sie ihre Beine unter einen langen

Holztisch, vor ihnen häuften sich so viele Fleischspieße, als wollten sie ganz Babylon versorgen. „Ich war bei Amynander", sagte Midian, „du weißt schon, diesem hübschen Griechen aus meinem Traum."

„So?" Joram fuhr der Schrecken glühend ins Gedärm, aber er spielte den Ahnungslosen. „Dann habt ihr wohl Freundschaft geschlossen?"

Midian lächelte und machte sich über seine Spieße her. „Das glaubt zumindest der Grieche", sagte er kauend. Dabei leuchteten seine Augen, und über seinem Gesicht lag ein verklärter Schein, wie ihn Joram noch nie an ihm wahrgenommen hatte. Er kaute unlustig auf einem Stück Fleisch herum, denn der Appetit war ihm vergangen. „Und was planst du wirklich? Wirst du ihn – töten?"

Midian leckte sich die Lippen. „Ich träume davon, ich lechze nach seiner betroffenen Miene, seiner Niederlage – und doch! Ich werde ihm eine Chance geben."

„Ein Schwarzer Wolf zu werden?" spottete Joram und atmete erleichtert auf.

Midian lächelte. „Warum nicht? Jedenfalls ein Wolf, der an meiner Seite jagt. Bis jetzt ist er ein Lamm – was seine Gesinnung angeht."

„Du willst damit sagen", gab Joram kühl zur Antwort, „Amynander ist ein anständiger Mensch, aufrichtig, mitfühlend und großherzig?"

„Sehr richtig, dieser vortrefflichen Tugenden kann er sich rühmen, sie taugen, um heulenden Bälgern die Nasen abzuwischen. Meinen Plänen stehen sie entgegen."

„Stellt er denn wirklich eine Gefahr für dich dar?"

Midian nickte. „Er rührt bereits in meinen Kochtöpfen. Naharsins Goldgrube will er schließen, die andere Goldgrube im Tal des Todes ebenfalls. Am Ende gelingt es ihm tatsächlich, in Babylon einige unbestechliche Männer zu finden, die es bewachen."

Joram lächelte. „Und diesen Mann willst du auf deine Seite ziehen? Das wird dir nicht gelingen."

„Meinst du?" Midian streckte sich wohlgefällig. „Da bin ich anderer Meinung. Er ist verrückt nach mir, verstehst du?"

Joram schoß das Blut ins Gesicht, er fühlte es, und es machte ihn zornig. „Ich glaube, du übertreibst! Amynander wird sich kaum in deine Bosheit verguckt haben, bei aller Leidenschaft."

Midian winkte ab. „Leidenschaft? Es ist was anderes, was wir... was er für mich fühlt. Es ist unaussprechlich, es ist –"

„Wahnsinn? Hörigkeit? Ich glaube, daß Amynander auch bei dir einen kühlen Kopf behält."

„Wir werden sehen." Midians Stimme wurde kalt. „Wenn ich mich in ihm täusche, wird er mit seinem Blut bezahlen." Seine Augen wurden schmal. „Du redest, als würdest du ihn kennen."

„Unsinn!" Fast hätte Joram sich verschluckt. „Ich sehe nur, daß deine Wahrnehmung getrübt ist. Du scheinst nach ihm verrückt zu sein, so wie deine Augen leuchten."

„Ich nach ihm? Bist du krank?" Etwas zu hastig brach Midian seinen Spieß auseinander und ließ ihn wieder in die Schüssel fallen. „Er ist ein guter Mann, Nabupolassar schätzt ihn sehr. Und er ist mein Schicksal, sonst hätte ich nicht von ihm geträumt. Wenden wir das Schicksal also zu unseren Gunsten. Mit Amynander fegen wir die babylonischen Herrscher hinweg und herrschen wie die Götter!"

„Wahnvorstellungen!" stieß Joram hervor. „Niemals wird Amynander dir in Belials Hölle folgen."

„Nein?" Midian lachte höhnisch und stieß Joram den Finger vor die Brust. „Hast du vergessen, welche Begierden eine himmelsstürmende Liebe entfesseln kann? Drei Perser hat mein sanfter Joram geopfert für eine Umarmung. Und warum? Weil dir diese Umarmung mehr wert war als die gesamte Menschheit. Du wolltest brennen, brennen! Denn das allein sind die Augenblicke, für die es sich zu leben lohnt!"

„Ja", flüsterte Joram und schloß kurz die Augen. „Und wann willst du Amynander über deine wahren Absichten aufklären?"

„Wahre Absichten? Er kennt meine Pläne. Er soll mich unterstützen, damit ich Tartan werde. Wir werden die Macht der Marduk-Priester brechen und die Herrschaft Sins aufrichten. Männer, die mit kastrierten Knaben handeln oder das Fleisch von Gepfählten verkaufen, werden wir mit eisernem Besen aus der Stadt kehren, das wird Amynander gefallen. Er wird mir vertrauen und nicht mal merken, daß er dabei meinen Zielen dient."

„Du mußt Amynander für sehr dumm halten. Ich dachte, er sei ein so starker Gegner?"

Midian beugte sich nach vorn, seine Augen funkelten. „Ich werde dafür sorgen, daß sein Fleisch nach meinem hungert, daß er nicht atmen kann ohne meine Gegenwart. Seufzen wird er in den Nächten, in denen ich nicht an seiner Seite liege. Anfangs glaubte ich, er sei kalt, aber ich stellte ihm eine Falle, und er tappte hinein wie ein Bär, der Honig riecht."

„Weiß er, daß du der Anführer der Schwarzen Wölfe bist?"

„Natürlich nicht."

„Willst du dich ihm nicht offenbaren? Wenn er dich wirklich liebt, wird er über deine Vergangenheit hinwegsehen."

Midian hob beide Hände. „Nein, nein, so weit habe ich ihn noch nicht. Das wäre zu gefährlich, viel zu gefährlich. Ich muß noch mehr Einfluß auf ihn gewinnen." Midian schlürfte geräuschvoll den Rest seines Bieres.

Joram schwieg eine Weile. Es beruhigte ihn, daß Midian vorerst keine tödlichen Absichten gegen Amynander hegte, aber dennoch glaubte er nicht, daß die Sache gut ausgehen könne. Außerdem – damit hatte er nicht gerechnet – quälte ihn Eifersucht. Er überlegte, wie Midian bei Amynander wohl mit seiner Schwäche umgegangen war.

„Ich möchte, daß du von der Sache abläßt", murmelte Joram. „Amynander wird dich –" seine Lippen zitterten.

Midian nahm seine Hand. „Eifersüchtig, du zahmer Haushund unter meinen Wölfen?"

„Er wird es sein, der dich überwältigt", sagte Joram, „denn du fürchtest dich vor seiner Liebe."

Midians Lippen zuckten. Seine eigenen Worte kamen ihm in den Sinn: *Mit dir möchte ich zur Insel Tilmun fahren, um dort das Kraut der Unsterblichkeit zu pflücken.* Worte, im Liebesrausch gesprochen, zählen nicht, hatte Amynander gesagt. Midian verschluckte eine gehässige Antwort und räusperte sich. „Laß uns keine Gefühle herbeireden. Wer würde nicht vorübergehend schwach in seinen Armen? Mancher Bauer streichelt seine Lämmer, bevor er sie schlachtet."

6

Kanäle und breite Straßen zerteilten die Stadtmitte. Unzählige Gäßchen verbanden sie und bargen unter dem Schatten ihrer vorspringenden Dächer den Basar von Babylon, der sich Besuchern schon aus der Ferne durch sein Geschrei und seine Gerüche ankündigte. Unentwegt schoben sich die Menschenmassen an den kleinen Läden und Verkaufsständen vorbei. Sklaven, die sich mit Sänften durch das Gedränge einen Weg bahnten, wurden beschimpft und mit faulem Obst beworfen, und manchmal traf das Geschoß den Gebieter selbst: parfümierte, bezopfte oder zierlich gelockte Männer mit Stirnbändern im Haar, weißen Leinenkitteln und etlichen Rollsiegeln am Gürteln, die ihre Wichtigkeit betonten. Hohe Priesterhüte, wunderlich gehörnte, gespitzte und geschweifte Helme hochgewachsener Krieger schaukelten über den Köpfen, die bunten, langgefältelten Röcke der Frauen raschelten im Staub, ihre Fußspangen klingelten.

Amynander machte einen Bummel über den Basar und musterte die feilgebotene Ware eingehend. Manchmal blieb er stehen, beobachtete die Kunden, lauschte ihren Gesprächen. Er hatte nicht vor, etwas zu kaufen, er wollte dem grausigen Geheimnis auf die Spur kommen, von dem man ihm erzählt und das Scheschbassar nicht geleugnet hatte.

Er fragte nach Imgur, dem Gewürzhändler. Imgur hatte mehr Kunden als seine Nachbarn. Oftmals verschwand er mit ihnen hinter einem Vorhang im Haus. Gerade kam er mit einer gebeugten alten Frau heraus, die ihm überschwenglich die Hände küßte und ihn humpelnd verließ. Amynander ging dem Weib nach. Wo die Gasse sich gabelte, hielt er es an. „Gute Frau“, sagte er und schenkte ihr ein vertrauenerweckendes Lächeln, „auf ein Wort.“

Sie fuhr herum, starrte ihn an. „Was willst du?“ flüsterte sie voller Angst, wich zurück an die Wand und umklammerte unter ihren Rockfalten irgend etwas wie einen Schatz.

„Zeig her, was du da verbirgst!“ sagte er streng.

„Nur Kräuter“, wisperte sie. „Meine Tochter ist krank.“

„Ich will sie sehen. Es ist möglich, daß der Händler dich betrogen und dir giftigen Sumach beigemischt hat, das würde deiner Tochter schlecht bekommen. Auf dem Basar gibt es viele Betrüger, wußtest du das?"

„Nein, nein", sagte sie schnell, „ich kaufe oft bei ihm und war immer zufrieden."

Amynander berührte sie am Kinn und zwang sie, ihm in die Augen zu sehen. „Fürchte dich nicht. Ich will dir helfen."

Seine Stimme war sanft, aber er war hochgewachsen, schön und ehrfurchtgebietend. Solche Männer wollten nie helfen, sie brachten den Armen Unglück. Mit behutsamer Gewalt löste er ihre Hände aus dem Stoff, und es fiel ein Päckchen zu Boden. Amynander hob es auf. Obenauf lag Thymian, wie er wild an den Wegen wuchs. Darunter fand er einen Salbentigel und ein eingewickeltes Stück Holz, wie es schien. Er öffnete den Tigel und roch daran. Angewidert verzog er das Gesicht. „Das stinkt wie eine Grube voller Aas!" stieß er hervor, „was ist das?"

„Salbe aus dem heiligen Gehörn eines Widders", gab die Frau schnell zur Antwort.

„Hm", brummte Amynander und hatte einen ganz anderen Verdacht. Er wickelte das andere Päckchen aus. Als er sah, was es enthielt, nickte er grimmig. Es war kein Holz, wie er zuerst angenommen hatte, sondern eine vertrocknete menschliche Hand. Er hob sie mit spitzen Fingern hoch. „Stammt das auch von einem Widder?" fragte er scharf.

Die Frau bückte sich und wollte entwischen, aber er hielt sie am Ärmel fest. „Weißt du, woher das ist?" fuhr er sie an.

Sie wimmerte. „Ich weiß es nicht. Aber nur das hilft, die Priester haben es gesagt."

„Weißt du nicht, daß dieses ekelhafte Zeug von Hingerichteten stammt?" schimpfte Amynander. „Von Menschen, die noch leben, wenn man ihnen die Hand abschneidet?"

Die Alte rieb sich die Stelle, wo Amynander hart zugefaßt hatte, und nickte zu seiner Verblüffung. „Nur dann ist der Zauber mächtig."

„Und hat er deinem Kind geholfen?"

„Er hilft", versicherte sie. „Mir ist erst ein Kind gestorben, und meiner Nachbarin schon das vierte. Sie hat einen Heilkundigen kommen lassen, aber der konnte auch nicht helfen."

„Woran starben die Kinder?"

„Der Arzt sagte –" sie zögerte, „er sagte, von dem schlechten Wasser aus dem Kanal, an dem unsere Häuser liegen, und wir sollten nichts daraus trinken, nicht einmal waschen sollten wir unsere Kinder darin, und er sagte, der Kanal habe keinen Abfluß mehr, er sei von Schlamm und Unrat verstopft und vergiftet, aber wir haben kein anderes Wasser."

Erschöpft schwieg sie, und Amynander antwortete mitleidig: „Ich sehe das Problem, gute Frau, aber ich sehe nicht, wie diese stinkende Salbe und eine verfaulte Hand es lösen können."

Sie blinzelte ihn verwundert an, als sei Amynander ein unwissendes Kind. „Jeder weiß doch, daß der Pestdämon Namtar den Kanal verstopft hat. Er macht es schwarz und bitter, damit die Seuche unsere Kinder holt. Aber wenn man sie mit dieser Salbe einreibt, kann ihnen das Wasser nichts anhaben. Sieben Zaubersprüche sind in ihr gebannt. Die Hand vergrabe ich an der Umzäunung meines Hauses, sie hält das Unheil fern, denn ich rufe Lolgalgirra an. Namtar fürchtet sich vor ihm, Namtar kommt nicht über die Schwelle."

Amynander seufzte. „Hat der Kanal, in dem Namtar haust, einen Namen?"

„Er heißt Schilfgraskanal."

„Geh jetzt nach Hause." Er drückte der Frau etwas in die Hand, und sie starrte darauf, als erlebe sie ein Wunder. „Davon kaufst du dir eine Ziege, du läßt die Kinder nur Milch trinken und kaufst nie mehr diesen Unrat. Inzwischen werde ich Namtar auf meine Art austreiben. Bald werden die guten Geister des klaren Wassers im Schilfgraskanal wohnen. Wenn du meine Befehle nicht befolgst, werde ich nicht sieben, sondern siebenundsiebzig höllische Dämonen auf euch niederfahren lassen, hast du mich verstanden?"

Die Frau war wohl einfältig, aber was Gold ist, begriff sie blitzartig. Sie fiel nieder zu seinen Füßen. „Du gebietest über die Wesen des Lichtes, Herr, dir dienen Samas, Gibil und Nusku, die freundlichen. Dir dienen –"

Sie zählte noch eine ganze Schar von gütigen Geistern auf, aber Amynander hatte sich bereits umgedreht. Er ging zurück zu Imgur, der noch immer seine Kräuter anpries. „Ich suche etwas Bestimmtes", raunte Amynander ihm zu.

Der Mann verzog keine Miene. „Etwas gegen Kopfschmerzen, trübe Augen, Magenschmerzen, Furunkel, geschwollene Füße?"

Amynander beugte sich leicht vor und murmelte: „Ich bin nicht krank. Aber mir käme es gelegen, wenn ein anderer krank würde."

„Meine Kräuter heilen, ich bin kein Giftmischer", gab der Händler kühl zur Antwort.

„Willst du mich falsch verstehen? Ich brauche kein Gift, das ist zu gefährlich. Ich brauche einen kräftigen Zauber, bei dem kein Verdacht aufkommen kann. Man hat dich empfohlen."

Der Händler wurde um einen Schein blasser, aber gefaßt fragte er: „So? Wer ist es?"

„Sein Name ist Scheschbassar, der Wächter des Tal des Todes!"

Der Händler fuhr sich mit der Hand an die Gurgel. „Oh!" rief er ächzend. Dann sah er sich um wie ein Wiesel. „Und wer bist du?"

„Frage ich nach deinem Namen? Sie sollten bei solchen Geschäften ohne Bedeutung bleiben, nicht wahr?"

Der Händler nickte und bat Amynander hinter den Vorhang in seinen kleinen Laden. Amynander musterte flüchtig die Säcke und Krüge, die herumstanden, und richtete seinen durchdringenden Blick auf den Händler, der mit nervös auf dem Bauch verschränkten Fingern vor ihm stand. „Ich will offen mit dir sein, Kaufmann! Ich habe einen Feind, und er muß sterben. Aber es muß so aussehen, als habe ihn plötzlich eine schlimme Krankheit befallen, und ich will, daß er langsam unter Qualen dahinsiecht, verstehen wir uns?"

„Ich weiß nicht – ich glaube ja", erwiderte der Händler heiser und wischte sich große Schweißtropfen aus dem fettigen Haar.

„Ich habe mir von einem Priester, dessen Namen ich nicht nennen kann, eine mächtige Beschwörungsformel geben lassen", fuhr Amynander ungerührt fort. „Sie darf nur einmal im Leben ausgesprochen werden, so furchtbar ist sie."

„Und was kann ich für dich tun?" flüsterte der Mann.

„Ich brauche Fleisch, geschnitten aus lebenden Körpern, nimmersatte, aus Schmerz entstandene Dämonen, lechzend nach neuer Nahrung. Frische Augäpfel für die Erblindung, Hände und Füße für schwärenden Aussatz und warmes Gedärm für einen langsamen Tod."

Der Händler ließ sich totenblaß auf einen Sack fallen. „Woher soll ich – das ist –"

„Kannst du damit nicht dienen?" fragte Amynander scharf. „Scheschbassar sagte mir, daß nahezu jede Woche eine Hinrichtung stattfindet. Manche werden nur mit Seilen festgebunden, um langsam zu verdursten. Sie eignen sich am besten. Aber ich will die Entnahme der erforderlichen Stücke selbst verfolgen, damit ihr mich nicht betrügt und mir Leichenteile unterschiebt, deren Dämonen schwach sind wie ein Hühnerfurz."

„Eine gefährliche Sache, eine höchst gefährliche Sache", stöhnte der Dicke.

Amynander zog einen Beutel hervor. „Ich zahle gut. Der ist mit Gold gefüllt, nicht mit Kupfer."

Dem Mann quollen die Augen aus den Höhlen. „Mit Gold?" krächzte er. „Ich glaube, ich treffe Scheschbassar morgen."

7

Nachdem Amynander den Händler verlassen hatte, sah er ein paar Stände weiter Midian stehen. Ein freudiger Schrecken durchfuhr ihn. Midian hatte ihn schon erspäht und kam auf ihn zu. „Ich suche ein Geschenk für dich", empfing er Amynander mit einem sonnigen Lächeln. „Und was tust du hier schon so früh am Morgen?"

„Ich bin unbestechlich", grinste Amynander, den es heiß überlief. „Ich gehe Gerüchten über widerliche Geschäfte nach, die auf dem Basar, aber auch anderswo betrieben werden."

„Ach! Und die Schwarzen Wölfe willst du nicht mehr fangen?"

„Weshalb kommst du immer wieder auf diese Bande zu sprechen?" fragte Amynander ärgerlich. „Nein. Von den Schwarzen Wölfen hat man nicht mehr viel gehört, seit ich in Arbela war. Möglich, daß sie sich nicht mehr sicher gefühlt haben und doch nach Osten gegangen sind – nach Bailakan vielleicht?" setzte Amynander spöttisch hinzu.

Midian überging diese Bemerkung. „Darf man erfahren, welchen Schurken dein Augenmerk in Babylon gilt?"

Amynander zögerte. „Wenn du mir von deinen Vorhaben erzählst?"

„Vielleicht ergänzen wir uns nicht nur in der Nacht", schnurrte Midian und blieb bei einem Juwelier stehen. Sein Blick fiel auf einen edelsteinbesetzten Dolch, der ein Vermögen wert sein mußte. „Dieses Messer da, was kostet es?"

„Zwanzig Goldstücke."

Midian warf einen Beutel auf den Tisch, nahm den Dolch und reichte ihn Amynander. „Ein funkelndes Geschmeide, schön und gefährlich wie der Mann, der es tragen wird." Midian hob die Hand. „Nein, sage nicht, du kannst es nicht annehmen."

„Wie kommst du darauf?" grinste Amynander und wendete den Dolch zwischen den Fingern. „Du mußt unermeßlich reich sein."

„Man hat sein Auskommen."

Sie verließen das Gewühl des Basars und begaben sich an die Nordseite des Ischtar-Tempels, dort setzten sie sich in den Schatten einer Palme und kauften einem Jungen Datteln ab. Dann erzählte Amynander von seinem Erlebnis bei Naharsin und dem Besuch bei Scheschbassar im Tal des Todes.

Midian spuckte seine Dattelkerne nach den Wasserträgerinnen, die in einiger Entfernung zum Brunnen gingen. „Ich kenne Naharsin, er beliefert jedes Gelüst. Das gleiche gilt für Scheschbassar. Dennoch solltest du nichts übereilen." Midian legte Amynander die Hand auf den Schenkel. „Du hättest die halbe Stadt gegen dich."

„Gegen die ganze Welt muß man kämpfen, um solchen Schmutz zu beseitigen!" rief Amynander aufgebracht.

„Du bist zu empfindlich. Weshalb werden die ekelhaften Mixturen aus dem Tal des Todes gekauft? Halb Babylon schwört auf die Tränke und Pulver aus dem Tal der Gepfählten. Es hilft gegen Unfruchtbarkeit und gegen Krankheit, selbst als Schönheitsmittel wird es benutzt und um die Liebesfähigkeit zu steigern. Das alles willst du doch den braven Leuten nicht nehmen? Und weshalb ist Naharsin reich? Weil seine abartige Kundschaft zahlreich ist wie die Heuschrecken. Und wenn du das ändern willst, ziehen die Priester heulend und dich verfluchend vor ihre Götter und beschweren sich, daß du die heilige Ordnung störst."

Amynander schob Midians Arm von sich. „Was willst du damit sagen? Daß man sich mit dem Verbrechen abfinden muß?"

„Bei Belial! Mit dem Aberglauben mußt du dich abfinden. Und was Naharsin angeht – einige Dinge sind nun einmal nicht zu haben, ohne das Gesetz zu umgehen. Ich war auch schon bei ihm. – Nicht im roten Zimmer", fügte Midian beschwichtigend hinzu. „Es waren ganz gewöhnliche Huren."

„Gewöhnliche Huren gibt es überall in Babylon, weshalb suchst du sie bei Naharsin?"

„Hast du nie das Bedürfnis gehabt, bis an deine Grenzen zu gehen, sie zu sprengen?"

Amynander dachte an den merkwürdigen Ort in Harran, wo Midian ein Goldstück bezahlt hatte. „Ja, aber ein vernünftiger Mann gibt diesem Trieb nicht nach, weil er dabei die Rechte anderer verletzt."

„Aber Sklaven haben keine Rechte."

„Und was sind deine Grenzen?"

Midian lächelte. „Die Grenze ist der Tod. Im Liebesrausch zu töten, ist der Gipfel der Wonnen."

„Gerechter Himmel! Du tötest sie?"

„Manche Sklaven werden nur zu diesem Zweck erworben."

„Nichts gibt dir das Recht, Menschen zu quälen und zu morden, auch wenn ein schlechtes Gesetz es erlaubt. Das bei Naharsin, das waren Kinder!"

Midian verschränkte die Arme. „Niemand fragt nach ihren Leiden, sie sind nur das wert, was sie Naharsin einbringen."

„Nun, ich werde mich dafür einsetzen, daß solche Zustände aus Babylon verschwinden!" zischte Amynander.

Midian lachte höhnisch. „Ja, da wirst du beim König ein offenes Ohr finden. Er wird hohe Würdenträger hinrichten, um die Bälger zu schützen. Er wird Gesetze erlassen, die den Handel mit Eunuchen einschränken, und dafür gern halbleere Kassen in Kauf nehmen. Er wird den Aberglauben austilgen und damit die gesamte Priesterschaft gegen sich aufbringen. Wo lebst du eigentlich? Im Königreich der Hirngespinste?"

Amynander erhob sich wortlos, Midian schob sich geschmeidig an seine Seite. „Sei in Babylon ein Fürst, ein König, ja, ein Gott, Amynander!" sagte er eindringlich. „Beschmutze dich nicht mit dem Kot der Einfältigen, sondern tritt sie in den Staub, wohin sie gehören. Und wenn du das nicht kannst, dann geh zurück nach Griechenland!"

Amynander fuhr herum. „Sagtest du nicht, du willst unter Nebukadnezar in dieser Stadt Tartan werden?"

„Ja, aber du könntest ihr König sein."

„Worüber soll ich herrschen? Über Einfältige, wie du sagst? Was ist ein Tartan? Ein Mann, der sich mit Gold und Weibern behängt, oder jemand, der die Bevölkerung beschützt?"

„In Babylon leben Menschen so zahlreich wie Ameisen. Draußen im Land leben vielleicht noch zehnmal so viele. Der Tartan beschützt sie, aber er hält nicht ihre Händchen. Und ein König wägt klug ab, denn er weiß, daß nicht alle Kuchen und Braten essen können. Daß nicht jeder feines Linnen tragen und ausgedehnte Ländereien besitzen kann. Gib dem Pöbel alle Rechte, die du dir herausnimmst, und er wird dich zerreißen!"

„Ich will nicht König werden", gab Amynander finster zur Antwort, „und Nebukadnezar hatte auch nie vor, dich zum Tartan zu machen, weißt du das? Er traut dir nicht. Wenn du willst, daß ich mich für dich verwende, dann hilf mir, aus Babylon eine menschenwürdige Stadt für alle zu machen. Wenn du in dieser Stadt herrschen willst, hast du die Pflicht, dich auf meine Seite zu stellen."

„Du überschätzt meine Möglichkeiten. Noch habe ich keine Macht. Wenn ich erst Tartan bin, können wir darüber reden."

„Du willst sagen, du habest keinen Einfluß in Babylon?" höhnte Amynander.

„Nicht dort, wo die wahre Macht zu finden ist, bei den Marduk-Priestern. Gegen ihren Willen geschieht nichts in Babylon."

„Und weshalb tun wir uns nicht gegen sie zusammen, statt gegen den Pöbel, dessen einziges Vergehen darin besteht, daß er ungebildet ist?"

Midian lachte leise. „Überlaß sie mir! Sagte ich nicht, daß wir beide die Welt beherrschen können? Unser beider Schicksal ist verflochten zu einem starken Seil, wenn wir unterschiedliche Wege gehen, wird es zerreißen."

„Dann gehe du meinen Weg!"

„Der führt ins Nichts, in ein Traumland der Schwärmer und Weltverbesserer. Meiner führt ins Paradies. Jeden Morgen werden wir gemeinsam erwachen, noch feucht vom Schweiß unserer Lust. Wir trinken den Wein der Macht, gürten uns mit dem Schwerte des Ruhms, und der Straßenstaub verwandelt sich zu Gold unter unseren Schritten. Die Furcht fliegt uns voran wie ein Adler, die Menschen drängen sich zusammen wie Schafe vor dem Gewitter. Wir schenken ihnen einen neuen Gott und neue Priester, und sie werden auf die Knie fallen und schreien: Ja, ja, du bist die Wahrheit und das Licht! Eine neue Religion nach unseren Regeln, deren Götter wir selber sind, Amynander!"

„Vermessenheit!" murmelte Amynander, aber er konnte nicht verhindern, daß Midians leidenschaftliche Rede ihn in den Bann zog.

8

Die schmale Gasse führte eine kleine Anhöhe hinauf. Zuerst säumten sie hohe, schmalbrüstige Häuser, dann fanden sich rechts und links nur noch vereinzelte Lehmhütten, die zum Teil so zerfallen waren, daß man sie für unbewohnt gehalten hätte, wären da nicht nackte, schmutzige Kinder gewesen, die vor den Türen spielten. Die Gasse endete weit draußen an der östlichen Stadtmauer vor einem niedrigen, verwahrlosten Gebäude. Seine Wände waren aus Steinquadern erbaut, sonst wäre es wohl längst zusammengefallen wie die Mauer aus Lehmziegeln, die es einst umgeben hatte.

Man hätte meinen sollen, daß sich niemand gern an diesen trostlosen Ort begab, und doch hatten sich zu nächtlicher Stunde drei Männer dort zusammengefunden. Sie waren in lange Umhänge gehüllt und trugen Fackeln. Vor dem Haus verharrten sie kurz, sahen sich um und verschwanden rasch im Eingang. Einer der Männer bückte sich zielstrebig und hob eine Falltür hoch. Sie öffnete sich leicht und geräuschlos. Die drei Männer stiegen hinab in den Schacht, der letzte zog vorsichtig die Klappe zu. Steile Stufen führten hinunter zu einem Stollen, der in den nackten Fels gehauen war. Es roch modrig und feucht, aber man konnte gut atmen; von irgendwoher strömte frische Luft in den Gang. Mit schnellen Schritten durchquerten sie ihn. Die alten Steintafeln und zerbrochenen Tonfiguren an den Wänden und in den Nischen beachteten sie nicht. Manchmal lag ein bleicher Totenschädel im Weg, er wurde zur Seite gestoßen. Der Gang endete in einem Gewölbe, dem flache Kohlenbecken Wärme und Licht spendeten. Decke und Wände lagen im Dunkeln.

Die Kohlefeuer wurden von Tonfiguren bewacht, häßlichen Fabelwesen, ausgestattet mit grotesken Flügeln, fletschenden, spitzen Zähnen, riesigen Ohren und monströsen Geschlechtsteilen. Dahinter erhob sich ein langer, flacher Opferstein, bedeckt mit seltsamen Gerätschaften, Schalen und Krügen in verschiedenen Größen. Die drei Männer beachteten das alles nicht, sie ließen sich in einer Nische auf kostbaren Kissen nieder und schlugen ihre Kapuzen zurück.

Sie befanden sich in verlassenen Grabkammern unterhalb eines ehemaligen Sin-Tempels. Der Hausherr war Xandrames, der gefürchtete Mondpriester und Beherrscher der Dämonen. Sein Gesicht war wie aus Holz geschnitzt und hatte die Farbe von dunklem Bernstein. Schwere Lider senkten sich auf leicht geschlitzte, schwarz funkelnde Augen, die vollen Lippen hatten scharfe Konturen, und die Mundwinkel wiesen nach oben, so daß es aussah, als lächle er unentwegt. In Wahrheit lächelte er fast nie. Seine Gäste waren Naharsin und Scheschbassar.

Bei Xandrames war nichts im herkömmlichen Sinne. Die Diener, die das Essen hereintrugen, waren nackt und blind.

Naharsin betrachtete die Sklaven, deren Nacktheit durch die unbeholfenen Bewegungen sehr an Reiz gewann. Er leckte sich über die Lippen. „Woher hast du sie?" fragte er Xandrames.

Scheschbassar zischte durch die Lücke seiner weit auseinanderstehenden Zähne. „Ich beschaffe sie ihm. Das Tal ist voll von denen."

„Hingerichtete?" stieß Naharsin ungläubig hervor.

„Tot sehen sie wohl nicht aus", brummte Scheschbassar. „Ich liefere nur gute Ware. Junge, kräftige Burschen, die nicht länger als einen Tag draußen gehangen haben."

Xandrames sah Naharsin an. „Gefallen sie dir? Du kannst sie haben – nach dem Essen."

Naharsin räusperte sich. „Ich bevorzuge jüngeres Fleisch. Aber zu Hause würde ich mir gern so ein Speisezimmer einrichten lassen. Könntest du bei deinen Lieferungen auch an mein Haus denken, Scheschbassar?"

„Das läßt sich machen, aber herrichten mußt du sie selbst. Du mußt nachts kommen und Gehilfen mitbringen."

Einer der Sklaven beugte sich plötzlich nach vorn und spuckte in eine Schüssel. Xandrames Haut war wächsern vor Zorn, aber in seiner Miene regte sich nichts. „Du Narr. Dafür wirst du den Dämonen geopfert."

Der Sklave heulte auf vor Angst. Scheschbassar gab ihm einen Tritt. „Verschwinde!"

„Was wirst du mit ihm machen?" fragte Naharsin neugierig. „Zuerst hatte er Mut bewiesen, dann schrie er vor Angst."

„Ewige Qualen", erwiderte Xandrames und verzerrte seine grinsenden Mundwinkel noch ekelhafter.

Naharsin zuckte die Achseln. „Ewig wollte ich eigentlich nicht hierbleiben. Wie lange willst du ihn foltern?"

„Wer den Dämonen geopfert wird", sagte Xandrames langsam, „der stirbt nie. Er ist ein Gutäer, er glaubt daran."

Naharsin warf einen schiefen Blick auf die steinernen Fratzen, die im roten Licht ihre Zähne bleckten. Dann sagte er bedächtig: „Der Grieche glaubt aber nicht daran, und auch deine häßlichen Tonfiguren werden auf ihn keinen Eindruck machen."

„Wenn er gefährlich ist, wird er beseitigt", gab Xandrames kühl zur Antwort. „Es gibt Dolche, es gibt Gift, es gibt hundert Wege und hundert Hände, die es tun würden."

„Er wird beschützt", gab Naharsin zu bedenken.

„Sagtest du nicht, er geht ohne Leibwache aus?" fragte Xandrames verächtlich.

„Es ist Midian, der ihn beschützt, Xandrames!"

„Midian?" Der Priester zuckte zusammen. „Midian hat mir gesagt, daß er den Griechen vernichten will. Er ist kein Lügner."

„Vielleicht hast du ihn falsch verstanden." Naharsin nahm sich eine saftige Rinderlende aus der Schüssel.

„Nein." Xandrames schüttelte den Kopf. „Er und wir haben dieselben Ziele, und was noch wichtiger ist, wir schätzen dabei die gleichen Methoden."

„Aber Amynander sitzt wie eine fette Made in der Nähe des Königs, und der leiht ihm sein Ohr. Er ist gefährlich."

„Ja, solange wir Midians Pläne mit dem Griechen nicht kennen, sind uns die Hände gebunden", knurrte Scheschbassar. „Oder wollen wir uns auch gegen ihn wenden?"

„Dummkopf!" zischte Xandrames. „Um Midian werden sich alle Kräfte im Land scharen, die ihr Leben einzig auf das Gesetz der Stärke und Unbarmherzigkeit gründen wollen. Auf Belial, wie er es nennt, auf die dämonischen Kräfte der Finsternis, die ich anbete, die wir alle anbeten, und auf diesen Jahwe, der den Vorteil hat, unsichtbar zu sein, und somit als allgegenwärtiges Gespenst die Menschen knebelt und in frommer Knechtschaft hält. Wenn Midian erst Tartan ist, wird ein neues Zeitalter anbrechen, in dem wir die Herren sind und nicht die wankelmütigen Marduk-Priester, oder die dünnblütigen Gesetzeshüter, die nach Gerechtigkeit schreien, wo die Peitsche genügt, um jeden Widerspruch verstummen zu lassen. Was wir heute noch im Verborgenen tun müssen, das wird unter Midian Verdienst und Tugend sein."

„Das weiß ich alles", geiferte Naharsin, „aber der Grieche will von allem das Gegenteil, und wenn Midian sich in seine seidenweichen Locken verguckt, he? Wenn er die Seite wechselt für ein Lächeln dieses Götterjungen?"

„Midian zerfetzt deine Huren, das weißt du doch", erwiderte Xandrames abfällig. „Liebe ist ihm genauso fremd wie uns."

„Midian ist kein zahmes Vögelchen", gab Naharsin zu, „aber seinen hebräischen Freund, ich sage euch, den liebt er wirklich."

Xandrames nickte. „Einer von seinen Schwarzen Wölfen. Das ist kein Grund zur Besorgnis."

„Hat er Verbindung zu dem Griechen?" fragte Scheschbassar.

„Meines Wissens nicht", sagte Xandrames. „Midians Taktik ist es, überall Freunde zu gewinnen. Wenn die Zeit reif ist, zerquetscht er die falschen Freunde wie faules Obst."

„Und das sind am Ende wir", murrte Naharsin.

Xandrames warf ihm einen vernichtenden Blick zu. „Was deinen Knaben unten beschnitten wurde, das fehlt dir im Gehirn, wie es scheint. Der Adler hackt nicht nach der eigenen Brut. Midian ist das Schwert des Hasses, die Geißel der Verzweiflung, er ist der Sturmwind der Vernichtung. Gewöhnliche Menschen würden es das Böse nennen, aber es ist nichts als die göttliche Antwort auf Dummheit, Feigheit und Schwäche."

Xandrames erhob sich und breitete die Arme aus. „Die Dämonen sind unruhig, sie wollen das versprochene Opfer."

Naharsin kratzte sich an der Nase. „Sollten wir nicht zuerst zu einem Entschluß kommen, wie wir weiter vorgehen?"

Xandrames Blick war eisig. „Du wirst nie den Adlerhorst erklimmen, weil du über das Nest einer Wachtel stolpern wirst. Ich kümmere mich um die Sache."

Er verschwand in den Schatten hinter dem Opferstein. Als er wieder ins Licht trat, trug er eine silberne Maske mit Augenschlitzen. Sie bedeckte das ganze Gesicht und war rundum mit einem Strahlenkranz scharfer Stacheln umgeben. Jetzt hob er eine armdicke Bambusröhre an den Mund. Sie gab einen unheimlichen, tiefen Ton von sich, als stöhnten die Toten in den Gräbern. Die Tür öffnete sich, und zwei kräftige Männer schleiften den unglücklichen Sklaven herein. Er war aschgrau im Gesicht.

Naharsin beugte sich zu Scheschbassar hinüber und flüsterte: „Wozu hat Xandrames diese Maskerade veranstaltet? Der arme Teufel kann ihn doch ohnehin nicht sehen."

Die silberne Maske wandte sich ihnen zu, und sie verstummten. Dann sprach Xandrames, und seine Stimme war seltsam verzerrt: „Tiridates, Tiridates! Bist du bereit?"

Dem Gutäer standen die Haare buchstäblich zu Berge. „Hab Erbarmen!" krächzte er.

„Der verfluchte Asak, der schändliche Utuk, der verderbenbringende Alu, der böse Ekim, der schreckliche Gallu, sie mögen in deinen Leib fahren!" Eine der Statuen fiel mit einem gräßlichen Geheule um und zerbrach. Der Gutäer brüllte.

Xandrames zischte: „Tausend Jahre ist den Dämonen nun gestattet, in deinem Körper zu hausen und ihn zu peinigen. Grausamer Namtar, nimm jetzt sein Leben und wirf ihn hinab in die schwarze Totenstadt Ereschkigals!"

Der Gutäer wand sich in Krämpfen, als hätte er Gift getrunken. „Tausendjährige Qual!" schrie Xandrames, und das Opfer zuckte und wimmerte, bis es tot war.

Xandrames nahm seine Maske ab und lachte häßlich. „Das", sagte er und wies mit dem Finger auf den Toten, „ist das Ergebnis von Aberglaube und Dämonenfurcht. Der arme Tropf war verrückt vor Angst, daran ist er gestorben. Hätte er meine Erscheinung mit der Maske sehen können, hätte er uns noch besser unterhalten."

„Unglaublich!" murmelte Naharsin. „Dann würde der Zauber bei dem Griechen also nicht wirken?"

Xandrames legte Maske und Bambusröhre zurück auf den Altar. „Nein. Nur der Furchtsame erliegt der Magie."

Scheschbassar starrte den Toten an. „Tausend Jahre", murmelte er. „Für ihn ist es vorbei, er spürt nichts mehr, aber wie entsetzlich, wenn es wirklich so wäre."

„Ihr habt soeben gesehen", sagte Xandrames, „welche Macht der Glaube haben kann. Du, Scheschbassar, bist das beste Beispiel dafür, daß es sich lohnt, mit dem Aberglauben Geschäfte zu machen. Das Fleisch aus dem Todestal wird dir mit goldenen Schekeln aufgewogen."

„Aber kann man damit Babylon beherrschen?" fragte Naharsin.

„Die Welt, mein Freund. Knebele sie mit Furcht und locke sie mit Unzucht. Midian wird sein Szepter unter diesen Vorzeichen aufrichten."

„Und weshalb tust du es nicht selbst, Xandrames?"

„Weil er auserwählt wurde, nicht ich."

„Auserwählt von wem?“ spottete Naharsin. „Von den Dämonen, an die er selbst nicht glaubt?“

„Vom Schicksal“, erwiderte Xandrames. „Es erfüllt sich, wenn die Zeit reif ist.“

9

Asynor und Sassan saßen im Widderhorn und gingen ihrer Lieblingsbeschäftigung nach, als ungewohnter Lärm sie von ihren Würfeln aufschauen ließ. Durch die Tür trat gebückt ein rothaariger Hüne mit ungepflegtem Bart; sein langes Haupthaar hatte er zu einem Schopf hochgebunden. Federn, bunte Steine und Knochen waren darin eingeflochten. Ein gewaltiger Bogen hing von seinen Schultern. Die nackte, behaarte Brust war behängt mit Ketten aus Wolfszähnen und knöchernen Amuletten. Zwei Dolche steckten in seinem Gürtel, seine Beinkleider waren aus verschiedenen Fellen zusammengenäht. Hinter ihm scharten sich drei ähnlich gekleidete Gestalten, deren finstere Mienen wenig Freundliches verhießen.

Ibnischar, der Wirt, warf den neuen Gästen einen prüfenden Blick zu und winkte seiner Tochter Nanaia, die bei Sassan mit dem wilden Haarschopf saß. Sie eilte auf den Rothaarigen zu. Der schob sie zur Seite. „Wein und Fleisch!“ rief er, während seine Gefährten bereits Platz genommen hatten, wobei sie die beiden Würfler unsanft zur Seite drängten.

Ibnischar brachte selbst das Verlangte. „Seid willkommen im Widderhorn, und laßt es euch schmecken.“

Asynor stieß dem Dicken neben sich in die Rippen. „He, du stehst auf meinem Fuß.“ Sofort hatte er eine behaarte Pratze an seiner Kehle.

„Laß ihn los, Zorach!“ befahl der Rothaarige. Er wandte sich an Ibnischar: „Wir suchen einen Mann, sieht aus wie wir, versteht keinen Spaß, wenn man ihm in die Quere kommt, ißt einen halben Ochsen allein auf und säuft Wein wie Wasser.“

„Hat lange, schwarze Haare“, fügte der kleine Krummbeinige neben ihm hinzu.

„Und weshalb sucht ihr ihn in meiner Taverne?" fragte Ibnischar.

„Weil seine Spur nach Babylon führt. Und wenn er sich irgendwo wohl fühlt, dann hier in der Amurru."

„Und deine Taverne wurde uns als besonders wüst empfohlen", lachte Zorach breit und wischte seine Finger am Rock Asynors ab.

„Ich kenne viele Männer, die so viel fressen und saufen", lächelte Ibnischar. „Wie heißt er?"

„Midian", sagte der jüngste und hübscheste von ihnen. Seine Augen waren schräg und funkelten grün wie Katzenaugen.

Ibnischar sah sich rasch um. „Ja, ich kenne ihn. Manchmal kommt er hierher. Aber ihr sucht ihn besser bei dem Sin-Priester Xandrames."

Zorach spuckte aus und hielt dem Wirt seinen Dolch unter das Kinn. „Ich höre immer Priester. Wir mögen keine Priester, sie verursachen uns Übelkeit, verstehst du? Besser, du läßt Midian wissen, daß die Schwarzen Wölfe ihn im – äh – wie heißt dein Ziegenstall?"

„Widderhorn."

„Genau, daß die Schwarzen Wölfe im Widderhorn Quartier genommen haben. Wir warten hier auf ihn, und wenn dir dein Leben lieb ist, läßt du uns nicht zu lange warten."

Sassan stieß seinen Gefährten an. „Mußt du nicht längst zu Hause sein, Asynor? Ich glaube, dein Mütterlein wartet auf dich."

„Du sagst es." Asynor erhob sich. „Würdet ihr uns bitte vorbeilassen, ihr edlen Herren?"

„Endlich Männer mit Manieren", grinste Zorach und rückte zur Seite. Als Asynor sich vorbeizwängte, stellte er ihm ein Bein und trat dem Stolpernden in den Hintern. „Laßt das Mütterlein nicht warten."

„Hast du auch Schwarze Wölfe verstanden?" fragte Asynor draußen, während er sich den Staub aus den Kleidern klopfte.

Sassan nickte. „So sehen sie aus, und so benehmen sie sich."

„Worauf warten wir dann? Komm! Sagen wir es Amynander."

„Augenblick!" Sassan faßte Asynor am Arm. „Sie wollten sich mit einem Midian treffen. Was, wenn es dieser Midian ist, in den unser Rabkissir so vernarrt ist?"

„Hm, das wäre ein harter Schlag für ihn." Asynor überlegte kurz. „Wir fragen besser seinen Freund, den Rabschake, was hier zu tun ist."

—

10

Midian ein Schwarzer Wolf! Nebusaradan sah seine schlimmsten Befürchtungen bestätigt. Wie, bei Marduks Drachen, sollte er das Amynander beibringen?

Er schickte Asynor und Sassan zurück ins Widderhorn. Dort sollten sie so lange sitzen, bis dieser Midian auftauchte, und er befahl ihnen, sich leise und unauffällig zu benehmen, um den Schwarzen Wölfen keinen Anlaß zum Streit zu geben.

Ibnischar gelang es erst am nächsten Tag, Midian aufzuspüren. Er stürmte wie ein Ungewitter in den Gastraum, und als er seine Gefährten erblickte, die erfreut aufsprangen, machte er eine zornige Handbewegung und zischte: „Seid ihr wahnsinnig, hierherzukommen? Babylon ist nicht Susa. Wer außer Ibnischar weiß, daß ihr hier seid?"

„Ist das eine Art, uns zu empfangen?" brummte Elrek. „Wer in Babylon sollte schon die Schwarzen Wölfe kennen?"

„Schweig, du Narr!" Midian ließ sich polternd fallen und sah sie der Reihe nach an. „Ein Mann ist auf euch angesetzt, ein guter Mann, der euch schneller wittert als ein Wildhund das Aas."

Elrek ballte die Faust. „Wer ist das? Ich zerreiße ihn."

„Überlaß ihn mir! Ich werde ihn beseitigen, ohne Aufsehen zu erregen. – Weshalb konntet ihr nicht warten, bis ich zurückkehre? Meine Aufgabe ist noch nicht beendet, und mit eurem Auftauchen habt ihr alles gefährdet."

„Ein Jahr hattest du gesagt", fiel Zorach ein, „ein Jahr, aber du hast nicht Wort gehalten. Wir sind hier, um zu erfahren, ob du noch unser Anführer bist."

„Sicher bin ich das noch." Midian sah sich um: Niemand, der ihm verdächtig erschien, sah zu ihnen hinüber. Und Ibnischar war ein Freund. Trotzdem fühlte er sich nicht sicher. „Hört mir zu! Wir dürfen uns hier nie wieder treffen. Ich wohne bei Xandrames, geht zu ihm. Dort sucht euch niemand. Ich erwarte euch morgen abend. Aber verhaltet euch ruhig, kein Aufsehen!" Er beschrieb ihnen, wie sie das Anwesen des Xandrames finden konnten.

„Wir mochten nicht glauben, daß du bei einem Priester untergeschlüpft bist", maulte Zorach.

„Freust du dich denn überhaupt nicht, uns wiederzusehen?“ fragte Tyrsus.

Gislan schwieg. Midian lachte und faßte ihn unter das Kinn. „Hühnerdieb! Du bist auch noch dabei?“

„Warum nicht?“ Ärgerlich wandte er den Kopf ab.

„In Susa hattest du noch das Wiegenstroh am Hintern. Bei Belial! Ein verängstigter Knabe bist du nicht mehr.“

„Wer den Finger in den Honig steckt, leckt ihn ab“, gab Gislan schnippisch zur Antwort.

Midian lächelte. „Wahrhaftig, du hast schnell gelernt. Und was ist mit Semron?“

„Semron ist tot.“

„Hat sich totgesoffen“, fügte Zorach hinzu.

„Kein Verlust“, brummte Midian. Er erhob sich. „Wir sehen uns bei Xandrames.“

Im Hintergrund saßen zwei einfache Soldaten, sie zahlten ihr Bier und verließen still den Gastraum.

11

Amynander hatte seinen morgendlichen Dauerlauf beendet und kam über den Kampfplatz gelaufen. Als er Nebusaradan sah, winkte er übermütig. Nebusaradan straffte seine Züge und ging auf Amynander zu. „Seit dieser Midian in Babylon ist, benimmst du dich wie Kind!“ brummte er.

„Griesgram! Ich benehme mich wie ein Mann, ein sehr glücklicher Mann. Was kann ich dafür, daß du Midian nicht magst?“

„Deine Zuneigung zu diesem Menschen macht dich leider für vieles blind.“ Nebusaradan seufzte.

Amynander strich sich das verschwitzte Haar aus der Stirn. „Du siehst aus, als sei dir ein Totengeist erschienen. Was gibt's?“

„Ich wünschte“, sagte Nebusaradan rauh, „ich könnte dir die Wahrheit verschweigen. Midian –“ er zögerte und senkte den Kopf, „Midian ist der Anführer der Schwarzen Wölfe. Der Mann hat dich von Anfang an belogen.“

Amynander wich das Blut aus dem Gesicht. „Du bist verrückt!" stieß er heiser hervor, aber im Innern wußte er, daß Nebusaradan weder log noch verrückt war. „Hast du Beweise?"

Nebusaradan berichtete von dem Treffen, das Asynor und Sassan im Widderhorn belauscht hatten. „Sie sind bei Xandrames!" Nebusaradan ballte die Faust. „Dort können wir sie alle gefangennehmen samt diesem undurchsichtigen Priester."

„Ja", murmelte Amynander und starrte an Nebusaradan vorbei. Er wußte, daß er jetzt handeln mußte, aber seine Überlegungen wurden wie von einem Wasserstrudel in die Tiefe gezogen. Midian ein Schwarzer Wolf? Amynander mußte sich eingestehen, daß es ihn kaum störte. Was ihn wirklich niederschmetterte: Midians Gefühle waren nur kalte Berechnung gewesen.

Alles nur Berechnung? Seine wilden Zärtlichkeiten auf dem Fluß, seine Blicke, seine Gesten, seine Worte? Ihr gemeinsames Lachen? Alles ohne Wert, ohne Sinn?

„Was wirst du tun?" drängte ihn Nebusaradan.

„Ich muß mit Midian sprechen", murmelte Amynander.

„Nein!" schrie Nebusaradan, „das wäre Wahnsinn! Die Überraschung muß auf unserer Seite sein. Wenn Midian erfährt, daß du alles weißt, wird er versuchen, dich zu töten. Die Schwarzen Wölfe wären gewarnt und könnten die Stadt verlassen."

Amynander hatte Nebusaradan kaum zugehört. „Ich muß Gewißheit haben", fuhr er mit abwesendem Gesichtsausdruck fort. „Die Gewißheit, wie er zu mir steht."

„Das weißt du doch jetzt!" gab Nebusaradan zornig zur Antwort. „Er will dich ohne Aufsehen beseitigen."

„Vielleicht auch nicht", sagte Amynander leise. „Er sagte, wir seien wie zwei verschlungene Fäden eines Seils untrennbar miteinander verbunden. War das alles nur Lüge?"

„Ja! Sieh der Wahrheit ins Auge. Midian hat dich mit süßen Worten und seinem falschen Lächeln betört, aber in Wirklichkeit ist er eine gefühllose, giftige Viper."

„Nein", flüsterte Amynander. „Ich kenne jeden Fingerbreit seines Körpers, jede Abschattung seines Lächelns, jede Färbung seines Tonfalls, den wechselnden Schimmer seiner Augen. Kann ein Mensch sich mit jeder Faser seines Körpers so lange verstellen?"

„Verblendeter! Vergiß eure Liebesnächte und gedenke der Tatsachen, die gegen ihn sprechen."

„Ich weiß, aber wie kann ich Midian dem Henker ausliefern?"

„Beim Sirrusch! Dieser Midian ist nicht nur der Mörder von Kyaxares' Tochter, er hat Verbindungen zu den gefährlichsten Feinden, zu Xandrames, Naharsin und diesem ganzen Gesindel. Du wolltest das nie wahrhaben. Dieser Mann will Tartan werden! Marduk schütze uns vor diesem Dämon und dich vor deiner irrsinnigen Liebe."

Amynander musterte ihn mit leerem Blick. „Ich muß Midian die Gelegenheit geben, sich zu rechtfertigen, verstehst du das nicht?"

„Nein!" Nebusaradan funkelte Amynander an. „Midian wird dir die Gelegenheit nicht geben. Du wirst sterben, aber vielleicht willst du das ja. Sterben von der Hand deines Geliebten, welch ein schöner Tod!"

„Bitte, Nebusaradan! Ich – muß darüber schlafen. Gib mir Zeit bis morgen."

12

Joram lag noch wach. Wie häufig in letzter Zeit war Midian noch nicht zu Hause. Er ist bei Amynander! Nichts anderes konnte Joram mehr denken. Er ist bei ihm, und ich liege hier allein. Er wagte sich kaum noch auf die Straße aus Furcht, Amynander zu begegnen. Und doch sehnte er sich nach ihm. Und wenn Midian ihn wie heute allein ließ, wurde das Gefühl der Einsamkeit übermächtig.

Über das Grübeln schlief Joram ein. Er erwachte, als ein Bote eine Nachricht überbrachte. Sie war für Midian. Joram nahm das Täfelchen aus dem Tonbehälter heraus und las: *Besuche mich im Ostflügel. Ich sehne mich nach dir. Amynander.*

„Ich sehne mich nach dir." Joram hörte, wie Amynander es sprach. Hastig legte er das Täfelchen zurück und verbarg den Behälter unter seinen Kissen. *Was, wenn ich statt seiner ginge? Was würde er sagen? Wäre er enttäuscht?* Joram schloß die Augen. Nur in seinen Träumen durfte er sich dieser Lust hingeben.

Wenig später kam Midian. Er legte seinen Mantel ab und warf ihn aufs Bett. „Du hast auf mich gewartet?" Er band seinen Gürtel auf und warf ihn hinterher. „Gut so. Es gibt Neuigkeiten. Leider keine erfreulichen. Die Schwarzen Wölfe sind in Babylon!"

Joram war sofort hellwach. „Was? – Wo?"

„Bei Ibnischar im Widderhorn. Nicht alle natürlich, Elrek, Zorach, Tyrsus und dieser Gislan. Morgen kommen sie hierher." Verdrossen ließ sich Midian auf seinen Mantel fallen und ballte die Faust. „Diese verdammten Narren! Konnten sie nicht warten?"

„Beruhige dich! Wie haben sie dich gefunden?"

„Was weiß ich? Zorach schnüffelt sich doch wie ein Köter durch das Land."

„Und weshalb sind sie hier? Steht Dur-el-Scharan noch?"

„Sie kleben mir am Rockzipfel, was sonst? Sie glauben, ich könnte bereits Fürstentümer verteilen."

„Glaubst du, sie stellen eine Gefahr für uns dar?"

Midian verschränkte die Hände und ließ seine Finger knacken. „Natürlich. Daß sie hier sind, stößt alle meine Pläne um. Jetzt bleibt mir keine Zeit mehr."

„Zeit wozu?"

„Diesen Griechen zu schonen, verstehst du? Ihn auf meine Seite zu ziehen. Wie lange wird Amynander brauchen, um hinter die Wahrheit zu kommen? Ohnehin hat er begonnen, wegen Naharsin und Scheschbassar überall herumzuschnüffeln, da wird er sehr bald auf unsere Männer stoßen."

„Das hast du doch unterstützt."

„Ich weiß, doch jetzt hat der Hund sein Fell gewechselt." Midians Augen funkelten. „In den alten Grabkammern findet ihn niemand, und Xandrames bekommt ein neues Spielzeug."

Joram war längst eingeweiht, worum es sich bei Xandrames' Spielzeugen handelte. Die Angst schnürte ihm die Kehle zu. Was sollte er dagegen vorbringen? „Zu diesem Unhold?" flüsterte er. „Warum zu ihm? Hast du Amynander nicht – geliebt?"

„Mach dich nicht lächerlich! Soll ich die Herrschaft der Welt für ein Lächeln dieses Griechen hergeben? Er war nützlich, jetzt ist er gefährlich. Und in den Grabkammern verschwindet er unauffällig, als hätte es ihn nie gegeben."

Joram zog wortlos den Behälter unter den Kissen hervor und reichte ihn Midian. Der nahm das Täfelchen heraus. „Was ist das?"

„Eine Nachricht dieses Griechen. Er schreibt: Besuche mich im Ostflügel. Ich sehne mich nach dir."

Joram sah, daß Midian zusammenzuckte wie unter einem Peitschenhieb und die Farbe wechselte.

„Was hast du denn? Es müßte dir doch gelegen kommen, seine Liebe noch einmal auszunutzen."

„Ja." Midian starrte auf die eingeritzten Zeichen. „Zeig mir, wo sein Name steht."

Joram wies mit dem Finger darauf.

Midian strich gedankenverloren über die Einkerbungen. „In vier Strichen ist dein Name eingefangen: Amynander. Dahinter verbirgt sich – nein! Es sind nur Tonscherben!" Er warf das Täfelchen wutentbrannt auf den Boden, so daß es in viele kleine Stücke zerbrach. Midian sah Joram an. „Kann man es jetzt noch lesen? Kann man einen Mann lieben, der nackt und blind über den Fußboden kriecht, um Xandrames und seine Gäste zu bedienen? Amynander ist eine Illusion, und ich werde sie zerstören!" Er erhob sich und legte Mantel und Gürtel wieder an. „Ich werde es gleich tun."

13

Als man ihm Midian meldete, hatte Amynander bereits geschlafen und nicht damit gerechnet, daß Midian so rasch kommen würde. Kaum hatte er sich schlaftrunken erhoben, kam Midian schon durch die Tür, ungestüm wie der Nordwind, mit dem Lachen des Tigers und in den dunklen Augen die verhaltene Glut seines Hungers. Mit einer lässigen Bewegung ließ er den Mantel von den Schultern gleiten und warf ihn durch den Raum. „Ich habe deine Nachricht erhalten und bin zu dir geeilt. Aber daß du mich gleich nackt empfängst, ist wohl übertrieben."

Amynander lächelte. „Ich hatte schon geschlafen."

Wie konnte deine Sehnsucht dich schlafen lassen?" Midian drückte Amynander auf das Bett und warf sich über ihn.

„Halt, nicht so stürmisch! Da darf man mich nicht anfassen, bevor ich nichts in der Hand halte."

Midian ließ sich nicht vertreiben. „Daran ist mein unerbittlicher Gebieter schuld", grinste er. „Ich muß stets seinen Willen tun."

„Was will er denn?“ fragte Amynander, während er Midian den Gürtel löste und die Bänder über der Brust. Verlangend glitten seine Hände unter den Stoff und strichen über einen heißen Rücken, der sich sofort spannte.

„Er will, daß du ihm dienst, bis du vor Erschöpfung zitterst“, gurrte Midian.

Amynander legte seine Hände auf die festen Wölbungen, öffnete sie mit leichtem Druck und schob seine Hände zwischen die Schenkel, die sich bereitwillig spreizten. Seine Handflächen schlossen sich um pulsierendes Fleisch. Die beiden Männer bewegten sich im Gleichklang ihrer Lust, und ihre Worte und Gedanken wurden hinweggespült von der schäumenden Gischt ihrer Lenden.

Midians Zunge drang in Amynanders Mund und weckte neues Begehren, so heiß, daß es schmerzte. Ein langer, besitzergreifender Kuß, gegen den jedes Aufbegehren Ohnmacht gewesen wäre. Ihre Zungen tauchten in die Feuchtigkeit ihrer Körper, schmeckten salzigen Schweiß und ihren Samen, und sie wurden nicht satt.

Ihre Becken bogen sich, ihre Lenden strebten zueinander, bettelten um Erfüllung, ihr Hunger kannte kein Besinnen, und erst die völlige Erschöpfung brachte das Ende.

Das Morgenlicht schimmerte schon durch die Vorhänge. Amynander war noch halb betäubt. Nichts von dem war gesagt worden, was er in stundenlangem Grübeln hin und her bewegt hatte. Midian lag neben ihm wie eine satte Schlange und schien zu schlafen. Der Schwarze Wolf war gekommen und hatte ihn besiegt.

Besiegt? Ein Wink an die Wachen, und Midian würde den Palast nicht mehr verlassen. Der Mann, der auf seinen Raubzügen Kinder verbrannt und zerstückelt hatte, würde verfaulen im Tal des Todes. Er würde kein Gesicht mehr haben, keinen panthergleichen Körper, auf dem der Schweiß glänzte wie flüssiges Gold. Ein Wort nur, eine Geste erhoffte sich Amynander von ihm, die ihm sagte, daß er sich irrte. Daß die letzte Nacht nicht nur eine weitere Lüge war.

Midian räkelte sich und blinzelte. Amynander saß neben ihm, den Kopf gesenkt, die Arme um die Knie geschlungen. Hals, Schultern und Rücken bildeten eine harmonisch geschwungene Linie. *So viel Schönheit als Geschenk für Xandrames' Götzen!* dachte Midian. An seinen Schenkeln fühlte er die klebrige Feuchtigkeit der vergangenen Nacht. *Und so viel Heißblütigkeit,* fügte er in Gedanken hinzu.

Da wandte Amynander den Kopf und sah ihn an, und Midian

spürte, daß Schönheit und Sinnlichkeit bedeutungslos wurden vor der Tiefe seines Blickes. Kurz glaubte er, Trauer darin gesehen zu haben, aber das mußte eine Sinnestäuschung sein. Und dann lächelte Amynander. „Schon wach? Ich glaubte dich geschwächt bis übermorgen."

„Das möchte dir gefallen, ich habe noch die Kraft, einen Wasserbüffel zu bespringen, aber ich bleibe liegen, weil du mich erbarmst mit deinen zitternden Flanken."

Amynander betrachtete Midians geschrumpftes Gemächte und nickte ernsthaft. „Zweifellos, mit diesem Lustkolben lehrst du eine Elefantenkuh das Fürchten."

Midian lächelte, und Amynander lächelte, und sie teilten Hiebe mit Worten aus, ein Gefecht, das keinen ermüdete. Aber Amynander hätte am liebsten geschrien: Lassen wir die Kindereien! Unsere Zärtlichkeiten sind Heuchelei. Ich weiß, daß du ein Schwarzer Wolf bist, aber ich liebe dich. Und ich will von dir hören, daß du mich ebenso liebst, und dann soll die Welt in den Abgrund fahren!

Er sagte es nicht, sondern erhob sich und sagte: „Zeit für ein Bad und ein Frühstück." Und Midian nickte.

„Ich habe inzwischen genügend Beweise gegen Scheschbassar und seine Hintermänner", sagte Amynander beiläufig, als sie später beim Essen saßen. „Und auch Naharsin dürfte bald seines Amtes enthoben werden."

„Ich sehe, du erreichst, was du dir vorgenommem hast." Midian lächelte. „Auch ohne meine Hilfe. Bald wird Nabupolassar dich zum Rabreschi machen."

„Nur die Schwarzen Wölfe habe ich nie fangen können. Aber damals war ich noch recht unerfahren, nicht wahr?" Amynander beobachtete Midian aus den Augenwinkeln. „Was meinst du?"

Midian beugte sich über die Schüssel und schlug sein langes Haar zurück. „Vielleicht wären wir erfolgreich gewesen, wenn du mich zum Führer genommen hättest. Wir hätten da draußen eine schöne Zeit gehabt."

„Ja." Amynander nickte. „Wie bei unserem Flußabenteuer, erinnerst du dich?"

„Ja, an Steine und Disteln."

„Die habe ich vergessen. In meinen Erinnerungen lebt nur der Strudel, der das Boot mit unseren Körpern forttrug in ein Land, wo die Unsterblichkeit auf uns wartete."

„Tilmun?" Midian lächelte. „Dort sind wir nie angekommen. Skorpione haben wir gefunden, nicht die Unsterblichkeit."

„Die Ewigkeit und ein Augenblick sind eins. Ich fand die Unsterblichkeit in der Ewigkeit deiner Umarmung."

Midian schwieg und wischte geschäftig die letzte Soße mit einem Stück Brot auf.

„Tilmun ist hier." Amynander nahm Midians leicht widerstrebende Hand und führte sie an seine Brust. „Meine Liebe zu dir ist unsterblich."

Das zärtliche Geständnis fügte Midian einen glühenden Schmerz zu. Amynanders Blick forderte eine Antwort, Midian wollte ihm ausweichen, aber er konnte es nicht. *Wen wirst du in Xandrames' Höhle noch lieben?* dachte Midian. Mit diesem grausamen Bild wollte er ungeschehen machen, daß seine Hand an Amynander Brust zitterte.

„Was hältst du davon, wenn wir diese Reise noch einmal machen? Laß uns an den Fluß gehen." Midians Stimme war rauh, und Amynander spürte seine Verlegenheit. Eine Verlegenheit, die zärtliche Worte nicht über die Lippen brachte. Seine Augen leuchteten. „Sehr gern."

Das Schilf stand noch üppiger, tief hingen die Zweige der Weidenbüsche über dem Wasser, Haselnußsträucher und Tamarisken säumten das sumpfige Ufer. Hoch stand das Rispengras.

Midian wies mit dem Finger auf den Fluß. „Da – bis zu der Schilfinsel sind wir geschwommen. Und da haben wir das Boot gefunden. Ob heute wieder eins auf uns wartet? Aber diesmal nehmen wir unsere Kleider mit."

„Warte noch. Ich möchte eine Weile hier mit dir sitzen und auf das Wasser schauen."

„Hm, wenn du meinst." Midian verschränkte die Arme im Nacken. „Dann kann ich den Schlaf nachholen, den du mir heute nacht verwehrt hast."

Nach einer Weile fragte Amynander: „Midian, glaubst du immer noch, daß unsere Leben unauflöslich miteinander verbunden sind?"

„Das glaube ich."

„Willst du mich töten?"

Midian richtete sich jäh auf. „Wie kommst du darauf? Nein! Sind wir hierher gekommen, um über den Tod zu reden?"

„Wenn das Glück einen überwältigt, kommen solche Gedanken von allein."

„Ich bin mit dir an diesen Ort zurückgekehrt, weil ich glaubte, du würdest mich vor Leidenschaft zerreißen so wie damals. Jetzt führst du Gespräche, wie man sie mit Weibern hat."

„Tut mir leid, wenn ich dir die Stimmung verdorben habe."

„Hast du nicht, ich bin da unten zappelig wie ein Fisch auf dem Trockenen."

„Ich möchte jetzt nicht. Ist das schlimm?"

„Schlimm? Ich habe ja zwei gesunde Hände, aber was plötzlich in dich gefahren ist, das wissen die Götter."

„Ich habe heute die Erfahrung gemacht, daß man ein unvergeßliches Erlebnis nicht einfach wiederholen kann. Die Einmaligkeit ist dahin."

„Einmal, zweimal! Derartige Rechenkunststücke kennt mein Schwanz nicht."

„Liebst du nie auch mit dem Herzen?"

„Du hast heute deinen gefühlvollen Tag, hm?"

„Und du hast ihn nie."

Midian seufzte und erhob sich. „Wenn es dir hier nicht mehr gefällt, mache ich dir einen anderen Vorschlag. Ich kenne in der Nähe ein paar alte Grabkammern, da unten gibt es uralte Inschriften und Tonfiguren. Muß alles schon tausend Jahre alt sein. Möchtest du dir das gern einmal ansehen?"

Amynander lächelte. „Du willst mich doch nicht in die Finsternis locken, um einem hilflosen Mann Gewalt anzutun, weil dein Fisch so zappelt?"

„Weiß man's?" sagte Midian und ging voran.

Bevor sie das Flußufer verließen und wieder unter Menschen kamen, umarmte Amynander Midian zärtlich, küßte ihn flüchtig und sagte leise: „Tut mir leid, ich war wirklich in schlechter Stimmung. Ich glaube, in den Grabkammern sollten wir auf Fischfang gehen, bei mir könntest du einen Hecht angeln."

„Hört sich schon besser an. Was hältst du von einer Seeschlange?"

„Immer mußt du übertreiben, du Besitzer eines Stichlings." Amynanders Haar kitzelte Midian im Ohr, er spürte Amynanders Lippen und meinte, seine Worte über die Unsterblichkeit zu hören. Midian fühlte wieder den fremdartigen Schmerz, ein Würgen stieg ihm in die Kehle. Jäh blieb er stehen und starrte Amynander an.

„Was hast du?“

„Mir fällt ein“, sagte er rauh, „daß der alte Mann, der die Grabkammern bewacht, krank ist. Sie sind geschlossen. Ja, geschlossen.“

„Das macht doch nichts. Ist das ein Grund, mich wie einen Geist anzusehen?“

Midian lächelte verzerrt. „Heute will uns nichts mehr gelingen. Vereiteln wir einfach, was dieser mürrische Tag noch mit uns vorhat, und treffen uns morgen.“

„Vielleicht ist es so am besten“, stimmte Amynander belegt zu.

Es war ein kühler, hastiger Abschied. Mit jedem Schritt, den Midian sich entfernte, nahm er Amynander ein Stück Luft zum Atmen. Dann blieb Midian stehen. Er drehte sich um und sah Amynander im Schatten eines Hausdaches an einer Wand lehnen und ihm nachschauen. Er ging den Weg zurück, auch Amynander löste sich aus dem Schatten, sie gingen aufeinander zu und umarmten sich stumm. Sie hielten sich lange umschlungen und zitterten beide, aber das erlösende Wort fiel nicht zwischen ihnen.

14

Die Schwarzen Wölfe fühlten sich wohl auf dem großzügigen Anwesen des Sin-Priesters. Mit großer Selbstverständlichkeit betrachteten sie es als das ihre, planschten in den stillen Teichen und scheuchten die Sklaven umher.

Midian traf schlechtgelaunt ein. Das Essen, das stets für ihn bereitstand, schob er von sich. Die Sklaven versteckten sich. Wenn der langhaarige Dämon keinen Appetit hatte, begegnete man ihm besser nicht.

Heute habe ich einen Fehler gemacht, dachte Midian, während er in Jorams Zimmer stürmte. *Es wäre ein Kinderspiel gewesen, aber ich bin umgekehrt.*

Jorams Zimmer war leer.

Midian lief die Stufen hinab, die in den Garten führten. *Dieser unselige Fluß! Bei Belial. Wie könnte ich ihn danach zu Xandrames schicken? Ich bin auch nicht aus Stein.*

Unter Palmen erblickte er seine Gefährten, wie sie gesättigt im Schatten lagen. „Wo ist Joram?“ fuhr er sie an.

Tyrsus blinzelte. „Joram wohnt auch hier? Das wußten wir gar nicht.“

Wo mag er sein? durchfuhr es Midian. *Er verläßt doch auch sonst das Haus kaum.* Sein wilder Blick blieb auf dem Durcheinander haften, das seine Gefährten hinterlassen hatten. „Was ist das hier für ein Schweinestall? Wir sind hier zu Gast. Augenblicklich hebt ihr eure fetten Ärsche und schafft Ordnung.“

„Das soll wohl ein Witz sein?“ rief Zorach, doch als er Midian in die Augen sah, wußte er, daß dieser nicht scherzte.

Als Xandrames am Nachmittag erschien, suchte er sofort Midian auf, der allein auf der rückwärtigen Terrasse saß und sich mittlerweile entschlossen hatte, doch etwas zu essen.

„Midian! Gut, daß du da bist!“ Sofort überfiel ihn Xandrames mit Beschwerden über die Manieren der Wölfe, dann schloß er mit dem Bericht über die Zusammenkunft mit Scheschbassar und Naharsin. „Wir müssen wissen, wer Freund und wer Feind ist. Wie stehst du zu Amynander?“

Midian kaute bedächtig. „Weißt du, wo Joram ist?“

„Nein. Mit mir spricht er nicht, das weißt du.“ Ungeduldig klopften Xandrames’ Finger auf die Tischplatte.

„Scheschbassar und Naharsin sind Hasenfüße. Ich mußte Amynanders Vertrauen gewinnen, um ihn in eine Falle zu locken. Jetzt habe ich ihn soweit. Die Falle wird zuschnappen. Ich schenke ihn dir, Xandrames.“

„Was meinst du damit?“

„Du brauchst doch in deiner Grabkammer noch Sklaven, die dich nackt und blind bedienen, damit dir das Essen besser schmeckt.“

Xandrames lächelte wie ein Schakal. „Dazu willst du mir wirklich den Griechen überlassen? Das wäre sehr anständig von dir.“

„Ich schulde dir eine kleine Wiedergutmachung für die ungehobelten Gäste, die ich dir für eine Weile zumute.“

„Bei den sieben blutigen Götzen, wann wird es soweit sein?“

„Morgen.“ Midian zögerte und fügte nachdenklich hinzu: „Ja, ich denke, morgen wird der alte Mann, der die Grabkammern bewacht, wieder gesund sein.“

„Ich fürchte nur, daß ich nicht mitgehen werde“, ließ sich plötzlich eine kalte Stimme vernehmen.

Midian fuhr herum. Auf den Stufen stand Amynander. „Du?" Midian erbleichte, als habe er seinen eigenen Geist gesehen. Xandrames wollte sich erheben, aber Amynander richtete das Schwert gegen ihn. „Bleib sitzen, Priester!"

„Wer hat dich hereingelassen?" würgte Midian hervor.

„Vielleicht bin ich wie eine Fledermaus geflattert, oder ich habe mich in einen schwarzen Wind verwandelt", höhnte Amynander.

„Und wie lange hast du schon gelauscht?"

„Ich bin Xandrames gefolgt. Und ich habe genug gehört."

„Keine Sorge!" zischte Xandrames Midian zu. „Amynander wird mein Haus nicht lebend verlassen."

Amynander hob kühl die Hand, und plötzlich wimmelte der Garten von Bewaffneten, voran Nebusaradan. Da der Rabschake fürchtete, Amynander könne bei Midian weich werden, stieß er ihn zur Seite und stürzte auf Midian zu. „Erwische ich dich endlich, du schwarzer Teufel!"

Midian wich behend aus. „Noch hast du mich nicht!" Blitzschnell stieß er dem verdutzten Hauptmann den Stiefel in den Bauch und entriß ihm die Lanze.

Der riß das Schwert von der Hüfte, zwei seiner Männer wollten ihm zur Hilfe eilen, doch Midian wich ihnen aus, und als die Männer wütend nachdrängten, stach er dem ersten den Speer durch den Leib, der nächste stolperte über den fallenden Körper. Nebusaradan stürmte mit erhobenem Schwert an den beiden vorbei, da traf ihn Midians Messer in den Hals. Midian sprang über den Rabschake hinweg, aus den Augenwinkeln sah er, wie Xandrames von drei Männern überwältigt wurde.

Midian verharrte in geduckter Haltung wie ein Tiger vor dem Angriff. Er bleckte die Zähne, in seinen Augen glühte Haß. Der unbändige Haß des Verratenen, des Verlierers. Seine Faust hielt den Speer.

„Wirf ihn weg, Midian!" Amynanders Stimme klirrte wie splitternder Fels.

„Wer hat mich verraten?" brüllte Midian.

„Du bist der Verräter!" schrie Amynander zurück.

Midian warf ihm einen haßerfüllten Blick zu. Gleichzeitig überschlugen sich seine Gedanken: *Du hast es schon letzte Nacht gewußt! Gespielt hast du mit mir und dich an meiner Ahnungslosigkeit berauscht!*

Ohnmächtige Wut erstickte jedes zärtliche Gefühl.

„Ergib dich Midian, dann werde ich versuchen, ein mildes Urteil für dich zu erwirken."

Midian knirschte mit den Zähnen. *Jetzt verhöhnt er mich. Als ob ich nicht wüßte, daß der Anführer der Schwarzen Wölfe keine Gnade zu erwarten hat. Er muß seine menschenfreundliche Rolle vor mir spielen, bis mir schlecht wird.* Midian sprang nach vorn und wirbelte seinen Speer gegen die vordringenden Krieger. Noch nie hatte Amynander einen Mann so geschmeidig und schnell mit seinem Körper kämpfen gesehen. Midian wehrte sich wie ein Rasender, aber die Übermacht war erdrückend. Nach einem wilden, verzweifelten Kampf lag der Schwarze Wolf zum ersten Mal in seinem Leben blutend und besiegt am Boden.

Sie legten ihm Fesseln an, und er bäumte sich auf wie ein Stier, der das Joch spürt. Aber als sie ihn vor ihren totenbleichen Hauptmann schleppten, straffte sich seine Gestalt. Wie ein Sieger stand er vor dem in Schmerz überwältigten Gegner.

„Warum?" flüsterte Amynander. „Ich habe dich geliebt wie nie einen Menschen zuvor."

„Und ich habe dich gehaßt!" schrie Midian. „Gehaßt und verachtet! Meine Zärtlichkeiten gewährte ich dir voller Abscheu, jedes Lachen, das ich dir schenken mußte, würgte mich. Und am Fluß – erinnerst du dich – da hätte ich dich am liebsten im Schlamm erstickt, aber ich brauchte dich noch. Also ertrug ich dein Liebesgestammel. Wahre Wollust empfand ich nur bei Naharsins Huren, und als ich Scheschbassar erzählte, wie verrückt du nach mir bist, starb er fast vor Lachen." Midian holte tief Luft. „Jetzt kannst du mich in das Tal des Todes bringen."

Amynander schwieg lange, er war wie benommen, und als er antwortete, kam es hohl und dumpf wie aus einem Grab: „Du wirst nicht im Tal des Todes sterben, Midian. Auf dich wartet der eiserne Stier. Dann wirst du schreien! Schreien! Und ganz Babylon wird es hören. Meine Zeit zu lachen."

15

Nebusaradan kam mit einem dicken Verband um den Hals herein. Amynander lag fiebernd im Bett. Schwach wandte er dem Eintretenden das Gesicht zu. Etwas Glanz trat in seinen Blick. „Du lebst, Nebusaradan?"

„Mich bringt so leicht nichts um."

Amynander versuchte zu lächeln und richtete sich mühsam auf.

„Bleib liegen! Vor mir brauchst du doch nicht den Helden zu spielen."

Amynander ließ sich zurück in die Kissen fallen. „Danke. Ich hoffe, bald wieder aufstehen zu können. Diese Schwäche ist unentschuldbar, aber das Fieber kam über mich wie ein jähes Wetter. Es wird das Sumpffieber sein, Kanäle und Fluß sind teilweise verschlammt."

Nebusaradan nickte. „Es will dich jemand sprechen. Ich sagte ihm, es ginge dir nicht sehr gut, aber er bestand darauf. Willst du ihn sehen? Er heißt Joram."

Amynander setzte sich abrupt auf. „Joram ist in Babylon? Ja, ich will ihn sehen."

„Du bist krank?" fragte Joram leise und stand in der Tür.

Amynander zwang ein Lächeln in sein Gesicht. „Nur ein Fieber, nichts Ernstes. Ich freue mich, dich zu sehen. Ich glaubte dich in Jerusalem." Er streckte die Hand aus. „Komm, setz dich zu mir!"

„Ich möchte lieber stehenbleiben."

Amynander sah Joram aus schmalen Augen an. „Du solltest dich doch setzen, du bist blaß und zitterst."

Joram folgte der Aufforderung und nahm auf einem Stuhl Platz. „Gib mir ein wenig Zeit, mich zu fassen, denn was ich zu sagen habe, wird dich erschrecken."

Amynander warf sich einen leichten Mantel über und setzte sich ihm gegenüber. „Du bist hier wegen Midian, nicht wahr?"

Joram hatte das Gefühl, der Boden schwanke unter ihm. „Du weißt es?"

Amynander lächelte kalt. „Ich weiß es seit Harran."

„Beim Gerechten!" Joram schloß die Augen. „Wenn du es weißt, dann –" er fühlte sich unsagbar elend und konnte kaum reden, „verschone Midian", flüsterte er.

„Hältst du mich für einen Narren?“

„Er liebt dich.“

Amynander lachte hysterisch. Dann krallte er sich an Joram fest und brannte ihm seinen heißen Atem ins Gesicht. „Ich habe ihn geliebt, ich! Ich hätte auch den Schwarzen Wolf geliebt, aber er hat mich nur benutzt. Er hatte keine Liebe für mich, niemals!“ Schluchzend brach Amynander in Jorams Schoß zusammen.

Joram beugte sich erschüttert über ihn. „Er hat dich geliebt, ich weiß es. Ich kenne ihn besser als du.“ Zögernd berührte er Amynanders Haar. „Es waren die Umstände – “

Amynander richtete beschämt seinen Kopf auf und schob ihn in den Nacken. „Umstände? Was für Umstände? Und wenn du alles wußtest, weshalb hast du mich nicht gewarnt?“

„Die Ereignisse haben sich überschlagen, ich –“

„Schweig!“ Amynander erhob sich taumelnd, vom Fieber geschwächt. „Geh mir aus den Augen, bevor ich Nachforschungen anstellen lasse, welche Rolle du in dem üblen Spiel hattest.“

„Dein gutes Recht“, erwiderte Joram leise. Er ging zur Tür wie ein Traumwandler. Dort drehte er sich noch einmal um. „Ohne Midian werde ich sterben.“

„Das glaubte ich auch einmal“, kam es bitter zurück.

Joram wandte sich ab, da rief Amynander ihm hinterher: „Joram! Selbst wenn ich wollte. Es steht nicht mehr in meiner Macht, ihn zu retten.“

16

Gimirrai, der Oberaufseher des Kerkers, hatte in seinem Leben schon viel gesehen. Sein Leben, das waren vor allem fünfzehn Jahre Kerkerdienst. Er hatte nicht gern Gefangene, die für den Stier bestimmt waren. Auch die hartgesottensten Missetäter weinten, schrien im Schlaf oder hockten sich zitternd in eine Ecke.

Der gutaussehende Wegelagerer aus dem Zagros, den er seit einigen Tagen beobachtete, war anders. Sein Stolz schien ungebrochen, er zeigte keine Anzeichen von Furcht. Sein langes schwarzes Haar glänzte wie Rabenfedern. Er pflegte es sorgfältig, hielt es frei von Ungeziefer und hatte darum gebeten, es alle drei Tage waschen zu dürfen. Auch sonst hielt er sich reinlich und rieb seinen muskulösen Körper täglich mit Öl ein. Gimirrai war froh, daß dieser Gefangene solche Hafterleichterungen dankbar annahm. Allerdings, wenn er sich unbeobachtet fühlte, stahl sich ein unheimliches Glühen in seine dunklen Augen, vor dem selbst Gimirrai sich fürchtete.

Gimirrai wußte nicht viel über ihn, und das war gut so. Er wollte nie viel wissen über die Menschen, deren letzte Tage er begleiten mußte. Aber dieser Mann machte ihn neugierig. Seine Männer waren auch hier unten, aber in einem anderen Teil des Kerkers. Schon oft war Gimirrai an seinem Gitter vorübergegangen, und wenn ihre Blicke sich begegneten, erlebte er jedesmal diese eigenartige Verwandlung in den Augen des stolzen Banditen, das Hinübergleiten von abgründigem Haß zu Wärme.

Gimirrai blieb unschlüssig vor dem Gitter stehen, dann zog er sich einen Hocker heran, zum Zeichen, daß er gesprächsbereit war. Der Gefangene hatte auf dem Boden gesessen, jetzt stand er auf und näherte sich dem Gitter. Seine Bewegungen glichen denen eines jungen Löwen. „Gimirrai?" Seine Stimme schwang wie der dunkle Ton eines Bronzebeckens und löste Empfindungen in ihm aus, die ein langjähriger Kerkermeister nicht haben durfte.

Midian stellte sich an das Gitter und sah auf ihn hinab. „Schön, daß du mir Gesellschaft leisten willst."

„Hast du einen Wunsch? Brauchst du etwas?"

„Die Freiheit."

Gimirrai lächelte schwach. „Das steht nicht in meiner Macht. Aber vielleicht noch eine Decke für die Nacht?"

„Du behandelst mich hier unten wie einen Fürsten. Bald werde ich Audienzen geben."

„Die Gefangenen, die für den Stier bestimmt sind, dürfen Hafterleichterung erhalten, das ist Brauch. Was hast du verbrochen, daß du im Stier sterben mußt?"

Midian fuhr sich mit der Zunge über die Lippen. „Sagen wir – die Strafe ist angemessen."

„Du zeigst keine Furcht, das ist selten. Und du pflegst dich, das ist noch seltener. Legst du Wert darauf, in Schönheit zu sterben?"

Midian lachte leise. „So ist es."

„Deine Kaltblütigkeit erstaunt mich. Hoffst du vielleicht auf

Hilfe? Auf Freunde, die dich auslösen oder gar befreien? Das ist aussichtslos, glaube mir.“

Midian grinste und griff an eines seiner Amulette auf der Brust. „Die Dämonen beschützen mich. Ich glaube an ein Wunder.“

„Das Wunder können nicht einmal alle siebenundsiebzigtausend babylonischen Götter bewirken“, lachte Gimirrai. „Der Rabkissir hat sogar verboten, dir das Pulver zu geben, das bewußtlos macht. Diese unerbittliche Haltung ist selten.“

„So!“ Wieder geschah die unheimliche Verwandlung in Midians Zügen; wie Öl glitten die Empfindungen über sein Gesicht, Haß, Grausamkeit, Schmerz, Trauer und dann ein entspanntes Lächeln. „Wie geht es meinen Gefährten?“

„Sie scheinen den Tod ebensowenig zu fürchten wie du; sie fluchen und wünschen auf Babylon den Untergang herab.“

„Ist jemand dabei, der Joram heißt?“

„Nein. Da bin ich ganz sicher.“ Gimirrai erhob sich. „Ich muß jetzt gehen.“

17

Marduks Stier wird sprechen! Er wird brüllen! Zwischen zwei Pfeilern erhob sich das hölzerne Podest, mit gespreizten Beinen stand das eiserne Ungetüm darüber, als wolle es jederzeit losstürmen wie seinerzeit der Stier der Inanna, der Uruk heimgesucht hatte. Weit aufgerissen das große Maul, das im Innern eine ausgeklügelt geformte Röhre enthielt, hoch gewölbt wie eine trächtige Kuh der Leib, in dem ein Mensch sitzend Platz fand. Die eiserne Außenhülle war nur dünn, innen war der Stier gemauert wie ein Ofen. Das Feuer reichte nicht aus, um das Eisen zum Glühen zu bringen, aber innen wurde das Opfer geschmort wie ein Spanferkel.

An beiden Flanken hatte der Stier eine knapp mannshohe Öffnung. Während die vordere verschlossen wurde, konnte die hintere von Zeit zu Zeit geöffnet werden, um das Opfer zu beobachten. Dreißig schwerbewaffnete Krieger umstanden das Ungeheuer, als könne es sich auf seinen eisernen Füßen auf und davon machen.

Um den mit roten und weißen Platten ausgelegten Platz hatte sich eine riesige Menschenmenge versammelt. Die Neugierigen standen auf Balkonen, Dächern, waren auf Mauern, Brüstungen und Bäume geklettert. Die meisten mußten sich natürlich mit Stehplätzen begnügen. Nur der König und seine Gefolgschaft saßen auf prunkvollen Stühlen im Schatten von Baldachinen und genossen den kühlen Luftzug großer Fächer, die Sklaven im Hintergrund bewegten.

Amynander hatte seinen Platz neben dem Rabschake eingenommen. In seiner Umgebung wurde sich angeregt unterhalten, dabei gelacht und gescherzt, als erwarte man ein Lustspiel. Er selbst saß so steif und unbeweglich auf seinem Stuhl, als habe man ihm einen Stock am Rücken festgebunden.

Die Kerker lagen nur wenige Schritte von dem Platz entfernt, aber der Herr des Zagros ließ auf sich warten. Dann erschien er, von vier starken Kriegern in die Mitte genommen, nackt bis auf ein Hüfttuch, all seines Schmuckes beraubt, die Hände hinten zusammengebunden, die Füße frei. Das Haar bedeckte seinen Rücken bis zu den Hüften. Ein Raunen ging durch die Menge, wie er mit wildem Blick und furchtlosem Schritt dem Stier entgegenging. Mitten auf dem Platz blieb er stehen.

Amynander konnte den Blick nicht von Midian wenden. Er stand zu weit weg, um sein Mienenspiel zu erkennen, aber er spürte seinen durchbohrenden Blick, er sah das helle Licht der Morgensonne auf seiner Haut schimmern. Midian schien von innen heraus zu leuchten, eine blendende Helligkeit überflutete den Platz; Flammen schlugen aus seinem Haupt, erfaßten die Männer an seiner Seite und sprangen über auf die Menge. Amynander schloß vor Schmerz die Augen. Dann fühlte er die beruhigende Hand Nebusaradans auf seinem Arm.

„Er wird Babylon verbrennen", flüsterte Amynander, dem der Schweiß in die Augen lief.

„Nein, verbrennen wird nur ein bösartiger Mensch."

Da wurde es plötzlich ganz still. Und inmitten der Stille erhob sich eine Stimme, die alle erschauern ließ. Midian sang der Stadt und sich selbst das Totenlied:

Sage mir Ostwind, wann es tagt,
und wann der Himmel Zeichen sendet,
daß ich im Zagros meine Fackel zünde,

daß ich von meinen Gletschern springe
und hinabsteige in das sanfte Tal
in das Tal und auf die grünen Hügel
und in die Städte, wo die Kinder lachen,
mit meiner Fackel steige ich hinab.
Ich mache, daß die starken Mauern fallen
aus ihren blauen Ziegeln mache ich grauen Staub,
und daß die wilden Tiere darin wohnen.
Ich mache, daß aus Kriegern Weiber werden
und daß der Thron des Königs kalte Asche wird.
Ich mache auch ganz neue Herrscher,
Verzweiflung, Haß und Tod sind ihre Namen,
und daß sich Menschen nicht mehr lieben
und daß die Finsternis in ihren Herzen wohnt.
Mit meiner Fackel steige ich hinab,
wenn der Stier vor Qual zerbirst,
wenn für Babylon der letzte Tag anbricht.

Vor der Gewalt seiner Stimme verstummte das Geraune, gebannt lauschte die Menge seinem furchtbaren Lied, hingerissen von der wilden Melodie, gefesselt von dem furchtlosen Sänger und geängstigt von seinen Worten.

Amynander fühlte sich der Stimme ausgeliefert. Er öffnete den Mund, um den König zu bitten, diesen Auftritt zu untersagen, aber wie unter Zwang mußte er sich das Lied zu Ende anhören.

Midian stand vor den Stufen des Podestes. Mit heftiger Gebärde streifte er die Arme seiner Bewacher ab und erklomm schnell die Stufen. Oben sah er sich um, als schaue ein Herrscher auf seine Untertanen hinab. Sein Haar umwehte ihn wie ein Schwarm dunkler Vögel. „Grieche!" rief er mit mächtiger Stimme, „das nächste Lied singe ich nur für dich!"

Der Henker öffnete die Tür, Midian sah hinein. „Das Tor zu Belials Hölle", murmelte er. Dann bückte er sich und ging in das Innere des Stieres. Dumpf wurde die Tür hinter ihm zugeschlagen. Der Henker stieg vom Podest hinab, dann wurde es sofort an allen Seiten angezündet.

Amynander starrte auf die Tür, hinter der Midian verschwunden war, und wünschte sich eine gnädige Ohnmacht. Aber als Nebusaradan ihn besorgt ansah, wurde sein Gesicht zu einer hölzernen

Maske, der man das Lächeln hineingeschnitzt hatte. „Kein Grund zur Sorge.“ Es klang wie das Gekrächze einer alten Frau auf dem Totenbett.

Bevor Nebusaradan etwas sagen konnte, erhob sich ein Geraune, und am südlichen Ende des Platzes teilte sich die Menge, um verspäteten Besuchern Platz zu machen. Auf einem Wagen, der von vier schneeweißen Pferden gezogen wurde, stand eine atemberaubend schöne Frau, in ein eng anliegendes Gewand aus goldenen Schuppen gekleidet. In ihrem langen, schwarzen Haar glitzerten unzählige Perlen, und von ihren Schultern wehte ein Mantel, gewebt aus Gold- und Silberfäden, bestickt mit den Symbolen uralter Götter. In ihrem Gefolge befanden sich sechs seltene weiße Kamele und eine Schar alter Männer mit hohen Hüten und langen, weißen Bärten.

Die Frau brachte ihren Wagen vor König Nabupolassar zum Stehen und stieg mit anmutiger Bewegung herunter. Natürlich zog sie alle Aufmerksamkeit auf sich. Sie verneigte sich vor dem erstaunten Herrscher und sagte mit süßer Stimme: „Ich bin Atargatis, eine Priesterin der Anath. Verzeih, daß wir uns verspäteten. Wir sind gekommen, um den legendären Stier Marduks brüllen zu hören.“

Sie verzauberte ihre Umgebung, den König, und selbst Nebusaradan, der alte Haudegen, bebte vor Erregung.

„Nicht die Priesterin der Anath, die Göttin selbst ist es, die sich zu uns herabgelassen hat“, gab Nabupolassar zur Antwort. „Dein Besuch überrascht und ehrt uns. Noch hat das Feuer den Stier nicht erhitzt, du kommst also nicht zu spät.“

Während Nebusaradan sich hastig erhob, um der Fremden seinen Platz anzubieten, starrte Amynander sie an wie eine Vision. Sie war hinreißend schön, aber ihn verwirrte etwas anderes. Ihm entging nicht der lange und feurige Blick, den sie ihm zuwarf, die Schuppen ihres Gewandes klingelten wie Glöckchen, als sie sich niederließ.

Vom Erscheinen der schönen Priesterin wurden alle abgelenkt, und niemand hatte mehr an den Stier gedacht. Doch ein lautes Prasseln lenkte die Aufmerksamkeit der Zuschauer wieder auf das feurige Spektakel. Das Podest war zusammengebrochen, bis zum Himmel stieg der Rauch. In die schwelende Glut wurde Holz nachgelegt. Und jetzt vernahmen auch alle ganz deutlich ein Hecheln und Keuchen, das wie ein scharfer Wind aus dem Maul des Stieres fegte.

Amynander zuckte zusammen. Für Augenblicke hatte er Midian vergessen. Das Atmen mußte ihm in der heißen Luft Beschwerden machen. Ein unterdrücktes Stöhnen folgte. Plötzlich ein heiserer Aufschrei, dann ein Winseln und Jammern, als wolle er seine Peiniger rühren. Das Jammern wurde lauter und unerträglich. Amynander begann am ganzen Leib zu zittern. „Man muß das Feuer stärker schüren, damit er schnell erstickt“, flüsterte er.

Da neigte sich die schöne Fremde zu Amynander. „Du befremdest mich. Ein Mann, der Frauen und Kinder gespießt, verbrannt und zerstückelt hat, ja vielleicht sogar verspeist, dem wirst du doch nicht die Qual verkürzen?“

Amynander ballte die Fäuste, bis seine Knöchel weiß hervortraten. „Nein“, würgte er hervor, „ich –“

Da wurde die Luft von einem ohrenbetäubenden Kreischen zerrissen, und Amynander sprang auf. Er warf den Kopf nach hinten und stieß einen gellenden, langgezogenen Schrei aus. Nebusaradan und einer seiner Männer drückten ihn sanft auf den Sitz zurück. „Schade“, perlte die Stimme neben ihm, „daß so ein schöner Mann unversehens einen Sonnenstich bekommt.“ Sie betupfte seine Stirn mit einem weichen Tuch. Ihr Gesicht war jetzt ganz nah bei seinem, und für einen kurzen Augenblick meinte Amynander, er sehe in die tiefen, dunklen Augen Midians.

Ein tiefes, heiseres Röhren drang jetzt aus dem Mund des Stieres, der grauenvolle Gesang eines Sterbenden aus der tiefsten Hölle.

„Bald ist es zu Ende“, tröstete ihn Nebusaradan, aber Amynander hörte ihn nicht. *Ich verliere den Verstand,* dachte er. *Ihr Götter, was soll ich tun? Meine Sinne sind umnachtet, ich sehe nichts, ich fühle nichts.*

Die plötzliche Stille war furchtbar. Der Stier war stumm. Die Menge schwieg. Nebusaradan flüsterte: „Es ist vorbei, Amynander, er ist tot.“

Tot? Was für ein endgültiges Wort! Sein Schreien war wenigstens Leben gewesen. Der Henker öffnete mit einem Haken an einer langen Stange die Tür und zog einen zusammengekrümmten, schwärzlichen Klumpen heraus, der mit dumpfem Laut in die glühende Asche fiel. Niemand jubelte, wie es sonst der Fall war. Amynander stieß bei dem schrecklichen Anblick einen klagenden Laut aus und brach bewußtlos zusammen.

Betroffen sah der König auf seinen fähigen, sonst so kaltblütigen Mann, doch bevor er etwas sagen konnte, verstand es Atargatis geschickt, ihn abzulenken.

18

Als Amynander erwachte, befand er sich in seinem Zimmer, und Nebusaradan beugte sich über ihn. Die Erinnerung schüttelte Amynander wie im Frost. „Ich will nicht erwachen", flüsterte er. „Ich hatte einen Traum. Midian und ich, wir waren in Tilmun und –" er verstummte und sah sich verstört um. „Bin ich krank? Ist das Fieber zurückgekommen?"

„Du brauchst Ruhe, das ist alles. Der Stier war zu viel für dich."

Amynander starrte ins Leere. „Es hat ihn angeekelt, mich zu berühren." Er machte eine unheilvolle Pause, dann krächzte er: „Und wer mag *ihn* jetzt anfassen?" Er bekam einen hysterischen Lachanfall, und Nebusaradan gab ihm eine schallende Ohrfeige.

„Die hätte ich meinem Sohn auch gegeben. So, und nun will ich nichts mehr hören!"

„Wo ist die Frau?" flüsterte Amynander.

„Die Priesterin? Sie ist noch am selben Tag aus Babylon verschwunden. Eine geheimnisvolle Frau. – Ja –" Nebusaradan räusperte sich. „Heute werden die übrigen Wölfe im Tal des Todes hingerichtet, ich denke, du möchtest nicht hingehen, oder?"

Amynander schüttelte den Kopf.

Die Überraschung traf Amynander zwei Tage später. Nebusaradan, meistens die Ruhe selbst, kam aufgelöst zu ihm ins Zimmer gestürmt und rief: „Sie sind fort, verschwunden!"

„Wer?" Amynander hatte offensichtlich seine Beherrschung wiedergefunden, seine Stimme war kühl.

„Die Schwarzen Wölfe. Es ist keiner mehr von ihnen da."

„Lächerlich! Du mußt dich irren, sie können nicht geflohen sein. – Wer hatte Wache?"

„Scharbaraz. Ich habe mit ihm gesprochen, er kann sich das nicht erklären. Seine Männer haben alle Wege und Zugänge zu dem Tal bewacht."

„Seine Männer?" schrie Amynander. „Was sind das für Männer? Betrunkene oder bestochene Halunken!"

„Du irrst dich, Amynander. Für Scharbaraz bürge ich, er ist ein ehrenhafter Mann und ein zuverlässiger Kommandant."

„So? Wenn er das ist, wie konnten die Schwarzen Wölfe dann entkommen? Sind sie vielleicht davongeflogen wie die Raben? Wo befindet sich dieser Ehrenmann jetzt?"

„Er wartet draußen."

Scharbaraz war bleich, aber gefaßt. „Der Vorfall ist unerklärlich", stotterte er, „es sei denn –"

„Es sei denn was?"

„Die Schwarzen Wölfe, so sagt man, sind mit bösen Geistern im Bunde."

Nebusaradan seufzte, denn er wußte, daß Amynander diese Möglichkeit zuletzt hören wollte. „O ja", höhnte er, „sie verwandelten sich in Vögel und flogen davon. Oder vielleicht in kleine Käfer, die deinen Männern über die Zehen krabbelten? Oder sie ritten auf den Wolken über Babylon hinweg. Das alles hältst du für möglich, aber daß deine Männer bestechlich oder betrunken waren, nicht."

Scharbaraz senkte den Blick, und Amynander fuhr zornig fort: „Ich werde solchen Schurken wie Naharsin und Scheschbassar das Handwerk legen. Meinen rechten Arm will ich verlieren, wenn nicht ihr Gold dahintersteckt. Ich gebe dir eine Woche, um die Sache aufzuklären, sonst verlierst du deinen Kopf!"

19

Die Schwarzen Wölfe, deren Verschwinden so viel Kopfzerbrechen bereitete, waren nicht weit. In dem unterirdischen Versteck des Sin-Priesters Xandrames erholten sie sich von den Strapazen. Daß einige der alten Stollen unter der Stadtmauer hindurch in das Tal des Todes führten, war den babylonischen Eroberern unbekannt. Selbst die assyrischen Herren hatten die Anlage nicht mehr genutzt, und so war sie vollkommen in Vergessenheit geraten.

Aus alten, ererbten Überlieferungen hatte Xandrames von den unterirdischen Gängen erfahren und sie für seine verbrecherischen Neigungen genutzt. Die Schwarzen Wölfe zu befreien, war einfach gewesen, denn keinem der Wächter war in den Sinn gekommen, daß im Tal des Todes plötzlich Männer aus der Erde kriechen würden.

Der geheimnisvolle Ort mit den schreckenerregenden Götzenbildern machte selbst auf die Schwarzen Wölfe Eindruck, und sie glaubten Xandrames gern, daß hier schon mancher seinen Verstand verloren hatte.

Zu den Schwarzen Wölfen hatten sich außer Xandrames zwei weitere Gesetzlose gesellt: Scheschbassar und Naharsin. Xandrames hatte sie vor seinem Opferstein versammelt, um ihr weiteres Vorgehen zu beraten. Eine Weile ruhte sein Blick träge auf den Männern, dann begann er zu sprechen: „Wir sollten unsere Wünsche dem einen Ziel unterordnen: alle Macht Sin, dem Gott des Mondes, denn das war Midians Wille, und wir sind hier, um ihn zu erfüllen."

„Ich weiß nicht", meldete sich Elrek zu Wort, „diesen Sin kenne ich nicht, und Midian hat uns von seinen Plänen nichts erzählt. Wir leben vom Raub, weil wir Gesetzlose sind, aber mit Göttern wollen wir nichts zu schaffen haben."

„Elrek hat recht", warf Tyrsus ein. „Priestern kann man nicht trauen."

Zorach nickte dazu, Gislan sagte nichts.

Xandrames sah Naharsin und Scheschbassar an, doch die überließen dem Wortgewaltigen das Reden. Xandrames breitete die Arme aus. „Wer spricht von Göttern? Glaubt ihr, Midian wollte ein Priesterknecht werden? Ein Palmenzweigschwinger oder ein Gebetsbeschwörer? Sin ist eine Idee wie euer Dämon Belial, und wir werden es sein, die dieser Idee Adlerflügel verleihen, denn noch gleicht Sins Anhängerschar flatternden Sumpfhühnern."

Zorach breitete die Arme aus und ahmte das Flattern nach. Xandrames stechender Blick traf ihn, und er senkte die Arme. „Plünderung, Mord und Raub", fuhr Xandrames fort, „Angst und Schrekken verbreiten, sind das nicht die Lebensziele der Schwarzen Wölfe? Sie sind es, die auch Sin den Weg bereiten, aber Midian wollte mehr. Er wollte nicht als ewiger Gesetzloser auf der Flucht vor seinen Häschern leben." Xandrames ballte die Faust. „Er wollte wirkliche Macht! Königtum, Priestertum! Er wollte sein wie Gott selbst! Und ihr wäret an seiner Seite aufgestiegen zu Fürsten mit Vollmachten, die eure kühnsten Träume befriedigt hätten."

„Aber er ist gescheitert", fiel Zorach dumpf ein.

„Er hatte einen starken Gegner, und er wußte es. Er unterlag, aber sein Geist muß in uns weiterleben! Und wenn es nicht sein Geist ist, der euch beseelt, so will ich uns in der Rache zusammenschmieden!"

Xandrames lehnte gegen den Opferstein und hob die Hände. „Wer unter euch Midian rächen will, der erhebe sich."

Alle standen auf.

„Laßt uns jetzt Rache schwören."

Als alle vor dem Opferstein versammelt waren, sagte Xandrames: „Wir wollen die Götter befragen, ob sie uns gewogen sind." Er zog sich in den Schatten zurück, und Zorach murrte: „Was soll denn das heißen? Wozu muß er wieder seine Götter bemühen?"

Scheschbassar lächelte. „Ich nehme an, Xandrames will uns mit einem Menschenopfer auf unseren Schwur einstimmen."

Da grinste Zorach. „Wenn das so ist, dann soll er Frömmigkeit walten lassen."

Nach kurzer Zeit führten zwei Sklaven einen Mann mit verbundenen Augen herein. Hinter ihnen erschien Xandrames, jetzt mit einem schwarzen Umhang bekleidet, der mit silbernen Monden bestickt war. Er trug die silberne Maske mit dem Strahlenkranz.

„Alberne Maskerade!" flüsterte Tyrsus.

Der Priester warf wohlriechende Kräuter in die Kohlenbecken. „Nehmt ihm die Augenbinde ab!" Seine Stimme klang verzerrt hinter der Maske. Er nahm mit einer Zange ein Stück glühende Kohle auf und ging auf das Opfer zu. „Ein Blinder möge uns den Weg weisen!" Er hob die Zange und drückte dem Mann die Glut in die Augen. Vor Schmerz riß sich der Mann von den Sklaven los und taumelte brüllend durch den Raum. Dabei stolperte er auf Gislan zu. Der zog sein Messer und stieß es dem Unglücklichen ins Herz. Dann schleuderte er es dem Priester verächtlich vor die Füße.

Alles war in Schweigen erstarrt, aber hinter der silbernen Maske erklang leises Lachen. Und dann eine Stimme, die allen das Blut in den Adern gefrieren ließ: „Aber Gislan, du kleiner Taschendieb, weshalb verdirbst du uns so schnell den Spaß?"

Hier glaubte niemand an Geister, trotzdem waren alle bleich wie der Tod. Der Priester nahm die Maske ab, und ein vielstimmiger Schrei erschütterte den Raum: „Midian!"

Der hob gelassen das blutige Messer auf. Dann zischte er Gislan zu: „Wenn das noch einmal passiert, darfst du dich wieder als Sumpfschlange durchs Leben schlagen." Er ging gemessenen Schrittes in den Halbkreis und genoß die Verblüffung seiner Gefährten. Scheschbassar faßte sich zuerst. „Du bist im Stier verbrannt", keuchte er, „ich selbst war dabei."

„Das stimmt", flüsterte Naharsin. „Ich habe deinen verkohlten Körper herausfallen sehen in die Glut."

Midian lachte spöttisch und wandte sich an seine Gefährten, die es immer noch nicht glauben konnten. „Auch ihr seid doch dem Tal des Todes entkommen und sitzt jetzt fröhlich beieinander."

„Aber der Stier war von dreißig Kriegern umstellt!" rief Scheschbassar.

Midian sah ihn herablassend an. „Gewiß, ihr brauchtet nur durch die unterirdischen Gänge zu gehen, für meine Rettung war göttliche Hilfe nötig." Er wandte sich um, und sein silberbestickter Umhang beschrieb einen schwungvollen Bogen. Dann rief er mit schneidender Stimme: „Aus dem Feuer erhob ich mich wie der sagenhafte Phönix. Ihr habt Xandrames' Worte gehört. Ich habe ihnen nichts hinzuzufügen. Wer mir dienen will, den werde ich damit belohnen, daß sich alle seine Träume erfüllen."

Ehrfürchtiges Schweigen machte die Runde. Früher hätten seine Gefährten den Totgeglaubten freudeschreiend umarmt, doch jetzt war etwas zwischen ihnen. Midian war nicht mehr der Schwarze Wolf, er war der göttliche Vollstrecker, dem sie folgen durften.

Xandrames kam herein, und Midian lächelte ihm zu. Dann fuhr er fort: „Ich werde nicht immer bei euch sein können, Xandrames wird euch meine Befehle übermitteln. Ihr werdet ihm gehorchen, wie ihr mir gehorchen würdet. An diesem Ort werden wir uns nicht mehr treffen, er ist zu gefährlich. Als Versteck wird uns das Anwesen Naharsins am Chabur dienen."

Naharsin ballte die Faust. „Und was ist mit dem Griechen? Laß ihn mir!"

„Nein!" Midians Stimme war kalt. „Um ihn kümmere ich mich persönlich."

20

Amynander saß nachdenklich auf einem Stein, starrte hinunter in das Tal des Todes und dachte darüber nach, wie man unbemerkt aus diesem Talkessel entfliehen konnte. Mit der Zeit waren ihm Zweifel gekommen, ob die Wachen wirklich bestochen worden waren. Aber in seine Überlegungen mischten sich ständig furchtbare Erinnerungen, und er begriff, daß weiteres Grübeln ihn nur unnötig schwächte.

Erhitzt und staubig kehrte er in den Palast zurück und befahl seinen Sklaven, ein Bad zu richten und ihm Früchte und kühlen Wein zu bringen. Dann begab er sich, ganz in Gedanken, in sein Schlafgemach, um sich seiner Kleider zu entledigen. Wie angewurzelt blieb er in der Tür stehen. Auf seinem Bett saß die schöne, geheimnisvolle Fremde, die Anath-Priesterin, funkelnd wie ein Juwel, das Haar gelöst, die feuchten Lippen halb geöffnet. Ihr unergründlicher Blick fing ihn ein, glitt flüchtig über sein erhitztes Gesicht, blieb dann schamlos auf seinen sehnigen Schenkeln haften.

Amynander errötete flüchtig. So begehrlich hatte noch keine Frau gewagt, ihn zu betrachten. „Du?" stieß er hervor. „Ich dachte, du hättest die Stadt längst verlassen?"

„Bleib doch nicht in der Tür stehen." Ihre Stimme war rauh und sanft zugleich. „Komm her, Amynander. Setz dich zu mir."

„Ich bin schmutzig vom Straßenstaub", erwiderte er und versuchte, ihren dunklen Blicken auszuweichen. „Was willst du hier?"

„Dich!" hauchte sie, „laß mich den staubigen Schweiß lecken, der von deiner Brust herabrinnt und so dein Lebenswasser erregen."

Amynander lächelte flüchtig. „Nimmst du dir jeden Mann auf diese Weise?"

„Jeden, der mir gefällt. Ich lasse mich dabei nicht von unnötigen Schamgefühlen leiten, sicher verstehst du das, Amynander?"

Amynander nickte, setzte sich in gebührendem Abstand auf einen Schemel und ließ die Arme in den Schoß fallen. „Manchem Mann gefällt das. Weshalb bist du zurückgekommen? Um mich zu verführen?"

„Wäre das so verwunderlich?" Atargatis neigte den Kopf, ihr Haar folgte schwingend der Bewegung und legte sich um ihre Schultern.

„Das Verlangen zwischen Mann und Frau ist kein Geheimnis. Ich saß neben dir und wischte dir den Schweiß von der Stirn, erinnerst du dich? Ich war bereits auf dem Rückweg, aber das Verlangen brachte mich zu dir zurück."

Amynander lächelte dünn. „Schmeicheleien, die sicher jeder Mann in Babylon gern hört, nur glauben muß ich sie nicht, hm?"

„Weshalb nicht? Du bist schön, du bist stark und hast selbst Midian, den schwarzen Teufel aus dem Zagros, besiegt."

Amynander fuhr sich mit beiden Händen durchs Haar, um zu verbergen, daß ein Würgen in seiner Kehle aufstieg. „Lassen wir das! Wer bist du? Eine Anath-Priesterin? Gut, und was wolltest du bei der Hinrichtung? Kanntest du Midian?"

„Er war ein Ungeheuer, nicht wahr? Seinem Sterben beizuwohnen, lohnte die Reise. Aber ich bin des Redens müde." Sie ging auf Amynander zu. „Wenn du nicht zu mir kommst, muß ich zu dir kommen. Oder bist du der einzige Mann in Babylon, der meinen Reizen widerstehen kann?"

„Vielleicht bin ich das." Jäh faßte er ihr Handgelenk. „Sprich, Frau! Was ist dein Geheimnis?"

Sie zog die Stirn kraus. „Was soll das? Willst du deine Wachen rufen? Willst du mich unter der Folter zu einer Aussage zwingen?"

„Ich lasse keine Frauen foltern", zischte Amynander, „nicht einmal dann, wenn sie von weither kommen, um sich an einer grausamen Hinrichtung zu ergötzen."

Sanft befreite sie sich von seinem schmerzhaften Griff. „Du hast doch auch den Schreien deines Geliebten gelauscht, Amynander!"

„Das – war etwas anderes", stammelte er. „Aber weshalb hast du ihn so gehaßt? Was hat er dir getan?"

„Ich hasse keinen Mann, der so schön ist wie Midian – oder wie du."

„Ha!" Amynander lachte rauh und verschränkte die Arme. „Ich glaube dir kein Wort. Etwas geht von dir aus, etwas, das mich gleichzeitig frösteln und brennen läßt. Es ist wie bei – Midian!"

„Wundert dich das? Ich bin seine Mutter."

„Du bist –?" Amynander gurgelte etwas Unverständliches.

„Ja, Amynander. Du hast meinen Sohn getötet, ich müßte dich hassen, nicht wahr? Aber nicht einmal Midian konnte dich hassen. Ich möchte mich vereinen mit dem Mann, der ihm so viel bedeutet hat."

Amynander wich vor ihr zurück wie vor einer Natter. „Verschwinde!“ stieß er heiser hervor. „Gehe zurück in dein Schlangennest, aus dem du gekrochen bist!“

„Elender Narr!“ rief sie mit funkelnden Augen, „du weist Atargatis zurück? Das ist dein Todesurteil, und der Herr mit der silbernen Maske wird es vollstrecken!“ Sie raffte ihre Gewänder und ließ Amynander stehen. Er starrte ihr fassungslos hinterher.

21

Es war ein milder Abend, und Midian lag angetrunken auf einer mit Fellen bedeckten Liege. Sie stand auf einer weiträumigen, von Palmen umsäumten Terrasse, an ihren Stufen vorbei gurgelte der schwarze Chabur.

Der junge Gislan kam heraus, legte seine Kleider ab und sprang aufklatschend in den Fluß, und nach wenigen Schwimmstößen war er nicht mehr zu sehen. Jeden Abend nahm er auf diese Weise sein Bad. Nach einer Weile kam er zurück, eilte die Stufen hinauf und schlug sich das nasse Haar aus dem Gesicht. Dann setzte er sich auf die Stufen, um sich trocknen zu lassen.

Midian warf einen Weinkrug nach ihm. „Mußt du mich mit deiner Nacktheit beglücken?“

Gislan zuckte die Schultern. „Dir macht das nichts aus, du bist wie das Felsgestein im Zagros.“ Midian hörte ihn kichern.

Ein Sklave huschte herbei und sammelte die Tonscherben auf. Ein anderer brachte einen neuen Krug. Midian lachte dunkel. „Ich bin betrunken und unberechenbar, also zieh dir etwas an, sonst vergreife ich mich noch an dir, trotz deiner mageren Hüften.“

Gislan wackelte kurz mit dem Hintern. „Du würdest es mit einem deiner Wölfe treiben?“

„Der hungrige Wolf frißt Heuschrecken.“ Midian sprang von seiner Liege hoch, aber er geriet ins Stolpern, und Gislan glitt bereits wie ein Fisch durch die Wellen.

Als er zurückkam, sah er Midian lächelnd auf einem der steinernen Löwen neben den Stufen sitzen. Nackt und perlend naß stieg

Gislan aus dem Wasser. Midian glitt von seinem Sitz und zog Gislan in seine besitzergreifende Umarmung. Dann drückte er den schlüpfrigen Körper gegen den Löwen und küßte ihn. „Gislan, du Hühnerdieb! In meinen Armen lauert der Tod."

Midians heißer, weingetränkter Atem strich Gislan über das Gesicht, er bog den Kopf nach hinten und sah in die Schwärze seiner Augen, stürzte in ihren Abgrund und erwachte an warmer Haut, spürte tiefes Atmen. Er blinzelte. „Bin ich tot?" Gislan lag in Midians Armen, und Midian lachte. „Ich glaubte schon, du seist es. Als ich dich küßte, wurdest du ohnmächtig."

„Ich wurde ohnmächtig?" Gislan biß sich auf die Lippen. „Von deinem Kuß bestimmt nicht", erwiderte er trotzig. „Was hast du mit mir gemacht?"

„Nichts." Midian grinste. „Was hätte ich denn tun sollen?" Dann nahm er Gislans Hand. Bilder tauchten auf: zärtliche und wilde Nächte mit dem hinreißend schamlosen Griechen. „Ich fühle mich einsam ohne Joram. Streichele mich, mache mich ein wenig verrückt."

Gislan schmiegte sich in seine Stärke. „Ich begehre dich, seit du mich niedergeworfen hattest unter den Birken auf dem Weg zum Schlangenhügel, erinnerst du dich?"

Midian lächelte. „Ich erinnere mich, daß du mir ein Goldstück gestohlen hattest."

„Ja." Geschickt glitt Gislan an Midians Körper hinab. „Ich habe es nie ausgegeben, ich trage es um den Hals."

„Das ist mir nie aufgefallen."

Gislan nahm Midians Glied in den Mund, anschließend küßte Midian ihn mit ungewohnter Zärtlichkeit. „Heute abend hast du mir das hitzige Verlangen nach einem anderen gekühlt, dafür danke ich dir."

„Das Verlangen nach Joram?"

Midian sah an Gislan vorbei und sagte abwesend: „Nein, nicht nach Joram."

22

Nabupolassar war schwerkrank. Sein Sohn Nebukadnezar trieb sich auf weit entfernten Schlachtfeldern herum. Über Amynander, mittlerweile zum Rabreschi befördert, der sechshundert Männern gebot, gingen Gerüchte, er sei der nächste Thronanwärter. Amynander mußte über dieses Gerücht lachen, das seiner Meinung nach von den Marduk-Priestern ausgestreut worden war.

In diesen unsicheren Zeiten trafen plötzlich von überall aus dem Reich Unglücksbotschaften ein. Von Überschwemmungen und vernichteten Ernten war die Rede. Ganze Dörfer gingen in Flammen auf; an verschiedenen Orten, hieß es, sei die Pest ausgebrochen. Unglücke hatte es stets gegeben, aber jetzt häuften sie sich auf unerklärliche Weise. Die Nachforschungen ergaben, daß weder Unwetter noch feindliche Krieger sie verursacht hatten. Überall stieß man auf vorsätzliche Verwüstungen, durchstochene Deiche, verstopfte Wasserstraßen, vergiftete Brunnen. Die verstörte Bevölkerung hatte keine Erklärung dafür. Spuren von marodierenden Kriegern oder feindlichen Nomaden gab es nicht. Wieder schien es, als hätten Geister und Dämonen die Herrschaft über das Reich angetreten, und die Marduk-Priester deuteten es als Zorn der Götter.

Amynander sah darin das Werk kaltblütiger Verbrecher, und er ahnte bald, wer dahintersteckte. Die Berichte ähnelten jenen, die man seinerzeit über die Schwarzen Wölfe verbreitet hatte. Einige der Brandstifter und Brunnenvergifter wurden gefaßt. Amynander erfuhr lediglich, daß der große Gott Sin mit der silbernen Maske ihnen befohlen hatte, überall Leid und Verderben zu säen. Weshalb? Sie schüttelten die Köpfe, sie wußten es nicht.

Amynander war ratlos. Jedem Kind war klar, welchen Nutzen Straßenraub hatte, diese Zerstörungen jedoch ergaben keinen Sinn. Wenigstens glaubte er, den Hauptschuldigen zu kennen: Xandrames! War er am Ende wahnsinnig geworden und labte sich an der bloßen Vernichtung?

Ich sollte nach Milet zurückgehen, überlegte Amynander oft. *Ich versuche hier, einen Augiasstall auszumisten. Wozu belaste ich mich mit den Sorgen von Menschen, die mir fremd sind? Ist denn Nabupo-*

lassar mein Vater, Babylon meine Heimat? Aber er schämte sich, einfach aufzugeben.

Dann kam der Erfolg: Xandrames wurde gefaßt, und das mitten in Babylon. „Den Kopf der Schlange haben wir!“ triumphierte Nebusaradan. Gemeinsam besuchten sie den gelbhäutigen Sin-Priester im Kerker. Unter Xandrames' schweren Lidern glomm der Haß. „Sin verfluche dich und deine Nachkommen!“ zischte er. „Die sieben Dämonen der Krankheit und des Hungers sollen dich entkräften, der Wahnsinn dich befallen.“

Amynander zuckte die Achseln. „Erschrecke Knaben mit deinen Flüchen. Und wenn du einen leichten Tod haben möchtest, wirst du mir jetzt einige Fragen beantworten.“

Xandrames' Grinsen verzog sich zu einer Fratze aus Gemeinheit und Angst. „Die Kräfte, die mir dienen, werden die Mauern dieses Kerkers einreißen!“ geiferte er. „Sie werden das Land in einen Leichenhügel verwandeln.“

„Welche Kräfte?“ fragte Amynander kühl. „Die Schwarzen Wölfe? Wer gehört noch dazu?“

„Wir sind zahlreich wie die Skorpione in der Wüste. Und wenn ihr mich anrührt, werden Babylons Mauern umstürzen wie Wände aus Schilf.“

„Welches Ziel verfolgt ihr mit den Zerstörungen?“ fuhr Amynander ungerührt fort. „Soll Nabupolassars Thron fallen? Wollt ihr dem Feind ein schwaches Babylon in die Hände spielen?“

„Dem Feind an den Grenzen?“ höhnte Xandrames. „Du, Amynander, du bist der Feind. Unsere Taten stehen unter dem Schlachtruf: Rache für Midians Tod! Sturz des verhaßten griechischen Emporkömmlings!“

„Denke dir andere Märchen aus, Xandrames!“ erwiderte Amynander verächtlich. „Soviel Aufhebens für einen Mann? Selbst wenn ich sterbe oder Babylon verlasse, was brächte euch das für einen Gewinn? Wen wollt ihr an meine Stelle setzen?“

„Wenn du fällst, wird Sin den Erwählten erheben.“

„Und der Erwählte – wer ist das?“

Xandrames lachte häßlich. „Eine Überraschung, mein Freund.“

Amynander sah Nebusaradan an. „Für meinen Geschmack sind zuviele Götter im Spiel. Ich denke, daß es um handfeste Machtgelüste fremder Herrscher geht. Vielleicht bezahlt ihn Pharao Necho oder der Meder Kyaxares.“

Xandrames wurde hingerichtet, aber die Unglücke hörten nicht auf, immer noch sprachen die Menschen von einem göttlichen Vollstrecker mit der silbernen Maske. „Die Schlange zuckt auch ohne ihren Kopf", bemerkte Nebusaradan bitter. „Nun ja, schließlich kann sich jeder dieses Ding vor das Gesicht setzen, nicht wahr? Jeder Bauerntölpel kann jetzt damit Gott spielen."

„Ich fürchte nur", entgegnete Amynander, „wir haben es mit keinem Bauerntölpel zu tun."

Er stand an der Nordmauer und sah hinunter in die Ebene, wo sich ein Heer von Flüchtlingen aus allen Teilen des Landes niedergelassen hatte. *So viele Menschen sind tot, so viele im Elend,* dachte er, *und ich kann so wenig tun.*

Da kam ein Knabe auf ihn zu. „Amynander? Eine Nachricht für dich." Er reichte Amynander eine Rolle aus Bambus.

Der gab dem Knaben ein Kupferstück und öffnete sie. Er entnahm ihr einen eingerollten Papyrus, der mit schwarzer, leicht verwischter Schrift bedeckt war. „Wenn du weitere Leiden verhindern willst, komme zur Ostmauer zu dem verfallenen Sin-Tempel. Aber komme allein, sonst werden wir Babylons Kanäle vergiften, und es wird ein schreckliches Sterben geben. Der Herr mit der silbernen Maske."

23

Amynander hatte sich an die Anweisung gehalten. Jetzt stand er vor der Ruine an der Ostmauer, und seine Blicke wanderten an den rissigen Steinen entlang, verfolgten ihren Lauf in Gedanken, und er erschrak. Nicht weit von hier hinter der Mauer lag das Tal des Todes. Ein furchtbarer Zusammenhang enthüllte sich ihm. Doch bevor er weiter darüber nachdenken konnte, kam ein junger Mann aus dem Dunkeln. „Amynander? Folge mir."

Amynander erkannte in ihm Gislan, einen der Schwarzen Wölfe. *Beim Zeus! Sie sind mitten unter uns, sie sind in Babylon,* dachte er noch, dann folgte er Gislan durch die Falltür hinunter. *Die Grabkammern!* dachte Amynander. *Es müssen die Grabkammern sein, von denen Midian gesprochen hat.* Gislan ging mit einer Fackel voran, bis sie den Saal mit dem Opferstein erreichten.

Amynander blieb überrascht stehen. Der Raum war in eine Kaskade farbigen Lichts gehüllt, die Glut etlicher Dreifüße versprühte blaue und grüne Funken und beleuchtete eine Schar dämonischer Fratzen, die ihre abscheulichen Mäuler bleckten. Es roch nach Zimt und Lavendel.

Wie lange Amynander diesen Anblick in sich aufgenommen hatte, wußte er nicht; als er sich umsah, war Gislan verschwunden. Amynander näherte sich mit der Hand am Schwert dem Opferstein, und es überlief ihn eiskalt. Dort lagen Fesseln, Peitschen, Zangen und Haken. Da hörte er ein Scharren im Hintergrund. Amynander zog sein Schwert. Kaltblütig rief er: „Wer ist da? Komm her, wer immer du auch bist! Zeig dich!"

Eine Gestalt in einem weiten Umhang, auf dem die Gestirne des Himmels blitzten, trat aus dem Schatten. Eine silberne Maske mit dem Strahlenkranz des Mondes verhüllte ihr Gesicht. Im Innern mußte die Maske eine Vorrichtung haben, denn die Stimme klang hohl wie aus einem Gewölbe: „Ich bin hier, Amynander."

„Endlich!" stieß Amynander hervor. „Endlich wirst du deinen verdienten Lohn erhalten, du Geschöpf der Finsternis! Nimm die Maske ab und sieh mir in die Augen, oder glaubst du, deine Götzen und deine Farbenspiele beeindrucken mich? Ich habe ein scharfes Schwert, und es trifft immer."

„Was vermag dein Schwert gegen Belial, du Narr? Das Böse ist unsterblich. Du kannst mich nicht töten."

„Mit deiner Grabesstimme magst du deine Anhänger das Fürchten lehren", entgegnete Amynander verächtlich. „Wer bist du wirklich?"

Die Gestalt im Umhang trat an den Opferstein, hob die Hände und nahm feierlich die Maske ab. „Ich bin Midian!"

Amynander sank vor Entsetzen in die Knie, das Schwert fiel aus seiner kraftlosen Hand. Die Farbenspiele verwischten die Umrisse, aber das Gesicht des Mannes, der vor ihm stand, hätte er unter Tausenden wiedererkannt. Fassungslos kniete Amynander vor dem Stein, der Herr der Finsternis breitete die Arme aus, und der silberbestickte Umhang umgab ihn wie eine Kaskade aus funkelndem Licht. „Ein Schatten bin ich, vom eisernen Stier gezeugt und geboren aus verbranntem Fleisch. Das ist der Tag der Vergeltung."

Amynander schloß kurz die Augen. *Eine Sinnestäuschung,* dachte er. *Ein toter Midian wird nicht lebendig. Es ist das Werk von Priestern und Magiern. Die süßlichen Kräuter erzeugen Wahnvorstellungen.* Er wagte den Mann mit dem Umhang nicht anzusehen, er fürchtete, den Verstand zu verlieren, wenn er in ihm abermals Midians Züge erblicken mußte.

Amynander wollte sein Schwert aufheben, doch da stürzten von allen Seiten vermummte Gestalten herein, überwältigten ihn und fesselten ihm die Hände auf den Rücken. Das war kein Traum! Dann spürte Amynander warmen Atem auf seinem Gesicht. Er öffnete die Augen. Über ihm kniete mit gespreizten Beinen Midian, der Umhang war von seinen Schultern geglitten, sein Oberkörper war nackt, von seinem Hals baumelten Lederschnüre mit Silbermünzen, seine Haut schimmerte wie polierte Bronze. Amynander bewegte die Lippen, sie formten seinen Namen, aber er brachte keinen Laut heraus. Wie konnte eine Erscheinung so wirklich sein? Er spürte, daß Midian ihn entkleidete, das waren seine Hände, er fühlte ihre Wärme auf seiner Haut. Amynander sah in sein Gesicht, das ohne Regung, aber zweifellos Midians Gesicht war. Doch auch, wenn er es nicht war, welche Glückseligkeit, es zu träumen!

Midian entkleidete Amynander langsam und schweigend, während er ihm unverwandt in die Augen sah. Amynander erwiderte diesen Blick mit einer Gewalt, als wolle er ein Trugbild zwingen, seine wahre Gestalt anzunehmen.

„Du mußt nackt und gebunden sein, wenn ich dich reiße", flüsterte Midian.

Dieser Mann, der aussieht wie Midian, wird mich in Stück reißen, dachte Amynander. Midian betrachtete Amynanders Blöße mit der Miene des Siegers. Dann löste auch er seinen Gürtel und legte sein Hüfttuch ab. Als er nackt war, wußte Amynander, daß es ein Traum sein mußte, denn sie waren zusammen wie seinerzeit am Fluß. Natürlich war es ein wenig anders, er war gefesselt, und er hörte Midian sagen: „Bevor ich dich töte, werde ich dich nehmen. Es geschieht nur, um dich zu demütigen. Wie verfügbares Fleisch wirst du meiner Lust dienen, jede schmutzige Berührung ertragen und daran denken, daß meine Hände deinen Tod wollen, meine Lippen dein Blut trinken und meine Augen deine Qual sehen wollen."

„Du kannst nicht schänden, was dir gehört", flüsterte Amynander. Er wußte nicht, ob Midian es gehört hatte. Er spürte ihn in sich eindringen und einen heftigen Schmerz. Midian genoß seine Stöße, als könnten sie töten. Seine Augen wurden groß und glänzend und weideten sich an der Lust seines Opfers, dessen halbgeöffnete Lippen im Gleichklang zuckten. Midian spürte die unbändige Lust, Fleisch zu zerfetzen. Er warf sich ganz über Amynander und grub ihm die Nägel in seinen Hals.

Amynanders Körper empfing Midian wie ausgedörrte Erde den Sommerregen. *Ich liege in meinem Bett,* dachte er, *und ich brauche nur die Wachen zu rufen, sie wissen, daß ich oft schlecht träume. Aber aus diesem Traum möchte ich nicht erwachen – noch nicht.*

Midians Rücken spannte sich, er wimmerte merkwürdig.

„Midian“, flüsterte Amynander. Er hatte die Augen geschlossen und schien einen seligen Traum zu träumen. „Weshalb hast du aufgehört, Midian?“ Amynander bebte vor unerfüllter Begierde.

„Ich will noch warten“, keuchte Midian und umarmte Amynander verzweifelt. Dieser Grieche fürchtete sich nicht, schämte sich nicht, wütete nicht, er glühte nur. „Davon habe ich im Kerker geträumt“, flüsterte Midian. „Ich wollte dich –“

„Im Kerker?“ Amynander wiederholte diese Worte, als seien sie der Schlüssel zu einer verborgenen Wahrheit. „Bist du denn kein Traum? Du lebst, Midian?“

„Bei Belial! Sind meine Lenden so schwach gewesen, daß du mich für ein Gespenst hältst?“

„Aber ich sah deinen verkohlten Leichnam, ich hörte dich schreien.“

„Du hörtest mich schreien?“ Ernüchtert richtete sich Midian auf und setzte sich Amynander auf den Bauch. „Das ist eine Beleidigung! Jener Unglückswurm jammerte und winselte. Ich hätte wie ein Löwe gebrüllt und nicht wie ein Schaf geblökt.“

Amynander fühlte eine entsetzliche Schwäche und eine Kälte, die ihm die Glieder lähmte: *Das ist kein Traum. Midian lebt, ein anderer ist im Stier verbrannt, er selbst aus unerfindlichem Grund entkommen; entkommen und zum Mann mit der silbernen Maske geworden. Auf seinen Befehl verbrannten die Ernten, ertranken die Äcker, erkrankten und hungerten die Menschen. Und jetzt wird er mich töten.*

„Ich verstehe“, murmelte Amynander. „Ich Narr bin blind in deine Falle getappt.“

Midian strich ihm mit beiden Händen über die Brust. „In eine süße Falle, nicht wahr?“

„Ein Pesthauch bist du, der sich mit Zimt und Lavendel tarnt."

„Ach ja? Was hast du erwartet? Hast du mein Lied nicht gehört? Ich sagte euch das Ende von Babylon voraus, aber ihr habt kein Wort geglaubt. Ihr dachtet, dort geht der Todgeweihte und erhebt zum letzten Mal seine Stimme."

Amynander schwieg, und Midian umschlang ihn heftig und küßte ihn. Amynander war zu schwach, um sich aufzulehnen. Midians Küsse schmeckten nicht nach Kindermord. Amynander wünschte sie ewig und daß Midians Wärme wie eine zweite Haut zu einem Teil seiner selbst werde. „Weshalb tust du das?" flüsterte er. „Ich glaubte, ich sei dir widerwärtig?"

„Ich hole mir von dir, was ich brauche, Grieche! Spürst du nicht, wie eisig meine Lippen sich auf deinen anfühlen? Das kommt daher, weil sie dir deinen Tod verkünden."

„Dann verkünde ihn mir mit deiner ganzen Manneskraft, Midian, und lasse uns nicht zurück wie zwei hechelnde Hunde an der Kette, die einen Knochen sehen."

Midian lachte rauh und erhob sich. „Das geht leider nicht." Er ging auf den Stein zu und fegte mit einer heftigen Armbewegung einige Geräte herunter. „Gefallen sie dir? Ich wünschte, du würdest mit Haken und Zangen für meine Liebe zahlen."

„Und weshalb treibst du den Preis nicht ein, Midian?"

„Man sagt, ich töte, wenn ich liebe, doch das ist falsch. Ich töte aus Wollust. Wenn ich liebe, töte ich nicht."

„Das verstehe ich nicht", stöhnte Amynander.

Midian begann sich wieder anzukleiden. Er legte sich den Umhang um und sagte: „Ich verlasse dich jetzt. Ich schenke dir das Leben, aber nur unter einer Bedingung: Gehe zurück nach Griechenland! Ich gebe dir sieben Tage, um aus Babylon zu verschwinden. Wenn du trotzig verharrst, wird es weitere Massaker geben."

„Wozu das alles?" fragte Amynander erstickt. „Sage mir doch, wozu?"

„Die Zeit, Fragen zu beantworten, ist vorbei. Die Zeit, gemeinsam nach der Macht zu greifen und Seite an Seite zu leben, ist vertan. Wir sind wie Scherben einer zersprungenen Schüssel."

„Weshalb tötest du mich nicht? Wagst du die Wahrheit nicht auszusprechen? Fürchtest du dich vor deinen Empfindungen?"

Midian wandte sich wortlos ab und verschwand in der Dunkelheit, ohne sich noch einmal umzusehen.

24

Der Palastwache taumelte ein verstörter Mann in die Arme. „Nebusaradan!" keuchte Amynander, „rufe ihn! Ich muß ihn sprechen."

Nebusaradan fand Amynander schweißüberströmt mit flackerndem Blick. Hilfreich bot er ihm den Arm. „Was ist geschehen?" fragte er bestürzt. Er führte den Schwankenden über den Hof.

„Der Mann mit der Maske ist – Midian!"

„Midian?" wiederholte Nebusaradan befremdet. Er musterte Amynander besorgt. „Du bist erhitzt. Komm mit in meine Unterkunft, wir trinken kühlen Wein, und wenn du dich ausgeruht hast, dann –"

„Du glaubst mir nicht?" fuhr Amynander ihn an. „Ich bin nicht verrückt. Ich habe ihn gesehen, ihn berührt, mit ihm gesprochen. Unten in den Grabkammern! Bei Marduk, es ist wahr!"

„Natürlich hast du ihn gesehen", nickte Nebusaradan. Er ließ Amynander auf einer hölzernen Bank Platz nehmen und schenkte ihm ein. „Trinke langsam, und dann erzähle mir alles."

Amynander streckte die Hand aus. „Gib mir den ganzen Krug!" Er leerte ihn, ohne abzusetzen. Dann stellte er ihn neben sich auf die Bank und wischte sich den Schweiß von der Stirn. „Der Himmel sei mein Zeuge, daß ich nicht lüge", murmelte er. „Ich erhielt eine Nachricht." Als er sein Erlebnis zu Ende erzählt hatte, schwieg Nebusaradan nachdenklich. Nach einer Weile sagte er: „Midian ist tot, wir haben seine Schreie gehört und seinen verkohlten Körper gesehen. Dreißig Männer umstanden den Stier, er konnte nicht fliehen, unmöglich! Es kann nicht Midian gewesen sein, der dir in der Grabkammer begegnete."

„Du meinst, ich hätte den Verstand verloren?"

„Du erlagst einer Sinnestäuschung. Der unheimliche Raum, die verwirrenden Farbenspiele, die Götzen, die betäubenden Düfte, das alles umnebelte deine Sinne. Dann kam ein Mann mit einer silbernen Maske herein. Er gab sich als Midian aus, er tat, als sei er dem Stier wie auf göttlichen Schwingen entkommen. Und du glaubtest ihm, weil du es glauben wolltest. Du wolltest Midian sehen, weil du seinen Tod nicht wahrhaben willst."

„Das ist zu einfach“, murmelte Amynander den Kopf schüttelnd.

„Höre weiter! Er entkleidete dich, er selbst legte seine Kleider ab, dann tauschte er mit dir Zärtlichkeiten aus. Sind das nicht deine geheimen Wünsche? Dein grausamster Gegner kam in Liebe zu dir und umarmte dich, versöhnte sich mit dir. Ist es nicht das, was du ersehnst? Und nun denke dir den wahren Midian: Eine Bestie in Menschengestalt. Glaubst du, er würde dich am Leben lassen, Amynander?“

„Du meinst, das ganze war nur ein Traum?“

„Ein Traum oder eine Täuschung. Wer weiß, welche Magie das bewirkt hat?“

„Ich weiß, daß Priester den Zauber beherrschen, die Sinne so zu verwirren, daß man ein anderer wird“, murmelte Amynander, „aber ich hatte nichts zu mir genommen. Mich überwältigten vermummte Männer und keine Geister. Gewiß, die Höhle ist ein unheimlicher Ort, aber ich lasse mich von Rauchschwaden und tönernen Fratzen nicht beeindrucken, das weißt du.“

„Wie aber hätte Midian entkommen können?“

Amynander starrte Nebusaradan an. „Ich weiß nicht, wie er es gemacht hat, aber es ist ihm gelungen.“ Dann durchzuckte ihn die Wahrheit wie ein greller Blitz. „Atargatis“, flüsterte er.

„Wie?“

Amynander legte Nebusaradan eine Hand auf die Schulter und sah ihn eindringlich an. „Ich muß Babylon verlassen. Ich gehe zurück nach Griechenland.“

Nebusaradan stieg die Zornesröte in die Stirn. „Du willst weichen vor den Untaten des Herrn mit der silbernen Maske?“

„Versuch nicht, mich zum Bleiben zu bewegen, Freund. Als ich die Küsse in seinen Armen genoß, habe ich mein Amt verraten.“

Natürlich versuchte Nebusaradan es trotzdem, aber alle Appelle an sein Ehrgefühl und seine Mannhaftigkeit verhallten, denn Amynander wußte, daß er beides unten in den Grabkammern gelassen hatte

Er brach überhastet auf, denn er fürchtete, daß Midian ihm noch einmal erscheinen könnte – in wahrer Gestalt oder als Vision, das machte keinen Unterschied.

Midian und Elrek standen auf der Stadtmauer und sahen der Karawane nach. Als Amynander unter ihnen hindurchritt, spannte Elrek den Bogen, doch Midian schlug ihn zur Seite.

Unter buschigen Brauen sah Elrek ihn an. „Das war ein Fehler, Midian. Er wird wiederkommen."

„Nein." Midian wandte sich ab, und sie stiegen auf der seitlichen Treppe hinunter. „Amynander ist mehr als besiegt, er ist gedemütigt. Mag er im fernen Milet seine Wunden lecken."

25

Die kleine Karawane bestand aus Kaufleuten und Gauklern und marschierte auf sicherer Straße. Sie brachte Amynander bis Borsippa, wo er in einem Gasthaus abstieg, um auf die nächste Karawane in den Westen zu warten.

In der Schenke kam er mit Kaufleuten von der Kupferinsel Alaschija ins Gespräch. Sie freuten sich, hier einen Griechen zu treffen, und becherten fleißig zusammen. Phelles, der Herr der Karawane, wischte sich den Bart. „Du wirst jetzt keine Karawane nach Westen finden. Die Ägypter machen die Straßen unsicher. Es ist besser, ruhigere Zeiten abzuwarten."

„Die Ägypter? Ich bin nicht unterrichtet, mein Freund."

„Nebukadnezar hat den Pharao in die Flucht geschlagen. Bis Hama am Orontes hat er ihn getrieben. Dann erreichte ihn die Nachricht vom Tode seines Vaters, und er –"

„Nabupolassar ist tot?"

„Ja." Phelles tat einen tiefen Schluck. „Er erlag seiner Krankheit, und Nebukadnezar ist auf dem Wege nach Babylon. Wenn wir zur Krönungsfeier die Stadt erreichen, werden wir in Silber schwimmen. Die Feierlichkeiten währen zwölf Tage, und den Menschen sitzt das Gold locker im Beutel."

„Babylon!" murmelte Amynander und war entsetzt, mit welcher Macht es ihn wieder zum leuchtend blauen Ischtar-Tor zog. *Ich kann nach Milet gehen,* überlegte er, *ich kann ans Ende der Welt fliehen, aber Midians Hohngelächter über mein Versagen wird mich verfolgen, wenn ich ihm nicht ein letztes Mal die Stirn biete.*

Am nächsten Morgen schloß er sich seinen Landsleuten an.

26

Der kleine, schmächtige Mann lächelte, als er dem Begräbnis seines Vaters beiwohnte. Beim Einzug in die Stadt hatte die Bevölkerung ihm zugejubelt. Kein Rivale war aufgestanden, um ihm den Thron streitig zu machen. Bel-Marduk-Nadin-Ach, der Hohepriester, war ihm am Adad-Tor entgegengeeilt und hatte ihm das Geleit zum Esangila gegeben, wo der Prinz zusammen mit den Priestern geopfert hatte. Und alle wußten es: Er, Nebukadnezar, würde den Löwenthron besteigen. Er dachte an Amynander und Midian. Zwei Männer wie Zedern, und nun hatte der Abgrund sie verschluckt, der Wind sie verweht.

Nebukadnezar war ausgesprochen gutgelaunt und vergaß darüber auch seinen Zorn, daß er die Ägypter nicht endgültig hatte schlagen können. Als er sich von den Feierlichkeiten zurück in den Marduk-Tempel begab, erwarteten ihn an der Euphratbrücke etliche Menschen, die ihm demütig Bittschriften übergaben, wie immer, wenn der Herrscher sich unter das Volk mischte.

Huldvoll nahm er ihre Segenswünsche und Gebete entgegen und versprach, sich ihrer Nöte anzunehmen. Nebusaradan, immer noch Rabschake, hatte alle Mühe, den zukünftigen Herrscher zu beschützen. Er befahl, die Brücke, auf der sich jetzt Hunderte drängten, abzusperren und die Bittsteller nur einzeln vorzulassen, und er achtete darauf, daß die jungen, starken Männer sich nicht vordrängten.

Da löste sich eine hochgewachsene Gestalt aus der Menge, ganz in Purpur und Gold gekleidet, das Haar bedeckt mit einem perlengeschmückten Turban. Ehrfürchtig wichen die Menschen vor ihm zurück, doch ein alter Mann schlurfte unbedacht vor seine Füße, in seinen zitternden Händen ein tönernes Gefäß, welches das Schreiben barg, das er Nebukadnezar überreichen wollte. Ein Stoß von dem Fremden, und es entglitt ihm, fiel auf die Wegplatten und zerbrach. Der Alte stolperte und fiel hin. Ein Halbwüchsiger, der herbeieilte, um ihm aufzuhelfen, wurde ebenfalls zur Seite gestoßen. Nebusaradan fluchte und richtete seinen Speer drohend auf den rücksichtslosen Fremden, doch ein Blick in seine schwarzen Augen ließ ihn erblassen und zurückweichen, denn es war, als habe ihn Ereschkigals eisiger Todesblick getroffen. Der sinnliche Mund des

Fremden verzerrte sich höhnisch, auch Midian hatte Nebusaradan erkannt, aber wortlos schritt er an ihm vorüber.

Als Nebukadnezar sah, wer auf ihn zutrat, fiel er ächzend zurück auf seinen Sitz, der Schweiß klebte seine dünnen Locken auf der Stirn fest, und er begann so stark zu zittern, daß der bronzene Königsstab ihm aus der Hand glitt und klirrend auf das Pflaster fiel. „Midian!" krächzte er.

Die Priester stöhnten auf, denn auch sie erkannten den Mann, der eigentlich im Stier verbrannt war, und stießen hastige Gebete und Beschwörungsformeln hervor, wobei sie die gespreizten Finger gegen Midian ausstreckten, doch der ließ sich davon nicht beeindrucken. Er reichte Nebukadnezar eine Wachstafel, auf der nur ein Zeichen zu sehen war: ein Mond mit strahlenförmigen Zacken. „Der Herr der silbernen Maske bittet um eine Audienz", sagte Midian mit leiser Stimme, „heute nacht."

„Hinweg mit dir, Geist der Finsternis!" murmelte Nebukadnezar. Seine Augen irrten umher, aber niemand wagte, Hand an Midian zu legen. Er beugte sich etwas herunter und flüsterte: „Der Geist der Finsternis will dich in dieser Nacht heimsuchen – und du wirst ihn empfangen, wenn du König werden willst."

Nebukadnezar nickte. Ein Höfling reichte ihm seinen Stab, aber er beachtete ihn nicht. Midian nahm ihn an sich und wog ihn lächelnd in der Hand. „Den möchtest du sicher bald gegen den goldenen Stab des Sirrusch eintauschen. Ich gab dir ein Versprechen, und ich halte es, mein Prinz. Halte du nun auch deins." Er legte den Stab Nebukadnezar in den Schoß und wandte sich ab. Die Menge machte ihm hastig Platz. Vor Nebusaradan blieb er kurz stehen. Der hatte sich gefaßt und zischte: „So hat Amynander doch keine Vision gehabt. Du lebst! Welchem Dämon hast du dafür geopfert?"

„Belial", sagte Midian mit dunkler Stimme und verschwand dann im Gewühl.

Im Palast verlangte Nebukadnezar, umgehend und wahrheitsgemäß von den unglaublichen Vorgängen unterrichtet zu werden, die sich während seiner Abwesenheit ereignet hatten. Schlechte Nachrichten hatte man dem Sieger über Ägypten und zukünftigen König vorenthalten, jetzt mußte Nebukadnezar erfahren, daß das Land im weiten Umkreis schlimmer verwüstet war als nach dem Einmarsch feindlicher Truppen und daß ein Mann mit silberner Maske dafür verantwortlich war.

„Midian", murmelte Nebukadnezar. „Weshalb hat man mir berichtet, er sei hingerichtet worden? Er soll aus dem Stier entkommen sein? Lächerlich! Wer ist für diese Schlamperei verantwortlich gewesen? Weshalb sind da keine Köpfe gerollt?" Durchbohrend sah er Nebusaradan an.

„Bis heute wußte niemand, daß Midian lebt, Herr", erwiderte Nebusaradan schulterzuckend.

„Aber er tut es!" schrie Nebukadnezar. „Und der einzige, der mit ihm fertiggeworden wäre, den habt ihr ziehen lassen!"

Nebusaradans Wangen röteten sich. „Wenn Midian heute nacht zu dir kommt, können wir ihn überwältigen und –"

„Schweig, du Narr! Wenn Midian sich in den Palast wagt, fühlt er sich sicher, und dafür wird es gute Gründe geben, Gründe, die wir nicht kennen, aber das Ausmaß der Katastrophe, die er und seine Männer anrichten konnten, spricht für sich. Ich werde ihn empfangen, und er wird mein Tartan werden wollen. Im Augenblick habe ich keine Wahl, als ihn dazu zu machen."

27

Von der nächtlichen Audienz wußten nur wenige. Midian lehnte sich zwanglos zurück in einen Sessel und lächelte freundlich. Wer ihn nicht kannte, mochte ihn für einen herzlichen Menschen und guten Freund halten. „Ich beglückwünsche dich, mein Prinz, du hast es geschafft. Nebukadnezar, König von Babylon! Das klingt gut, und die Götter sind auf deiner Seite, denn sie wollen dich mit einem Tartan beschenken, der deinem Königtum Glanz verleihen wird."

„Einen Tartan, den ich noch in dieser Nacht töten lassen könnte", erwiderte Nebukadnezar lauernd.

„Gewiß." Midian beugte sich etwas vor, so daß sein Knie fast das Knie des Prinzen berührte und sein Atem Nebukadnezar über das Gesicht strich. „Aber was hättest du davon, außer einer Menge Ärger?" Er schob seine Zungenspitze vor, als genieße er einen guten Wein auf seinen Lippen. „Auch Amynander wollte mich töten, nicht wahr? Und was bekam er? Großen Ärger, würde ich sagen. Und wo ist er jetzt? Er hockt wieder in seinem provinziellen Griechenland. Einen Rivalen habe ich dir vom Hals geschafft. Daß du mir dafür nicht Dank erweist, kränkt mich."

„Mir oder dir?" spottete Nebukadnezar.

Midian hob die Brauen. „Zweifelst du an meiner Ergebenheit? Ich hätte dir auch einen Empfang bereiten können, an dessen Ende dein ruhmreicher Hintern statt auf dem Thron an der Stadtmauer geklebt hätte."

Nebukadnezar versuchte ein schiefes Grinsen. „Deine Ausdrucksweise ist der eines Wegelagerers würdig."

„Wegelagerer war ich auch", gab Midian zu, „dann war ich die rechte Hand König Joschijas und seines Sohnes, ich besaß das Vertrauen Nechos und überwand schließlich Amynander, den Günstling deines Vaters. In aller Bescheidenheit will ich noch erwähnen, daß ich die Wiedergeburt König Davids bin und Abgesandter Belials. Aber das alles weißt du natürlich."

„Alles außer der Sache mit Belial", nickte Nebukadnezar, „wer soll das sein?"

Midian grinste. „Der Fürst der Unterwelt hat viele Namen. Aus dem Stier bin ich geradewegs zu ihm hinabgestiegen. Ich überlasse es der Phantasie der Marduk-Priester, wie sie meine wundersame Rettung ausschmücken wollen, damit das Volk ehrfürchtig erschauert und seinem neuen Tartan zujubelt."

„Tartan", wiederholte Nebukadnezar und spielte mit dem Siegelring an seiner linken Hand. „Ich kann keinen Verbrecher zum Tartan machen."

„Du kannst es dir nicht leisten, mich nicht dazu zu machen", entgegnete Midian kalt. „Dein Königtum ist jung. Was du jetzt brauchst, ist tatkräftige Unterstützung und kein Aufruhr im Land." Midian lehnte sich zurück und verschränkte die Arme. „Fürchte nichts, mein Prinz, Babylon wird blühen, und dein Ruhm wird heller strahlen als die goldene Spitze des Etemenanki in der Sonne."

Nebukadnezar hüstelte spöttisch. „Und du wirst dich für immer mit der Rolle des zweiten Mannes begnügen? Den Nachruhm mir allein überlassen?"

„So bin ich eben, großzügig und selbstlos."

„Ja, du bist der edelste aller Männer", knurrte Nebukadnezar. „Nach meiner Krönung werde ich dich zum Tartan ernennen, aber es wird sehr schwierig sein, dem Land einen Mann anzubieten, der öffentlich im Stier hingerichtet worden ist."

„Das sehe ich ein. Halte also deine Priester dazu an, eine gleichermaßen glaubwürdige wie furchteinflößende Geschichte zu erfinden, die mich entlastet."

„Ein Mann, der meine Karawanen überfällt und die Götter lästert", stöhnte Nebukadnezar. „Und weshalb hat Amynander Babylon verlassen? Ist das auch dein Werk?"

„Ich riet ihm zu gehen – in deinem Sinne, mein Prinz, denn Amynander hätte einen schlechten Einfluß auf dich gehabt und Babylon zugrunde gerichtet mit seinen lebensfremden Schwärmereien."

„Lebensfremd? Amynander schien mir ein durchaus klar denkender Mann zu sein."

„Das war er, wenn er nicht gerade an seinen Plänen für die allgemeine Sklavenbefreiung arbeitete, für die tägliche Speisung Bedürftiger, für zederngetäfelte Decken in den Hütten der Armen, mehr Rechte für Frauen und Kinder, Tagediebe und Taugenichtse. An jeder Ecke machte er neue Unterdrückte aus – mein Prinz, du und dein Gefolge wären innerhalb kürzester Zeit verarmt, wenn du ihm dein Ohr geliehen hättest. Das Ischtar-Tor hättest du an den meistbietenden Phönizier verkaufen müssen, um die hungrigen Mäuler zu stopfen, die Amynander herangeschafft hätte."

„Und was rät mir Midian?" fragte Nebukadnezar dünn lächelnd.

„Der Löwe sorgt für sein Rudel dadurch, daß ihm die Schwachen zur Beute werden."

28

In Babylon war kein Rattenloch mehr frei. Auf den Straßen ausgebreitete Matten wurden stückweise als Schlafplätze vermietet. Die Garde des Königs hatte alle Mühe, wenigstens die Prozessionsstraße freizuhalten und eine Zufahrtsstraße für die Wagen hoher Gesandter aus fremden Ländern, die dem neuen König huldigen wollten.

Die Wagemutigsten kletterten auf die Mauerzinnen der Aibur Schabu, auch Amynander hatte dort einen luftigen Platz erobert und wartete auf den Geleitzug des Königs.

Im schwarzsilbernen Königsmantel hatte Nebukadnezar auf dem Throne Platz genommen, die Huldigungen seiner Heerführer und seines Hofstaates empfangen. Dann begab er sich inmitten eines prunkvollen Geleitzuges zum Esangila, um dort vom Hohenpriester des Marduk gesalbt und mit dem Königsreif gekrönt zu werden. Bel-Marduk-Nadin-Ach, der ränkevolle und machtgierige alte Mann, versah dieses Amt schon seit über zwanzig Jahren. Er nannte Nebukadnezar seinen lieben Sohn und versicherte ihm, daß ihn die große Königin Ischtar vom Mutterleibe an zur Herrschaft bestimmt habe.

Endlos dehnte sich danach der Zug der Opfertiere, denn die Gäste wünschten gut zu speisen, und das Absingen der Gebete, denn die Götter wollten umschmeichelt werden. Die Reihe der göttlichen Ahnen, die Nebukadnezar von den Priestern bei dieser Gelegenheit verliehen wurde, reichte bis zur Erschaffung der Welt, und viel hätte nicht gefehlt, sie hätten in ihrem Überschwang Nebukadnezar selbst zu ihrem Schöpfer gemacht, als sie das Enuma Elisch anstimmten: *„Als droben noch die Himmel unbenannt, als drunten noch die Erde ohne Namen …“*

Am Ende ergriff Nebukadnezar die Hände der goldenen Marduk-Statue: Alles schwieg ergriffen, dann brach der Jubel los. Die festliche Gesellschaft zog hinaus auf den großen Hof, wo Lyra und Trompete, Trommel und Becken, Pauken und Schellen sie begrüßten.

Amynander hatte von seinem Platz auf dem Mauerturm eine hervorragende Sicht. Als Nebukadnezar auf dem Löwenthron Platz genommen hatte, um die höchsten Beamten im Reich zu ernennen und zu verpflichten, beugte sich Amynander neugierig über die Mauer. Würde das Gespenst aus Xandrames' Höhle Tartan werden? Er hatte Midian unter den farbenprächtigen Gestalten nicht ausmachen können.

Da sprengte ein Wagen über die Aibur Schabu, bespannt mit zwei schwarzen Rössern. Sein Lenker trug einen bronzenen Kegelhelm mit goldener Spitze, ein bronzenes Schuppenhemd umspannte seine Brust, und ein breiter, silberbeschlagener Ledergurt legte sich um seine Hüften.

Midians eigenwilliges Erscheinen und schwungvoller Auftritt machte allen klar, welche Rolle er künftig in dieser Stadt zu spielen gedachte. Nebukadnezars linke Gesichtshälfte begann zu zucken, denn Midians Auftritt war eine Zurücksetzung seiner Person, und sein Gefolge, das es ebenso empfand, stand starr und stumm, bis Nebukadnezar sich räusperte und Nadin-Ach den respektlosen David mit säuerlicher Miene als Sohn der Sonne begrüßte.

Midians Augen funkelten Sieg. Seine Verneigung fiel knapp aus, der Schwung seines Mantels um so großartiger, und sein Schwert klirrte herausfordernd.

Amynander lehnte sich schwer atmend gegen die Mauer. Nun wußte er es: Midian war kein Gespenst. Der Mann, der wenige Schritte vor diesen Mauern den eisernen Stier betreten hatte, war wie ein Eroberer in den Hof des Tempels gefahren, und alle waren vor ihm zurückgewichen. Ein Mann, der unsagbares Elend über das Land gebracht hatte, wurde öffentlich zum Tartan gemacht.

„Ich hasse dich", murmelte Amynander. „Ich hasse dich, weil du mich trotz allem zittern machst. Aber jetzt, wo ich weiß, daß du ein Mensch aus Fleisch und Blut bist, werde ich mit dir fertig. Und ich werde dafür sorgen, daß du an mich denkst, wenn ich Babylon diesmal verlasse."

29

Midian hatte sich zurückgezogen in die Räumlichkeiten, die er seit seiner Ernennung zum Tartan bewohnte und die einst Amynander beherbergt hatten. Midian hatte ausdrücklich darauf bestanden. Er befahl seinen Sklaven, ein Bad zu richten. Lächelnd öffnete er eine Truhe, sie barg eine abgeschabte Hose aus Ziegenfell, deren Nähte an vielen Stellen mit derben Lederschnüren geflickt waren, abgetretene Stiefel aus Eselshaut, ein ausgeblichenes rotes Tuch und ein Gewirr aus Schnüren, Ketten, Knochen und Federn, Ringen und Armreifen. Midians Finger spielten nachdenklich damit, dann ließ er den Deckel der Truhe wieder fallen. Seine Augen glänzten. Heute nacht in der Amurru würde er diese Kleidungsstücke tragen.

Naharsins Haus war immer noch ein Bordell, wenn der Hausherr auch fern war.

Eine Schale mit brennendem Steinöl, dem wohlriechende Kräuter beigemengt waren, tauchte das Badezimmer in ein sanftes Licht. Aus dem im Boden eingelassenen bronzenen Becken stiegen weiße Dämpfe. Ein Sklave legte Tücher und eine Schale mit Sandelholz-Paste zurecht. Er goß duftendes Zedernöl in das Wasser und stellte Salböl aus Nardengras bereit.

Dann stieg er in das Becken und verscheuchte die Sklaven; er wollte allein sein, um sich den wollüstigen Bildern hinzugeben, die in dieser Nacht auf ihn warteten. Er schloß die Augen und glitt mit den Händen sanft zwischen seine Schenkel.

Ein Geräusch im Zimmer ließ ihn aufhorchen. Es stammte nicht von scheuen Sklavenschritten. Midian erblickte im dunstigen Licht einen Mann: Er stand vor dem Vorhang, der das Badezimmer von den Ankleideräumen trennte. Er kam näher, und Midian entfuhr ein heiserer Laut. „Amynander!" Gleichzeitig flog sein Blick zu dem Dolch, den er beim Auskleiden gedankenlos auf den Fliesen liegengelassen hatte. Da sah er das Schwert in Amynanders Hand funkeln. „Bleib, wo du bist, Midian! Rühr dich nicht!" Amynander stieß den Dolch mit dem Fuß fort.

Midian faßte sich rasch. „Amynander", wiederholte er leise, „fast hätte ich dich nicht erkannt, du siehst aus wie ein tyrischer Purpurverkäufer. Wie bist du unbemerkt hereingekommen?"

„Wie du siehst, bist du nicht der einzige, der das geisterhafte Erscheinen aus dem Nichts beherrscht", gab Amynander kühl zur Antwort und setzte sich auf einen Schemel, das Schwert über den Knien, Midian nicht aus den Augen lassend.

Midian lächelte verzerrt und legte seine Arme auf den Beckenrand. „Ich befahl dir, Babylon zu verlassen, weshalb bist du zurückgekehrt? Du weißt, daß ich unerbittlich bin in der Vergeltung. Ein Wink von mir, und du wirst in Ketten gelegt."

„Und du liegst in meiner Badewanne", stellte Amynander fest.

„Ich weiß, jetzt gehört mir, was du in deiner Narrheit mit Füßen getreten hast. Weshalb bist du zurückgekommen? Suchst du den Kampf auf Leben und Tod mit mir? Handele nicht unbesonnen. Einmal ließ ich dir das Leben. Ein kostbares Geschenk, das du wie eine Perle hüten solltest."

Amynander lachte trocken. „Ich verweigere einem Mann den ehrenvollen Zweikampf, der sich im Erschlagen wehrloser Bauern und Verbrennen von Kindern hervorgetan hat."

„Dann willst du einen nackten Mann wohl in der Badewanne meucheln?" höhnte Midian. „Oder weshalb strecktest du mir dein Schwert entgegen wie einen aufgerichteten Phallus?"

Amynanders Miene blieb unbewegt. „Das Schwert soll dich zwingen, mir zuzuhören. Dein Widersacher, den du im Traum gesehen hast, lebt, und er wird sich dir in den Weg stellen. Er wird dich zu Fall bringen, weil du keine Liebe, kein Erbarmen kennst. Bei Belial! Dafür lohnt es zu kämpfen!"

„Und – was hast du vor?" fragte Midian lauernd.

„Es wird dich treffen, wenn du unvorbereitet bist."

„Was für eine weise Entscheidung." Midian strich sich abwesend über die feucht schimmernde Haut. „Aber wird nicht alle Weisheit der Welt in meiner Umarmung zu Asche?"

„Bemühe dich nicht, Midian. Ich weiß, daß du schön bist, aber noch einmal verfalle ich dir nicht."

Midian spielte mit seiner Zunge und hielt Amynanders Blick fest. Wie wünschte er sich, dieser möge sein langes, unkleidsames Krämergewand abwerfen und zu ihm ins Wasser steigen. Das Begehren war schmerzhaft, und Amynanders Kälte steigerte es bis zur Folter. „Du wünschtest, ich sei häßlich, damit du mich hassen kannst, aber das Böse ist schön, damit man danach verlangt. Hast du das nicht gewußt, als wir uns liebten am Fluß?"

„Nein", murmelte Amynander, „aber heute weiß ich es."

„Falsch! Du hast es immer gewußt, aber du wolltest es nicht wahrhaben."

Amynander knirschte mit den Zähnen, um die Beherrschung nicht zu verlieren. „Vom wahren Ausmaß deiner Schlechtigkeit wußte ich damals nichts", stieß er heiser hervor. „Ich glaubte, du könntest eines Tages meine Gefühle erwidern. Nie hätte ich geglaubt, daß ein Mensch so erbärmlich heucheln kann wie du."

„Ich habe deine Gefühle erwidert, sonst wärst du heute tot. Warst du nicht in meiner Gewalt in Xandrames' Höhle, und habe ich dich nicht gehen lassen?"

„Aber vorher wolltest du mich den Gelüsten dieses verdorbenen Sin-Priesters ausliefern!"

„Ich mußte Xandrames einen Knochen hinwerfen, um ihn zu beruhigen. Ich hätte es nicht zugelassen."

„Du lügst! Ich war dein Werkzeug von Anfang an. Dein Werkzeug für deine finsteren Pläne, die du rücksichtslos verfolgst."

„Rücksichtslos – ja, aber verwirklichen wollte ich sie mit dir. Du solltest König werden, nicht Nebukadnezar. Nabupolassar liebte dich wie einen Sohn. Wir hätten gelebt wie im Paradies."

„Du versuchst, mir Sand in die Augen zu streuen!" schrie Amynander. „Nie warst du bereit, mit mir die Macht zu teilen. Wenn es so war, weshalb hast du mir nie die Wahrheit gesagt? Daß du zu den Schwarzen Wölfen gehörst?"

„Um meinen Hals leichtfertig in die Schlinge zu legen? So sicher war ich mir deiner nicht."

„Freunde konnten mich rechtzeitig warnen. Wo wäre ich denn heute? Verfault auf deiner gespenstigen Burg Dur-el-Scharan?"

„Seit dem Stier sind wir quitt."

Amynander fuhr sich mit der linken Hand über die heiße Stirn. *Ich wußte nicht, daß es so schwer sein würde,* dachte er. *Ich glaubte mich gefestigt, und nun weiß ich immer noch nicht, ob ich Midian glauben kann. Habe ich unsere Zukunft leichtfertig selbst in Trümmer geschlagen?*

„Ist dir heiß? Bei Belial! Zieh endlich deinen Kaftan aus, der alles verbirgt, was mich verrückt macht. Komm, Amynander! Du solltest nicht hier sein, aber wo du es einmal bist, laß uns für eine Nacht den Mantel des Vergessens über die Vergangenheit breiten."

„Es ekelt dich nicht an, mich zu berühren?"

„Hast du den Unsinn geglaubt?"

„Ja." Amynanders Stimme war nur noch ein Hauch.

„Weißt du denn nicht, daß du der einzige Mann bist, der mir Erfüllung schenken kann?" fragte Midian zärtlich.

„Nein." Amynander schüttelte verständnislos den Kopf.

Midian spritzte mit der flachen Hand über das Wasser. „Ist nicht so wichtig. Kommst du zu mir herein?"

Amynander faßte das Schwert mit beiden Händen. „Erzähle mir von deiner Mutter."

Midian schoß aus dem Wasser, rutschte vor Amynanders Waffe jedoch wieder zurück. „Was weißt du von ihr?"

„Sie war es, die dir bei der Flucht aus dem Stier behilflich war, nicht wahr? Hat sie die Bewaffneten bestochen?"

Midian lächelte. „Ja, zur Bewachung des Stiers wurde ein Teil der Besatzung an der Westmauer abgezogen; ihr Sold ist sehr dürftig, wie du weißt. Außerdem achtete niemand mehr auf den Stier, als meine Mutter mit ihren vier weißen Rossen erschien, nicht einmal du, nicht wahr? Ein anderer Mann wurde in den Stier gestoßen, dem man vernünftigerweise die Zunge herausgeschnitten hatte." Midian machte eine ungeduldige Handbewegung. „Erlaubst du jetzt vielleicht, daß ich aus dem Wasser steige?"

Amynander hob sein Schwert. „Du bleibst, wo du bist, ich bin noch nicht fertig mit dir. Weshalb hast du mich nach dem Stier am Leben gelassen?"

„Es ist schwer, das Seil durchzuschneiden."

„Uns verbindet nichts mehr. Wir sind wie Scherben einer zersprungenen Schüssel, das hast du selbst gesagt."

„Was willst du also? Mich töten?"

„Du bist unbewaffnet."

Midian stöhnte. „Mögen deine Knochen in den Sümpfen bleichen, weil du mir Qualen zufügst. Mir, dem singenden Knochenspeer Belials!" Er schloß die Augen. „Geh fort mit deinem lächerlichen Kaftan und lasse mich heute nacht zu den Huren gehen und ihr Blut trinken. Belial weiß, ich hätte mich lieber an deinem Samen gesättigt."

Amynander stieg das Blut zu Kopf. *Entscheide dich!* hämmerte es in seinem Schädel. *Wie willst du das Schicksal zwingen, wenn du unfähig bist zu handeln?*

Midian bemerkte Amynanders Unsicherheit und stieg aus dem Becken, und erst als Midian dicht vor Amynander stand, drückte er ihm die Schwertspitze in den Magen. „Zurück!"

Midian packte ihn am Handgelenk, sie starrten sich an. „Töte mich", flüsterte Midian, „und die Dämonen der Reue werden dich mit Wahnsinn schlagen."

„Laß meinen Arm los!"

Midian ließ beide Hände sinken. Sein Angriff kam plötzlich, Amynander hatte ihn geahnt, Midians Stoß mit dem Knie ging ins Leere. Geschmeidig wich er danach dem Schwert aus, sein katzengleicher Sprung galt dem Dolch. Er packte ihn und wartete lauernd, doch Amynander streckte beschwichtigend die Hand aus. „Laß uns ohne Blutvergießen auseinandergehen."

Midian ließ den Dolch spielerisch von einer Hand in die andere gleiten, Amynander hob noch einmal abwehrend die Hand, da flog Midians Dolch an seinem Hals vorbei, ritzte sein Fleisch und blieb in der Vertäfelung stecken. Er hörte Midian lachen. „Wie leichtfertig, mir zu vertrauen, Amynander. Ich hätte dir die Kehle durchbohren können."

Amynander war totenblaß, aber er faßte sich rasch, seine Stimme war kalt: „Wie dumm von dir, daß du es nicht getan hast." Mit einer raschen Bewegung zog er sich hinter den Vorhang zurück und verschwand.

Midian ging langsam zur Wand und zog den Dolch heraus. Mit der Zungenspitze fuhr er bedächtig über die Klinge, leckte die Blutstropfen ab und verströmte seine Lust, die ihn an den jungen Griechen fesselte.

30

Nebusaradan ging unruhig auf und ab. Als Amynander eintrat, seufzte er erleichtert. „Du lebst! Wahnsinniger! Was hat dir die Begegnung gebracht, auf der du bestanden hast? Bist du jetzt glücklicher?"

„Ruhiger", sagte Amynander, aber Nebusaradan fand nicht, daß Amynander einen gelassenen Eindruck machte. „Was ist das? Du blutest ja!"

Amynander betastete abwesend die Wunde. „Ein Beweis seiner – Freundschaft."

„Schöner Beweis!" schnaubte Nebusaradan. „Zum Glück hat er schlecht gezielt."

„Er hat sehr gut gezielt." Amynander ließ sich in einen Sessel fallen. „Er haßt mich nicht, das macht alles sehr schwer."

„Dann willst du wirklich gehen und uns diesem Tartan überlassen?"

„Nebukadnezar hat ihn dazu gemacht, was könnte ich tun?"

„Der König fürchtet ihn, aber wenn du –"

„Nein!" Amynander hob die Hand. „Midian hat tausendfach den Tod verdient, aber ich kann nicht noch einmal sein Henker sein. Sammle die Einsichtigen und Tapferen um dich, halte zu Nebukadnezar und versuche so, das Schlimmste abzuwehren."

„Midian ist kein gewöhnlicher Sterblicher." Nebusaradan kratzte sich am Kopf. „Das Volk hält ihn für den leibhaftigen Pazuzu, den grausamen Wüstenwind, der Hunger und Pestilenz bringt."

„Ich bin für den Aberglauben des Volkes nicht verantwortlich", gab Amynander ärgerlich zur Antwort. „Midian ist ein Mann mit außergewöhnlichen Fähigkeiten, aber kein Dämon."

„Dich hat er doch auch in seinen Krallen!"

Amynander lächelte schwach und erhob sich. „Entschuldige mich, ich bin sehr müde."

Nebusaradan ging leise zurück in sein Arbeitszimmer, setzte sich an den Tisch und stützte den Kopf in die Hände. Da flog die Tür auf. „Ist er hier?"

Nebusaradans Hand fuhr zum Dolch, aber als er den Tartan erkannte, erhob er sich. Midian stand halbnackt im Zimmer, seine Beine steckten in einer mehrfach geflickten Lederhose, darunter schauten geschnürte Stiefel hervor. Der edelsteinbesetzte Griff eines Dolches ragte aus seinem Gürtel. Midian musterte den Rabschake finster, der befremdet auf das merkwürdige Kleidungsstück sah. „Gefällt dir meine Hose nicht? Ich trug sie, als ich ein Schwarzer Wolf war und feisten Kaufleuten die Hälse durchschnitt, deshalb hänge ich an dem Stück." Er sah sich um. „Ist Amynander bei dir?"

„Er ging fort."

„So?" Midian ließ sich in den Sessel fallen, in dem kurz zuvor Amynander gesessen hatte. „Schade." Dann schoß sein Finger vor. „Du hast ihn hereingelassen!"

„Er ist mein Freund. Weshalb sollte ich ihm die Tür weisen?"

„Und mein Feind, Rabschake! Du hast wohl gehofft, daß Amynander mich im Bad umbringt?"

„Um eine Bestie wie dich wäre es nicht schade gewesen!"

„Ich bin eine Bestie, he?" Midian streckte Nebusaradan die Faust hin, an dessen Mittelfinger ein goldener Ring blitzte. „Kennst du das Siegel des Tartans? Mit ihm habe ich jede der verfluchten Gesetzestafeln gestempelt, die dein Menschenfreund bei Nabupolassar durchgesetzt hat. Siebenundzwanzig Tafeln waren es, Ninharab hat sie mir vorgelesen: Kein Sklave darf grundlos getötet werden! Hier!" Midian ließ seine Faust auf den Tisch fallen. „Unzucht mit Kindern ist verboten! Körperstrafen, die den Leib verstümmeln, sind verboten! Todesstrafen, die Qualen bereiten, sind verboten!" Jede Vorschrift begleitete Midian mit einem donnernden Hieb auf den Tisch.

„Und die Frauen hat er auch nicht vergessen. Sie dürfen ihren Männern jetzt widersprechen, ohne daß man sie verprügeln darf. Ich drückte mein Siegel in frischen Ton. Siebenundzwanzigmal! So und so!" Der Tisch dröhnte unter Midians wuchtigen Hieben, und Nebusaradan zuckte jedes Mal zusammen vor seiner Wildheit. „Warum habe ich das getan, Rabschake?"

„Ich weiß es nicht." Nebusaradan brannte Schweiß in den Augen. „Weil du Amynander liebst?"

„Vielleicht tue ich das." Midian nahm einen bronzenen Kandelaber und schleuderte ihn an die Wand, daß die Splitter flogen. „Aber ich werde diesen Griechen –"

„Was wirst du, Midian?"

Der fuhr herum. „Du – bist noch hier, Amynander?" Seine verzerrten Züge glättete ein Lächeln. „Und das ohne Kaftan."

„Dafür trägst du ein Prachtstück, das jedem Lumpensammler Ehre machen würde. Hast du wieder einmal einen armen Ziegenhirten ausgeraubt?"

„Hoho!" lachte Midian, „und du? Erinnerst du dich nicht mehr an das stinkende Fell, das du ihnen gestohlen hast, nachdem wir nackt aus dem Boot geklettert sind?"

Amynander lächelte. Jener Tag stand vor ihm wie ein Krug frischen Wassers. „Was wolltest du tun mit jenem Griechen?" fragte er.

„Ihn pfählen!" Midians Augen glänzten, und seine Blicke tranken die Schönheit seines Opfers.

„Das kann der Grieche nicht zulassen." Amynander Stimme war rauh, und er tat einen Schritt nach vorn, Midian ebenfalls. Jetzt standen sie so dicht beieinander, daß sich ihre Schultern berührten. Beiden stand Schweiß auf den Lippen, auf der Stirn, und sie spürten den heißen Atem des anderen auf ihren Gesichtern. „Ich habe deine letzten Worte gehört, Midian."

„Geschwätz!" flüsterte Midian mit heiserer Stimme, „Du mußt nichts davon glauben."

Amynander Lippen bewegten sich kaum. „Ich weiß. Du bist –" er brach ab und umarmte Midian jäh und heftig. „Vergebt mir, ihr Götter, aber das ist unerträglich!"

„Bei Belial, das ist wahr!" stöhnte Midian und erwiderte leidenschaftlich die Umarmung.

31

Früh morgens weckten dumpfe Paukenschläge und schmetternde Trompetenklänge die fleißigen Bewohner Babylons. Die Stadt erhob sich aus nächtlicher Trunkenheit, um die Krönungsfeierlichkeiten fortzusetzen.

Amynander und Midian in ihrer schmalen Kammer verschliefen diesen Morgen engumschlungen, jedenfalls stellten sie sich schlafend, weil keiner den Anbruch des neuen Tages wahrhaben wollte. Sie ertappten sich dabei, als sie beide gleichzeitig die Augen öffneten und lächelten. „Wie schön, in deinen Armen zu erwachen", flüsterte Midian.

„Wie grausam, überhaupt zu erwachen", gab Amynander leise zurück.

„Ja. Doch noch grausamer, wenn es diese Nacht nicht gegeben hätte."

Amynander schwieg, und Midian fuhr fort: „Ich weiß, woran du denkst. Daß Henker und Opfer nicht zusammen schlafen sollten."

„Es ist so absurd. Du verkörperst all das, was ich verabscheue."

„Und du verkörperst all das, was ich bekämpfe, aber ich werde diese Nacht nicht bereuen."

„Den Erinyen entkommt niemand, so sagen wir in Griechenland. Sie werden mich verfolgen."

„Es gibt nur eins, was ein Mensch bereuen sollte", raunte Midian, „das ist entgangener Genuß. Komm, reck deine müden Glieder, ich liebe es, das Spiel deiner Muskeln zu betrachten."

Amynander streckte sich und freute sich daran, wie Midian ihn ansah, und dann spürte er seine feuchte, heiße Zunge am Hals. „Zum erstenmal weiß ich, daß du mich nicht belügst, wenn du mich küßt."

„Ha, ich habe dich nie belogen, wenn ich dich geküßt habe, Amynander, nur mich selbst."

„Es muß bereits hell sein. Sicher haben die Feierlichkeiten schon wieder begonnen, was meinst du?"

„Bestimmt." Midians Zunge glitt tiefer. „Ich bin gerade dabei, Marduk und seine siebenundsiebzig Söhne anzubeten in Gestalt dieses heiligen Pfahles, den du in frommer Verehrung aufgerichtet hast."

„Mußt du nicht anwesend sein?“ fragte Amynander stöhnend.

„Ich hoffe, daß Nebusaradan mich würdig vertritt. Inzwischen wollen wir unsere Kultpfähle mit heiligem Zedernöl salben, bis Milch und Honig aus ihnen fließen, was meinst du?“

„Beim Zeus! Ich meine, das ist ein Gottesdienst, den wir nicht vernachlässigen dürfen.“

Nachdem sie sich eine Weile eifrig dem göttlichen Ritual hingegeben hatten, fragte Amynander: „Wirst du Babylon zugrunde richten? Werden Menschen wie Naharsin und Scheschbassar das Sagen haben?“

Midian grinste und reckte sich. „Wie ich darüber denke, das weißt du. Ich finde mich in den Maßlosigkeiten der Menschen gern bestätigt. Aber ich denke, ich werde nicht fehlgehen, bei zukünftigen Entscheidungen manchmal deiner Denkweise zu folgen.“

„Beim Haupte Baals! Das würdest du tun?“ Amynander drehte sich gemächlich auf den Bauch. „Jetzt würde ich deine Maßlosigkeit sehr schätzen.“

Midian wälzte sich träge auf Amynander Rücken. „Du bist anstrengender als der Zagros im Winter. Nichts kannst du allein machen.“

Amynander lächelte und dachte: *Mit Midian zusammen zu sein ist wie das unbeschwerte Spielen von Kindern.*

Sie lagen nebeneinander auf dem Rücken. „Ich muß jetzt gehen“, sagte Amynander nach einer Weile.

Midian schwieg. Amynander sagte auch nichts. Die Zeit verrann. „Ich werde mich jetzt anziehen.“

Midian ergriff sein Handgelenk. „Bleib – bis die Karawane aufbricht.“

„Dann werde ich niemals gehen können.“

„Gehe nicht!“

„Du weißt, das ist unmöglich. Schon, daß ich die Nacht mit dir verbracht habe, ist Wahnsinn.“

„Essen wir noch zusammen?“

„Ja.“

Etwas später saßen sie vor gepökeltem Zingurru-Fisch, in Honig gedünstetem Schweinefleisch und gebratenem Käse mit Koriander und Lauch gewürzt. „Schmeckt scheußlich, wie?“ brummte Midian, verschlang aber die Portionen mit sichtlichem Appetit, so daß die Sklaven rasch nachlegen mußten.

Amynander nickte, wischte sich die fettigen Lippen ab und schob in Palmsirup eingelegte Rosinen hinterher. „Wie kann es uns heute schmecken?“ murmelte er, spülte mit Wein nach und verschmähte danach nicht die in Schafbutter gebratenen Gerstenkuchen. „Ich muß mich allein durchschlagen“, sagte er, mit vollen Backen kauend, „augenblicklich gehen keine Karawanen nach Westen. Zweifellos eine Herausforderung – was meinst du, Midian?“

„Du wirst es schaffen“, meinte dieser trocken und vertilgte das letzte Plätzchen.

„Du bist wenig besorgt um mich“, stellte Amynander fest und setzte eine gekränkte Miene auf.

„Nimm dich vor Straßenräubern in acht“, grinste Midian. „Was wirst du tun in Milet?“

„Ich werde heiraten, Kinder zeugen und mein Haus bestellen.“

„Bei Belial! Du willst in dein Unglück laufen. Als dein Freund dürfte ich dich nicht ziehen lassen.“

Amynander lächelte. „Harmloser kannst du dir deinen Widersacher nicht wünschen, oder?“

Midian kaute nachdenklich auf einer übriggebliebenen Rosine herum. „Jetzt stellt sich die Frage, wie wir uns am besten trennen, ohne uns lächerlich zu machen, hm?“

„Ich werde aufstehen und gehen. Und dann werde ich vergessen, daß es dich je gab.“

Midian nickte und spuckte die Kerne aus. „Ja, vorbei und vergessen. So soll es sein.“ Er wandte Amynander den Rücken zu. „Also geh endlich! Ich ertrage dich nicht länger, du bist furchtsam, schwatzhaft und häßlich.“

Er vernahm ein scharrendes Geräusch. „Und du bist schmutzig, dumm und noch viel häßlicher als ich. Ich bin froh, daß ich dich nie wiedersehen muß.“

„Ich werde Marduk opfern, wenn du Babylon endlich verlassen hast.“

„Ich werde die schnellsten Kamele mieten, um dir zu entkommen.“

„Ich werde dich –“ Midian hörte die Tür gehen und drehte sich hastig um. Er sah einen leeren Türrahmen. „Ich werde dich nicht vergessen“, murmelte er.

32

Seit einigen Wochen befand sich Amynander wieder bei seinem Vater auf der Festung bei Tadmor. Zalmunna hatte sich den Bericht seines Sohnes schweigend angehört; einiges von den Ereignissen in Babylon war ihm bereits zu Ohren gekommen, über das Liebesverhältnis Amynanders mit dem berüchtigten Tartan jedoch hatte er nichts gewußt.

„Rabreschi bist du also geworden?" höhnte er, während er in dem schmalen Turmzimmer der Festung auf und ab ging. „Über sechshundert Krieger gebietest du? Nabupolassar muß das mit deinen sechshundert Lustknaben verwechselt haben!"

Amynander verzog den Mund. „Ich wollte nicht weg aus Milet, du mußtest doch einen sogenannten Mann aus mir machen."

Zalmunna warf seinem Sohn einen schiefen Blick zu. „Na gut, dann geh nach Milet. Thrasybulos wird schon die richtige Verwendung für dich haben."

„Thrasybulos, die Qualle?" grinste Amynander.

„Genau. Bei ihm besteht wenigstens nicht die Gefahr, daß ihr ein Liebespaar werdet."

Trotz ihrer Meinungsunterschiede hatte Zalmunna seinen Sohn herzlich aufgenommen, auch alte Waffengefährten traf Amynander hier, und er erholte sich langsam von den furchtbaren Erlebnissen.

Jeden Morgen verließ er die Festung, um durch die Palmenoase bis zu dem kleinen Eselsmarkt zu laufen, wo er sich bei einem alten Mann eine Melone kaufte. Gewöhnlich blieb er eine Weile bei ihm stehen und hielt ein kleines Schwätzchen. Diesmal hockte ein junger Mann mit einem breitkrempigen Strohhut dort. Amynander warf ihm zwei Kupferstücke hin und nahm sich eine Frucht. „Wo ist der alte Mann, der sonst hier war? Bist du sein Sohn?"

Der junge Mann schob den Hut nach hinten und hob sein Gesicht aus dem Schatten. Amynander verharrte in der Bewegung, als sei er auf einen spitzen Stein getreten. „Joram? Was, beim Hades, tust du denn hier?"

„Ich verkaufe Melonen." Joram sprang geschmeidig auf und lachte. Es war ein bitteres Lachen. „Ich beobachte dich schon seit Tagen, aber ich hatte nie den Mut, mich zu zeigen."

„Du hast mich verfolgt? Bist du in Midians Auftrag hier?“

„Nein“, erwiderte Joram hastig. Er wies auf eine Sykomore auf der anderen Straßenseite. „Setzen wir uns doch in den Schatten.“

Amynander musterte ihn mißtrauisch. Er nahm die Melone unter den Arm und nickte. „Wundert es dich gar nicht, daß ich dich das frage? Immerhin mußt du glauben, Midian sei tot.“

Joram errötete. „Ich hörte, er sei dem Stier entkommen.“

„So?“ Amynander setzte sich und winkte Joram, der zögernd stehengeblieben war. „Komm schon, komm! Was in Babylon geschehen ist, soll vergessen sein.“ Er teilte die Melone und gab Joram die Hälfte. „Seit wann bist du in Tadmor?“

Joram legte den Sonnenhut neben sich. „Unwichtig. Jedenfalls bist du hier, du lebst. Weshalb hat er dich am Leben gelassen? Ich muß es wissen.“

„Ich würde auch gern einiges wissen“, gab Amynander scharf zurück. „Was verbindet dich mit Midian?“

„Ich war einer seiner Wölfe.“

Amynander schlug sich an die Stirn. „Und ich glaubte, du seist nichts als ein harmloser, hübscher Junge, dabei hast du dieser Schlangenbrut angehört.“

Joram senkte den Kopf. „Ja“, sagte er rauh, „aber das ist Vergangenheit. Was hat sich in Babylon zugetragen?“

Amynander verzog den Mund. „Ich dachte, du wüßtest es schon: Der Schwarze Wolf ist Tartan geworden und hat mich davongejagt.“ Amynander legte Joram die Hand auf den Arm, und diesen durchzuckte die Berührung wie eine Stichflamme. „Nein, davongejagt hat er mich nicht, die Furien sind es, die mich jagen, kennst du sie?“

„Nein. Weshalb hat er dich nicht getötet?“

Amynander zwinkerte Joram zu. „Er liebt mich.“ Dann lachte er bitter auf. „Midian und ich, das ist eine fluchbeladene Verbindung. Für ein Lächeln von ihm habe ich meine Seele verkauft. Ich habe gekämpft und verloren.“

Joram lächelte weich. „Du irrst dich. Da du lebst, muß Midian verloren haben.“

„Weiß er, daß du in Tadmor bist?“

„Nein. Weißt du, was aus meinen ehemaligen Gefährten geworden ist?“

„Den anderen Schwarzen Wölfen? Nun, soviel ich weiß, leben sie

– nein, sie hausen auf Xandrames Anwesen und lassen es sich wohlergehen."

„Ist bei ihnen auch ein grünäugiger Junge? Hübsch und vielleicht noch nicht so schlecht wie die anderen?"

Amynander lächelte. „Gislan? Der einzige Name von der Bande, den ich mir gemerkt habe. Ich glaube schon. Und du, Joram? Wird dein Platz wieder an ihrer Seite sein?"

„Ich gehe nicht zurück zu Midian, nie mehr."

„Wohin willst du denn gehen?"

„Laß mich bei dir bleiben, Amynander."

33

Midian hatte eine Botschaft seiner Mutter erhalten. Sie wolle ihn so schnell wie möglich in Tissaran sehen, aber Midian verspürte wenig Lust, die Reise anzutreten. Es paßte ihm nicht, daß er die Geschäfte in Babylon Nadin-Ach und Nebudkadnezar für ungewisse Zeit allein überlassen mußte, und es paßte ihm nicht, daß er einem Weib gehorchte. „Sie schnippt mit dem Finger, und ich muß springen", brummte er. „Weshalb kommt sie nicht nach Babylon, wenn es so wichtig ist?" Dennoch wagte er nicht, ihren Ruf zu mißachten. Schlechtgelaunt brach er auf. Fünf Tage später erreichte er bereits den Tigris und nach neun Tagen die Schilfsümpfe Elams. Er hielt sich an ihrem nördlichen Rand, machte um Susa einen Bogen, überquerte den Karun-Fluß und drang in die Bergwelt von Persis ein. Die Pfade führten steil bergan und schlängelten sich an zerklüfteten Berghängen und nebelverhangenen Schluchten entlang. Ein Umweg, aber Midian zog ihn den fieberverseuchten Sümpfen vor.

Der Abstieg führte durch ein Dickicht aus Buschwerk, Farnkraut und verfilztem Gehölz, und plötzlich schimmerten die Ruinen einer verfallenen Stadt durch das dunkle Grün.

„Tissaran!" stieß er verblüfft hervor. Er hatte nicht gewußt, daß er dem Dorf so nah war. Es lag still in der Mittagssonne, niemand war zu sehen – zu seinem Leidwesen, denn zu gerne hätte er ein paar der Priester aufgescheucht.

Er ritt den plattenbelegten Weg hinunter, bis er vor dem Tempeltor stand. Dort stemmte er beide Hände in die Hüften und rief: „Hier steht dein Sohn Midian! Öffne mir das Tor!"

Die Torflügel schwangen auf, und seine Mutter kam heraus. Obwohl Midian darauf gefaßt war, überraschte ihre Schönheit ihn immer wieder. „Ich dachte, du wolltest das Tor eintreten", bemerkte sie spöttisch, „das wäre doch der geziemende Auftritt für dich gewesen."

Seine wutverzerrten Züge glätteten sich etwas, dennoch fuhr er sie an: „Ich hoffe, du hattest gute Gründe, mich tagelang durch die Wildnis zu scheuchen."

„Dabei hättest du sogar Räubern in die Hände fallen können, nicht wahr?" Ihre honigsüße Stimme hatte einen boshaften Klang. Sie führte Midian in ihre Gemächer, wo der Tisch bereits gedeckt war. Die Speisen stimmten ihn versöhnlicher. Er nahm sich eine saftige Keule, die in einer grünen Soße schwamm, und beobachtete aus den Augenwinkeln, wie seine Mutter ihre Schenkel übereinanderschlug und dabei kupferne Haut schimmern ließ.

„Du könntest dir den weiten Weg ersparen, wenn ich in Babylon wohnte", begann Atargatis und glättete ihr Gewand über den Knien.

Midian nickte. „Was spricht dagegen?"

„Dein Umgang, mein Sohn. Freunde wie Gislan, Joram und Amynander!"

Midians Gesicht verfinsterte sich. „Ich verstehe dich nicht."

Atargatis lachte spöttisch. „Weshalb finde ich nicht Naharsin an deiner Seite? Weshalb hast du zugelassen, daß Xandrames hingerichtet wurde? Die Bauern erhielten Saatgetreide, die Steuern wurden ihnen erlassen, und die Gesetzestafeln, die du gesiegelt hast und die vorzugsweise die Schwachen stützen, sind eine Schande für den ersten Diener Belials! Wo stehst du heute, Midian?"

„Ich bin nicht mehr der Anführer der Schwarzen Wölfe. Babylon ist die größte und mächtigste Stadt der Welt. Ich als Tartan möchte, daß es so bleibt."

Atargatis hob die Augenbrauen. „Großartig! Und das gedenkst du wohl zu bleiben bis ans Ende deiner Tage? Du solltest nach dem Thron greifen. Ich wollte nach Babylon kommen als oberste Sin-Priesterin, gleichberechtigt die Herrschaft der Erde und des Himmels mit dir teilend."

Midian schob einen großen Bissen nach, um nicht sofort antworten zu müssen. Er kaute bedächtig und sagte dann: „Veränderungen brauchen Zeit."

Atargatis blies verächtlich eine unsichtbare Strähne aus der Stirn. „Falsch! Du hättest längst zupacken können. Doch kaum spürtest du die Daunenkissen unter deinem Hintern, wurdest du pflaumenweich."

Midian schoß das Blut zu Kopf. „In Babylon gibt es noch andere, die Macht haben."

„Ha!" Atargatis warf den Kopf zurück, daß ihre Haare flogen. „Nebukadnezar hat nur Feldzüge und Bauwerke im Kopf. Weshalb willst du die Wahrheit nicht aussprechen? Daß es Amynander war, der dein Wolfsherz in tropfendes Wachs verwandelt hat!"

„Amynander habe ich nach Milet gejagt!" zischte Midian.

„Gejagt?" Atargatis Stimme troff vor Hohn. „Wahrlich, du hast ihn aus der Stadt gepeitscht! Seine menschenfreundlichen Gesetze hast du besiegelt, statt sie zu zerschmettern. Und so herrscht Amynanders Geist weiterhin über Babylon, mag er auch in Milet sitzen."

„Also, was willst du von mir?" wich Midian ärgerlich aus. „Soll ich Nebudkadnezar und die Marduk-Priester umbringen lassen? Ich täte es gern, aber ich fürchte –"

„Nicht Nebudkadnezar!" unterbrach ihn Atargatis eisig und klopfte mit den Fingern auf die Tischplatte. „Lege mir Amynanders zuckendes Herz hierher!"

Midian zuckte zurück. „Nein! Ich töte ihn nicht, denke darüber, wie du willst."

„Dann hat er dich besiegt. Dich und mich. Hier sitzen zwei Verlierer, und Amynander triumphiert!"

Midian schwollen die Zornesadern an den Schläfen. „Wie kannst du sagen, er triumphiert? Worüber? Ich habe mein Ziel erreicht, er mußte weichen."

„Du Narr!" gab Atargatis eisig zurück. „Triumphiert hat er über unsere Gefühle. Weißt du, daß er mich in Babylon zurückgewiesen hat?"

Midian riß seine Augen auf, schlug sich auf den Schenkel und lachte dröhnend. „Das also ist es! Nun, teure Mutter, wußtest du nicht, daß Amynander für Frauenschönheit keinen Blick hat?"

„Er hat mich hinausgeworfen, beleidigt!"

„Ich rächte meinen Vater, deine Kränkung räche selbst", schnaubte Midian verächtlich.

Atargatis blieb überraschend ruhig. „Dann gibst du zu, daß du schwach, daß du gescheitert bist?"

„An Amynander – möglicherweise."

Sie lächelte dünn. „Dann bleibe ein gewöhnlicher Sterblicher, der nach dem Lächeln seiner Freunde hungert, statt die Geißel zu schwingen. Ich glaubte, ich hätte einen heroischen Geist geboren und keinen kümmerlichen Bastard!"

Midian warf wütend seine Weinschale auf den Teppich, und Atargatis schüttelte vorwurfsvoll den Kopf. „Kannst du dich denn nie beherrschen, Midian? Hier könntest du von Amynander lernen." Dann setzte sie zum eigentlichen Angriff an: „Weißt du eigentlich, wo Joram ist?"

Midian versteinerte. „Nein! Weißt du es?"

„Du solltest ihn bei Amynander suchen."

„Bei –?" Midian faßte sich an die Stirn, als breite sich dort eine Helligkeit aus. „Du meinst", würgte er hervor, „Joram und – Amynander? Sie kennen sich?"

„Länger als du Joram kennst. Amynander war seine große Liebe – du weißt schon, die Geschichte mit der Unzucht, weswegen er Juda verlassen mußte. Dieser Mann war Amynander, und Joram liebt ihn noch immer."

„Woher weißt du das alles?" fragte Midian tonlos.

„Ich weiß es eben", gab Atargatis kurz angebunden zurück.

Da verfiel Midian in düsteres Schweigen. Zusammenhänge schienen nun klar zu werden: Joram war es gewesen, der Amynander und den Rabschake zu Xandrames' Anwesen geführt hatte. Wer sonst? Joram und Amynander! Zwei erbärmliche Verräter, die er geliebt hatte. Verschwendet! Alles verschwendet! Und jetzt saßen beide in Milet und lachten über den felsgeborenen Sohn Belials.

„Willst du dich jetzt nebenan ein wenig ausruhen?" Atargatis Stimme war honigsüß. „Sicher bist du müde vom langen Ritt?"

Midian zitterte. Er packte den Weinkrug und schleuderte ihn an die Wand. Seine Flüche brachen sich mit donnerndem Echo in der Tempelhalle, als er sie zornig verließ.

7. Buch

Milet

1

Achylides summte vergnügt ein Liedchen vor sich hin. Soeben hatte er bei Skyphios einen Zeuskopf abgeliefert und gleichzeitig einen neuen Auftrag für ein Gorgonenhaupt erhalten. Und dessen Söhne! Richtige Augenweiden waren das! Dabei so guterzogen. Gleich an der Haustür hatten sie ihm den schweren Zeuskopf abgenommen.

Achylides weilte in Gedanken noch bei diesem vortrefflichen Gastmahl. Beschwingt schritt er aus und überquerte die Agora dort, wo die Menschenmenge am dichtesten war, wo auf jeder Bank, unter jedem Baum funkelnde, schwarze Augen und schlanke Schenkel zu besichtigen waren. Ha! Die Welt schien voll von schönen Knaben, und Achylides hatte das Gefühl, sie alle schauten auf sein tänzelndes Gesäß. Als er am Prytaneion vorbeikam, dessen Säulen sich halb hinter blühenden Büschen versteckten, löste sich von dort eine Gestalt. „Bist du Achylides, der Bildhauer?"

Achylides drehte sich um. „Der bin ich mein Freund! Was –?" er öffnete den Mund, als erwarte er ein fliegendes Brathuhn. Ein Nachtwesen von unwirklicher Schönheit, von den neidischen Göttern auf den Meeresgrund verbannt, erschien ihm am hellichten Tag. Es lächelte, und darin lag die Süße der ganzen Welt.

„Kann ich kurz mit dir sprechen?"

Achylides schloß den Mund und fuhr sich über die Augen. Die Erscheinung blieb, ihre dunkle Stimme betäubte ihn wie Wein. „Mich sprechen?" krächzte er.

„Ja. Gehen wir doch in den kleinen Park hinter dem Gebäude, da sind wir ungestört."

Was habe ich bei Skyphios getrunken? dachte Achylides. *Einen Becher Wein, nein, zwei waren es, aber es war leichter Landwein.* Er nickte benommen, und kurze Zeit später saß er auf einer steinernen Bank, halb verborgen unter blühendem Ginster, um ihn herum Stille und das göttliche Wesen neben ihm. So nah saß es, daß Achylides seinen herben Duft und seine Wärme spürte. Achylides wagte einen Blick zur Seite. Gekleidet war der Himmlische allerdings sehr erdverbunden: derbe Sandalen, ein abgewetzter lederner Rock, gehalten von einem breiten Tuch, darüber eine Weste aus Schaffell.

Ein Satyr aus den Eichenwäldern vielleicht, überlegte Achylides. *Wenn er aus den Tiefen der Meere stammte, wäre er sicherlich nackt und hätte sich goldbraunen Tang um die Hüften geschlungen. Das hätte mir noch besser gefallen, aber dann wäre ich sicher schon einem Herzschlag erlegen. Was kann er von mir wollen? Eine Skulptur vielleicht?*

„Ich bin fremd in Milet und suche einen Freund. Vielleicht kannst du mir behilflich sein?"

Achylides mußte tüchtig schlucken, bevor er antworten konnte. „Gern, wenn ich kann." Die muntere Plaudertasche war still geworden.

„Kennst du einen gewissen Amynander?"

„Amynander?" Achylides strömte das Blut zu Kopf. Dieser Göttergleiche war ein Freund von Amynander? Beim Hermes! Achylides warf einen verschämten Blick auf die nackten Zehen des Fremden. Dann wagte er es, seinem Begleiter mit dem prächtigen Haarschweif in die Augen zu sehen. „Ich kenne ihn. Und wie ist dein Name –?" Bewundernswerter! wollte Achylides hinzufügen, aber er schluckte es hinunter.

„Midian. Amynander und ich, wir kennen uns aus Babylon."

„Midian", wiederholte Achylides, wobei seine Lippen mümmelten, als ließe er einen Honigkuchen darauf zergehen.

„Ich hörte, du seist mit ihm befreundet", fuhr Midian fort. „Weißt du, ob er zurück ist?"

„Seit etlichen Wochen bereits – allerdings –" Achylides schluckte. Ihm fiel ein, daß man in Milet alle Babylonier für Betrüger hielt. Er überlegte noch, was er klugerweise antworten sollte, als Midian seinen Arm hinter Achylides auf der steinernen Lehne ausstreckte und Achylides dabei wie zufällig berührte. Dann schenkte er ihm ein Lächeln, das Säulen zu Staub zerbröselt hätte. „Traust du mir nicht?"

Einem solchen Lächeln nicht zu vertrauen, wäre Gotteslästerung, der leichten Berührung dieses Armes zu widerstehen, sträflicher Unverstand. Achylides lehnte den Kopf vorsichtig zurück, um die warme Haut im Nacken zu spüren.

„Wo kann ich ihn also finden, mein Freund?"

„Amynander besitzt die Taverne Zur Silberquelle."

Midian runzelte die Stirn. Er fragte sich, ob sie beide von demselben Amynander sprachen. „Ist auch ein Freund bei ihm? Joram heißt er."

„Gewiß. Er und Amynander kamen ja gemeinsam mit der Thetys."

Midian schwieg etwas zu lange. Er mußte viel Kraft aufbringen, um nicht vor Wut zu zittern, dann lachte er hastig und legte Achylides freundschaftlich die Hand auf den Schenkel. „Du wirst sie mir doch zeigen, die Silberquelle?"

Achylides' Schenkel fühlte sich an wie Brotteig, in den Midians warme Hand mühelos einsank. Er schloß kurz die Augen und hielt es für unmöglich, daß diese Hand höherrutschte. Sie tat es – scheinbar arglos und mit nachhaltigem Druck. „Nicht wahr?"

Achylides' Herz tat einen Hüpfer. Und als er mit Midian an seiner Seite über die Agora schritt, war ihm, als wüchsen ihm Flügel, er schwebte über die Kieswege wie ein Federflaum, und er war dankbar dafür, daß es ein weiter Weg war bis zum Hügel über der Löwenbucht.

Midian war schweigsam und schritt gewaltig aus, doch als Achylides nicht mit ihm Schritt halten konnte, drehte er sich um und wartete. „Ich bin ein alter Mann", entschuldigte sich Achylides gerötet, aber Midian zog ihn kraftvoll zu sich heran und sagte ironisch: „So? Ich habe ganz andere Dinge gehört. Die hübschen Knaben Milets sollen sich darum reißen, dir nackt Modell zu stehen?"

Barmherziger Zeus! dachte Achylides. *Ist mein Ruf so schlecht, daß bereits ein Fremder darum weiß?* In seiner Verblüffung vergaß er, sich angemessen gegen diesen Überfall zu wehren und genoß das kurze Ruhen in Midians Arm. Der ließ ihn wieder los. „Ist doch keine Schande, wenn man ein so berühmter Bildhauer ist."

„Woher weißt du das?"

Midian zögerte nur kurz. „Nun, dein Ruf ist bis Babylon gedrungen."

Er lügt, dachte Achylides. *Aber welche Lüge würde man ihm nicht verzeihen?* „Ich – schaffe Götter aus Marmor und Bronze", stotterte er, „sie sind immer nackt, weil wir Griechen die Schönheit des Körpers verehren. Findest du das unanständig?"

„Nein, durchaus nachahmenswert. Dann dürfte ich bei dir eine Aphrodite bestellen?"

„Eine Aphrodite?" stieß Achylides enttäuscht hervor. „Weshalb soll sich dein Auge an glatten, weichen Formen langweilen? Nimm einen helmbewehrten Ares oder den bogenschießenden Apollo, das sind echte Herausforderungen."

„Oder einen Phaeton", ergänzte Midian unschuldig.

Achylides verschluckte sich beinah. „Das weißt du also auch."

Plötzlich hatte er einen Einfall, der ihn schamrot machte, aber er mußte ihn aussprechen: „Würdest du mir Modell stehen?"

Midian blieb stehen. „Modell? Was ist das? Stundenlang stillstehen und das womöglich noch nackt?"

Achylides hob die Arme. „Beim Schilde des Ares! Weshalb mußt du alle Verleumdungen über mich glauben? Ich diene nur der Kunst, und wenn ich ein Kunstwerk wie dich übersehen würde, müßte mich Zeus mit Blindheit strafen. Täglich eine Stunde, wäre das zu viel, du Sonnengeborener?"

„Wen würdest du denn erschaffen? Einen Dionysos?" Midian tat sich etwas darauf zugute, daß er sich auskannte.

„Bei der Brustwehr Achills! Einen weibischen Säufer mit aufgeschwemmtem Bauch, dem die Trauben in den offenen Mund hängen? Du gleichst jenen sagenhaften Götterbildern, die an mondhellen Nächten aus dem Meer auftauchen, um ihre Schönheit mit den Plejaden zu messen." Achylides lief tänzelnd vor ihm her, dabei nahm er bereits mit den Armen in der Luft Maß.

„Paß auf, die Leute drehen sich bereits nach dir um."

Achylides winkte ab. „Die kennen mich. Sie sagen, dort geht Achylides, der Bildhauer, mit seinem neuen Modell. Was könnte schmeichelhafter für mich sein?"

Und mich halten sie für den größten Trottel Milets, dachte Midian. „Das Entzücken ist auf meiner Seite", lächelte er zurück. „Was hältst du vom Göttervater Zeus?"

„Dieser Graubart? Dieser Frauenverführer? Nur bei seinen Mundschenken hat er Geschmack bewiesen."

„Dann Ares oder Apollon, du erwähntest sie vorhin."

„Gewiß, Stärke und Schönheit, du besitzt beides, und doch, das trifft es nicht. Dich begleitet das Flügelschlagen des Adlers, der heisere Schrei des Geiers. Du bist die dunkle Nacht, das funkelnde Firmament. Ich fühle, mit dir muß ich etwas völlig Neues schaffen. Einen – neuen Gott!"

Midians Augen funkelten. „Ein neuer Gott? Das klingt gut."

„Du bist selbst begeistert? Die Glücksgöttin verfolgt mich! Nun brauchen wir nur noch einen Namen!"

„Wie wäre es mit – Belial?"

„Belial? Ein Name, so dunkel wie dein unergründlicher Blick." Achylides blieb stehen und fuchtelte mit den Händen. „Ich sehe es, wie ich dein Antlitz neu belebe. Deinem Lächeln schenke ich die

Sanftheit einer Sommernacht, in der sich Verliebte treffen. Doch dein Körper prescht voran mit der Gewalt des Sturms, und du trägst eine Fackel, die ihren Schein gegen den schwarzen Himmel wirft."

Midian packte Achylides' Hände und hielt sie ruhig. „Es wird ein Meisterwerk", sagte er rauh, „aber du solltest keinen hellen Marmor dazu nehmen. Nimm schwarzen Basalt! Wenn du ihn polierst, glänzt er wie Obsidian."

„Basalt sagtest du? Das ist schwierig, sehr schwierig, er ist hart und splittert leicht."

„Eine Herausforderung für einen so kühnen Bildhauer."

Es war später Nachmittag, als sie bei der Silberquelle ankamen. Athmar, der Nubier, lehnte gelangweilt an der Eingangstür. Als er Achylides erkannte, rief er ihm zu: „He, du bist doch nicht zu Fuß gekommen? Kannst du dir keine Sänftenträger mehr leisten?" Dann warf er einen flüchtigen Blick auf den hochgewachsenen Fremden neben ihm. „Und wer ist dieser prachtvolle Bursche?"

Bevor Achylides antworten konnte, stolperte ein stämmiger, bärtiger Jüngling mit weinbeflecktem Chiton aus der Gaststube. Als er Midian sah, blieb er stehen. Fragend sah er Achylides an. „Wo hast du denn diesen feurigen Goldjungen aufgetrieben? Ich wette, der stößt noch besser als Amynander."

Achylides holte tief Luft, doch bevor er einen Laut ausstoßen konnte, lag der Unglückliche schon mit blutendem Gesicht am Boden. Achylides wurde weiß wie sein Chiton, und Athmar löste sich drohend vom Türrahmen. Rasch trat Achylides dazwischen. „Halt! Midian ist ein Freund!"

„Merkwürdige Freunde bringst du mit", brummte Athmar und half dem Mann auf.

„Merkwürdige Gäste habt ihr", zischte Midian. „Amynander ist von diesem Mann beleidigt worden."

„Ich habe keine Beleidigung gehört", erwiderte Athmar, „du etwa, Achylides?"

Der schob Midian rasch durch die Tür. „Athmar hat recht. So wird geredet in einem Bordell. Oder wußtest du am Ende nicht –?"

Midian blieb auf der Schwelle stehen. „Amynander betreibt ein Bordell?"

Da kam ein junger Mann in knapper Tunika auf sie zu. „Willkommen, willkommen! Dein Meleagros mit dem Eber ist Stadtgespräch, Achylides. – Ich hörte, es habe am Tor eine Schlägerei gegeben?" Er sah Midian fragend an.

„Ein Mißverständnis, Glyphidon. Das ist Midian aus Babylon, ein Freund Amynanders."

Glyphidon machte eine einladende Handbewegung. „Willkommen, Midian. Amynander wird sich freuen, dich zu sehen. Er ist nicht hier, aber ich lasse nach ihm schicken."

In einer dunklen Ecke saßen zwei junge Männer, Blumenkränze im Haar, bereits etwas angeheitert, und unterhielten sich. Dionys stieß seinen Nachbarn an. „Sieh mal, Joram, wen Achylides da mitgebracht hat. Da erblaßt ja der Olymp vor Neid, und Adonis stürzt sich in den Abgrund."

Joram wandte träge den Kopf. Dann stieß er einen erstickten Schrei aus.

Midian sah ihn sofort und ging auf ihn zu. Glyphidon wollte die Männer miteinander bekanntmachen, doch Midian wehrte ab. „Wir kennen uns." Dann versenkte er seinen Blick in die Augen Jorams, die ihn mit dem Ausdruck eines gehetzten Hasen anblickten. Niemand sprach ein Wort. Nach einem langen, unerträglichen Schweigen sagte Midian leise und mit grausamer Kälte: „Verräter!"

Dionys hob die Hand. „Freund! Setz dich in Frieden zu uns. Hier ist nicht der Ort, alte Händel auszutragen."

Midian sah ihn kühl an. „Verzeih mir, ich habe die Beherrschung verloren, es wird nicht wieder vorkommen." Er nahm Joram gegenüber Platz und ein bestürzter Achylides neben ihm. Mit Schrecken mußte er feststellen, daß es sich bei diesem Midian offensichtlich nicht um einen Freund handelte.

Am Tisch herrschte frostiges Schweigen. Schließlich sagte Joram mit matter Stimme: „Dionys, bitte geh! Du hast damit nichts zu tun." Dionys zögerte, Midian warf ihm einen verächtlichen Blick zu. „Geh", wiederholte Joram, „ich bin nicht in Gefahr."

„Darauf würde ich nicht schwören", zischte Midian, als Dionys sich entfernte.

Joram rang um Fassung. „Seit wann bist du in Milet?"

Midian schnippte mit den Fingern. „Seit wann bist du in Milet? Ich glaubte, du habest dich unter dem Priesterrock deines Vaters verkrochen."

Joram schluckte bitteren Speichel hinunter. „Ich habe mich für Amynander entschieden."

In Midians versteinertem Gesicht regte sich nichts. „Du hast dich für den Tod entschieden."

Achylides stöhnte auf, verstummte aber sofort unter Midians eisigem Blick.

„Dann hättest du Amynander gegen dich."

„Glaubst du, es fällt mir schwer, zwei Männer zu töten?"

„Wenn du uns beide tötest, wirst du keine glückliche Stunde mehr im Leben haben. Reue und Verzweiflung werden dich in den Wahnsinn treiben, großer Sohn Belials!"

Midian schwieg, und Achylides glaubte seinen Ohren nicht zu trauen, daß Joram auch diesen Belial kannte, der doch ein neuer Gott sein sollte.

„Weshalb sagst du nichts?" fragte Joram herausfordernd. „Weshalb höre ich nicht die Geschichte vom sturmgepeitschten Zagros, der dein Herz so hart wie ein Fels gemacht hat?"

Midian spielte gereizt mit seinem Becher. Enttäuschung und verletzter Stolz hatten ihm den Atem genommen und sein Hirn mit Mordgedanken angefüllt, doch Joram nach so vielen Monaten so nah zu sein, seine vom Wein geröteten Wangen zu erblicken, den Blumenkranz im dunklen Haar – Blumen im Haar eines Schwarzen Wolfes? Plötzlich lächelte Midian, ohne es zu wollen. Jäh verschloß er sich wieder, jetzt lächelte er bösartig. „In den Wahnsinn würde es mich treiben? Dann herrscht eben ein Verrückter über Babylon."

„Laß doch solche Reden! Wir können alle drei Freunde sein. Bist du nicht hierhergekommen, um mit uns ein vernünftiges Gespräch zu führen?"

„Nein! Meine Gefühle für euch beide sind in Tissaran zu Asche geworden."

„Was hat dir deine Mutter für Lügen erzählt?"

„Daß Amynander jener Mann ist, der schon in Juda dein Geliebter war, um den dich dein Vater verstoßen hatte. Lügen, Joram?"

Da kam Amynander herein. Schimmernd schön in seinem weißgoldenen Chiton von atemberaubender Kürze, hinreißend selbstbewußt und kühl.

Wir sind dazu verdammt, immer dasselbe Spiel zu spielen, dachte Midian. Seine Miene wurde undurchdringlich, bis auf ein feines Lächeln, das Überlegenheit beweisen sollte.

Amynander hatte genug Zeit gehabt, sich auf diesen Auftritt vorzubereiten. Sein Blick streifte kurz Joram und Achylides, dann sah er auf Midian hinunter. „Man sagte mir, daß du hier bist." Während er sprach, spielte er gelangweilt mit seinem Dolch, dem Geschenk Midians. „Was tust du in Milet?"

Midian streifte sich einen Armreif ab und ließ ihn um den Finger kreisen. „Der Wind weht, wo er will." Dabei erhob er sich, um Amynanders hochmütigem Blick besser zu begegnen.

Amynander zerpflückte eine Blüte, die auf den Tisch gefallen war. „Setz dich! Es ist nicht nötig, Aufsehen zu erregen."

„Dann setz du dich auch. Wie lange, glaubst du, möchte ich deinen herablassenden Blick noch ertragen?"

„Wärst du in Babylon, wäre er dir erspart geblieben", erwiderte Amynander kalt und setzte sich neben Joram. „Was willst du hier?"

Midian trank einen Schluck Wein, wischte sich gemächlich den Mund und sagte: „Ich hörte, man könne dich kaufen? Wieviel Drachmen nimmst du für die Nacht?"

Amynander blieb eiskalt. „Für dich war ich nur einmal käuflich. Das war, als ich dir meine Seele verkaufte."

Midian lächelte spröde. „Aber hier verkaufst du deinen Hintern an den Meistbietenden?"

Amynander nahm den Dolch in die andere Hand. „Nicht mehr. Aber ich habe es getan, das ist wahr. Und ich schäme mich dessen nicht. Gewalttaten beschmutzen, nicht die körperliche Liebe."

Midian streckte die Hand aus, Amynander wehrte sie mit dem Dolch ab. „Keine Sorge!" Midian lachte verächtlich. „Ich wollte nur sehen, ob dir inzwischen Brüste gewachsen sind."

„Du hast meine Frage noch nicht beantwortet", kam es eisig von Amynander.

„Meinst du?" Midian streifte sich den Armreif wieder über. „Könnte es nicht sein, daß ich sie noch nicht beantworten will?" Er winkte Glyphidon. „Hast du für mich keinen Kranz?" Midian blinzelte Achylides zu. „Was, meinst du, paßt zu mir?"

„Stechpalmen und giftiger Fingerhut!" rief Amynander.

Achylides kam ins Stottern, Glyphidon nickte lächelnd, verschwand und kam zurück mit einem Kranz roter Anemonen. Er durfte Midian bekränzen, und die Blumen verliehen ihm einen spröden Zauber.

„Die Blutstropfen des verwundeten Adonis", flüsterte Achylides. „Kennst du die Sage?"

„Nein. Erzähle sie mir."

„Er war der schönste Jüngling, der je auf Erden gelebt hat", seufzte Achylides. „Seine Geliebte allerdings war Aphrodite. Kann man's ändern? Wie dem auch sei, vielleicht hatte er sie satt und ging deshalb auf die Jagd, dort jedenfalls griff ihn ein wilder Eber an und verwundete ihn tödlich. Aus seinen Blutstropfen ließ die untröstliche Aphrodite das rote Buschwindröschen sprießen."

„Wie herzbewegend!" Midian sah spöttisch auf Joram und Amynander. „Ich möchte gern wissen, ob aus eurem Blut Disteln sprießen werden."

Amynander und Joram wechselten Blicke. Achylides fühlte die Bedrohlichkeit, und rasch warf er ein: „Laßt doch euren dummen Streit! Wir gehen jetzt zu mir nach Hause und feiern Versöhnung, was haltet ihr davon?"

2

Sie hatten gut gespeist. Achylides hatte sich diskret zurückgezogen, Amynander löschte die Fackeln im Innenhof, und Midian wischte mit einem einsamen Stück Brot das letzte Fett aus der Schüssel. Als Amynander bei der letzten Fackel stand, rief Midian: „Eine laß brennen, sonst fallen Joram und ich in der Finsternis noch in den Brunnen."

Joram erhob sich. „Wieso? Ich gehe jetzt ins Bett."

„Ins Bett, Joram? Nein, nein. Du und ich, wir schlafen auf dem Erdboden wie damals in den warmen Sommernächten an den Südhängen des Zagros. Erinnerst du dich?"

Amynander wandte sich schweigend ab, da vertrat ihm Midian den Weg. „Wohin willst du?"

„In meine Kammer."

Midian legte den Kopf zur Seite, als habe er schlecht gehört. „Was? Ich komme Tausende von Meilen angereist, und du willst allein schlafen? Ich nehme an, du hast unsere letzte Nacht in Babylon nicht vergessen?"

Amynander spürte sein Blut in der Halsschlagader pochen, sie zuckte wie eine Schlange, seine Augen wurden dunkel und glänzend vor Verlangen. Hastig machte er einen Schritt zur Seite weg, vom Fackelschein ins Dunkle. „Damals waren wir übereingekommen, uns nie wiederzusehen", sagte er rauh.

Midian trat in den Schein der Fackeln, um seine Züge von den Flammen veredeln zu lassen. „Das Schicksal wollte es anders, und nun bin ich hier. Du hast mir Joram entfremdet, und er folgte dir. Habe ich gewütet? Wurde ich gewalttätig? Nein!"

Amynander hob die Hand. „Wir sind beide glücklich darüber, daß du es gelassen aufgenommen hast. Glaube mir, ich mißgönne euch diese Nacht nicht, ich –"

„Du verstockter Grieche!" schrie Midian. „Leg ihn doch endlich ab den Eispanzer, in den du dich seit Babylon geflüchtet hast, und schwätze nicht so abgeklärt!"

Amynander hatte plötzlich den Wunsch, sich irgendwo anzulehnen. Er warf einen unsicheren Blick auf Joram, der zuckte ebenso unsicher mit den Schultern. „Ich verstehe nicht, was du willst", sagte Amynander heiser. „Du möchtest, daß wir drei zusammen –?"

„Mach nicht so ein entsetztes Gesicht, als hättest du ein Keuschheitsgelübde abgelegt. Drei nackte Hintern unter den Sternen von Milet, hört sich doch gut an, hm?"

„Wenn es drei Freunde wären, Midian." Amynander bemühte sich, seine Stimme kalt klingen zu lassen. „Deine Absichten in Milet sind mir aber noch unbekannt, und ich fürchte –"

„Was denn?" unterbrach Midian ihn unwillig. „Nimm an, ich wollte hier Blut und Feuer vom Himmel regnen lassen, so müßten wir doch diese letzte Nacht miteinander teilen, weil wir drei eins sind." Midian öffnete langsam seinen Gürtel, und als Amynander zurückweichen wollte, packte er ihn am Arm und zog ihn zu sich in den Feuerkreis. „Komm! Zeige uns, wie standhaft du bist. Werden wir wirklich nur erloschenes Verlangen zu sehen bekommen?"

Amynander öffnete überrascht die Lippen zu einer Antwort, die er nie geben sollte. Ihm war, als sei der letzte spröde Ast gebrochen, an den er sich geklammert hatte. Er stolperte an Midian vorbei zum Tisch, schöpfte mit der großen Kelle Wein und setzte sie an den Mund. „Schenke mir Vergessen", murmelte er. Und als ihn während des Trinkens Midians Arme umschlangen, seinen Gürtel und seine Schulterspangen lösten, da war es die Quelle Lethe, aus der er getrunken hatte, die barmherzig jede Erinnerung auslöscht.

Nein, nicht jede Erinnerung! Als Amynander Midians warme

Lippen auf seinem Hals spürte, stiegen Bilder auf wie von einem verlorengegangenen Paradies. Ein schnell fließendes Wasser, grüne Inseln, die vorüberglitten, lautlose Schwingen, weiß und rosa, vor dem weitgespannten Himmel, und ein Boot, das sich mit den Strudeln drehte, schäumendes Wasser, das sie forttrieb von den Gestaden der Menschen. Heiß war es, heiß…

Jorams kalte Stimme ließ ihn zusammenzucken. „Schön, ihr Turteltauben! Dann zeigt mir mal, wie lendenstark ihr seid!"

Aus den Augenwinkeln sah Amynander Joram auf einer Bank sitzen, nackt bis auf sein Lendentuch und offenbar nicht gewillt, sich zu beteiligen. Gleichzeitig spürte er, wie Midian ihn hastig entkleidete; heißer Atem strich über seinen Nacken, ungestüm schob sich eine Hand zwischen seine Beine, die andere drängte ihn zu einer Säule. Hart kam Amynander gegen den Stein zu stehen, wie von selbst öffneten sich seine Schenkel, um den Fingern das Berühren und Eindringen zu erleichtern. Dabei rieb er stöhnend sein Geschlecht an der rauhen Oberfläche, gegen die ihn Midians Körper drückte.

„Was versuchst du den Stein?" hörte er Jorams höhnische Stimme. „Der macht es dir nicht. Werde nicht Midians Beute, speere selbst das edle Wild!"

„Laß ihn reden!" keuchte Midian. „Wenn ich mit dir fertig bin, kümmere ich mich um den Schreier."

Um den Schreier. Jäh begriff Amynander, daß etwas nicht stimmte an ihrer Liebesnacht zu dritt. Midian wollte beherrschen, Joram war verstimmt, nur er selbst bereit wie eine läufige Hündin. Amynander entglitt Midians Armen, die überrascht losließen. „Du bist zuerst dran!" rief Amynander und lachte verzerrt. „Na los! Umarme die Säule! Wir wollen deinen prachtvollen Arsch sehen!"

Midian schnaubte enttäuscht und warf Joram einen wilden Blick zu. Amynander packte ihn am Arm, doch Midian riß sich los. „Nein!" schrie er. Amynander war verblüfft über Midians heftige Abwehr. In Babylon hatte er sich gern hingegeben. Midians zorniger Blick galt Joram. Was war zwischen den beiden, daß Midian sich schamhaft weigerte?

Midian stapfte zu Joram hinüber, riß ihn in seine Arme und flüsterte ihm etwas ins Ohr. Amynander sah, daß Joram den Kopf schüttelte. Midian streifte Joram das Hüfftuch ab. „Treibe es nicht zu weit!" hörte Amynander Midian zischen, als er sich beiden näherte. „Wir wollen doch alle drei unseren Spaß haben, oder?“ Während Midian Joram umarmte und ihn sanft in den Hals biß, drängte sich Amynander an Midians nackten Rücken, versuchte, ihm sein Glied hineinzuschieben, aber Midian fuhr herum. „Das lassen wir lieber heute nacht!“

„Warum denn?“ keuchte Amynander. Er starrte Joram fragend an. Der verdrehte die Augen, und Midian fluchte.

Amynander fand die Situation zunehmend lächerlich. „Hat man dir auf der Überfahrt den Hintern zugenäht?“

„Du solltest es ihm sagen“, murmelte Joram.

„Nein! Lieber laß ich mich in Stücke hacken!“

Amynander zwinkerte Joram zu. Der verstand, packte Midian links, Amynander rechts, und gemeinsam zwangen sie ihn zu Boden und auf den Rücken. „Es tut mir leid“, sagte Amynander ernsthaft, „dann müssen wir dich eben foltern, bis du alles sagst.“ Amynander kniete hinter Midians Kopf, hielt ihm die Arme fest und beugte sich über ihn, biß ihm sanft in die Brustwarzen, während Joram auf Midians Beinen saß und dessen entblößte Eichel mit der Zunge kitzelte.

„Verfluchte Huren! Ihr habt euch gegen mich verschworen!“ seufzte Midian und begann nun zu stöhnen.

„Nicht zugenäht“, verkündete Joram fröhlich.

Midian gurgelte. „Meine Zunge krümmt sich, sag du es, Joram!“

Joram ließ Midians Fleisch tief in seine Kehle gleiten, und Amynander beobachtete mit glänzenden Augen, wie es sich zuckend entleerte. Dann schob er sein eigenes Geschlecht Midian zwischen die halbgeöffneten Lippen, aus denen zischend der Atem entwich. Midian nahm es auf, und Joram enthüllte Amynander Midians Schwäche. Amynander lachte herzlich, Midian biß ihn kräftig, mußte plötzlich schlucken, hustete, Joram fiel ein in das Lachen, er umarmte Amynander, sie küßten sich, erst auf den Mund, dann überall, und sie küßten Midian, fanden sich über dem Mann, den sie beide so sehr begehrten. Joram bewegte sich in Amynander, und Amynanders Zunge bewegte sich in Midian, bis auch dieser in ein dröhnendes Gelächter ausbrach. „Kitzle mich nicht wie eine Jungfrau! Bei Belial! Pfähle mich anständig, soweit dein Stecken es dir erlaubt.“

3

Nach dieser Nacht blieb Midian einige Tage verschwunden, bis ihn Amynander plötzlich auf dem kleinen Platz in der Nähe seiner Taverne auf einer Mauer sitzen und die Tauben füttern sah.

„Midian!“ Wieviel Schmerz und Freude legte Amynander in diesen Namen. „Drehst du jetzt zahmen Tauben die Gurgel ab?“

Midian hob den Arm, und die Taube flatterte davon. „Ich bevorzuge stärkere Hälse.“ Er erhob sich. „Ich habe auf dich gewartet. Wie eine liebende Frau auf den Gatten, wie findest du das?“

Amynander bewahrte kühles Blut, obwohl ihm Midians Anblick süß wie Honigwein war. „Erstaunlich. Und weshalb bist du so plötzlich verschwunden?“

„Ich mußte nachdenken, aber mein Herz hat dich vermißt.“ Midian blinzelte und grinste. „Meine Lenden auch ein bißchen.“

Amynander lachte. „Das mit dem Herz ist Schwindel.“ Er wußte, in Midian hausten tausend Dämonen, aber wenn sein Dämon Charme hieß, war er unwiderstehlich.

„Was macht mein Belial?“

„Fortschritte. – Willst du nicht mit hineinkommen und einen Wein trinken?“

„Wir behalten besser einen klaren Kopf.“ Midian klopfte Amynander an die Seite. „Besitzt du dein Schwert noch?“

„Ja.“

„Dann hole es!“

„Weshalb? Wozu?“

„Weil ich nach Milet gekommen bin, um dich zu töten.“

Amynander starrte ihn an, eisige Kälte griff nach ihm. „Was hat sich geändert seit Babylon?“ fragte er heiser. „Ist es wegen Joram?“

Midian beobachtete Amynander aus schmalen Augen. „Ihr habt mich hintergangen. Ihr hattet schon lange ein Verhältnis, und deshalb hat Joram mich auch an dich verraten.“

„Joram?“ rief Amynander hastig. „Nein! Männer von Nebusaradans Leibwache haben euch zufällig im Widderhorn belauscht.“

Midian winkte ab. „Was soll ich heute noch glauben? Jedenfalls habt ihr euch hinter meinem Rücken zusammengetan, und ich hatte geschworen, euch beide dafür zu töten. Jedoch – da war unsere gemeinsame Nacht, nicht wahr? Und da wußte ich es besser.“

„Was?“ fragte Amynander hoffnungsvoll.

Über Midians Gesicht ging eine Bewegung. „Ich liebe dich, Amynander. Ich liebe dich mit einer grausamen, erstickenden Liebe. Ich muß wieder atmen können.“

Amynander begann, am ganzen Leib zu zittern. „Du liebst mich?“ Es war kaum hörbar, er bewegte nur die Lippen.

„Ja.“ Midian spürte, wie ihm inwendig nie geweinte Tränen herabrannen wie heißes Öl. „Aber unsere Liebe ist ein Fluch, deshalb werden wir kämpfen auf Leben und Tod. Ich denke, das ist angemessen unter Männern.“

Amynander lachte bitter und öffnete beide Handflächen. „Ich kann nicht kämpfen, Midian. Nicht mit dir.“

„Schwächling!“ schrie Midian. „Soll ich dich einfach abschlachten?“

„Wenn du es kannst.“

„Du wirst um dein Leben kämpfen! Ich habe meiner Mutter versprochen, ihr dein Herz vor die Füße zu legen.“

„Ich verstehe!“ höhnte Amynander. „Die schöne Atargatis konnte es nicht verwinden, abgewiesen zu werden. Nun, dann hole es dir!“

„Mann gegen Mann, Amynander. Bitte!“

„Nein!“

„Ich hacke dich in Stücke, wenn du dich nicht wehrst.“

„Fang an!“

Midian sprang auf. „Ich werde dich noch lehren zu hassen!“ zischte er. Dann entfernte er sich mit zornigen Schritten.

4

Seit Midian in Milet war, kannte Joram wieder die Furcht, und es bedrängten ihn wieder zwiespältige Gefühle. Midians plötzliches Verschwinden beunruhigte ihn zusätzlich. Um so größer war seine Erleichterung, als Midian plötzlich in Achylides' Werkstatt auftauchte, wo Joram diesem bei der Arbeit zuschaute.

„Wir haben dich vermißt“, sagte Achylides. „Aber bald –“ er wies auf sein Werk, „werden wir dich für immer bei uns haben, Anbetungswürdiger!“

Midian sah sich die Statue an. Er war dargestellt als nackter Fackelläufer mit wehenden Haaren. Noch war die Skulptur nicht fertig, aber schon jetzt war zu erkennen, daß Achylides an einem Meisterwerk arbeitete. „Hinreißend“, murmelte Midian. Er räusperte sich und grinste. „Ich meine deine Kunst, Achylides.“

„Wo hast du gesteckt?“ fragte Joram. „Warst du schon bei Amynander?“

Midian zog ihn in seine Arme. „Nein. Ich möchte dich eine Nacht ganz für mich allein.“

Joram war für einen Augenblick versucht, seinen Kopf an Midians Brust zu legen, um in seiner Umarmung zu verharren, bis die Gespenster der Furcht seine Brust verließen. Aber der Mann, den er liebte, war kein Ort der Zuflucht, keine Quelle des Trostes. Dennoch war es süß, immer noch so unendlich süß, von seinem Arm gehalten zu werden.

„Da kann man ja neidisch werden“, sagte Achylides und polierte hingebungsvoll das stramme Hinterteil seiner Statue. „Nun ja, das Gästezimmer ist frei.“

Sie überquerten den Hof, Midian hielt Joram immer noch. Der rieb seine Wange an Midians Schulter. „Du fehlst mir.“

„Das hättest du dir überlegen sollen, bevor du mit Amynander nach Milet gehen mußtest“, gab Midian kühl zur Antwort, aber er neigte sich zu ihm und küßte ihn auf die Stirn. „Du fehlst mir auch, das weißt du. Du und Amynander. Alle anderen Menschen sind mir gleichgültig.“

Da umarmte ihn Joram und küßte Midian leidenschaftlich auf den Mund.

„Bei Belial, bist du heiß heute!“ rief Midian atemlos.

Joram grub Midian seine Nägel ins Fleisch. „Halte mich fest! Halte mich!“

„Wovor hast du Angst?“ Midians heiße Zungenspitze glitt ihm über die Kehle, hinauf zum Ohr, kitzelte ihn. „Sag es mir, hm?“

„Daß ich vergessen könnte, wie du atmest, wie du schmeckst, wie du riechst. Und wie du liebst.“

Midian lachte verhalten. „Das verspricht, eine spannende Nacht zu werden.“

In der Kammer setzten sie sich auf das Bett. „Du riechst nach Leder und nach Staub“, sagte Midian heiser. „Laß mich dich ausziehen.“

„Schlafe mit mir, Midian. Nur einmal!“

Midian zog ihn an sich und küßte ihn zärtlich auf die Augen, die Lippen, den Hals. „Bei Belial! Auch ich möchte dich in Liebe umarmen. Ich wünsche es mir so sehr." Joram spürte ein behutsames Tasten nach seiner Männlichkeit. Midian schnurrte wie eine Katze und streifte ihm Stück für Stück seiner Kleidung vom Körper. Jorams Seele flog aus wie eine Schwalbe an einem Frühlingstag. Er legte sich zitternd auf den Bauch. „Du versagst nicht mehr, nicht wahr? Seit Amynander ist der Fluch von dir gewichen?"

„Der Fluch?" Midian lachte leise und streifte Joram das Hüfttuch ab. „Wie schön du bist! Bewege dich nicht." Joram erschauerte, und Midian beugte sich hinab, küßte Joram sanft die Schultern, die geschwungene Linie seines Rückgrats und schob die Zunge zwischen die glatten Wölbungen seines Gesäßes. „Ich will alles von dir, Joram, alles! Und du wirst sehen, ich bin besser als Amynander!"

Joram erschlaffte, gab sich ganz hin, da drang Midian jäh in ihn ein, brutal und ohne Zärtlichkeit. Joram schrie auf.

„Du selbst hast es gewollt!" keuchte Midian. „Nun? Hat Amynander es so gemacht? Gefällt dir das?"

„Du tust mir weh! Hör auf!"

„Ich dachte, das magst du?" gurrte Midian ihm ins Ohr. Dann lachte er schrill. „Schließlich sollst du Spaß am Sterben haben!"

Da begriff Joram. Er brüllte sein Entsetzen hinaus wie ein Tier, doch Midian kannte kein Erbarmen. Rasch kam der Rausch über ihn, seine zuckenden Finger tasteten über Jorams Kehle. Joram hörte ihn hecheln und fühlte mit Grauen, wie die Hände über sein Gesicht strichen, wie die Fingerspitzen sich seinen Augen näherten.

Da traf Midian ein dumpfer Schlag am Kopf. Er faßte sich an den Schädel und hatte Blut an den Fingern. Benommen sah er sich um. Hinter ihm stand Amynander, in der Hand einen Schürhaken, dahinter stand ein totenblasser Achylides.

„Laß Joram sofort los!" schrie Amynander.

Midian lächelte verzerrt. „Du bist zu früh gekommen für den großen Haß."

„Er wollte mich umbringen!" rief Joram und rollte sich unter Midian fort, der ihn nicht daran hinderte. „Er wird zur Bestie, wenn er liebt!" Vorsichtig betastete er seine Kehle.

Amynander starrte Midian fassungslos an. „Du warst bereit, Joram zu töten, damit ich mit dir kämpfe?"

„Dann hätte ich mich von euch beiden befreit. Ja!" Midian erhob sich und griff nach seinen Kleidern. „Meine Mutter hatte recht. Freundschaft taugt nicht auf dem Weg zur Macht."

Joram band sich mit zitternden Fingern den Gürtel um. Tränen liefen ihm über das Gesicht. „Ich war glücklich", flüsterte er, „und mitten in meiner Seligkeit wolltest du mich zerreißen."

„Einst war auch ich mit dir glücklich, Joram", erwiderte Midian kalt. „Dann hast du dich für Amynander entschieden. Ja, bereits in Babylon, und ich Narr vertraute dir, während du Amynander jedes meiner Worte überbracht hast."

„Das ist nicht wahr!" rief Joram verzweifelt. „Ich wollte nur –"

„Genug!" Midian brachte Joram mit einer Handbewegung zum Schweigen. „Ich will nichts mehr davon hören. Nur noch eins will ich wissen – Amynander: Bist du jetzt bereit?"

„Ja", flüsterte Amynander.

„Dann besorge uns Schwerter, Joram!"

5

Midian prüfte die Schärfe seiner Waffe. Joram und Achylides standen blaß und abwartend an der Mauer. Amynander wartete am Brunnen, seine Augen hatten die Farbe des Sturms.

Plötzlich wirbelte Midian die Klinge um sein Haupt, sein Körper war gespannt wie eine Bogensehne. Amynander ließ ihn herankommen, wich ihm aus, zwei Schwerter zerteilten die Luft, zwei gleich starke Löwen peitschten den Sand, umkreisten sich und fletschten die Zähne. Ohne Deckung schwangen sie beidhändig in beängstigender Stärke ihre Schwerter, und jedesmal hatte es den Anschein, als müßten Gliedmaßen abgetrennt oder tiefe Wunden geschlagen werden, doch sie waren vorsichtig und behende wie Katzen.

Midian genoß den Kampf. Es war herrlich, sich mit Amynander im Kampf zu messen, sich seiner Stärke zu stellen, seinen Haß zu atmen und seinen erregenden Wunsch zu töten. Zu erleben, wie seine Liebe endlich zerbrach an der Qual, die er ihm zufügen mußte.

Der Schweiß rann ihnen herab, ihre Muskeln zitterten. Sie umkreisten einander, um Atem zu schöpfen. Sie hechelten wie Tiere, hieben nach dem Gegner, wollten sein Blut, heulten auf, wenn sie nicht trafen und jubelten bei jeder kleinen Wunde.

„Stirb endlich!" brüllte Amynander.

„Fahr in die Grube!" schrie Midian.

Mit der Zeit wurden ihre Bewegungen langsamer, ihre Schläge kraftloser. „Du wirst müde“, höhnte Midian, „du lahmst bereits“, spottete Amynander.

Midian ging einen Schritt rückwärts, dabei stolperte er über eine Scherbe aus Achylides Werkstatt. Er fing sich sofort, aber einen Augenblick war er unaufmerksam, Amynander schoß vor wie ein Falke. Midian spürte einen heißen Schmerz am Schenkel, nur eine Fleischwunde, aber er taumelte kurz, und Amynander hatte Gelegenheit, erneut auszuholen, aber der gewaltige Hieb fauchte an Midian vorbei.

Du läßt nach, dachte Midian, *zu Beginn wäre dieser Streich tödlich gewesen. Oder hast du am Ende gezögert? Nein, du darfst nicht zögern, nicht nachlassen in deinem Haß! Wer von uns auch Sieger sein mag, er soll mitleidslos den Platz verlassen, berauscht von der Todesqual des Gegners, diese unselige Liebe für alle Zeiten erstickend.*

„Das war schwach, Amynander! Ein Knabe hätte besser getroffen.“

„Dein Schenkel zittert. Zittert jetzt auch dein Herz, Midian?“

„Von deinen kraftlosen Schlägen? Sage Achylides, er soll dich ablösen, damit ich wieder einen Gegner habe.“

„Man redet viel, wenn der Tod nahe ist.“ Amynander machte einen Ausfall, Midian parierte. Amynander machte eine Finte, Midian durchschaute sie. Er lächelte, als er wieder Haß durchbrechen sah. Er spürte den Brunnenrand im Rücken, das behinderte ihn kurz. Amynander heulte triumphierend und schlug zu. Midian rettete sich mit einem gewaltigen Satz, die Waffe traf Funken sprühend den Stein und zerbarst in zwei Stücke. Amynander starrte auf den schartigen Stumpf in seiner Hand, Midian rollte sich ab, sprang hoch, lachte und ließ sein langes Schwert durch die Luft zischen.

Amynander wich zurück und blickte sich um. Midian sah den gehetzten Blick, er umkreiste Amynander, drängte ihn wieder an den Brunnen, wippte spielerisch mit der Klinge. „Ist dein schönes Schwert zerbrochen, mit dem du mir den Schädel spalten wolltest, Grieche? Das ist bedauerlich, nicht wahr?“ Midian kitzelte Amynander mit der Schwertspitze am Bauch und stöhnte vor Wonne. „Jetzt weiß ich, daß es schön sein wird, dich zu töten. Es wird sein wie ein Liebesakt, wenn meine Klinge in dein Fleisch stößt. Komm, Amynander! Schenke mir deinen Schmerz für ein letztes wollüstiges Zucken!“

Amynander starrte in die heiße Flamme in den Augen seines Geliebten, er öffnete die Lippen, spürte sein Glied steif werden; eine jähe Lust am Tod lähmte seinen Willen.

Jorams Schrei durchschnitt die Luft. „Töte ihn nicht, Midian! Töte mich!"

Midian schnaubte verächtlich, aber Amynander nutzte das kurze Zögern, schwang sich auf den Brunnenrand, und Midian hieb nach seinen Beinen. Dann wirbelte er herum und schlug mit einem kreisenden Hieb nach Joram. Er traf ihn nicht, und noch im Schwung sprang Amynander Midian an, seine Stiefel trafen ihn im Gesicht, Midian stürzte, sein Schwert glitt ihm aus der Hand, und mit einem hellen Aufschrei war Amynander über ihm und wollte ihm sein abgebrochenes Schwert in den Unterleib stoßen.

Augenblicklich krümmte sich Midian, packte mit aller Kraft Amynander am Handgelenk, wollte ihn von sich wegdrücken, doch der warf sich mit gespreizten Beinen über Midian, wand sich aus dem Griff und riß ihm mit dem schartigen Ende den Arm auf. Midians Kopf fiel zurück, Amynander kniete keuchend über ihm. Midian sah sein schweißverklebtes Haar, die im Siegesrausch zitternden Lippen, die blutverschmierte Brust, die sich unter heftigen Atemzügen hob und senkte. Doch jäh wich der Siegestaumel aus den bleichen Zügen, das Erschrecken traf Amynander wie ein Keulenschlag. „Midian", flüsterte er.

„Töte mich, oder ich werde dich töten!" zischte Midian. Er klammerte sich an seinen Ärmel. „Du hast keine Wahl", flüsterte er. „Ich komme wieder, ich vernichte euch."

Amynander warf den Schwertstumpf von sich und erhob sich. „Du irrst dich. Ich habe eine Wahl. Aber du bist krank vor verletztem Stolz. Weil du nie geliebt hast, glaubst du, andere könnten auch nicht lieben. Ständig fühlst du dich von uns hintergangen, dabei war es Joram, der dich vor dem Stier gerettet hat. Er war bei mir und flehte um dein Leben. Ich konnte es ihm nicht geben. Da ging er zu deiner Mutter nach Tissaran."

Midian warf Joram einen schiefen Blick zu. Und zum ersten Mal stieg ihm so etwas wie Schamesröte ins Gesicht. Langsam erhob er sich und klopfte den Staub aus den Kleidern. „Ich habe geliebt", sagte er rauh, „deshalb habe ich verloren."

Amynander streckte die Hand aus. „Ich hoffe, wir haben dich gewonnen, Midian."

Midian übersah die Geste. Dann streifte er sich verlegen das Haar aus dem Gesicht und bemühte sich um ein gewinnendes Lächeln. „Vielleicht besucht ihr mich einmal in Babylon?"

6

Midian betrachtete mit ausdrucksloser Miene den Horizont, der Wind spielte in seinem langen Haar.

Da knirschte Sand neben ihm, er drehte sich um. Ein Knabe mit einer Gerte stand da. „Bist du traurig?“

„Ja, meine Freunde sind gestorben.“

„Das ist schlimm.“ Der Junge setzte sich auf einen Stein. „Letzte Woche starb Ajax, der war auch mein Freund.“

Midian sah den Jungen an, und als sei ihm erst jetzt klar, wem er geantwortet hatte, fragte er grob: „Was machst du hier?“

„Ich hüte die Ziegen meines Großvaters.“

„Und wo sind deine Ziegen?“

Der Junge wies mit dem Finger hinter sich. „Da hinter dem Hügel. Ich schnitze auch Flöten aus Weidenzweigen und spiele darauf.“ Er holte eine aus seiner Brusttasche. „Soll ich dir etwas vorspielen?“

„Spiele etwas Lustiges.“

Midian hörte ihm zu, und dabei war ihm, als habe man ihm etwas Wichtiges im Leben gestohlen, aber er konnte nicht sagen, was es war. „Gib sie mir, ich will sehen, ob ich das auch kann.“

Midian entlockte ihr nur ein armseliges Piepsen, und der Knabe lachte. „Ich bringe es dir bei, wenn du willst.“

Midian gab die Flöte lächelnd zurück. „Ich beherrsche andere Instrumente. Spielte dein Freund Ajax auch?“

„Aber nein! Ajax war doch ein Hund!“ Der Knabe drückte Midian die Flöte in die Hand. „Ich schenke sie dir, du bist nett.“

Midian nahm die Flöte, die warme Empfindung schreckte ihn. Der Knabe stand dicht am Abhang. Schon hob Midian die Hand zum Stoß, da sagte der Knabe. „Jetzt muß ich aber zurück zu meinen Ziegen, Tyras bellt.“

Midian sah ihm nach, wendete die Flöte zwischen den Fingern, dann warf er sie in die Schlucht. Er sah zu, wie sie fiel. Er wußte, er war verdammt, dem Abgrund zu opfern, bis der große Schmerz erloschen war.